지구별에서 우주까지
마음여행

김수인 기철학박사의 **구도체험기**

마인드필드

지구별에서 우주까지 마음여행

1판 1쇄 발행 2019년 10월 28일

■ 지은이 | 김수인 ■ 펴낸이 | 김수인
■ 펴낸곳 | 마인드필드 등록 | 제340-2016-000003호(2016. 6. 24)
■ 주소 | 부산광역시 기장군 정관읍 구연방곡로 10 (우편번호 46023)
전화 | 062-400-1300 이메일 | tbmk3811@google.com
홈페이지 | balancemeditation.kr

■ 잘못 만들어진 책은 바꾸어 드립니다.
■ 책값은 뒤표지에 있습니다.

ISBN 979-11-967983-0-7 (03810)

이 도서의 국립중앙도서관 출판예정도서목록(CIP)은 서지정보유통지원시스템 홈페이지
(http://seoji.nl.go.kr)와 국가자료종합목록 구축시스템
(http://kolis-net.nl.go.kr)에서 이용하실 수 있습니다.
(CIP제어번호 :CIP2019037411)

지구별에서 우주까지
마음여행

김수인 기철학박사의 **구도체험기**

서문

저자는 어린 시절부터 성장해오면서 여러 차례 죽을 고비를 넘겼다. 그러한 고비가 다가올 때 인간 존재의 근원에 관해 자연스럽게 의문을 품게 되었다.

'나는 죽으면 어디로 가는 것일까?'
'마음이란 무엇인가?'
'마음은 어디에 존재하는 것인가?'
'나는 왜 지구에 태어났을까?'

고비 때마다 이러한 질문들이 늘 머릿속을 어지럽혔다.

하지만 누구도 명확히 답해줄 수 없었기에, 어떻게든 혼자 힘으로 운명을 개척해보기로 마음먹고 성직과 수도의 길을 걸으며 이 같은 질문에 관한 답을 얻기 위해 오랜 세월을 보냈다.

역사적으로 살펴보면 인간 존재와 마음에 관한 연구는 동서양을 막론하고 여러 학문과 종교의 영역에서 부단히 규명되어왔다. 서양에서는 철학과 정신분석학, 심리학 등은 물론이고 물리학과 뇌 과학 분야에서까지 마음에 관한 연구가 진행되고 있다. 그동안 마음수행과 과학, 물리학은 서로 다른 영역이라고 인식해왔다. 하지만 이제 마음의 세계가 양자물리학, 다중우주론, 홀로그램이론, 중력파이론 등을 통해 밝혀질 날도 머지않았다. 마음 자체가 우주와 연결되어 있기 때문이다. 동양에서는 불교사상과 도교사상, 또는 한국 신종교 등에서도 다양한 연구와 수행방법을 통하여 마음과 우주의 깊은 영역에 도달하고자 했다.

이렇듯 마음에 관한 연구가 다양해지고 있는 것은 마음의 세계가 명확히 형상화되어 있지 않으나 인간의 몸과 연결되어 있고, 인간 개개인의 삶과 사회집단에 큰 영향을 주기 때문이다. 더 나아가 마음의 변화는 질병이나 전쟁 등 사회적, 환경적, 집단적 병리현상과도 밀접한 연관이 있다.

지난 세기, 동서양에서는 철학과 사상, 종교가 많은 진전을 이루었음에도 인간 마음의 병리적 현상은 갈수록 심각해지고 있다. 우울증과 과잉행동장애ADHD, 자살, 이기주의, 정신분열증인 조현병, 반사회적 인격장애인 사이코패스Psychopath(선천적 병)와 소시오패스Sociopath(후천적 병) 등의 점진적인 확산은 이제 더이상 놀랄 만한 질병이나 현상이 아니다.

이러한 마음의 병을 치료하고 삶의 질을 향상시키고자 현재 미국 사회에서는 인도의 요가와 불교의 여러 종파인 선禪, 젠Zen, 위파사나

Vipasana 등의 다양한 명상수행법들이 지속적으로 확산되고 있다.

그 흐름을 살펴보면 먼저 인도의 명상가인 크리슈나무르티 Krishnamurti(1895~1986)와 라즈니쉬Rajneesh(1931~1990)는 서구사회에 신비주의 명상을 알리는 데에 크게 기여하였고, 그 후 일본 불교의 스즈키 다이세쓰Suzuki D. T.(1870~1966)와 스즈키 순류Suzuki Shunryu(1904~1971), 그리고 티베트 불교의 달라이라마 Dalai-Lama(1935~), 쵸감 투른파Chogyam Trungpa(1940~1987), 베트남 불교의 틱낫한Thich Nhat Hanh(1926~), 미얀마 불교의 고엔카Goenka(1924~), 한국불교의 숭산崇山(1927~2004) 등이 불교의 선사상과 수행법을 미국 사회에 전달하고 발전시키는 데 크게 기여하였다.

그동안 미국 사회에서 초기 불교의 경향은 형이상학적이고 궁극적인 '대승관법大乘觀法' 수행 중심인 선불교 중심에서 점차 불교사상과 심리치료를 결부시킨 불교심리학이나 자신의 몸과 마음을 바라보는 '소승관법小乘觀法'인 위파사나 수행으로 관심이 이동되고 있다. 이는 서구인들이 어렵고 종교적 색채가 강한 참선 수행보다는 현실적이고 실용적인 수행에 더 큰 매력을 느낀다는 사실을 단편적으로 보여준다.

최근에는 미국 내에서 자생적으로 발전한 불교 명상수행이 인기를 얻고 있는데, 위파사나 수행에 뿌리를 둔 잭 콘필드Jack Kornfield와 조셉 골드스타인Joseph Goldstein의 '통찰 명상Insight Meditation'이나 '마음챙김'에 기반을 둔 스트레스 감소 프로그램인 존 카밧진Jon Kabat-Zin의 'MBSR:Mindfulness Based Stress Reduction' 등이 그 한 예이다.

이러한 프로그램이 확산되는 이유는 현대인들이 까다로운 종교적인 수행이나 규율의 틀에서 벗어나 자유로운 가운데 구체적이고 현실적이며 몸과 마음을 하나의 유기체적 입장에서 바라보고 느끼게 해줄 수행 방법을 필요로 하기 때문이다.

하지만 저자의 경험으로는 앞서 소개된 이러한 수행들을 해보아도 여전히 '마음이 무엇인지?', '완전한 깨달음에 이르는 길은 무엇인지?', 또한 '죽음 이후의 삶은 어떠한지?', '왜 태어났는지?' 등에 관한 명확한 답을 얻기에는 부족했다.

저자는 그동안 삶과 죽음에 관한, 풀리지 않은 의문에 대한 답을 찾기 위해 어린 시절부터 여러 종교와 단체를 돌아다니면서 다양한 수행 방법을 경험하였고 심리학의 세계까지 파고들었다. 이러한 노력 끝에 나름대로 새로운 수행법을 개발하게 되었고, 이를 통해 궁극적으로 삶과 죽음의 문제를 해결하고 풀리지 않은 의문들에 대한 답을 찾았다.

답은 간단했다. 모든 인간은 본래 우주 최초의 탄생부터 신의 존재이자 부처로 탄생되었고, 하나같이 존귀하며 누구보다 높지도 낮지도 않은 절대적 존재임을 깨닫게 되었다.

각 시대를 살다 간 많은 성현과 성자들이 인간이 본래 근본 빛의 자리로 돌아가는 길인 수행법과 종교 교리를 밝혀왔고 영성이 뛰어난 분들은 일찍 그 자리에 도달하였다. 하지만 저자는 자질이 둔하고 더디어 오랜 세월 각고의 노력 끝에 수많은 스승들의 수행법을 배워 그 장점들을 발전시켜 개발하여 비로소 우주 근원의 자리에 도달하니 감회가 새롭다.

1969년 달에 최초로 착륙한 닐 암스트롱은 다음과 같은 유명한 말을 남겼다.

"한 인간에게는 작은 한 걸음이지만 인류에게는 위대한 도약이다."
That's one small step for man, one giant leap for mankind.

이제 현 시대는 지구를 벗어나 우주시대로 접어들어, 우주탐사와 아울러 인류가 살아갈 수 있는 또 다른 행성 개척과 건설에 박차를 가하고 있다.

그러므로 명상과 수련문화의 컨텐츠도 이에 발맞추어 새롭게 변모하고, 자신의 깨달음을 넘어서 우주의 영역을 개발하고 알아가는 방향으로 가야 할 것이다.

저자가 그동안 수많은 스승들의 수행법을 배우고 익히며 새로 개발하여 궁극에 이른 것을 이제 정리하여 새롭게 책으로 발간하게 되었다. 이 책은 구도체험을 통하여 궁극적 깨달음에 이르기까지의 그 과정을 기록한『지구별에서 우주까지 마음여행』과 모든 수행자들이 궁극적 깨달음의 세계에 이르는 구체적인 수행방법을 제시한『김수인 기철학박사의 태극숨명상』으로 나뉜다.

아직도 세상에는 삶과 죽음이라는 근원적 문제 속에서 길을 잃은 채 도를 이루고자 헤매는, 이전의 저자와 같은 사람들이 적지 않다. 그들이 쉽고 빠르게 인간의 한계를 벗어나 본래 빛의 세계에 도달하도록 돕고자 하는 목적에서 이 새로운 패러다임의 수련법을 세상에 내놓게 되었다.

이 책들은 저자 개인의 수행 경험과 이론들이며, 이를 통해 도를 찾아 헤매는 후학들의 수행에 도움이 되고자 한다. 그러므로 이 책의 내용들은 궁극적 깨달음을 위해 제시하는 이정표이고, 달을 가리키는 손가락이자 강을 건너게 하는 나룻배에 불과하다. 하지만 이를 통해 자신의 수행방법을 찾아 자신의 근본 빛에 도달하는 길에 큰 도움을 얻게 되기를 간절히 바란다.

이 책이 나오기까지 많은 격려와 도움을 준 태극숨명상 광주, 서울센터 도반님들, 원불교 효산 조정근 종사님, 그리고 가족들에게 감사의 마음을 전한다.

그리고 이 책이 빛을 볼 수 있도록 물심양면으로 후원을 아끼지 않으신 경원기계공업(주) 선강 이상우 대표이사님께 깊은 감사를 전하고, 저자를 큰 깨달음의 길로 안내하시고 지도해주신 나의 영원한 스승 한당 선생님 영전에 이 책을 바친다.

2019년 가을

달음산 자락에서 김수인

차례

I

도에 대한 관심과 운명

1. 지구별 여행과 첫 번째 생사의 고비

저자는 1964년 용띠해 늦가을 수많은 우주의 별 가운데 태양계에 속한 지구, 그 중에서도 한국의 최남단 바닷가에 인접한 부산 초량이라는 곳에서 4남1녀 중 셋째로 태어났다. 갓난아기 시절, 나는 급작스럽게 놀라 몸이 마비되는, 흔히들 '경기'라 말하는 증세를 일으켜서 죽을 고비를 맞았었다. 다행히 부모님의 지인이 그 소식을 듣고 본인이 귀히 가지고 있던 사향을 급히 내주어서 그것을 먹고 구사일생으로 목숨을 구했다고 한다.

사향이란 사향노루 수컷의 배꼽 뒤에 있는 사향 샘을 채취해 건조시킨 약재로 진정효과를 비롯해 심장을 강하게 하는 강심효과, 기절한 사람을 깨우는 각성효과 등이 탁월한 약재다. 지금은 물론 그 당시에도 사향은 흔히 볼 수 없는 귀한 약재였다.

그렇게 살아난 후에도 갖은 잔병치레를 많이 하였고, 그러다보니 어린 시절부터 자연스레 삶과 죽음, 존재에 대한 관심이 또래 아이들에

비해 남다르게 많았다.

어느 날 나의 태몽에 관해 어머니는 이런 말씀을 해주셨다.

> "보름달이 뜬 밝은 밤에 치성을 드리는데, 갑자기 집채만한 호랑이가 나타나지 않았겠냐. 어찌나 무섭던지…… 덜덜 떨면서 고개를 들어 올렸는데, 호랑이 얼굴이 너무나 인자하고 평온해서 마음이 편안해지더라. 그 꿈을 꾸고 너를 낳은 거야."

호랑이는 동양에서 도인이나 산신령을 상징한다. 무리 짓지 않고 은둔해 살며 혼자서 조용히 움직여 다니는 모습이 신비로워서 영적인 존재라고 생각했나보다. 어머니의 태몽에 호랑이가 나온 것은 내가 평생 도를 닦고 살 운명임을 예시했다고 본다.

초등학교 시절 외할머니와 어머니가 다니는 양산 통도사나 범어사에 자주 따라가곤 했다. 그곳에만 가면 맑은 공기와 차분한 분위기 덕이었는지, 몸과 마음이 유난히 편안해지는 기분이었다. 따라서 어린 나이임에도 자연스럽게 앉아 기도나 명상을 하곤 했다. 어머니와 친척분을 따라 전남 순천 송광사에 갔을 때는, 마치 전생에 살았던 곳을 찾아간 듯 친숙한 느낌을 받아 신기하기도 했다.

저자는 평생을 예술, 철학, 종교, 무예, 기공, 단전호흡, 명상, 상담심리 등에 심취하여 보이지 않는 영적 세계를 탐구해왔다. 어린 시절, 하루는 옆집 철학관 할아버지가 사주팔자를 그냥 보아준다고 날 불렀다. 궁금함과 호기심에 사주팔자가 무엇이냐고 묻자 할아버지는 웃으면서 말문을 여셨다.

"사주팔자란 인간이 태어날 때 가지고 나온 태어난 해와 달, 그리고 날짜와 시간의 네 가지 기둥을 사주라고 하고, 이 사주를 목, 화, 토, 금, 수 오행의 5가지 기운으로 풀게 되면 8가지의 오행이 나오는데 이를 팔자라고 한다."

"이 팔자는 하늘과 땅의 기운 조화를 말하는 것이며 이 팔자를 가지고 그 사람 인생의 좋음과 나쁨, 불행과 행복인 길흉화복吉凶禍福을 알아보고 예측하는 것이니라."

"하늘의 기운을 천간天干이라고 하며, 천간은 갑甲, 을乙, 병丙, 정丁, 무戊, 기己, 경庚, 신辛, 임任, 계癸의 10가지이고 땅의 기운을 지지地支라고 하는데 12종류가 있다. 이는 우리가 잘 알고 있는 띠를 상징하는 동물들로 쥐(자子), 소(축丑), 호랑이(인寅), 토끼(묘卯), 용(진辰), 뱀(사巳), 말(오午), 양(미未), 원숭이(신申), 닭(유酉), 개(술戌), 돼지(해亥)이다."

"너는 용띠로 태어났고 용띠 가운데에도 으뜸인 갑용甲龍이고 장차 종교나 철학 같은 정신세계에 깊이 관여하게 될 것이다."

그때 그분의 말이 내 인생 방향에 대한 일종의 예언이 된 듯하였다. 훗날 대학시절 명리학을 공부하면서 비로소 그분의 말을 이해하게 되었다.

저자의 사주는 갑진甲辰(연주), 갑술甲戌(월주), 경술庚戌(일주), 무인戊寅(시주)으로 이루어져 있는데, 음양 구성상 모두가 양의 에너지이다. 양의 기운만 8개가 있다 하여, 내 사주를 '양팔통사주陽八通四柱'라고 하였다.

오행의 기운은 목이 3개, 금이 1개, 토가 4개이다. 타고난 오행 가운데 수기운과 화기운이 없으니 저자 스스로 물과 불기운을 만들어야 한다고 하셨다. 어쩌면 저자 스스로 수행과 명상의 길로 들어서서 마음공부와 단전호흡을 통해 수기운을 얻고 화기운을 돌려서 생명의 에너지를 보충하지 않았다면 일찍 단명할 팔자였다고 생각한다.

또한 성격은 사주 가운데 태어난 해인 연주에 해당되는 머리에 용이 있으니 정신세계를 동경하고, 태어난 달과 날짜인 월주와 일주에 해당되는 가슴과 배에 강아지가 두 마리 있으니 성실하고 근면하며 충직하다. 그리고 태어난 시간인 시주에 해당되는 다리에 호랑이가 있어서 조용히 혼자 은거하며 명상하는 것을 좋아한다고 하였다.

저자의 전반적인 사주는 부모 도움 없이 혼자 모든 것을 개척하고 노력해야만 이루어지는 자수성가 팔자를 타고났다. 따라서 궁극의 깨달음의 경지에 도달하고 싶은 욕구가 너무 강해서 반평생 살아오는 동안 어느 순간도 편히 쉬어본 적이 없고 삶 자체가 수행이자 수련의 연속이었다. 정신세계에 대한 탐닉과 호기심 또한 끝이 없어서 수많은 단체와 학문의 세계를 기웃거리고, 어린 시절부터 품은 의구심이 해결되고 답을 얻을 때까지 쉼없이 달려온 것 같다.

2. 나의 운명과 서양 별자리 황도12궁

어린 시절, 옆집 철학관 할아버지의 사주팔자에 대한 해석은 예언처럼 초등학교 시절부터 저자를 정신세계와 도의 세계로 이끌었다. 하지만 살아오면서 '과연 사주팔자가 맞을까?' 하는 의구심도 가졌다.

그리고 서양에서는 별자리로 사람의 인생과 운명을 알아보는 오늘날 점성학이나 천문해석학으로 불리는 서양의 점성술이 있다는 이야기를 중학교 시절부터 듣고 관심을 가지게 되었다. 그리하여 독학으로 점성술 책들을 보면서 연구하였다.

저자가 연구한 점성술은 인간이 태양과 달을 포함한 별자리의 영향을 받는다는 전제 하에 각 개인이 태어난 시간과 장소에 따른 행성과 별의 위치에 근거하여 성격과 삶을 점치는 이론이다.

점성술에서는 태어난 시간과 위치에서 보이는 하늘의 모양을 둥글게 형상화하고 30도 간격으로 나누어 12개의 구역을 만든 후 각 구역에 12개의 별자리와 행성의 위치를 대입해 만든 '출생 차트' 또는 '천궁도'

라는 것을 이용한다.

점성술의 방법과 체계는 바빌로니아에서 시작했다고 알려져 있으며, 고대 로마에서는 점성술을 구사하는 바빌로니아 사람들을 칼데아Chaldea인이라고 불렀다. 칼데아는 바빌로니아 남부에 있고 이곳 사람들은 셈족에 속하는데 점성술이 알려지자 점성술을 하는 사람을 칼데아인이라고 부르게 되었다고 전해진다.

하지만 칼데아인들보다 더 오랜 역사를 가지고 있는 메소포타미아 지역의 점성술은 기원전 6,000년 전부터 이미 별을 관측하고 이를 인간사에 적용하여왔다고 전해진다.

이후 이집트 문명을 거쳐 그리스 문명이 발달하면서 점성술은 더욱 체계화되기 시작했다. 별의 모양이나 밝기 또는 자리 등을 고려하여 나라의 안위와 개인의 길흉을 점치는 방법은 오늘날까지 인도, 중국 등 여러 지역의 다양한 점성술 형태로 그 명맥이 오늘날까지 이어져오고 있다.

서양 점성학에서는 태양과 여러 행성에서 일어나는 회전 순환운동이 한 궤도를 완전히 마치려면 약 2만 6,000년의 시간이 걸리며 이 궤도를 황도黃道, Ecliptic라고 한다. 이것은 다시 12개의 별자리인 12좌로 나뉜다.

이는 1.양자리Aries, 2.황소자리Taurus, 3.쌍둥이자리Gemini, 4.게자리Cancer, 5.사자자리Leo, 6.처녀자리Virgo, 7.천칭자리Libra, 8.전갈자리Scorpio, 9.사수자리Sagittarius, 10.염소자리

Capricorn, 11.물병자리Aquarius, 12.물고기자리Pisces이며 이를 황도 12궁Zodiac이라고 부른다.

그리고 태양계의 10개의 행성인 1.태양太陽, Sun, 2.태음太陰(달, 月, Moon), 3.목성木星, Jupiter, 4.화성火, Mars, 5.토성土星, Saturn, 6.금성金星, Venus, 7.수성水星, Mercury, 8.천왕성天王星, Uranus, 9.해왕성海王星, Neptune, 10.명왕성冥王星, Pluto 등은 각각 그 성격상 12궁 중의 별자리들과 밀접한 관계를 갖고 새로운 성격과 특성들을 창출해 낸다고 한다.

기본적으로 12궁과 10행성의 조합으로 보면 120개 이상의 성격적인 특성이 형성되는 것이다. 또한 출생시기의 행성들의 각도를 지구를 중심으로 보게 되면 360도 각도로 이루어져 있다.

이 지구를 중심으로 360도를 1도씩 나누면 360개의 경우의 수가 생겨나고, 15도씩 나누게 되면 24절기가 탄생되어 24가지의 경우의 수가 형성되며, 30도로 나누게 되면 12개의 방향이 만들어져 12개의 경우의 수가 형성된다.

이처럼 별자리의 특성도 그 세분화되는 구조의 각도에 따라 많은 해석이 나오게 되므로 깊이 들어갈수록 복잡하고 난해하다. 저자는 이들 별자리와 행성들의 큰 특성과 기질을 파악하고 이것이 인간의 삶과 운명에 어떠한 영향을 미치는가에 대하여 연구하고 살펴보았다.

미국의 방송인, 저널리스트, 시인, 천문해설가였던 린다 굿맨Linda Goodman(1925~1995)이 1968년에 저술한 『린다 굿맨의 별자리

Linda Goodman's Sun Sign』[1]에 나타난 내용을 통해 저자의 별자리를 살펴보면 10월 말에 출생했으므로 12개의 별자리 가운데 전갈자리이다.

전갈자리는 황도 12궁 가운데 천갈궁에 속하며 10. 21~11. 20에 태어난 사람에 해당된다. 가을의 차가운 물의 성질과 고정성을 가지고 있으므로 인내심과 자립심이 강하고 카리스마와 지배적 성향이 강하다. 그리고 무한한 매력이 잠재되어 있어 그 깊이를 알 수가 없다고 한다.

전갈자리의 장점은 열정적, 자립적, 인내심, 지도력을 들 수 있고, 단점은 파괴적, 지배적 성향을 들 수 있다. 또한 천갈궁과 연결된 행성은 충동과 공격성이 있는 화성과 새롭게 변화하는 힘이 있는 명왕성이 해당된다.

전갈자리 특성은 강렬한 눈빛과 열정, 절대적인 자존감을 가지고 있고 대체로 자신을 잘 드러내지 않으며 강인함과 날카로움을 지니고 있다. 그리고 겉모습은 냉정하고 침착하고 무표정해 보이지만 내면은 열정적인 활력이 잠재되어 있다.

그리고 스스로에게 감정에 흔들리지 않는 무표정을 요구하여 잘 웃지 않지만 만약 웃게 된다면 참다운 웃음이다. 또한 일에 있어서 당황하거나 위축되거나 자신감에 우쭐거리지도 않지만 진심어린 상냥함과

---

1) 『린다 굿맨의 별자리Linda Goodman's Sun Sign』는 국내에는 이순영 작가에 의해 『당신의 별자리』라는 제목으로 번역되어 북극곰 출판사에서 2012년 출간되었다.

다정다감한 연민과 부드러움을 가지고 있다.

전갈자리는 가족과 사랑하는 사람들에게 헌신하고 어린이와 연약한 영혼들을 잘 보호해주며 선물이나 친절함을 받으면 반드시 후하게 보답하기도 한다. 마찬가지로 상대에게 받은 부당함과 상처에 대하여 그 이상으로 보복하는 잔인함이 있다. 그리고 종교에 관심이 많고 삶과 죽음의 모든 측면에 강렬한 호기심이 있으며 개혁에 대한 욕구도 강렬하다.

전갈자리는 성자가 될 수도, 범죄자가 될 수도 있고 종교계에서 설교를 하든, 사업계에서 미팅을 하든, 연극 무대에서 연기를 하든 최면적인 호소력은 청중의 마음을 꿰뚫어 사람들 감동시키고 변화시킨다고 한다.

전갈자리의 건강은 차가운 물의 성질을 지니고 있으므로 폐, 코, 목, 심장, 생식기 등의 순환기계통의 질환이 생길 수 있다. 그리고 과로로 몸을 해칠 수 있으니 자주 안정과 휴식을 취해야 한다. 좀처럼 아프지 않지만 한 번 아프면 대체로 심각하게 아픈 경우가 많다. 정신적으로는 속의 분노를 가라앉히고 마음을 고요히 하는 명상과 수행이 필요하다.

신기하게도 저자의 삶과 성격에 이러한 전갈자리의 특성이 대부분 들어 있다. 그래서인지 종교와 명상수행에 관심이 많고 삶과 죽음의 모든 측면에 강렬한 호기심을 느꼈다. 덕분에 평생 종교와 명상수행에 심취하고, 더 나아가 진리를 깨닫는 도의 세계에 매진해올 수 있었다.

전갈자리의 특징 중 하나는 강렬하고 날카로운 인상과 눈빛인데, 젊은 시절 자주 다니던 식당이나 카페 주인은 나의 눈빛이 너무나도 강렬해서 혹시 형사가 아니냐고 묻기도 했었다.

이러한 강렬한 눈빛과 끈질긴 오기가 바로 전갈자리의 특성이 아닌가 싶다. 하지만 세월이 흘러 지금은 오랜 명상과 마음공부로 그저 따뜻한 눈빛을 지니고 배가 나온 평범하고 마음씨 좋은 중년의 아저씨처럼 변하였다.

사실 내가 공부한 열두 가지 별자리의 해석은 탄생 시 구체적인 상황과 변수가 각자 다르다보니 개인별로 맞지 않는 부분도 더러 존재한다. 하지만 이러한 별자리의 내용을 깊이 연구하면서 인간이 우주와 연결되어 있고 수많은 별과 연결되어 있다는 사실에 확신을 갖게 되었다.

중요한 것은 별자리의 안 좋은 특성만 보고 한탄하거나 힘겨워하지 말고 열한 가지 다른 별의 좋은 점을 받아들이고 활용하여 승화시킨다면, 삶을 현재보다 더 나은 방향으로 개척하고 변화시킬 수 있으리라는 것이다. 한 가지 별자리에만 국한되어 삶을 살아간다면 그나마 짧은 인생이 참으로 허탈하고 부질없지 않겠는가.

인간은 그 자체로 하나의 소우주이며 열두 가지 별자리의 특성을 자기 안에 다 가지고 있다. 단지 지금은 유독 밝고 강하게 빛나는 하나의 별자리 특성만을 나타내고 있을 뿐이다. 그러니 나머지 열한 가지 별자리를 찾는 것을 배워서 그 빛을 밖으로 환하게 뿜어내는 것이 별자리의 완성과 더불어 삶을 완성하는 길이라고 하겠다.

3. 나의 운명과 동양 별자리 자미두수

저자의 운명에 대한 탐구는 끝이 없었다. 사주팔자, 서양 점성술에도 흡족하지 않았기에 고등학교 시절 동양철학에 관련된 책을 보다가 중국의 도사 진단이 만든 '자미두수'에 매료되었다. '자미두수'는 12궁을 기본으로 130여 개의 별을 바탕으로 하기에 너무나도 복잡해서 일반인이 쉽게 접근할 수 없는 점성학이다.

'자미두수'는 천지조화를 터득하고 인간의 부귀빈천과 길흉화복을 예지하는 데 있어 타의 추종을 불허할 만큼 정확성이 뛰어나며, 귀신도 울고 간다고 하여 당 태종 때는 이러한 이유로 황실에서만 주로 사용되고, 일반사람들에게는 금서로 분류되기도 하였다.

이것은 후에 유학에 인용되어 중국 '사주명리학四柱命理學'의 근간이 되었다. 그리고 지금 우리나라에도 '자미두수'를 연구한 분들이 일반인들이 이해하고 배우기 쉽게 서적으로 많이 출간하고 있다.[2)]

자미두수가 인간의 운명을 귀신같이 잘 알아낸다는 말은 나를 더욱 자극하였고, 나는 자미두수의 구조뿐 아니라 그것으로 어떻게 나의 운명을 설명할지가 몹시도 궁금했다. 결국 그 호기심이 저자를 그 어려운 '자미두수' 속으로 빠져들게 했고 나는 혼자서 독학으로 정보를 수집하여 '자미두수'를 연구해갔다.

저자의 연구에 의하면 '자미두수'는 크게 3가지 구조로 이루어져 있다. 첫째, 고정불변의 별자리 구조, 둘째, 변화하는 별의 구조, 셋째, 별자리를 배치한 명반命盤의 천·지·인 3가지 구조이다. 그리고 '자미두수'에서 사용하는 별들은 저마다 정해진 자리와 역할이 있고, 성격도 다르다. 먼저 가장 중심이 되는 것은 별자리 명반이다. 이 명반은 운명의 경우의 수를 12가지 동물인 12지지에 맞추어 12별자리 궁으로 형성되어 있다.

12궁은 ① 명궁命宮(자신의 궁), ② 형제궁兄弟宮, ③ 부처궁夫妻宮(부부궁), ④ 자녀궁子女宮, ⑤ 재백궁財帛宮(재산궁), ⑥ 질액궁疾厄宮(질병궁), ⑦ 천이궁遷移宮(이동궁), ⑧ 노복궁奴僕宮(인맥궁), ⑨ 관록궁官祿宮(관직궁), ⑩ 전택궁田宅宮(부동산궁), ⑪ 복덕궁福德宮, ⑫ 부모궁父母宮으로 서양 별자리 황도 12궁과 비슷하게 형성되어 있다.

그리고 그 다음으로 중요한 별인 A급 별인 14정성은 불변의 성격을

---

2) 근간에 출간된 자미두수 저서들로는 『자미두수입문』(김선호, 대유학당, 2006), 『자미두수 이론과 실제』(장정림, 백산출판사, 2009), 『홍성파 자미두수 써머리』(master Red, 영강미디어출판, 2012), 『자미두수총론』(박종원, 동학사, 2012), 『북파자미두수』(박용식, 학고방, 2014) 등이 있다. 좀 더 깊은 연구를 필요로 하는 사람은 위의 책들을 참고하기 바란다.

가지고 있는데 그 성격적 특성에 따라 ① 자미성紫微星, ② 탐랑성貪狼星, ③ 거문성巨門星, ④ 염정성廉貞星, ⑤ 무곡성武曲星, ⑥ 파군성破軍星, ⑦ 천부성天府星, ⑧ 천기성天機星, ⑨ 천량성天梁星, ⑩ 천동성天同星, ⑪ 천상성天相星, ⑫ 칠살성七殺星, ⑬ 태양성太陽星, ⑭ 태음성太陰星으로 이루어져 있다.

이는 북극성인 자미성과 북두칠성北斗七星과 남두육성南斗六星을 중심으로 주로 이루어져 있는데, 북두칠성 가운데 녹존성과 문곡성은 빠지고 대신 태양성과 태음성(달)이 들어갔다.

중국의 별자리는 북두칠성과 남두육성의 존재가 중요한데 북두칠성은 죽음과 사후세계를 관장하고, 남두육성은 수명과 삶을 관장한다고 하며 신앙의 차원까지 확장되어 있다. 그래서 모든 별자리의 핵심은 이 2가지 북두칠성과 남두육성의 구조에서 형성되는 것이다.

여기에 음양과 오행의 이치가 더해져서 새로운 변화와 해석이 형성되는 것이다.

<그림 1> 자미두수 명반(천반天盤)[3]

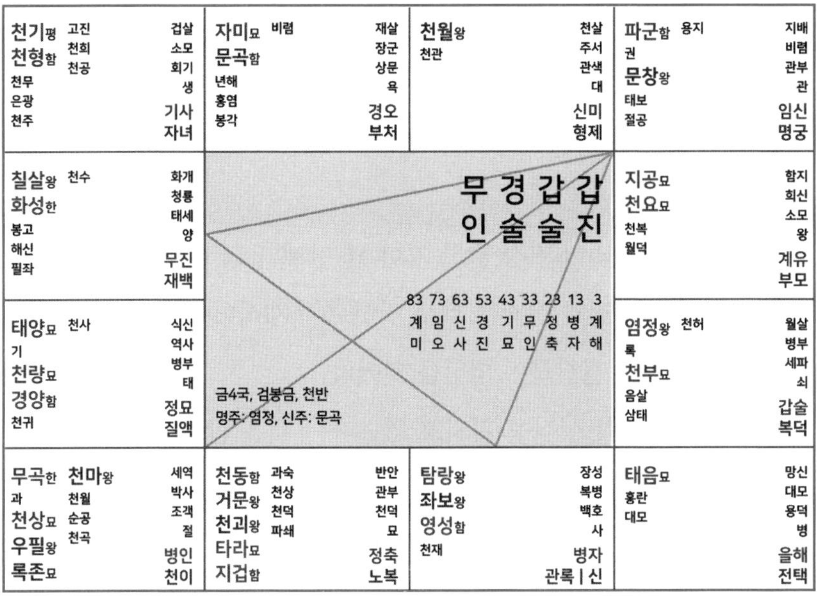

<table>
<tr>
<td>천기평 천형함 천무 은광 천주
고진 천희 천공
겁살 소모 회기 생
기사 자녀</td>
<td>자미묘 문곡함 년해 홍염 봉각
비렴
재살 장군 상문 욕
경오 부처</td>
<td>천월왕 천관
천살 주서 관색 대
신미 형제</td>
<td>파군함 권 문창왕 태보 절공
용지
지배 비렴 관부 관
임신 명궁</td>
</tr>
<tr>
<td>칠살왕 화성한 봉고 해신 필좌
천수
화개 청룡 태세 양
무진 재백</td>
<td colspan="2" rowspan="2">무 경 갑 갑
인 술 술 진
83 73 63 53 43 33 23 13 3
계 임 신 경 기 무 정 병 계
미 오 사 진 묘 인 축 자 해
금4국, 검봉금, 천반
명주: 염정, 신주: 문곡</td>
<td>지공묘 천요묘 천복 월덕
함지 희신 소모 왕
계유 부모</td>
</tr>
<tr>
<td>태양묘 기 천량묘 경양함 천귀
천사
식신 역사 병부 태
정묘 질액</td>
<td>염정왕 록 천부묘 음살 삼태
천허
월살 병부 세파 쇠
갑술 복덕</td>
</tr>
<tr>
<td>무곡한 과 천상묘 우필왕 록존묘
천마왕 천월 순공 천곡
세역 박사 조객 절
병인 천이</td>
<td>천동함 거문왕 천괴왕 타라묘 지겁함
과숙 천상 천덕 파쇄
반안 관부 천덕 묘
정축 노복</td>
<td>탐랑왕 좌보왕 영성함 천재
장성 복병 백호 사
병자 관록 | 신</td>
<td>태음묘 홍란 대모
망신 대모 용덕 병
을해 전택</td>
</tr>
</table>

짧은 지식으로 나름대로 나의 자미두수를 해석해 보았다. 먼저 12궁이 배치된 나의 타고난 위의 천반[4]을 보면 명궁(임신궁), 재백궁(무진궁), 관록궁(병자궁)이 신자진申子辰 삼합에 의해 삼각형을 이루고 있다. 이 3가지를 '삼방三方'이라고 한다. 한편 대극되는 궁은 화살방향의 맞은편 천이궁(병인궁)이다. 이를 '사정四正'이라고 한다. 즉 '삼방사정'이 나의 운명에서 가장 중요한 궁들이다.

---

3) 출처: 자미두수 명반 어플

4) 개인적 생각으로는 별의 기운을 받아 타고난 하늘의 운명을 중심으로 12궁이 형성된 것이 천반天盤이고, 자신이 태어난 장소와 정해진 혈연을 중심으로 형성된 12궁이 지반地盤이며, 살아가면서 자신이 만나고 새로 개척해가는 인연을 중심으로 형성된 12궁이 인반人盤이다. 그러므로 천반과 지반이 정해진 운명이고 숙명이라면, 인반은 자신의 노력으로 자신의 빛을 강하게 밝게 한다면 운명을 바꿀 수 있다고 생각한다.

저자의 명궁 14정성에는 파군성이 들어 있으니, 이는 신념에 따라 행동하여 출세와 성공을 이루고, 여러 분야에 손을 대어 성공한다고 해석할 수 있다. 즉, 자수성가해야 할 운명이고, 팔방미인의 재주가 있음을 의미한다. 하지만 파군성의 빛이 가장 낮은 함 단계[5]이므로 약하고 어두워 그나마 다행이다.

만약 파군성의 빛이 가장 밝고 강한 묘 단계나 그 다음 단계인 왕 단계였다면 나의 기질과 성격은 너무 강하고 독재적이어서 누구 말도 듣지 않고 혼자서 독불장군이 되었을 것이다.

저자가 파군성의 성질을 가지고 있는다는 것은 많은 고생과 노력을 의미한다. 인생의 굴곡이 많다는 것이다. 록祿, 권權, 과科, 기忌의 사화四化[6] 가운데 권이 들어 있으니 지도력과 권력이 있음을 나타내고 보좌성 가운데 문창성이 왕 단계로 빛나고 있으니 종교나 철학, 도를 닦는 쪽에서 성공할 수 있다고 본다.

그리고 75잡성 가운데 태보가 있어 종교단체에서 명예와 지위를 얻기는 하나 절공이 있어 허망하게 사라지며 비렴, 관부가 들어 있어 소인배들의 시기와 구설수에 시달리기도 한다. 또한 지배가 들어 있어

---

5) 별들의 밝기와 힘을 나타내는 과정이 있는데 밝기와 힘의 순서는 가장 밝고 강한 것부터 보자면 ①묘廟 → ②왕旺 → ③지地 → ④평平 → ⑤한閑 → ⑥함陷의 6단계 순서로 나누어진다. 가장 밝고 힘이 강한 묘 단계에서 낮은 단계인 함 단계로 내려갈수록 약해지고 좋지 않은 것이다.

6) 사화四化는 록祿, 권權, 과科, 기忌의 4가지 별이 변화하는 과정인 사성변화四星變化의 줄인 말이다. 사화의 역할은 14정성에 붙어서 그 별들의 성질을 변화시키는 역할을 한다. 그 과정은 ①화록化祿 → ②화권化權 → ③화과化科 → ④화기化忌의 4단계로 이루어져 있다. 화록, 화권, 화과는 길한 것으로 보고, 화기는 흉으로 본다. 그러므로 14정성에 록, 권, 과, 기의 어떤 것이 붙어 있느냐에 따라 별의 성질이 달라지는 것이다. 화록은 록이 붙었으니 돈이나 재물, 순조로움, 이익을 의미하고 화권은 권세, 권위, 위엄, 지위, 리더십을 나타내며 화과는 입관, 학술, 명예, 전파, 이름이 남음을 나타냄을 의미한다. 그리고 화기는 장애요소, 좌절, 손실, 시비, 불순, 결점 등을 나타내기도 한다.

국내외로 외유와 이동이 많게 된다.

이런 식으로 저자가 가진 궁의 성격을 14정성과 보좌성, 75잡성 순으로 풀어나가면 더 자세히 알 수 있다. 좀 더 살펴보면, 부부궁에 자미가 들었으니 좋은 배우자를 만날 것이고, 자녀궁에 천기가 들었으니 총명한 자녀를 얻을 것이며, 부모궁에 지공과 천요가 들었으니 부모와 윗사람으로부터는 큰 도움을 받지 못한다.

그리고 형제궁에 천월과 천관이 들었으니 형제에 의해 직위를 얻을 기회가 오고, 질액궁에 태양과 천량이 들었으니 건강관리에 뛰어나서 큰 병이 없으며, 노복궁에 천동과 거문이 들었으니 아랫사람이나 친구와의 관계는 순수한 마음과 달변, 지혜, 명확한 논리로 항상 서로 좋은 관계를 유지한다.

또한 관록궁에 탈랑과 좌보가 들었으니 직장은 예술, 철학, 종교 계통이 맞으며 주변에서 도와주게 되고, 재백궁에 칠살이 들어 있으니 재물을 얻는 데에는 냉정한 판단과 분석으로 밀어붙여서 진취적으로 얻게 되며, 천이궁에 무곡, 천상, 녹존, 천마, 우필 등이 있으니 외유나 이동을 하여야 재물을 얻고 돕는 이를 만나 원하는 바를 성취하게 된다. 그리고 전택궁에 태음과 홍란이 있으니 결혼 후 돈을 모아 집을 얻게 된다.

평생 도를 찾아 삶을 살아온 과정 중 저자가 자미두수를 연구하면서 깨달은 것은 별들의 변화와 밝기를 주관하는 것은 자기 자신이라는 점이다. 자신의 기운과 빛이 밝으면 살기, 흉성, 살성 같은 안 좋은 기운이 오더라도 평범하거나 오히려 더 좋게 변화시킬 수 있다. 즉, 인간의 내면에 깃들어 있는 밝은 빛과 힘이 의지와 노력에 의해 밖으로 드러날 때, 운명은 개척하여 바꿀 수 있는 것이 된다.

별자리나 사주팔자를 통해 운명을 알아보고 점치는 것은 그것을 통해 내가 무엇을 바꾸려 노력해야 할지 찾는 과정이다. 하지만 그것에 사로잡혀 인생을 낭비하거나, 그것을 자기 실패나 연민의 도구로 이용해서는 안 될 것이다.

내 안에는 모든 별에 우선하는 가장 밝고 아름다우며 신령스러운 영혼의 별인 '영성靈星'[7]이 존재한다. 심성, 불성, 성령, 본성, 여의주, 양신 등으로 불리는 이 영성을 찾아 불을 밝히는 순간 우리는 우주의 가장 밝은 별로 거듭나 사주팔자와 운명을 넘어서게 된다. 즉, 스스로 삶과 우주를 마음대로 바꾸는 조물주가 되는 것이다.

사는 동안 자연스레 품게 되는 운명과 미래에 관한 의문 덕에, 우리는 별자리와 주역에 바탕을 둔 수많은 사주명리학을 접하게 된다. 하지만 단지 사주명리에 통달하는 것으로는 삶이 바뀌지 않는다. 흔히들 사주명리의 달인이나 역학자, 귀신같이 잘 알아맞히는 무속인들을 보면 다음과 같은 의문을 품었다.

"남의 삶은 그렇게 잘 맞히면서 자신들 운명은 왜 모를까?"

이는 아는 것과 실천은 별개의 문제임을 보여준다. 즉, 삶을 바꾸고

7) 영성靈星이라는 별은 영적인 별이라는 뜻으로 자신의 본래마음을 뜻하는 것으로 본성, 불성과 같은 의미이다. 이는 자미두수에 나오지 않고, 저자가 만든 것임을 밝힌다.

싶다면 타고난 운명인 '천반', 그리고 타고난 환경인 '지반'을 넘어서서 내가 현재 만나는 인연, 즉 가족과 친구들인 '인반'을 소중히 여기고 사랑해야 한다.

그러려면 12궁 가운데 나의 궁인 명궁에서 먼저 마음의 궁인 '심궁心宮(마음의 중심)'을 바꾸어야 한다. 마음이 변하면 습관이 바뀌고, 습관이 바뀌면 생활이 바뀌고, 생활이 바뀌면 운명이 바뀌는 것 아니겠는가. 심궁이 바뀌면 나의 명궁이 바뀌고 부부궁, 자녀궁, 부모궁, 형제궁, 복덕궁, 전택궁, 관록궁, 노복궁, 천이궁, 질액궁, 재백궁들이 다 좋게 바뀔 것이다.

자미두수의 14정성의 유형과 유사한 성격심리학인 에니어그램의 9성격 유형은 크게 3가지로 나눌 수 있다. 머리를 쓰는 '머리중심', 가슴을 사용하는 '가슴중심', 아랫배를 쓰는 '장중심'이다. 이는 선도수행의 3단전인 상단전, 중단전, 하단전의 개념과 유사하며, 인간 에너지의 분배와 관련 있다.

현실중심적인 행동은 결단력과 추진력에서 나오며 아랫배 하단전에서 모든 것을 해결해야 한다. 이는 에니어그램의 개혁가, 충성가, 지도자에 해당하고 자미두수의 14정성 가운데 칠살성, 태양성, 파군성, 자미성이 이에 속한다.

감성과 예술성은 가슴이 중심인 중단전에서 나오며 부드러움과 우아함, 조화와 평화, 그리고 즐거움을 바탕으로 한다. 이는 에니어그램의 조력가, 예술가, 낙천가, 중재자에 해당하고 자미두수의 14정성 가운데 천상성, 염정성, 천동성, 태음성, 탐랑성이 이에 속한다.

냉정함과 명석함, 통찰력은 머리가 중심인 상단전에서 나오고 분석력과 관찰력을 동반한다. 이는 에니어그램의 성취자, 사색가에 해당하고 자미두수의 14정성 가운데 천량성, 무곡성, 천기성, 천부성, 거문성이 이에 속한다.

자미두수를 개발한 선도수행의 고수였던 진단[8]은 인간의 다양한 성격과 속성을 마음공부와 수행을 통해 스스로 통달하기를 원했다. 자미두수의 어려운 별자리를 단지 분석만 하라고 내놓은 것은 아닐 것이다. 우리가 우주의 이치를 알아 그것을 삶에 응용하여 자유롭고 행복하고 편안한 삶을 살게 하는 것이 궁극적 목적이었을 터다.

진단은 따로 언급하지 않았지만, 12궁으로 이루어진 명반에서 나의 궁인 명궁의 중요성은 모든 별보다 마음의 별인 영성을 밝히고 명궁 가운데 나의 마음의 궁인 '심궁'을 살펴 내면의 부족함을 채우는 마음공부야말로 진정 정해진 운명과 환경인 천반과 지반을 뛰어넘어 운명을 바꾸는 '인반'이 핵심이 되게 하는 것이다. 결국 인간이 소우주이고 우주의 중심이며 별의 중심인 북극성(자미성)임을 깨닫게 하는 원리가 바로 자미두수인 것이다.

---

8) 진단은 역학에도 뛰어나 우주의 창조와 변화를 설명한 '선천무극도先天無極圖'와 '태극도太極圖'를 그렸다. 훗날 '선천무극도'는 유학자 소강절邵康節에게 영향을 주었고, '태극도'는 유학자 주렴계周濂溪에게 영향을 주었는데, 그는 '태극도'를 바탕으로 '태극도설太極圖說'을 만들었다. 이러한 흐름이 남송시대의 주자朱子, 주희朱熹까지 영향을 미쳐 새로운 유학인 '성리학'을 탄생시켰다. 공자의 유학이 인간 중심이라고 한다면, 성리학은 우주와 인간과의 관계를 밝힌 것으로 선도의 우주 생성원리와 유학의 인간 심성적 구조가 잘 결합된 학문이라 할 수 있다. 송나라 시기의 성리학은 조선시대 유교사상과 정치, 경제 전반에 걸쳐 큰 영향을 주게 된다. 우리가 잘 알고 있는 퇴계 이황의 주리론主理論과 율곡 이이의 주기론主氣論의 사상적 근원이 바로 성리학이다. 훗날 성리학은 다산 정약용의 실학을 태동케 하고, 실학은 조선 후기 많은 백성의 삶을 윤택하게 하였다.

4. 타고난 사주팔자와 관상을 바꾼 사나이

어린 시절, 어머니은 삶이 힘들 때마다,

"아이고 내 팔자야… 내가 전생에 무슨 죄를 많이 지어서 이렇게 팔자가 기구한지 모르겠네…."

라고 혼잣말을 하며 당신의 운명인 팔자를 간혹 탓하곤 했다. 허나, 정말 모두의 운명, 즉 팔자는 정해져 있는 것일까? 나 역시도 많은 이들처럼 인간의 사주팔자는 정해져 있어서 벗어날 수 없는 것이라고 믿던 시절이 있었다. 하지만 어느날 문득, 정말 운명이 정해져 있다면 굳이 열심히 살아야 할 필요가 있을 것인가라는 의문이 들었다. 그렇다면 인간의 자유의지란 무슨 소용이 있는 것일까?

어린 시절 알았던 사주팔자의 지식과 중학교 시절 알았던 서양 점성술, 그리고 고등학교 시절 알았던 동양 점성술인 '자미두수'를 배우면서 다음과 같은 의문을 갖게 되었다.

"과연 나의 사주팔자와 운명을 완전히 벗어날 수는 없을까?"

그런데 이러한 고민을 해결해준 것은 원광대학교 원불교학과를 다니던 시절 접한 원불교의 창시자 소태산 박중빈朴重彬 대종사가 언급한 당나라의 유명한 정승 배휴裵休의 이야기였다. 이 내용은 원불교 교전에 속해 있지 않았고, 교리역사 동아리 선배가 가지고 있던 오래된 필사본에 있었는데 후에 『대종경 선외록』이란 책에 이 내용이 실렸는지는 확인하지 못했다.

저자가 조사한 바로는 배휴라는 인물은 실존하였다. 그는 중국 맹주 제원에서 출생하였고 어린 시절 이름은 '공미公美'라고 알려졌다. 그는 성장하여 정승이 되었고, 문장과 글씨에 능하였는데, 특히 해서체를 잘 썼으며 학문과 행정 능력을 두루 갖춘 출중한 인물이었다고 전해진다. 배휴에 대한 이야기는 다음과 같다.

중국 당나라 때 배휴라는 사람이 있었다. 어린 시절 이름은 배도裵度(법도 도)였는데, 키가 5척(약 150cm)밖에 되지 않고, 인물도 잘나지 않아 남의 조롱거리가 되곤 했다. 집안도 가난하여 매우 힘든 어린 시절을 보내야 했다. 그런 그에게는 같은 날, 같은 시에 태어난 쌍둥이 동생 배탁裵度(헤아릴 탁)이 있었다.

어느 날, 배도는 동네 사람들이 건넛마을에 사는 아주 용한 점쟁이에 관해 이야기하는 것을 들었다.

"아니, 건넛마을 사는 점쟁이는 어찌나 용한지 누가 자기 집 문간에 들어서는 순간 모든 걸 다 알아맞힌다는구먼. 정승 될 팔자면 버선발로 뛰어나와 큰절을 하며 반기고, 빌어먹을 거지 팔자는 아예 상종도 안하고 돌려보낸다고 하지. 참으로 용한 사람이야!"

이 말을 들은 배도는 자신의 사주팔자를 확인하기 위해 단번에 건넛마을로 달려갔다. 이렇게 살아서는 답이 없을 것 같았고, 만의 하나라도 계속 이리 살 팔자라면 죽는 것이 낫다고 생각했기 때문이었다. 용하다는 점쟁이 집 앞에 다다른 배도는 크게 소리쳐 사람을 불렀으나 아무도 나타나지 않았다. 한참을 정적과 고요 속에 서 있자니 두려움이 엄습해 왔고, 결국에는 화가 치밀어 올랐다.

그는 단번에 담을 넘어가 점쟁이의 방문을 벌컥 열었다. 그러자 점쟁이는 이런 상황을 이미 예견이라도 했다는 듯이 배도를 안타까운 눈으로 바라보면서,

"당신은 빌어먹을 사주팔자를 타고났으니 내가 해줄 수 있는 것이 없소! 그냥 운명을 받아들이고 지금처럼 살아 가시오."

라고 말하더니 방문을 닫아버렸다. 그 순간 배도는 눈앞이 막막했다. 밀려오는 슬픔에 하염없이 눈물만 흘러내렸다.

"아, 지금까지 동생과 너무나도 힘들게 살아왔는데, 앞으로도 계속 빌어먹을 거지 팔자라니! 이렇게 살 수는 없어. 차라리 죽는 게 낫지 않을까?"

그 길로 배도는 축 처진 몸을 겨우 이끌고 마을의 제일 높은 절벽으로 올라갔다. 하지만 막상 신발을 벗어놓고 낭떠러지로 몸을 던지려니 무섭기도 하고 억울하기도 했다. 그렇다고 거지꼴로 계속 세상을 살아가기는 싫어 망설이고 있는데, 낭떠러지 아래서 종소리가 들려왔다. 자세히 살펴보니 작은 절 하나가 자리잡고 있었다.

"그래, 죽기보다는 차라리 절에 들어가서 스님이 되자. 그러면 세상과 연을 끊고 살 수 있을 거야."

이런 생각을 하면서 배도는 절로 향했다. 그리고 절의 행자가 되었다. 그는 자신을 죽은 사람이라고 생각하며 항상 겸손하게 물을 긷고 나무를 하고 스님들을 공양했다. 그러던 어느날 배도는 법당 구석에 앉아 큰스님의 법문을 들었다.

"'일체유정무정一切有情無情 개유불성皆有佛性 각즉심시불覺卽

心是佛 성불成佛'이라 모든 존재는 다 부처가 될 수 있는 불성佛性을 타고났으니, 마음이 곧 부처임을 깨달아 마음을 닦아 나간다면 누구나 부처가 될 수 있다."

배도는 온몸에 강렬한 전율을 느꼈다.

"빌어먹을 사주팔자와 관상을 타고난 내가 부처가 될 수 있다니, 놀랄 일이 아닌가! 마음이 곧 부처라 했으니, 내 마음을 부처님처럼 쓰면 되겠구나!"

이때부터 배도는 달라지기 시작했다. 평소처럼 물을 긷고 나무를 하면서도 즐겁고 행복한 마음으로 정성을 다하였다. 신도들을 대할 때도 밝게 웃으며 진심으로 도움을 주었다. 스님들에게 글과 문장을 배우고 익히며 틈틈이 불경도 외웠다. 이렇듯 지극정성으로 스님들을 공양하고 신도들을 돕는 배도의 모습을 보고 모두가 살아 있는 부처라고 칭찬을 아끼지 않았다.

10년이면 강산도 변한다고 차츰 배도의 얼굴에는 정기가 넘쳐흘렀고, 몸에서는 기품이 배어나오기 시작했다. 많은 불경과 유교의 핵심 서적인 사서삼경 등 수많은 책들을 읽어 눈에는 지혜의 빛과 총기가 서렸다. 어느 따뜻한 봄날 주지스님이 조용히 배도를 불렀다.

"배도야! 배도야! 이리로 들어오너라."

영문을 몰라 어리둥절해하며 주지스님의 방에 들어가자 스님은 따뜻한 차 한 잔을 달여 주며 은은한 미소를 머금고 조용히 말문을 열었다.

"배도야! 이제 그만 하산하거라."

배도는 놀라서 물었다.

"아니, 주지스님 무슨 말씀이십니까? 저는 속세와 인연을 끊고 왔습니다. 어찌 저를 내치십니까? 저는 여기서 평생 도 닦으며 스님으로 살 것입니다."

그러자 주지스님은 알 수 없는 미소를 머금은 채 말을 이어갔다.

"넌 여기 절에 있을 사람이 아니다. 이제 공부도 많이 무르익었고, 장차 나라를 위해 크게 쓰일 사람인데, 어찌 이 산속에서 허송세월을 하려 하느냐. 당장 환속하여 장안長安으로 가서 과거시험을 보도록 하여라."

그러고는 노잣돈과 정갈한 의복을 챙겨주었다. 너무나도 단호한 주지스님의 태도에 배도는 눈물을 머금고 큰절을 올린 후 하산하여 당나라의 수도인 장안으로 향했다.

"실력도 없는 내가 어찌 감히 과거시험을 볼 수 있겠어. 하지만 스님께서 뜻한 바가 있으실 테니, 예의상 한 번만 보고 떨어지면 산속에 들어가서 농사나 짓고 살아야겠다."

못내 미심쩍은 마음에도 어쨌든 배도는 과거시험을 치렀는데, 뜻밖에도 스님들에게 배운 글과 문장, 그리고 읽었던 책들 덕분에 이미 상당한 학식이 갖추어져 있어 당당히 과거에 급제하게 되었다. 그리하여 지금의 도지사급인 당나라 관찰사가 되었다.

관찰사의 자리에 오른 배도는 호위를 받으며 가마를 타고 지방 부임지로 향하던 도중 고향에 들러 보기로 마음먹었다. 자신이 관찰사가 되었다는 사실도 믿기지 않았지만, 자신을 빌어먹을 사주팔자라고 괄시했던 점쟁이도 너무 괘씸했기 때문이었다. 그는 관복은 벗어서 넣어두고 허름하고 낡은 옷을 구해 입고는 고향을 찾았다. 동생 배탁은 아직도 강에서 사람들을 실어 나르는 뱃사공 일을 하면서 근근이 생계를 이어가고 있었다. 이때 배도는 생각에 잠겼다.

'같은 해, 달, 날, 시에 같은 사주를 타고난 쌍둥이 동생은 여전히 뱃사공 일을 하고 있지만, 나는 이제 관찰사가 되었다. 하지만 건넛마을 용하다는 점쟁이는 내게 평생 빌어먹을 거지팔자라고 하지 않았던가. 이건 무슨 연유인가? 도무지 알 수가 없구나. 혹시 그 점쟁이가 백성들을 농락하는 사기꾼이 아닐까? 내 이놈을 기필코 잡아다 그 죄를 물으리라.'

배도는 점쟁이에게 속은 생각에 치를 떨며 그 용하다는 점쟁이 집으로 찾아갔다. 도착해서 조용히 문을 여는 순간 인기척을 느낀 그 점쟁이가 방문을 열어젖히더니 후다닥 버선발로 뛰어 내려와서 큰절을 올리는 것이 아닌가!

"아니, 당신은 내가 누군지 알고 이렇게 버선발로 큰절을 올리는가?"

점쟁이는 머리를 조아린 채로,

"아이고 어르신, 오늘 아침 점괘를 보니 앞으로 이 나라 큰 정승이 되실 분이 제 집을 방문하는 괘가 나왔습니다. 지금 시간으로 보아 틀림없을 것입니다. 어서 안으로 드시지요."

배도는 너무나도 어이가 없어서 멍하니 그 자리에 서 있었다. 그러자 점쟁이는 재차 방으로 들기를 권하였다.

"허허 참, 이렇게 서 있지 마시고 일단 안으로 들어가서 이야기를 나누시지요."

점쟁이의 안내를 받아 방으로 들어가 점쟁이가 권하는 상석으로 자리잡고 앉은 배도는 점쟁이에게,

"이보시오, 나는 당신이 10년 전에 빌어먹을 사주팔자라고 상대도 안하고 돌려보냈던 사람이오. 허나 이제 난 관찰사가 되었소만, 나와 사주팔자가 같은 내 쌍둥이 동생은 여전히 뱃사공을 하고 있으니 필시 사주팔자란 점쟁이들이 지어낸 허망한 학문이 아니겠소?"

점쟁이는 그 말을 듣고 비로소 배도의 얼굴을 올려다보더니, 고개를 갸웃거리면서 사주를 풀어 보는 것이 아닌가? 그러고는 잠시 후, 고뇌와 의심이 교차하는 심란한 표정으로 조심스럽게 말문을 열었다.

"관찰사 어르신, 어르신의 사주팔자는 분명 빌어먹을 사주팔자이온데, 관상은 재상의 관상이니 어찌 이런 경우가 있는지 모르겠습니다. 제 평생 이런 일은 처음입니다. 혹시 실례가 되지 않는다면 10년 동안 무슨 일이 일어났는지 여쭤봐도 괜찮겠습니까?"

배도는 지난 10년간 절에서 행자승려 생활을 하면서 지낸 일들을 상세하게 말해주었다. 그러자 점쟁이는 소스라치게 놀란 얼굴로 고통스럽게 다음과 같이 말했다.

"'사주불여관상四柱不如觀相, 관상불여심상觀相不如心相'이라, 타고난 사주보다는 얼굴 관상이 더 낫고, 관상보다는 마음을 잘 쓰는 심상이 더 나으니, 인생의 흥망성쇠가 모두 마음먹기에 달렸구나! 오늘 이분이 이 말을 증명해내니 너무도 큰 영광이로다. 그동안 내가 이런 잔재주로 사람을 판단하고 희롱하며, 태어난 사주팔자로 족쇄를 채워 변할 수 있는 운명을 가두었으니 참으로 어리석게 살았구나!"

이렇게 말한 후, 그 점쟁이는 배도에게 마지막 말을 남기고 종적을 감추었다고 한다.

"지금의 바뀐 관상으로 보면 어르신은 정승의 자리에 올라 이 나라를 크게 부흥시킬 것입니다."

그 후 배도는 승승장구하여 당나라 최고 벼슬인 정승의 자리에까지 올랐다. 그리고 오랫동안 재임하면서 환관의 횡포를 누르고 국민을 위해 올바른 정치를 하였으니 황제의 신뢰와 함께 그의 덕망은 당나라 전체에 널리 퍼졌다. 교양이 깊고 성품이 온화하였던 그는 재가불자로 불교 선종에 귀의하여 선종의 대가인 규봉종밀圭峰宗密 선사와 황벽희운黃檗希運 선사 같은 큰스님에게 개인적인 가르침을 받았다.

처음 이 글을 접했을 때, 나는 벅찬 감동을 느꼈다. 내 인생은 내가 개척하는 것이고, 사주팔자와 운명, 심지어는 관상까지 내가 만들어가는 것이라는 메시지가 가슴 깊이 와 닿았기 때문이다.

일반적으로 벼룩은 자기 몸의 200배 높이까지 뛰어오를 수 있다고 한다. 굳이 인간과 비교해보지 않아도 이는 엄청난 능력이다. 이런 벼룩을 유리병에 가두고 마개를 닫아놓으면 당연히 밖으로 나가려고 계속 위로 뛰어오를 것이다. 하지만 한참 후에 유리병에 가두었던 벼룩을 풀어주면, 더는 유리병 높이 너머로는 뛰어오르지 않는다.

이것은 유리병에 갇힌 이후 스스로 자신의 한계를 규정지어버려서 아예 높이 뛸 생각조차 못하는 것이다. 마찬가지로, 인간도 주어진 팔자나 환경, 또는 한계를 넘어 앞으로 나아가고자 하는 간절한 노력이 없다면 병 속에 갇힌 벼룩과 다를 바가 없을 것이다.

벼룩과는 달리, 개미 중에 일명 점프개미라 불리는 종이 있는데, 이 개미는 하나의 여왕개미를 중심으로 집단을 이루고 산다. 그런데 특이한 것은, 이들은 여왕개미가 죽으면 일개미 중 하나를 여왕개미로 새로이 추대하는데, 추대받은 일개미는 자신이 여왕개미라는 확신이 서면 그날부터 날개가 생기고 몸집이 커지면서 여왕개미로 탈바꿈하여 알을 낳기 시작하고 수명도 일개미보다 10배로 늘어난다고 한다.

참으로 놀라운 사실 아닌가. 다시 말해, 점프개미는 모두가 여왕의 유전자를 가지고 태어나기에, 마음만 먹으면 여왕이 될 수 있음을 알고 있는 것이다. 뉴욕 의대 생화학 교수인 대니 레인버그Danny Reinberg 박사는 연구를 통해 점프개미 일개미와 여왕개미의 유전자가 동일함을 밝혀냈다.

우리의 본성에도 부처나 신, 성자, 성현이 될 수 있는 DNA가 있고, 성공할 수 있는 유전자도 존재한다는 것이다. 자기 각성과 확신, 그리고 노력을 통해 지속적으로 자신을 바꾸어 간다면, 원하는 존재로 탈바꿈하여 이루지 못할 일이 없을 것이다.

지금 당장 나의 삶이 힘들고 어렵다 하여도,

> "마음을 바꾸면 생각이 바뀌고, 생각이 바뀌면 행동이 바뀌고, 행동이 바뀌면 습관이 바뀌고, 습관이 바뀌면 성격이, 성격이 바뀌면 인격이, 인격이 바뀌면 운명이 바뀐다."

라는 믿음으로 점차 온전한 깨달음의 세계로 나아간다면 궁극적으로는 생사를 초월함은 물론이고 인간 내면의 밝은 빛을 찾아 나아갈 수 있을 것이다.

5. 떠오르는 의문들과 호기심

저자는 어릴 때부터 많은 의문과 호기심을 품고 살았는데, 그 중에서도 가장 어렵고 풀리지 않는 의문은 바로 우주와 나의 존재에 관한 것이었다. 여름철 옥상 평상에 누워 밤하늘에 촘촘히 수놓인 신비로운 별들을 바라보다 보면 무한한 동경과 함께 여러 의문들이 떠올랐다.

저 별에는 누가 살까?
나는 어느 별에서 왔을까?
나는 왜 지구에 태어났지?
사람은 죽어서 어디로 가는 걸까?

우주는 누가 창조했지?
하느님이 창조했을까?
그렇다면 하느님은 어디 계시지?

왜 아무도 본 사람이 없을까?

정말 신이 존재한다면 왜 착한 사람은 고통받으며
힘들게 살고,
악한 사람은 편안하게 잘 사는 걸 그냥 내버려두시는 걸까?
왜 사람들은 서로 모습도, 생각도, 살아가는 방식도
다 다른 걸까?
부처님이 도를 깨달은 가장 높은 분이라면,
하느님과는 서로 어떤 관계일까?
친구일까? 누가 더 높을까?

저자는 두 분의 서열을 알 수 없었다. 그래서 원하는 일이 있으면 하느님과 부처님께 동시에 기도를 했다. 그리고 나중에 자라서 반드시 두 분이 어디에 계시는지, 어떤 관계인지 알아보리라 결심했다.

어릴 적 내가 처음 꿈꾸었던 직업은 미국 우주항공국 나사 직원이 되는 것이었다. 저자는 열심히 공부해서 미국으로 유학을 가 천문학이나 물리학 계통의 박사학위를 취득하여 나사 직원으로 근무하다가 한국에 돌아와 우주선을 만들어 우주를 여행해 다니겠다고 다짐했었다.

하지만 천재 물리학자 알버트 아인슈타인Albert Einstein 박사의 상대성이론을 접하고 나서 내 꿈은 바뀌었다. 아무리 빠른 우주선도 빛보다 빠르게 날아갈 수는 없기에 몇 백억 광년쯤 걸리는 별까지는 가보지도 못하고 태양계 근처의 별만 탐험하다가 유한한 내 인생이 끝나게 되리라는 사실을 깨달았기 때문이었다.

이러한 고민에 휩싸여 있던 어느날, 새로운 사실을 알게 되었다. 부처님처럼 도를 깨닫게 되면 우주의 모든 이치와 비밀을 다 알 수 있다는 것이었다. 원하는 곳은 어디라도 갈 수 있고, 볼 수 있으며, 심지어 전생과 미래까지도 다 꿰뚫어 알 수 있게 된다니, 이보다 더 좋은 방법이 어디 있다는 말인가.

'정말 도를 깨닫게 되면 그런 능력이 생기는 걸까? 그럼 굳이 나사에 취직해서 우주선 만드는 기술을 배우고 오지 않아도 되겠구나! 그런데 도를 닦으려면 어떻게 해야 하지? 스님들처럼 눈감고 앉아서 참선을 해야 하는 건가?' 이런 생각들이 머릿속을 맴돌았다. 그러자 여러 의문들이 꼬리를 물고 떠올랐다.

착한 일을 하면 천당에 가고,
악한 일을 하면 지옥에 간다고 하는데,
정말 천당과 지옥이 있을까?
있다면 어디에 있을까?

나는 천당에 갈까, 지옥에 갈까?
저기 빛나는 별들 한가운데 천당이 있을까?
지옥은 땅속에 존재할까?

모든 게 궁금해져서 밝혀내고만 싶었다. 그리고 어린 시절 작은이모의 죽음을 경험하고 나서는 또 다른 의문이 꼬리를 물었다.

사람은 죽으면 어디로 갈까?
저승사자가 데리러 온다고 하는데, 저승사자는 누구지?
사람이 죽어서 다시 환생하려면 시간이 얼마나 걸릴까?

죄를 많이 짓고 죽으면 소나 개 같은 동물로 태어난다고
하는데, 정말일까?
살기 힘들어 죽겠는데, 꼭 환생을 해야 하나?
자살을 해도 끝나는 게 아니라고 하는데, 그렇다면 자살한
영혼들은 어디로 가는 걸까?

천도재를 지내면 영혼이 극락으로 천도가 된다는데,
정말일까?
천도가 안 되면 이승에서 귀신으로 떠돌아다닌다고 하는데,
왜 그렇지?

천도를 시키려면 그냥 독경하고 기도하고 축원하면
되는 건가?
어떤 사람은 귀신에 씌어서 굿을 하는데,
귀신은 왜 사람들을 괴롭힐까?
귀신은 정말 악하고 나쁜 존재인가?

착한 귀신은 없는 걸까?

우리 마을에는 공동묘지가 있었다. 당시에는 놀이동산은 물론이고 장난감 같은 놀거리가 거의 없었고, 볼거리도 만화책이나 흑백 TV가 전부였다. 그러니 아이들은 높은 곳에서 뛰어내리거나 밤에 공동묘지에 갔다오는 등 담력 놀이를 자주 하였다. 나도 용기를 내어 이런저런 놀이로 내 담력을 시험해보곤 했는데, 밤에 공동묘지에 다녀올 때면, 두 주먹을 불끈 쥐고 눈을 부라리며 귀신을 만나면 이겨야 한다는 생각으로 두려움과 싸우던 일이 기억난다.

당시 아이들에게 귀신, 도깨비, 악령 같은 영적인 존재들은 두려우면서도 극복해야 할 과제였다. 동네 무속인을 보면 무서워서 도망 다니는 아이들도 많았다. 하지만 내 호기심은 무속인도 그냥 지나치지 않았다.

무속인은 신기가 있어서 신내림을 받았다고 하는데,
정말 귀신이 사람에게 내려온 걸까?
신내림을 안 받으면 평생 아프다고 하는데 정말 그럴까?

마음과 정신이 너무 힘들면 미쳐버리는 사람도 있는데,
왜 미쳐버리는 걸까?
안 미치려면 어떻게 해야 하나?

내가 이런 질문을 하면, 어른들은 나를 별난 애 취급만 할 뿐, 딱히 만족스러운 답을 주지 않았다. 아무리 귀한 것을 가진다 한들 이러한 의문들이 해결되지 않으면 행복하게 살 수 없을 것 같았다. 그리고 그런 의문들이 나를 사색하게 했다. 당시 나를 힘들게 했던 그 의문들은 하나둘씩 점점 늘어나서 어느덧 아래 **<표 1>** '풀리지 않는 의문들'에 정리해 놓은 31가지가 되었다.

<표 1> 풀리지 않는 의문들

구분	순서	풀리지 않는 의문들
신과 우주	1	우주는 어떻게 탄생했고, 그 구조는 어떠한가?
	2	우주를 창조한 이는 누구인가?
	3	신은 어디에 어떻게 존재하는가?
	4	우주인은 존재하는가?
	5	지구의 종말은 오는가?
인간과 마음	1	인간은 왜 지구에 태어났는가?
	2	인생은 왜 이리 힘들고 아프고 고통스러운가?
	3	마음이란 어디에 존재하는가?
	4	마음공부는 꼭 종교단체에서 해야 하는가?
	5	운명은 누가 정하고, 벗어날 수 있는가?
	6	마음병과 정신병은 왜 생기는가?
	7	악한 사람과 선한 사람은 미리 정해져 있는가?
	8	득도하면 윤회를 벗어나 생사해탈할 수 있다는데, 그 방법은 무엇인가?
	9	깨달음을 얻으면 부처가 된다고 하는데, 신도 될 수 있는가?

구분	순서	풀리지 않는 의문들
귀신과 사후세계	1	영혼과 귀신은 있는가?
	2	귀신이 이승을 떠도는 이유는 무엇인가?
	3	(귀)신병은 왜 생기고 예방할 수 있는가?
	4	신내림은 반드시 받아야 하는가, 거부하면 해를 입는가?
	5	자살하면 모든 것이 끝나는가?
	6	죽으면 끝인가, 윤회와 환생을 하는 이유는 무엇인가?
	7	죽어 환생하기까지 얼마나 걸리는가?
	8	죽으면 저승사자가 데리러 온다고 하는데, 저승사자는 누구인가?
	9	죽으면 염라대왕의 심판을 받는다고 하는데, 염라대왕은 누구인가?
	10	잘 죽으려면 어떻게 준비해야 하는가?
	11	천국과 지옥은 어디에 왜 존재하는가?
	12	제사나 천도재는 왜 지내야 하나?
종교	1	천사와 악마는 존재하는가?
	2	죄를 많이 지으면 죽어서 동물로 태어나는가?
	3	부자는 천국이나 극락 가기 힘들다고 하는데 이유가 무엇인가?
	4	종교란 무엇이고 꼭 필요한가?
	5	특정 종교만이 구원받을 수 있는가?

하지만 이러한 의문의 답을 얻기란 불가능에 가까웠다. 유교의 기본 경전인 사서삼경四書三經[9]에도 나오지 않았고, 불경이나 철학책도 전생에 지은 것을 이생에 받게 된다는 인과보응의 운명론적 답이나 모호

9) 사서는 『대학大學』, 『논어論語』, 『맹자孟子』, 『중용中庸』, 삼경은 『시경詩經』, 『서경書經』, 『주역周易』을 말한다.

한 내용만 들려줄 뿐 근본원리와 이유까지 명쾌히 답변해주지 못했다.

또한 성서는 우주 모든 곳에 하나님이 존재한다는 믿음을 전제로 이야기가 전개되고 있으니, 하나님의 존재를 보셨냐고 묻는 내 끈질긴 질문은 목사님들을 당황하게 하였다. 『벌거벗은 임금님』이란 동화 속에서는 마음이 착하고 순수한 사람만이 임금님의 옷을 볼 수 있다고 사기꾼 재단사가 말한다. 모든 사람이 보이지도 않는 옷을 보인다고 거짓말하며 심지어는 너무도 아름답다고 찬양까지 한다. 하지만 어린아이는 정말 순수하게 말한다.

"임금님은 벌거숭이다."

그 외침이 결국 모든 백성과 임금님에게 진실을 깨닫게 해준다. 그와 마찬가지로, 나도 정말 보이지 않으니 안 보인다고, 보여 달라고 했을 뿐이다. 믿고 안 믿고의 문제가 아닌 것이다.

불경도 초기경전인 『아함경阿含經』에는 부처님의 진솔한 모습이 많이 나온다. 제자가 떠나가니 슬프다고 표현하고, 탁발을 오래 하고 돌아와 앉으니 허리가 아프다고 하는 식이다. 하지만 시간이 지난 후 만들어진 가짜 경전의 논란이 되는 위경僞經에는 부처님의 모습이 전지전능한 신처럼 묘사된다. 그분이 인간의 몸을 지니고 있어 아픔과 슬픔을 느끼는 것은 당연한 사실이다.

그런 아픔과 슬픔과 고통을 뛰어넘어 신이 되고, 부처가 되었기에 예수님과 부처님은 존경받아야 하는 것이다. 따라서 그 과정 또한 존중받아야 한다. 무조건적으로 신성시하는 것이야말로 우상숭배다. 우리는 그분들이 깨달은 진리와 가르침을 배우고 싶은 것이지, 그분들의 모습인 육신의 모습을 닮고자 하는 것은 아니다.

저자의 의문들은 종교나 철학을 접한다고 해서 쉽게 풀 수 있는 문제가 아니었다. 돈과 명예도 그 해답을 가져다줄 수는 없는 것이다. 평생에 걸쳐 풀어야 하는 의문이었기에, 도를 깨달아 알 수밖에 없었다. 하지만 도를 깨달아 알려면 먼저 큰 도를 깨달으신 큰 스승을 만나야 하는데, 그 역시도 쉬운 일이 아니었다.

그럼에도 나는 이 의문들을 해결하는 것을 인생의 목표로 삼고 언젠가는 스승을 만나게 되리라는 막연한 기대를 품은 채 간절한 마음으로 하루하루를 살아왔다. 그리하여 30여 년간의 수행과 탐구를 통해 내 공부가 한계에 다다를 때마다 여러 스승들의 도움으로 그 한계를 뛰어넘었다. 궁극에 이르러 마지막에는 스스로 갈고 닦아서 마침내 그 답을 얻었고, 그 내용은 이 책의 마지막 장에서 밝히고자 한다.

6. 정신세계에 심취하다

초등학교 시절 방학만 되면 나는 어머님이 사놓은 세계위인전집, 한국위인전집, 세계명작전집 등을 보이는 대로 다 읽었다. 그리고 더는 읽을 것이 없어서 집어든 것이 춘원 이광수의 불교소설『유정』,『무정』,『원효대사』였다.

이 소설 속 주인공들이 보여주는, 나를 비우는 무아無我, 나의 선행을 숨기는 무상無相, 남을 위해 봉사하고 베푸는 자비慈悲 사상을 접하면서 서서히 불교사상에 심취되어 갔다. 특히 신라의 고승 원효대사元曉大師의 일대기를 다룬 소설『원효대사』는 내가 깨달음을 향해 나아가야겠다고 결심하게 된 하나의 계기가 되어주었다.

원효대사의 일대기는 중국 송나라 시대에 혜홍慧洪이 저술한『임간록林間錄』, 영명연수永明延壽가 저술한『종경록宗鏡錄』, 찬녕贊寧이 저술한『송고승전宋高僧傳』에 나오는 기록을 바탕으로 한다.

의상과 함께 걸어서 당나라로 유학을 가던 원효는 지금의 경기도 화성 부근에 도착하여 날이 어두워지자 비를 피하고 짐승의 위협에서 몸을 지킬 만한 장소를 찾던 중 산 중턱에서 동굴을 하나 발견해 그리로 들어간다.

새벽에 목이 말라 잠에서 깬 원효는 주변을 더듬어 물을 찾던 중 동굴 한쪽에 놓인 바가지를 발견하고는 그 속에 담긴 물을 꿀물이나 되는 양 달고 시원하게 마신 후 다시 잠을 청한다.

날이 밝아 개운하게 일어난 원효는 새벽에 달게 마셨던 물이 생각나서 바가지를 찾느라 주변을 둘러보다가 자신이 동굴로 알고 찾아들었던 곳은 무덤 속이고, 마신 물은 해골에 담긴 물이라는 사실을 알게 된다. 그 순간 참을 수 없는 구역질을 느껴 한참이나 속에 있던 것을 다 게워내던 중에 그는 갑자기 깨달음을 얻는다.

> "어제 달게 마셨던 물과, 오늘 아침 내가 토해낸 물이 같은 물이라면, 달라진 것은 무언가? 내가 먹은 마음이 아니던가? 더럽다고 생각하니 더러운 것이라면, 결국 모든 것은 다 마음먹기 나름일 터다. 굳이 당나라에 찾아가서 불법을 배울 것이 아니구나. 일체유심조一切唯心造라, 세상사가 마음먹기에 달려 있다고 하였으니, 마음을 잘 살펴 사용하는 것이야말로 진정 참다운 수행이리라."

원효는 이때 깨달은 바를 오도송悟道頌으로 남겼다.

한마음이 생겨난즉
이에 따라 모든 생각과 이치가 생겨나고

한마음이 사라진즉
부처님을 모신 법당과 무덤이 둘이 아니고 하나라네.

세상은 오직 마음에 의해 만들어지고,
세상의 모든 법과 이치는 생각에 의해 만들어지니

마음 외에는 따로 법이 없으니
어찌 마음 밖에서 법과 도를 구하겠는가.[10]

그동안 의문을 구했던 모든 것들을 이 시는 마음속에서 모든 진리와 법과 의문을 해결하라는 이야기로 들렸다. 마음을 찾는 공부가 참선이니 마음을 깊이 살펴 내 안에 깃든 불성을 깨닫고 우주의 이치를 알아가는 것을 삶의 목표로 삼아야 한다는 가르침 같았다.

중학교에 들어가서 다시 한 번 인생의 허무감을 느끼는 계기를 맞이했다. 60년대 말, 아버님은 부산서 버스 2대로 운송 사업을 하다가 친한 친구의 빚보증을 서는 바람에 파산을 하셨다. 하지만 70년대 초반

---

10) 원효대사 오도송: 심생즉 종종법생(心生卽種種法生), 심멸즉 감분불이(心滅卽 龕墳不二), 삼계유심 만법유식(三界唯心 萬法唯識), 심외무법 호용별구(心外無法 胡用別求).

재기하여 부동산개발에 뛰어들어 사업을 확장해 나갔으나, 머지않아 다시 친구의 배신으로 좌절하게 되었다. 이때 아버님은 술을 마시면서 흐느껴 우셨다. 아버지의 눈물을 본 것이 그때가 처음이었다.

"돈이라면 인간은 의리도, 친구도 다 저버리는구나! 사람도, 돈도 다 믿을 것이 못 되네. 그렇다면 세상에서 영원히 변하지 않는 것은 무엇일까?"

이때부터 그동안 의문을 구했던 모든 것들과 영원히 변하지 않은 것을 찾는 마음여행을 시작했다. 먼저 서점에 가서 까뮈의 『이방인』, 실존주의 철학자 사르트르의 『존재와 무』, 니체의 『차라투스트라는 이렇게 말했다』, 독일의 염세주의 철학자 쇼펜하우어의 『의지와 표상으로서의 세계』 같은 문고판 책을 사서 무조건 읽어 내려갔다.

실존과 존재에 관해 끊임없이 떠오르는 의문과 이성, 감성, 오성, 그리고 신과 인간 존재에 관한 복잡한 내용들이 날 더욱 혼란스럽게 했지만, 물에 빠진 사람이 지푸라기라도 잡는 심정으로 읽고 또 읽었다. 헤르만 헤세의 『데미안』에 나오는,

"새는 새로운 세계로 나아가기 위해 알을 깨는
고통을 감수해야 한다."

라는 말은 읽은 지 40년이 지난 지금에도 새삼 가슴에 사무치는 대목

이다. 나를 괴롭히는 의문들은 새로운 세상을 경험해야만 풀 수 있으며, 그러기 위해서는 내 안의 틀을 깨는 고통을 감수해야 함을 깨닫게 해주었기 때문이다. 자아를 완성하기 위해 애쓰는 수행자의 삶을 통해 해탈의 세계를 그리는 헤세의 또 다른 작품 『싯다르타』는 내가 삶의 방향을 설정해 나가는 데 많은 영감을 주었다.

중학교 3학년에 올라가서, 나는 부산에 있는 사찰 동명사 학생회에 들어갔다. 그리고 학생회활동을 하며 불교의 가르침인 삼법인三法印, 사성제四聖諦, 팔정도八正道 등에 관해 배우게 되었다.

'삼법인'은 도를 깨닫고 난 후 새롭게 세상을 바라보게 된 부처의 우주관과 인생관으로 제행무상諸行無常, 제법무아諸法無我, 일체개고一切皆苦가 그것이다. 먼저 '제행무상'이란 존재와 현상은 모두 부질없이 변화해서 실체가 없다는 만물 무상의 가르침이고, '제법무아'란 우리가 집착하는 '나'라는 존재 역시 순간적인 인연으로 태어나서 늙고 병들어 사라지는 것이기에 참된 내가 아니라는 가르침이며, '일체개고'는 인간과 만물은 실체가 없이 변하며 끊임없이 돌고 도는데, 마치 존재가 영원할 것처럼 욕망에 집착하며 사는 어리석음 탓에 모든 고통이 생긴다는 가르침이다.

'사성제'는 고苦, 집集, 멸滅, 도道를 말한다. '고제'는 괴로움의 세계라는 현실을 자각하는 단계이고, '집제'는 괴로움의 원인인 자신을 인식하는 과정이며, '멸제'는 집착을 놓아 괴로움을 멸하게 하는 인식의 과정이다. 그리고 마지막으로 '도제'는 참다운 도의 세계에 이르는 수행의 단계이다.

도제에 이르는 구체적 수행방법으로 부처님은 '8정도八正道'를 제시한다. '8정도'는 바르게 보는 정견正見, 바르게 생각하는 정사正思, 바르게 말하는 정어正語, 바른 행동을 하는 정업正業, 바른 직업으로 바르게 생활하는 정명正命, 바르게 집중하는 정정正定, 바르게 깨어 있는 정념正念, 바르고 정성스럽게 꾸준히 수행해 나가는 정정진正精進이다.

단순히 생각하면, 8정도를 행하기가 가장 쉬울 것 같지만, 막상 실천하고자 하면 과연 바르다는 것이 어떤 것인지 궁금해진다. 정의를 말하는 것인지, 그냥 선한 마음을 의미하는 것인지, 아니면 올바름인지. 사람마다 생각과 관념이 다 다를 테니 모든 수행자의 8정도 역시 기준이 다를 수 있다.

8정도의 '正' 자는 一(일)과 止(지)로 구성되어 있다. 따라서 나는 '정'이란 한 번 멈추라는 의미가 아닐까 생각한다. 보고, 생각하고, 말하고, 행동하기 전에 일단 멈추어 나를 살피고 바라보아야 내가 하는 말과 생각과 행동이 다른 사람에게 이로울 수 있는지 살필 수 있기 때문이다.

바르게 보고 생각하고 말하고 행동하고 좋은 직업을 갖는 것은 자신의 행위를 살피는 기준이며, 정정, 정념, 정정진은 앞의 5가지를 실천하기 위한 수행방법이다. 정정을 위해 자리잡고 앉아 참선하고, 정념을 유지하기 위해서 경전을 읽고 법문을 듣는 것이다. 정정진은 앞의 2가지 노력을 정성스럽게 꾸준히 하는 것이라 할 수 있다.

하지만 아무리 절을 하고 예불을 드려도 당시 내 마음속의 의문들은 해결되지 않았다. 불경을 읽어보려 했지만, 한자가 많고 어려워 그 또한 여의치 않았고, 법문을 듣고 이해하는 것에도 한계가 있었다. 참선은 앉아서 마음을 관조하니 좋았지만, 결가부좌를 하고 있으려니 다리가 저리고 허리가 아파 이마저도 그만두게 되었다. 그렇게 불교학생회는 몇 달 다니다 그만두고, 부산에 있는 중앙고등학교에 진학하게 되었다.

II
종교 수행자의 길을 가다

1. 원불교 입문과 좌선수행

고등학교에 진학하여 미술부 활동을 하던 어느 날, 2학년 선배가 다가와 원불교圓佛敎란 곳이 있는데 가보자고 권유했다. 처음 들어보는 종교라 한편으로는 두렵기도 하고, 다른 한편으로는 호기심도 일었다.

원불교가 뭐하는 곳이냐고 물어보니, 불교의 이치를 쉽게 깨달을 수 있도록 경전도 한글로 적는 등 불교를 시대화, 생활화, 대중화한 종교라는 설명이었다. '원'이란 원만한 부처님의 마음인 진리를 상징하고, '불'은 깨달음을 말하며, '교'는 가르친다는 뜻이니, 원불교란 부처님 마음인 진리를 깨닫도록 가르치는 곳이라는 의미였다.

선배를 따라 들어간 원불교 교당은 하얀색 건물이었다. 성직자인 교무님은 쪽진 머리에 하얀 저고리와 검정치마를 입은 단아하고 우아한 여자분이었다. 얼굴에서 맑고 청아한 기운이 느껴졌다. 잠시 상담을 해보니 그동안 평소에 꿈꾸던 의문점을 해결하고 도에 대해서도 배워

갈 수 있는 절호의 기회라는 생각이 들었다. 그렇게 원불교 교리를 공부하기 시작했다.

그곳에서 처음 접한 내용은 불생불멸不生不滅의 진리와 인과보응因果報應의 이치였다. 불생불멸은 생기고 사라지는 것이 없다는 뜻으로, 우주의 모든 것이 눈으로 볼 때는 생기고, 사라지고, 태어나고, 죽는 것처럼 보이지만, 그것은 한낱 변화에 불과할 뿐 절대적으로는 그대로라는 의미이다.

물리학에서 말하는 질량불변의 법칙이라 하겠다. 물이 끓으면 수증기가 되어 없어지는 것 같지만, 공기 중에 존재하다가 온도가 낮아지면 물방울이 되어 맺히고, 다시 온도를 높이면 액체로, 기체로 변하지만 물 자체는 항상 존재하는데, 그 존재가 바로 우주의 본질, 인간의 본성이라는 것이다. 이렇듯 없던 게 생겨나지도, 있는 게 사라지지도 않는, 행한 대로 받는 이치를 바로 '인과보응'이라 한다.

사람이 잘살고 못사는 것도 인과보응의 이치인데, 착한 사람이 못사는 것도 전생의 업이요, 욕심 많고 악한 사람이 잘사는 것도 전생에 잘 베푼 덕이니, 다음 생에는 이러한 인과에 의해 다시 잘살고 못살고가 정해지는 것이다.

당시 이 말은 내게는 신선한 충격이었다. 그동안 이해되지 않았던 '왜 세상은 불공평할까? 왜 차별이 존재할까? 왜 세상에는 못사는 사람이 더 많을까? 순수하고 착한 사람은 못살고, 비도덕적이고 정의롭지 않은 사람이 잘사는 건 무슨 이유일까?' 등의 질문에 명확한 답을 얻은 것 같았다.[11]

이후 원불교 교전을 학교에 가져가 틈틈이 보면서 한 달 만에 두꺼운 전서를 통독했다. 그리고 수양을 통해 도를 깨달겠다고 마음먹고 매일 새벽 옥상에 올라가 홀로 평상에 앉아 좌선 수행을 했다. 그런데 3개월 정도 되었을 때, 옆집 아주머니가 그 모습을 보고 어머니께 언질을 주었다. 그 이야기를 전해들은 어머니는 역정을 내셨다.

"네가 지금 스님이 되려고 작정을 했냐, 그만해라!"

이후 원불교 양정교당에 가서 공부와 좌선을 하곤 했다. 고등학교 1학년 겨울방학에는 깊이 있는 수련이 하고 싶어서 어머니께는 독서실에 간다고 거짓말을 하고 교무님에게 원불교 교당에서 생활하게 해달라고 간청을 드렸다. 바로 허락이 떨어졌고, 나는 교당에 상주하면서 거의 수행자와 같은 생활을 시작했다.

새벽에 좌선을 마치면 청소를 하고, 기도와 심고를 올린 후 '천도재식薦度齋式'에도 참석하였는데, 그 과정 내내 마음이 편안하고 좋았다. 천도재는 죽은 영혼을 완전히 저승으로 천도하기 위해 재를 지내는 행사로, 사람이 죽으면 영혼이 49일간 이승을 떠돈다고 해서 일주일에 한 번씩 7번 재를 지낸다.

당시 새벽기도나 천도재식에 참여했던 할머니 교도 분들은 어린 학생이 같이 기도를 올리고 독경하는 모습이 좋아 보였던지, 나를 '학생

---

11) 이에 관해서는 『원불교 교전』의〈인과품因果品〉이나, 불교의 경을 인용한 『업보차별경業報差別經』에서 더 자세히 언급하고 있다.

부처'라고 부르며 귀여워해주셨고 때론 용돈도 주셨다.

그렇게 3년간 하루도 빠짐없이 수련을 이어갔다. 그러던 어느 날, 좌선하던 중에 갑자기 몸에 압력이 생기면서 공중으로 붕 떠오르는 느낌이 들었다. 눈을 살짝 뜨니 자세는 그대로인데, 영혼이 위로 솟구치고 있었다.

'이게 뭐지?'

순간적으로 두려운 생각이 들었다. 눈을 번쩍 뜨고 정신을 차리니 들뜨던 느낌이 가라앉으면서 안정이 찾아왔다. 그리고 며칠 후 좌선 도중 뜨거운 기운이 머리로 몰리면서 답답함이 느껴졌다. 교무님께 이유를 물었지만, 잘 모르겠다는 답변이 돌아왔다. 그날부터 몇 달간 좌선을 쉬었다.

고등학교 3년 내내 정말 하루도 빠짐없이 1시간 이상 참선수행에 정진해온 내게 그 일은 충격이었다. 더군다나 오랫동안 참선을 해온 분들도 내 증상에 관해 잘 모른다는 사실이 나를 더욱 당황하게 했다.

수련에 깊이 몰입하다 보면 호흡의 압력으로 유체이탈이 되어 영혼이 몸을 빠져나가 돌아다니기도 한다. 호흡을 제대로 배워서 하지 않으면 머리로 기운이 거꾸로 올라가는 상기上氣증상이 생기기도 하는데, 당시에는 아무도 그 사실을 알려주는 사람이 없었다. 상기증상이 심하면 수승화강水昇火降이 원활하지 않아 불면증이 오고, 심하면 뇌에 문제가 생기거나, 접신接神현상도 일어날 수 있다.

수승화강이란 참선, 좌선, 단전호흡 시 차가운 기운은 위로 올라가고 뜨거운 기운은 아래 단전으로 내려가는 기운의 순환과정을 말한다. 접신현상은 사람에게 영적인 존재인 귀신이 들러붙는 현상이다. 이것을 '빙의憑依'라고도 하며, 정신의학에서는 '해리현상'이라고 한다. 천주교에서도 '해리현상'을 인증하였는데, 보통 이런 현상이 생기면 무당굿을 하거나, 정신과 치료를 받기도 하는데 아직까지는 정확한 원인과 치료법이 알려지지 않았다.

내가 유별난 것인지, 참선수행에 관한 경험적 자료가 부족한 것인지 좀체 알 수 없는 노릇이었다.

원불교의 좌선수행과 불교의 참선수행은 앉아서 하는 선禪수행이라는 점은 같지만 내용은 다르다. 불교의 참선수행에는 결가부좌나 가부좌를 틀고 묵묵히 마음을 관하면서 하는 '묵조선默照禪'과 화두를 던지고 그에 관해 깊이 생각하면서 하는 '화두선話頭禪'이 있다.[12]

하지만 묵조선을 하는 동안에는 잠에 빠지거나 조는 경우가 많고, 화두선 때는 너무 생각에 골몰하다보니 얼굴에 화기가 올라 두통이 생기기도 한다. 그래서 묵조선을 할 때면 죽비라는 대나무 막대로 졸고 있는 수행승이나 선객을 가볍게 내리쳐서 잠을 쫓게 한다.[13]

원불교는 '단전주선丹田住禪'을 표방한다. 이는 중국 선도仙道와 한국

12) 불교 선수행은 중국 선불교인 선종에 그 맥을 두고 있다. 선종은 달마조사가 시조이며 후대에 선의 방법론에 차이를 두고 묵조선과 간화선으로 나누어진다. 중국 선불교인 선종의 영향은 일본 불교 선종의 성립과 한국 불교 선종의 성립에도 큰 영향을 주게 된다. 그리고 일본 불교 선종은 한국 원불교의 단전주선의 성립에 영향을 주게 된다.

13) 불교의 선법인 묵조선과 간화선을 하게 되면 생기는 병증이 있는데, 이를 저자는 선병禪病이라고 이름 붙였는데, 이 선병의 종류는 상기증상, 빙의, 두통, 냉증, 우울증, 망상, 악몽, 졸음, 탈진, 소화불량 등 다양하다.

선도의 내단수행內丹修行인 단전호흡丹田呼吸과 불교 묵조선의 장점을 융합한 것으로 몸의 건강과 마음의 깨달음을 함께 추구한다.

특히 원불교 창시자인 소태산 대종사는 수승화강을 강조하여 물기운과 불기운의 조화가 건강과 마음의 평안을 가져오니 단전에 마음을 두고 참선하라 하였지만, 단전이 정확히 어디에 위치하는지는 알려주지 않았다. 그러니 단전주선도 쉬운 것이 아니었다. 참된 수행을 하려면, 나를 제대로 지도할 수 있는 경험 많고 법력이 뛰어난 스승을 찾아야 했다. 그래서 다음부터는 호흡 없이 그냥 마음으로만 관조하면서 수행을 계속해 나아갔지만, 호흡이 깊지 않으니 의식 또한 깊이 내려가지 않고 잡념이 많이 생겼다. 하지만 공자의 말처럼 제자가 준비되면 스승이 나타나리라 믿고, 훗날을 기약하며 수행에 매진했다.

2. 인생 진로탐색과 성직의 길

단전주선 수행을 계속하는 동안, 나 역시도 다른 학생들처럼 미래를 고민하기 시작했다. '돈을 많이 버는 직업을 가질까?, 학생들을 가르치는 선생님이나 교수가 될까?, 정의를 지키는 판검사가 될까?' 등의 여러 생각을 해보았다.

하지만 이런 식의 직업 선택에는 내가 무엇을 원하고 무엇을 잘하는지, 그리고 어떤 일을 하면 내가 행복할지에 관한 고민이 배제되어 있었다.

불교에서는 이 세상을 크게 욕계欲界, 색계色界, 무색계無色界의 3계로 구분한다. 미국의 저명한 심리학자 애브러햄 매슬로Abraham H. Maslow는 『심리학평론Psychological Review』을 통해 인간의 욕구를 생리적 욕구부터 시작해 안전, 애정, 존경, 자아실현이라는 5단계로 나누고 하위 욕구가 충족되어야만 높은 단계의 욕구가 발생한다는 욕구 계층설을 주장했다.

먼저 3계를 살펴보면, 욕계란 인간의 기본 욕구인 5욕, 즉 식욕, 성욕, 물욕, 권력욕, 무병장수욕으로만 살아가는 1차원적인 세계이다. 인간은 누구나 맛있는 것을 먹고, 이성과 만나고, 많은 돈과 좋은 집, 고급 자동차 등을 소유하고 싶어 한다.

그리고 이런 것들이 충족되면 권력을 탐하게 되고, 권력을 얻으면 그것을 오래 누리고 싶은 마음에 병 없이 오래 살기를 바란다. 이것이 우리가 사는 인생이다. 하지만 이 5욕을 부정과 권모술수를 이용해 추구하다보면 많은 문제가 생겨나고 결국에는 사회적인 지탄과 비난뿐 아니라, 법의 심판을 받는 지경에까지 이르기도 한다.

색계는 이러한 5욕에서 벗어난 좀 더 성숙한 세계로, 이 단계에 속한 이들은 자신의 가치와 신념에 따라 선을 행하고 좋은 세상을 만들기 위해 노력하는 삶을 살아간다. 교육자나 성직자, 또는 NGO 활동을 하는 사람들 등이 이에 해당한다. 하지만 색계에 속해 있으면서도 마음은 여전히 1차원적 욕망의 세계를 벗어나지 못해서 사회적 물의를 일으키고 비난에 직면하는 사람도 적지 않다.

무색계는 대중의 이목이나 명예욕 같은 것에서 벗어나 자아를 찾아가는, 한 마디로 자아실현에 목적을 두는 세계이다. 여기에 속한 이들은 영적 깨달음을 추구하기 위해 명상을 하고 수행을 한다. 허나, 종교인이라 하더라도 깨달음을 위해 노력하지 않는다면 무색계에 속한다고 할 수 없다. 반면, 일반 사람이라도 자아실현과 마음공부를 위해 꾸준히 수행한다면 무색계에 속할 수 있다.

이번에는 매슬로가 말한 인간의 5단계 욕구를 살펴보자. 첫 번째 생리 욕구는 배고픔을 면하고 생명을 유지하려는 욕구로서 기본적인 음식, 수면, 이성, 돈에 대한 욕구가 이에 해당한다. 두 번째, 안전 욕구는 생리적 욕구가 충족되고 나서 추구하게 되는 단계로 위험, 위협, 공포 등에서 자신을 보호하고 불안을 회피하려는 일종의 공간 욕구로 집이나 자동차 등의 소유욕이 이에 해당한다.

세 번째로 애정 욕구는 가족, 친구, 친척, 동호회 모임 등에 소속되고 싶어 하는 욕구인데, 인간은 소속감을 통해 얻게 되는 관심과 애정 속에서 자신의 존재가치를 찾는다. 따라서 관심의 부재는 우울증이나 자살 시도 등 심각한 부작용을 초래한다.

네 번째, 존경 욕구는 가치 있고 필요한 사람이 되어 많은 사람에게 존경받고 싶어 하는 욕구이며, 다섯 번째, 자아실현 욕구는 자아의 탐구를 통해 영적인 발전과 더불어 잠재력을 최대한 발휘하려는 욕구이다. 이 욕구는 다른 네 단계의 욕구와는 달리, 충족될수록 더욱 증대되는 경향을 보여 '성장 욕구'라고 칭하기도 한다. 알고 이해하려는 인지 욕구나 심미 욕구 등도 여기에 포함된다.

매슬로는 하위욕구가 충족되면 상위욕구로 나아간다고 했다. 즉 한 단계 한 단계 진화한다는 의미인데, 이 점은 불교의 욕계, 색계, 무색계로의 진화와 일맥상통한다. 즉, 불교의 욕계는 매슬로의 생리, 안전, 애정 욕구에 해당하고, 색계는 매슬로의 존경 욕구에 해당하고, 무색계는 매슬로의 상위욕구인 자아실현 욕구에 해당한다. 하지만 무색계도 그 수행과정과 명상 방법에 따라 수많은 계로 다시 나누어진다.

직업과 진로에 관해 고민하던 나는 자아실현에 목적을 두고 무색계의 삶을 살아가기로 마음먹었다. 영적 깨달음을 통해 나의 의문점들을 해소하고자 함이었다.

내가 이러한 결정을 내리는 데 큰 영향을 준 사람이 있었으니, 바로 미국의 육군 장교이자 북극 탐험가이며 철학자인 아돌푸스 그릴리 Adolphus W. Greely와 신라의 고승 원효대사였다. 이들의 사상과 간절함이 시대를 초월하여 내게 와 닿은 덕분이었다.

아돌푸스 그릴리는 다음과 같은 명언을 남겼는데 지금도 나에게 깊은 울림을 주는 글이다.

명성은 아지랑이이고
인기는 우연이며
부에는 날개가 있다.
오직 한 가지 영속하는 것은 품성이다.

이 명언을 듣고 고등학생이었던 나는 부와 명예보다는 변하지 않을 품성인 성품을 닦는 데 매진해야겠다는 의지를 품게 되었고, 원효대사가 도를 닦기 전에 쓴 발도시를 보고는 원불교 성직자의 길을 가기로 결심하였다. 원효대사의 발도시는 다음과 같다.

사람 되기 어려운데 이미 되었고
불법 듣기 어려운데 이미 듣나니

이 내 몸을 이생에 제도 못하면

어느 생을 기다려 제도하리요.[14)]

이 발도시 덕분에 나는 수도의 길을 가야겠다고 결심하고 원불교 성직자의 길을 선택했다. 재벌이 되고 유명한 교수가 된다 한들 진정한 자아를 발견하지 못하고, 오직 인간락에 탐착하여 육신의 쾌락과 즐거움에만 시간을 낭비하다 이승을 떠난다면 이 얼마나 허망한 인생이 되겠는가.

그리하여 나는 원불교 성직자인 교무教務[15)]가 되기로 마음을 정하고 원광대학교 원불교학과에 원서를 넣었다. 고교 시절 이미 원불교 학생회 부회장과 원불교 부산교구 전체 학생회 봉사부장도 지내는 등 학생회 활동도 열심히 해왔고, 원불교 성지순례도 다녀왔으며, 매일 아침 저녁 좌선수행도 지극정성으로 해왔었기에, 나는 고등학교 3학년을 마치고 출가를 단행하여 원광대학교 원불교학과로 유학의 길을 떠났다.

부모님의 반대를 무릅쓰고 간 길이라, 남들 다 입는 양복 한 벌도 못 입고 반코트 차림으로 입학식을 치르고 기숙사에 들어갔다. 허나, 몇 달 후 아버님이 양복을 맞추어서 가지고 오셨다. 자식의 고집을 꺾을 수는 없으셨던 모양이었다. 하지만 그 고집이 바로 아버님 고집이니,

14) 원효대사 발도시 : 위득인난 기득위인(爲得人難 旣得爲人), 청불법난 기청불법(聽佛法難 旣聽佛法), 차신불향 도금생(此身不向 度今生), 갱대하생 도차신(更待何生 度此身).

15) 원불교 성직자는 교무라고 칭한다. 이는 천주교의 신부, 기독교의 목사, 불교의 스님과 같은 호칭이다.

부전자전인 셈이다. 그렇게 나는 원불교 총부 기숙사에서 수도생활을 시작했다.

3. 지리산 겨울 등반과 두 번째 생사의 고비

대학 1학년 겨울방학이 시작되면서 기숙사 방의 제일 고참 4학년 선배인 동선 형과 2학년 선배인 용면 형이 지리산 겨울 종주를 한다고 준비 중이었다. 겨울에 백무동으로 올라가서 하동바위, 참샘, 소지봉, 망바위, 장터목을 통해 천황봉으로 올라갔다가 세석평전, 벽소령, 형제봉, 연하천, 토끼봉, 화개재, 임걸령을 통과해서 노고단을 거쳐 구례 화엄사로 내려오는 3박4일의 긴 코스였다.

나는 호기심에 같이 가면 안 되겠느냐고 형들을 졸라서 허락을 받아내었다. 그리하여 겨울 산행에 필요한 오리털 파카와 비브람 등산화 등 장비를 다른 선배들에게 빌리기도 하고, 구입도 하면서 준비를 철저히 하였다.

드디어 겨울방학이 되자 등산전문가 선배 형들과 초보인 나는 같이 배낭을 메고 눈 덮인 지리산으로 떠났다. 익산에서 기차로 남원까지

갔다. 그리고 남원에서 다시 버스를 타고 백무동으로 향했다. 그런데 사실 문제가 있었다. 기말고사와 종강행사 준비로 과로한 탓인지 약간 몸살 기운이 있는 것을 느꼈는데, 등반 전날까지 완쾌가 되리라 생각했던 것이다.

그러나 등반 전날이 되어도 컨디션이 완전히 회복되지 않았다. 만약에 내가 못 간다고 하면 우리 계획이 취소될 것 같았고 선배들이 실망할 것 같아서 이 사실을 숨기고 그냥 가기로 했다. 3명이 등반하면 쌀과 부식과 텐트를 나누어서 가져가기 때문에 한 사람이라도 빠지게 되면 일정에 차질이 생기는 게 당연했다. 지리산에 가면 괜찮아질 것이라고 스스로를 위로하면서 덜컹거리는 버스에 몸을 맡기고 고단한 잠을 청했다.

그날 저녁 백무동에 도착하여 저녁을 해먹고 다음날 힘겨운 산행을 위해 일찍 잠을 청했다. 다음날 아침 장비를 점검하고 백무동 매표소를 통과하여 산행을 시작하였다. 3박4일간의 장비와 식량을 나누다보니 나의 배낭 무게도 30~40kg에 달했다. 올라가다 무게 중심을 잃으면 배낭이 휘청거렸다.

'아이고 이거 장난이 아니구나!'

머리와 이마에선 한겨울인데도 땀이 흘러내렸다. 한 시간 걷고 10분 쉬는데 쉴 때마다 눈 덮인 산맥과 골짜기를 바라보니 신선세계가 따로 없었다. 졸졸졸 흐르는 바위 사이의 차가운 석간수를 받아서 목에

넘기니 상쾌함과 청량함이 깊이 아랫배까지 적셔진다. 이렇게 몇 시간을 올라가니 눈이 많이 와서 그런지 발목이 빠지고 미끄러워 소걸음처럼 뚜벅뚜벅 걸어서 참샘을 통과하여 소지봉을 지날 즈음이 되자 육체적 한계점에 도달하기 시작했다. 엄습한 몸살 기운은 나를 어지럽게 하고 결국에 견디다 못해 눈바닥에 털썩 주저앉았다. 놀란 선배들이 나를 보고는,

"왜그래~! 아니 이 녀석! 탈진되었네. 감기몸살 기운이 도져서 체력이 소진되었나 본데 어떻게 하지? 이거 큰일인데…. 백무동서 장터목까지가 5.8km니까 지금 여기서 내려가도 3시간을 내려가야 하는데 장터목까지 한 시간 반 남았으니 올라가는 것이 낫겠다."

저자는 선배들에게 짐이 되고 싶지 않아 있는 힘을 다 내어서 남은 2.3km를 걷기 시작하였다. 탈진 상태라 몸에 기력이 없어 사탕과 초콜릿을 먹으면서 걷는데 너무나도 힘들고 고통스러웠다. 30분 걷고 10분 쉬는데, 잠이 막 쏟아졌다. 동선 형이 소리를 질렀다.

"야~! 여기서 자면 안 돼! 자면 죽는다 말이야, 빨리 일어나서 걸어야 해!"

마지못해 걷는데 지옥이 따로 없었다. 도무지 온몸에 힘이 빠지고,

더 나아갈 수가 없었다. 하지만 내려갈 수도 올라갈 수도 없고, 눈보라는 몰아치고 날도 저물어가고 있었다. 또다시 잠은 눈꺼풀 위로 내려앉고 있었다.

"야~! 자면 죽는 거야, 빨리 일어나 걸어."

다그치는 동선 형의 고함소리에 정신을 차려 아무 생각 없이 좀비처럼 걷기 시작했다. 왜 등반 중에 사람들이 죽는지 이해가 되었다. 그 순간 끊임없이 몰려오는 잠의 유혹은 죽음의 공포를 넘어서고 있었다.

'자고 싶다. 그냥 죽더라도 자고 싶다.'

잠을 앞세운 죽음의 저승사자는 내 어깨를 강하게 짓누르고 있었다. 절체절명의 위기! 그 순간 나의 무의식 깊은 곳에서 강한 외침이 들렸다.

'내가 그토록 원하던 도를 못 이루고 여기서 이대로 죽을 순 없다. 기필코 장터목 산장까지 올라가자!'

어금니를 악물고 무의식 바닥에 있는 힘을 다 끌어내 걷기 시작했다. 하지만 차라리 죽는 것이 더 나을 것만 같았다.

'아~! 이렇게 사람들이 산에서 죽는구나! 탈진이 무서운 거구나! 탈진보다 더 무서운 것은 삶에 대한 의욕 상실이구나!'

지리산 겨울 산행을 얕보고 체력안배와 건강관리를 제대로 안한 것이 천추의 한이었다. 여기서 죽을 순 없다. 여기서 죽으려고 내가 이렇게 살아온 것이 아닌데… 속에서 억울함이 밀려오자 오기가 생겼다.

그래서 오로지 한 발 한 발 앞만 보고 걸어갔다. 한 발 한 발 옮길 때마다 속으로,

"나무아미타불南無阿彌陀佛~!"

을 간절하게 외우고 또 외웠다. 이렇게 속으로 염불을 외면서 일심으로 집중하면서 얼마를 갔는지 모른다. 날은 어느덧 어두워져 있었고, 헤드랜턴을 켜고 계속 걷고 또 걸었다.

난 오로지 염불에 의한 정신집중력 하나로 거의 무의식상태에서 걷고 있었다. 삶과 죽음에 대한 두려움과 집착을 놓고 한 마음 한 마음 정신을 모으며 발걸음에만 집중하다보니 어느덧 장터목 산장에 해가 저문 후 밤이 되어서야 도착했다.

500미터 남겨 놓고선 두 선배가 내 배낭을 서로 번갈아 메고 갔다. 원래 계획은 그날 저녁 세석산장까지 가야 하는데 나로 인해 종주계획이 무산된 것이다. 5시간 걸릴 거리가 10시간이나 걸렸다. 탈진해 쓰러진 나는 따뜻한 물을 먹고 누워서 산장의 나무 천장을 보면서 안도의

한숨을 내쉬었다. 삶과 죽음을 초월하고 나니 평화와 안도의 한숨이 밀려왔다.

그렇게 다음날까지 12시간 정도를 자고 나서 겨우 정신을 차렸다. 선배들은 내가 걱정되어 이런 몸으론 계속 갈 수가 없다고 판단하고 모든 일정을 취소하고 하산하기로 결정하였다. 오후에 세석산장을 거쳐 진주 방향 중산리로 하산하는 가장 무난한 코스를 선택하였다. 하지만 온몸이 무기력하고 몸살로 인한 근육 통증으로 하산과정도 그리 만만한 것은 아니었다.

6시간을 배낭을 메고 또 한 발 한 발 일심으로 수도하는 마음으로 내려왔다. 내려올 때 등반하시던 나이 드신 고마운 등산객 한 분이 탈진한 나를 보고 측은한 마음이 드셨던지 포도주에 꿀을 넣어 가져온 수통을 내게 내밀면서, 약이라고 먹으라고 했다.

그래서 그것을 마시고 조금 쉬고 나니 한결 몸이 가볍고 힘이 났다. 그 후로는 지리산 등반을 할 때에는 포도주를 사서 꿀을 많이 넣어 수통에 담거나 배낭에 넣어 가지고 다니곤 했다.

다행히 꿀 포도주 덕분에 기력을 회복해 중산리에 도착한 우리 일행은 버스를 타고 진주로 나갔다. 거기서 한 선배와 함께 구례로 향했다. 구례에 있는 원불교 교당에서 휴식을 취했다. 요를 깔고 포근한 이불을 덮고 누웠는데 부드럽고 따뜻한 감촉에 비로소 내가 살아 있다는 것이 절실히 느껴졌다.

그리고 정말로 고마움이 밀려왔다. 날 위해 묵묵히 고생하고 챙겨주며 한 마디 야단과 비난도 불평도 없이 웃어주는 선배들의 모습에서 인간의 지순한 아름다움을 보았다. 그동안 몰랐던 고마움! 행복은 물질의 가치보단 그것을 느끼는 사람의 마음에 있다는 것! 친구를 봐도 그렇게 좋고, 한 끼 밥도 꿀맛이었다. 죽음의 기로를 넘어선 경험은 나에게 새로운 깨달음이었다. 정말 10년의 수련보다 짧은 생사의 기로에서의 마음의 나눔이 나에겐 큰 공부가 되었다.

그 후로 지리산을 내 집처럼 넘나들면서 수행하였다. 지리산을 오르면 힘들지만 배낭을 메고 오르는 가운데 단전호흡이 되어서 덜 피곤하고 수승화강이 되어서 맑고 상쾌했다. 그리고 힘들면 짐을 풀고 폭포 아래서 좌선도 하고, 바위 위에서 좌선도 하며 또는 밤에 보름달이 뜨면 걸으면서 하는 행선도 하였다. 산행하는 동안 나도 모르게 호흡이 골라지고 단전에 기운이 쌓이고 있었다. 상기증상이 있던 나는 이 산행으로 호흡이 고르게 되고 치료가 되었다.

눈 덮인 지리산을 오르면 겨울 안개가 피어오르면서 앙상한 나뭇가지에 눈꽃이 핀다. 그 눈꽃이 얼마나 아름다운지 영롱하게 빛을 받아 빛나는 얼음 눈꽃은 지리산 겨울 풍경의 절정이다. 그리고 야밤에 텐트를 치고 영롱하게 반짝거리는 은하수와 별들을 보며 마시는 녹차 맛도 일품이다. 그리고 아침에 일어나 고요한 산 정상에서 떠오르는 해를 바라보며 수련하는 재미는 정말 너무나 황홀한 추억이다.

그리고 지리산 정상에서 바라보는 풍경은 그야말로 신선의 세계와 다를 바 없이 멋있고 아름다웠다. 정상에서 산 아래를 굽어보면 세상 사람들이 서로 아웅다웅 싸우며 사는 것이 다 부질없는 한낱 먼지처럼 느껴졌다. 나의 호연지기를 키우고, 원대한 도에 대한 발도심을 더욱 고취시키기에는 산이 정말 좋았다.

지리산에 자주 올랐던 이유는 일상성에 빠져 나태한 나 자신을 일깨우고, 혼자만의 고독 속에서 수행하고 싶었기 때문이다. 그리고 왠지 미래에 내가 만나야 할 선도仙道의 스승이 한 분 있다는 막연함이 더욱 더 지리산으로 날 오르게 했다.

그 후 지리산 겨울 산행 중 산에서 위험에 처한 대학생 둘을 구한 적도 있었다. 그러던 중 세석산장에서 하루 머물다가 옆에 있는 용모가 준수한 남학생을 만나서 이런저런 도담을 나누다가 그 학생의 이야기를 듣게 되었다. 자기는 D선원에서 단전호흡을 배웠는데, 그 원장이 백회를 뚫어준다고 50만 원을 달라고 해서 돈 주고 백회를 뚫었는데 너무 시원하고 느낌이 좋았다고 했다.

그런데 며칠 후 여자 친구와 싸워서 속이 상해 화가 나니까 갑자기 그때 들어온 기운이 상기되면서, 구역질과 구토를 하여 3일 동안 밥도 못 먹고 죽을 만큼 힘든 경험을 했다고 하면서 단전호흡만 생각하면 몸서리가 쳐진다고 하였다.

저자도 이미 단전호흡의 부작용을 한번 경험한 터라 그 학생의 입장이 이해가 되었다. 참 맑고 좋은 기운을 가진 청년인데 스승을 잘못 만나 저렇게 피해를 입었다고 생각하니 나도 스승을 잘 만나야겠다고 다짐했다.

4. 유체이탈과 세 번째 생사의 고비

대학 생활이 시작되고 나서도 좌선수행에 매진하고 싶었지만, 교양 수업과 전공, 부전공 수업들 때문에 일과가 빠듯해서 하루 일정을 마친 밤 10시 이후나 새벽시간에만 개인 수행을 할 수 있었다.

그리하여 매일 새벽 5시에 일어나 새벽 좌선을 하고, 밤에는 10시가 되면 어김없이 기숙사가 있는 원불교 중앙총부 구내로 나가 원불교 2대 교주이신 정산종사 성탑에 가서 정신집중 기도를 했다. 좌선수행은 편안하게 깊은 정신세계로 빠져 들어가는 느낌이 있는 반면, 기도는 마음이 하나로 모아지면서 집중력이 생겼다.

당시 기도를 할 때마다 나는 눈앞에 밝은 빛이 나타나는 것을 보았다. 이 기도생활은 대학교 3학년 때 닥친 생사를 넘나드는 또 한 번의 크나큰 위기에서 나를 구해주는 계기가 되었고, 그후 나는 더욱 깊은 신심으로 수행에 매진하게 되었다.

축구를 좋아했던 나는 대학교 3학년 가을 무렵 선배, 동기들과 함께 자주 원불교 총부 잔디광장에서 공을 차곤 했다. 어느 날 시합 중에 골대 앞으로 달려가던 나는 공이 갑자기 눈앞으로 날아오는 것을 보고 TV에서 봤던 프로축구 선수를 흉내낸다고 얼떨결에 공중으로 몸을 날려 오버헤드킥을 시도했다.

다행히 공이 골대로 들어갔고, 나는 너무도 흥분한 나머지 떨어질 때 낙법을 제대로 하지 않아 그만 뒷머리가 잔디광장 바닥에 세게 '쿵' 하고 부딪히며 심한 충격을 받았다. 바로 일어나기는 했지만, 심한 어지러움에 비틀거렸다. 그러자 한 선배가 나를 불러 세우더니 계속 괜찮은지 물어왔다. 내가 횡설수설하자 선배는 나를 기숙사 방으로 데리고 가 눕게 했다.

그 충격으로 몸에서 영혼이 빠져나갔다. 소위 말하는 유체가 이탈된 것이었다. 내 영혼은 이리저리 돌아다니기 시작했는데, 식당 앞에 가니 친구와 선배들이 날 걱정하는 이야기가 들려왔다. 영혼은 내 의지와는 상관없이 이곳저곳을 돌아다니다가 저녁 무렵 내 방으로 돌아왔다. 천장에서 내려다보니 내 몸이 아직도 깨어나지 않은 채 바닥에 누워 있었다. 참으로 신기하고 재미있었다.

그동안 한의대 선배들이 내 맥을 짚고 진맥을 했다. 한참을 구경하던 나는 이제 그만 몸속으로 들어가려고 움직여 보았는데 마음만 있을 뿐 영혼은 천장 위 허공에서 허둥대며 그냥 제자리에서 맴돌기만 하는 것이 아닌가! 시간이 지날수록 당황스럽고 두렵기도 했다. 그렇게 나는 점점 지쳐갔다.

'아! 이러다 정말 죽는 거 아닐까? 내 몸속으로 못 돌아가면 죽는 거잖아! 어떻게 하지? 몸속에 들어가야 살 텐데, 방법이 없을까?'

한참 동안 몸부림치던 나는 지쳐서 멍하니 천장에 떠 있었다. 그때 멀리 대각전에서,

"뎅, 뎅, 뎅……"

10시를 알리는 범종소리가 들려왔다. 그러자 갑자기 정신이 집중되면서 영혼이 청소기 속으로 빨려 들어가듯 몸속으로 쑥 들어가는 것이 아닌가! 그러곤 바로 정신이 들었다. 한의대 선배가 기뻐하면서 우황청심환과 물을 건네주었고, 나는 그것을 천천히 씹어 먹고 안도감을 느끼며 다시 깊은 잠 속으로 빠져들었다.

'영혼이 몸으로 들어가려고 그토록 애를 썼음에도 소용이 없다가 왜 10시 정각이 되자 정신이 집중되면서 육체로 회귀한 것일까?'

나는 의아했다. 그때 머리를 스치는 생각이 바로 기도였다. 평소 매일 비가 오나 눈이 오나 10시만 되면 성탑에 가서 기도를 올린 덕분에 영혼이 유체이탈이 되고 나서도 자연스럽게 그 시간에 정신이 집중되

어 생사의 갈림길에서 살아난 것이었다. 그 일을 계기로 나는 평상시 기도를 통한 정신집중이 얼마나 중요한지 절실히 깨달았다. 정신을 하나로 모으면 이루지 못할 일이 없다는 말을 제대로 실감한 하루였다.

그리고 한 가지 더 깨달은 바로는 사람이 죽으면 내가 경험한 것처럼 영혼이 이탈되어 이리저리 헤매 다닐 텐데, 살아생전 수양해서 쌓아놓은 것이 없으면 해탈하지 못하고, 저승도 못 간 채 이승에서 유혼이 되어 떠돌 수밖에 없으리라는 것이었다.

그러다가 다른 사람의 몸에 빙의되거나 가족이나 친구에게 붙어서 도와달라고 애원할 터였다. 여기까지 생각이 미치자, 나는 진정으로 열심히 도를 닦아 영단과 공력을 쌓아서 영혼 상태에서도 내 의지대로 움직일 수 있는 법력과 심력을 길러야겠다는 각오가 생겼다. 그날부터 나는 저녁기도와 새벽 좌선수행에 더욱 박차를 가했다.

5. 대산 큰 스승님과의 만남

시간만 나면 맑고 강한 기운이 있는 지리산을 다니면서 수련하였으나 나의 수련진도는 다람쥐 쳇바퀴 돌 듯 제자리걸음이었다. 산에서 수련하여 기운을 단전에 모아 놓아도 몇 달 있으면 사라지길 반복했다. 산에서 일주일쯤 수련하다가 내려가면 친구들은 내 눈에서 광채가 난다고 시선을 피했다.

하지만 한두 달 지나면 단전이 텅 비고, 눈빛이 흐려졌다. 이런 과정이 계속 반복되었다. '어떻게 수련해야 단전에 기운이 사라지지 않게 모을 수 있을까?' 이런 고민을 거듭하고 있을 즈음 충남 신도안 삼동원에 계신 원불교 최고 스승이신 대산大山(1914~1998) 종법사님[16)]을 배알할 기회가 생겼다.

16) 원불교 법통은 초대 소태산少太山 박중빈朴重彬 대종사大宗師(재임:1916~1943), 2대 정산鼎山 송규宋奎 종사宗師(재임:1943~1962), 3대 대산大山 김대거金大擧 종사宗師(재임:1962~1994)로 이어지며, 대산 종사는 원불교 3대 종법사로 교단 체계를 확고히 정립하고 활불로 칭송받다가 1998년에 열반에 드심. 종법사란 호칭은 원불교 법통을 이은 최고 지도자를 말하며 종법사를 역임하고 퇴임한 분을 상사라고 칭한다.

찾아가 큰절을 올리니, 스승님은 이런 말씀을 해주셨다.

"너는 지혜가 밝으니 덕을 쌓도록 해라. 덕을 쌓으려면 많은 수양을 하여야 한다. 수양을 통하여 큰 덕을 쌓아야 많은 사람을 도와주고 거느릴 수 있다. 수도인이 수양을 하여 도를 이루기 전에 세 가지 열림이 있는데 첫째가 '영통靈通'이요, 둘째가 '도통道通'이며, 셋째가 '법통法通'이다."

"'영통'은 영안이 열리는 것으로, 이때 영의 세계와 길흉화복을 조금 볼 줄 알게 되는데, 이는 보통 무속인들이나 초보 수행자들이 많이 하는 것으로 잠깐 영안이 열린 시기에 보이는 것을 안다고 떠드는 것이다."

"영통이 먼저 다 열려버리면 자신을 통제할 수 없는 지경에 이르게 되고 결국 주화입마에 빠지게 되어 참다운 도통을 할 수 없으니, 무언가 보인다고 자만하지 말고, 삿된 술수나 재주로 기고만장하지 마라."

"술수나 신통은 성현이나 도인이 가진 잔재주에 불과하니, 술수나 신통이 먼저 생겨나 거기에 재미를 붙이면 조무래기 도인은 될지언정 큰 도인은 되지 못한다. 수련 중에 혹시 그런 것이 보이면 막고 쓰지 말 것이며, 정 힘들면 막걸리를 조금

마시거라. 그러면 일시적으로 영안이 사라진다. 그렇게 영안을 막고 도통에 힘쓰거라."

"'도통'을 하려면 평상심을 유지하면서 마음을 닦아야 한다. 마음의 근원을 깨닫게 되면 우주의 이치와 마음의 원리를 알게 되어 우주의 흐름에 거슬리지 않고 마음을 잘 사용하게 된다. 자신의 마음을 마음대로 잘 사용하는 것이 큰 신통이며 술수인 것이다."

"마음공부는 뜻은 원대하게, 행동은 평범하게 하여야 한다. 혹 산속 같은 특별한 곳에서 수련을 하거나, 단식을 주장하거나, 요상한 주문이나 의식에 현혹되지 말고 현실에서 평범하게 꾸준히 정성으로 공을 쌓거라."

"'법통'은 도통 후에 법을 내는 것이다. 남을 배려하고 구제하려는 자비심으로 도를 인간사와 시대에 맞게 다시 짜는 것이므로 과거 성현과 성인이 법통을 하신 분에 해당한다. 부처님도 법을 내기 위해 500생을 윤회해 환생하면서 도를 닦고 인연을 지었다 하니 너도 도를 닦으면서 주위 사람들에게 도움을 주고 좋은 인연을 지어 보거라."

"자칫 공부가 잘못되면 도인이라 하여도 제 고집만 늘고, 제

공부만 옳고, 삿된 술수나 재주만 믿고 남을 무시하여 날뛰니 이는 낮도깨비에 불과하므로 경계해야 한다."

"일심으로 마음을 집중하고 또 집중하면 좁쌀만한 '영단靈丹'이 쌓이고 쌓여 나중엔 영단으로 천하를 주유할 수 있게 되니 큰 산이나 다른 별에 몸이 닿지 않고도 거주하게 된다."

스승님은 함께 산책 다닐 때마다 주옥 같은 법문을 내게 직접 말씀으로 전해 주셨다. 하지만 이때는 '영단'으로 천지를 주유한다는 말뜻을 이해하지 못했다. 허나 훗날 선도의 최고 상승 수행공부인 '양신陽神' 공부를 통해 산과 바다, 우주로 나아가 별과 별 사이를 주유하게 되었을 때 비로소 그게 무슨 의미였는지 깨달았다.

대산 스승님은 젊은 시절 폐가 좋지 않아 한쪽을 떼어냈기에 단전의 힘을 강화하기 위해 일부러 산을 오르내리면서 법력과 도력을 얻었다고 하셨다. 당신은 체질이 소양小陽[17]이라서 몸에 열이 많아 가만히 오래 앉아 있는 것보다 산책과 등산을 하는 등 움직이면서 하는 '행선行禪'을 통해 수양력을 얻었으니 참고하라는 말씀도 해주셨다.

스승님의 조실은 동곡銅谷 구릿골에 자리해 있었다. 김제 모악산 대원사大院寺에서 도통하고 한국 신종교의 하나인 증산교甑山敎를 창시한 강증산姜甑山(1871~1909) 선생의 생가가 있는 김제 원평 저수지가 있

17) 한의학에서 사람의 체질을 '태양太陽, 소양少陽, 태음太陰, 소음少陰'의 사상四象 체질로 분류하는데, 열이 많은 체질이 소양이다.

는 오리알터 위쪽에 위치한 곳이었다. 매일 아침 그곳에서 원불교 원평 교당으로 나가셨다가 오후에 돌아가시곤 하였다. 나는 구릿골 조실 아래 혼자 기거하였고, 담장을 쌓는 일을 하면서 마음 수행을 하였다.

군 입대하기 전 휴학하고 6개월 동안 큰 스승을 가까이 모시는 것도 영광이었고, 수많은 기행과 이적으로 구한말 한 시대를 풍미했던 큰 도인 증산 선생의 생가가 있는 마을에서 수행하는 것도 영광이었다. 하지만 '영단'을 만들어야 윤회를 벗어나 생사해탈이 가능한데, 원불교 '단전주선' 수행법으로는 영단이 잘 형성되지 않았다. 이것이 내가 훗날 새로운 선도의 스승을 찾아가는 중요한 이유가 되었다.

6. 어머니 병환과 단전호흡의 시작

대산 스승님을 만나고 온 이후로는 산에 오르지 않고 일상생활 속에서 마음을 바라보는 공부를 시작했다. 하지만 또 다른 시련이 찾아왔다. 대학교 3학년 때 어머니가 위중하다는 연락을 받고 부산으로 향했다. 아버지의 연이은 사업실패로 어머니는 불면증으로 잠을 못 이루시고 환청과 환각으로 괴로워하시는 등 몸과 마음의 병이 모두 악화돼 있었다.

결국 병원에 입원시켜드리고 돌아오는데 가슴에서 뜨거운 눈물이 하염없이 흘렀다. 어린 시절 그림에 소질이 있던 나는 자주 학교 대표로 뽑혀 여러 미술대회에 참가했었다. 어머니는 매번 나와 함께 택시를 타고 대회장까지 가서 일정이 끝나기까지 서너 시간을 기다려 작품을 제출하고 집에 돌아가는 생활을 거의 10년간이나 하셨다. 그때 일들이 주마등처럼 스쳐갔다.

대회 때마다 매번 상을 타는 아들이 대견했던지, 어머니는 어려운 살림에도 당시 부산에서 제일 유명한 남포동 미화당백화점에 가서 외제 고급 수채화 물감을 선물로 사주셨다. 색이 참으로 맑고 곱던 그 수채화 물감 덕분인지 그 뒤로 나는 각종 그림대회에서 더욱 좋은 성적을 내었다. 세계아동미술대전에 출품한 그림이 두 차례나 입상하여 내 그림이 미국 LA에 전시되었을 때는 나보다 어머니가 더 기뻐하고 축하해주셨다.

그런 은혜를 입고 자랐음에도 효도는커녕 도 닦는다고 부산에 계신 어머니 곁을 떠나 멀리 익산에서 생활하며 병이 깊은 어머니께 아무런 도움도 되지 못하는 나 자신이 너무도 비참하고 한스러웠다. 아무리 밤을 새워 간절히 기도를 드려도 어머니의 병환은 크게 나아지지 않았다.

'기도와 수행도 정작 필요할 때에는 아무 도움이 되지 않는구나!'

수행의 한계를 체험하고 부산에서 익산으로 돌아가는 버스 안에서 나는 다짐했다.

'고등학교 1학년 때부터 대학교 3학년이 될 때까지 6년간 하루도 빠짐없이 좌선수행과 기도에 매진했음에도 어머니의 병을 치유할 만한 능력이 생기지 않았다면, 막연히 마음을 관조하는 수행이 한계가 있으므로 이제부터 기운을 모으고 운기해서 내면을 치유하는 '기공氣功 수련'이나 '단전호흡丹田呼吸'을 해 봐야겠다.'

이때부터 나는 기공과 단전호흡 쪽에 관심을 두기 시작했다. 80년대는 소설가 김정빈의『단丹』이 베스트셀러가 되면서 단전호흡 붐이 일기 시작한 시기였다. 이 책은 대종교大倧教 총령이자 선도단체인 연정원研精院의 창시자 봉우鳳宇 권태훈權太勳 옹을 소재로 쓴 소설이었다. 책에서는 봉우 선생을 우학도인羽鶴道人이라는 인물로 그리고 있다.

당시 이러한 분위기에 편승해서 H씨가 쓴『단의 실상實象』,『단의 완성完成』,『신단神丹』,『신공神功』등의 책이 연작으로 쏟아져 나왔다.『단의 완성』에는 공중부양하는 사진이 실려 있어서 많은 수행자의 관심을 끌었지만, 후에 위조한 사진이라는 사실이 밝혀지는 어이없는 일도 있었다.

이 책에서는 특히 2단 호흡법을 강조했는데, 이는 1차적으로는 폐로 숨을 들이마시고 호흡을 멈추는 일명 지식止息호흡을 한 다음 아랫배로 호흡을 내리는 방식이었다. 이런 2단 호흡의 부작용으로 나는 위장의 기운이 뭉쳐서 만들어지는 적積이라는 덩어리가 생겨 오랫동안 위장병과 소화불량으로 고생해야 했다.

그러나 다행히 그 후 국선도의 고수인 선배 한 분을 만나게 되었다. 선배는 내 열정에 마음이 움직였다며 몸소 시간을 내어서 행공 동작을 가르쳐 주었다. 움직이는 공부라는 의미의 행공은 정각도正覺道, 통기법通氣法, 선도법仙道法으로 구성되어 있다.

우선 정각도는 육체 중심의 행공 동작으로 중기단법中氣丹法, 건곤단법乾坤丹法, 원기단법元氣丹法으로 이루어진다. 통기법은 정신수련 중심의 행공이며 진기단법眞氣丹法, 삼합단법三合丹法, 조리단법造理丹法

으로 구성되어 있다.

마지막으로 선도법은 삼청三淸, 무진無盡, 진공眞空으로 나누어진다. 나는 행공 동작이 여러 단계로 세분화되어 체계적이라는 점이 마음에 들었다. 이 어려운 동작들을 반복하다보니 점차 몸이 건강해지기는 했지만, 내가 추구하는 기운과 정신적 깊이는 체험할 수 없었다. 결국 1년여 만에 국선도를 그만두었다.

그리고 1986년, 나는 연정원이라는 수행 단체를 세우고 『백두산족에게 고함』이라는 책을 통해 민족정신의 근원을 알린 우학도인 봉우 권태훈 옹을 만나야겠다는 결심을 하고 혼자서 서울 세검정에 위치한 대종교 본부를 찾아갔다. 하지만 인연이 닿지 않았는지 그때는 만나지 못하고 돌아왔다.

봉우 선생은 연정16법을 창시하여 후학에게 호흡의 흐름과 방법을 지도한 도인이다. 그는 조선시대 북창北窓 정렴鄭磏 선생이 단학의 이론을 정립해 놓은 『용호비결龍虎秘訣』의 수련법을 이어받았다. 단학 수련은 환인에서 단군으로 전해져 오늘날까지 이어져 내려온 『천부경天符經』과 『삼일신고三一神古』 속에 있는 수행법으로 수행의 세부방식은 지감止感, 금촉禁觸, 조식調息, 3가지로 나누어진다.

지감은 기쁨, 슬픔, 분노 같은 모든 감정을 멈추고 깊은 내면세계로 들어가는 것을 의미한다. 금촉은 부딪힘을 금하라는 의미로, 보고 듣고 느끼는 등의 모든 육체적 감각을 금해야 고요한 상태에 이를 수 있다. 마지막으로 세 가지 수행 방식 중 가장 중요한 조식은 호흡을 고르는 것을 의미한다. 호흡은 모든 감정과 감각을 조절하는 중요한 방법이다.

수행에 대한 방황은 요가수행으로도 이어졌다. 요가는 지혜를 단련하는 즈나나요가, 신에게 헌신과 사랑을 바치는 박티요가, 행위의 요가인 카르마요가, 소리를 매개로 하는 만트라요가 등 그 종류도 다양한데, 그중에서도 가장 대중적인 요가가 하타요가이다.

나는 명상요가인 라자요가나 에너지체인 차크라를 열어서 깨달음을 얻어가는 쿤달리니요가를 하고 싶었지만 당시에는 가르치는 곳이 없었다. 그렇다고 인도로 찾아가서 배우기엔 한계가 있었다.

나는 같은 학년 동기인 영식 형과 함께 익산 시내에 있는 하타요가 학원을 찾아 6개월 정도 요가수행을 했다. 이때도 호흡을 통한 이완과 몸의 단련은 이루어졌지만, 정신적 깊이의 한계에 이르러 오래 지속하지는 못했다.

도에 대한 갈증을 요가수행으로 달래고 있을 즈음 입영통지서가 나왔고, 나는 육군에 입대했다. 그리고 88올림픽이 끝나는 시점에 병장으로 제대하여 다시 4학년으로 복학했다. 다시 만난 동창들과 4학년 수업을 받다보니 어느새 졸업이었다.

졸업 후, 나는 문영식 형과 후배 이도하[18] 등과 함께 대만으로 중국어 공부를 하러 갔다. 당시 중국은 우리나라와 수교가 되지 않아 타이완 타이페이로 가서 주중에는 중국어를 배우고 주말에는 가오슝, 화리

---

18) 이정민 교수. 도하는 법명. 현재 한국예술종합대학교 영상원 교수로 저자와 함께 명상의 과학화 연구를 진행하고 있다.

엔, 카오산 등 여러 곳을 여행하며 혹시라도 나를 가르칠 도사를 만나게 되지는 않을까 기대해봤지만 결국 만나지 못하였다. 미련이 남은 나는 훗날 다시 대만으로 건너가 중국어를 배우면서 중국 내단파의 고수나 도사를 만나려고 노력했지만 아무런 소득이 없었다.

7. 동양의학인 한의학에 심취하다

대학 졸업 후, 성직자 시험을 치르고 합격하여 교무연수원인 동산훈련원에서 1년간 원불교 예비성직자 훈련과정을 밟았다. 이때 고려수지침을 배우면서 처음으로 동양의학의 원리에 대해 알게 되었는데, 특히 음양오행陰陽五行의 신비로운 상생상극相生相剋 이치가 나를 사로잡았다.

공교롭게도 그 당시 나는 조선시대 명의이자 의학자인 구암 허준許浚(1539~1615) 선생이 쓴 『동의보감東醫寶鑑』에 푹 빠져 밤잠까지 설쳐가며 읽어 내려갔다.

『동의보감』의 내용은 인체의 기본인 정, 기, 신과 오장육부의 생리작용을 다룬 〈내경편〉, 외과의학을 다룬 〈외경편〉, 그리고 여성과 어린이, 기타 병증을 다룬 〈잡병편〉, 약방 관계를 다룬 〈탕액편〉, 침의 원리를 다룬 〈침구편〉 등으로 구성되어 있다.

특히 〈탕액편〉에서 물에 대해 설명한 「수품水品」에 보면 왜 약을 달일 때 힘들게 첫 새벽 물인 정화수를 길어오게 하는지 알려주는데 그 내용이 신기하고 재미있었다.

정화수 물의 성질은 편안하고 부드러우며 맛은 달고 독은 없다. 그리고 하루의 새벽 하늘의 맑은 정기가 이슬이 되어 물의 수면에 맺히기 때문에 병자의 음陰 기운을 보하는 약을 달일 때는 이 물을 쓴다고도 한다.

또한 효능은 몹시 놀라서 9개의 구멍으로 거꾸로 피가 나오는 것을 치료하고 입에서 냄새가 나는 것을 없애며 얼굴빛도 좋아지게 한다. 그리고 눈에 생긴 군살과 눈병도 없애고 술을 마신 뒤에 생긴 열도 낫게 한다고 밝히고 있다.

일반적으로 물이란 단순하게 얼굴과 손발을 씻고 목마를 때 마시는 물만 알고 있다. 마셔서 이로운 물과 마셔서 해로운 물이 있고 약을 짓는데도 그냥 짓는 것이 아니라 달일 때 쓰는 물들을 33가지 단계로 나누어 쓴다[19]고 적혀 있었다. 정말 흥미로웠고 자연의 흐름과 기운에 따라 약을 처방하는 동양의학에 대해 경외심이 들었다.

어린 시절 경기로 죽을 고비를 넘겨야 했던 나는 잔병치레가 많았고, 특히 위장이 안 좋아 만성 소화불량 증상을 겪어야 했다. 피곤하면 코피도 자주 쏟아서 솜뭉치를 항상 주머니에 넣고 다닐 정도였다. 몸

---

19) 1. 정화수井華水 2. 한천수寒泉水 3. 국화수菊花水 4. 납설수臘雪水 5. 춘우수春雨水 6. 추로수秋露水 7. 매우수梅雨水 8. 감란수甘爛水 9. 벽해수碧海水 10. 온천수溫泉水 11. 냉천수冷泉水 12. 증기수憎氣水 13. 하빙夏氷 14. 반천하수半天河水 15. 천리수千里水 16. 역류수逆流水 17. 요수遙水 18. 동상冬霜 19. 박雹 20. 옥류수屋霤水 21. 모옥누수茅屋漏水 22. 옥정수玉井水 23. 마비탕麻沸湯 24. 조사탕繰絲湯 25. 방제수方諸水 26. 지장수地漿水 27. 순류수順流水 28. 급류수急流水 29. 장수漿水 30. 생숙탕生熟湯 31. 열탕熱湯 32. 동기상한銅器上汗 33. 취탕炊湯(출처 : 허준,『동의보감』〈탕액편〉「논수품」)

이 자주 아프다보니 철이 일찍 들고 인생사에 관한 철학적 사유가 일찍 트이기는 했지만, 신체적으로는 여간 힘든 일이 아니었다.

그래서 한편으로는 어떻게 하면 아프지 않고 살 수 있는지, 왜 인간은 아픈 것인지 등에 관한 의문도 늘 품고 살았다. 그래서 한때는 한의학과에 진학해볼까 생각하기도 했지만, 죽음에 대한 의구심이 나를 철학과 종교, 수행과 명상의 길로 이끌었다.

『동의보감』에서는 인간을 소우주로 보고 큰 우주와 연결 짓는다. 머리가 둥근 것은 하늘이 둥글기 때문이고, 발이 평평한 것은 땅이 곧기 때문이다. 팔다리 사지四肢가 있는 것은 우주에 봄, 여름, 가을, 겨울 사시四時가 있기 때문이다.

인간의 오장五臟[20]은 하늘의 오행五行[21]과, 육부六腑[22]는 하늘의 6극六極[23]과 연결된다.

그리고 몸의 9개의 구멍[24]이 있는 것은 우주에 북두칠성과 존성, 제성 등 9개의 별이 있기 때문이다. 또한 몸에 12정경맥十二正經脈[25]이 있는 것은 하루 시간에 12시[26]가 있기 때문이다.

---

20) 폐, 심장, 비장, 간장, 신장을 말한다.

21) 목, 화, 토, 금, 수를 말한다.

22) 대장, 소장, 위장, 담, 방광, 삼초를 말한다.

23) 천, 지, 동, 서, 남, 북의 방위를 말한다.

24) 눈 2개, 코 2개, 입 1개, 귀 2개, 항문, 생식기.

25) 폐경肺經, 대장경大腸經, 위경胃經, 비경卑經, 심경心經, 소장경小腸經, 방광경膀胱經, 신경腎經, 심포경心包經, 삼초경三焦經, 담경膽經, 간경肝經을 말한다.

26) 자시(23시30분~1시30분), 축시(1시30분~3시30분), 인시(3시30분~5시30분), 묘시(5시30분~7시30분), 진시(7시30분~9시30분), 사시(9시30분~11시30분), 오시(11시30분~13시30분), 미시(13시30분~15시30분), 신시(15시30분~17시30분), 유시(17시30분~19시30분), 술시(19시30분~21시30분), 해시(21시30분~23시30분)를 말한다.

나는 이러한 동양의학의 음양오행이론들에 대하여 이해를 쉽게 하기 위하여 아래와 같이 **〈표 2〉** '음양오행과 육장육부의 특성 비교'를 구성하여 음양오행과 육장육부의 성질, 색깔, 맛, 감정 등을 연관 지어 살펴보았다.

〈표 2〉 음양오행과 육장육부의 특성 비교

구분		목	상화	화	수	토	금
음	**육장**	간	심포	심장	신장	비장	폐
	성질	서늘함		따뜻함		습함	
	감정	분노	불안/격노		두려움/ 쾌락	짜증/ 예민함	슬픔/ 우울
양	**육부**	담	삼초	소장	방광	위장	대장
	성질	뜨거움		차가움		건조	
	감정	의욕	열정/기쁨		즐거움/ 융통성	편안함/ 여유	긴장/ 의리
색깔		푸른색	빨간색		검정색	노란색	흰색
맛		신맛	쓴맛		짠맛	단맛	매운맛

동양의학의 핵심은 조화와 균형이다. 집안에서도 가족 간의 조화와 균형이 이루어져야 화목하고 행복하듯이 육장육부에도 절대 강자란 있을 수 없다. 서로 기운을 나누어서 과하거나 부족하지 않아야 한다. 음식도 신맛, 쓴맛, 단맛, 매운맛, 짠맛을 골고루 적당히 섭취해야 하고, 감정도 의욕과 분노, 기쁨과 화, 편안함과 짜증, 긴장과 슬픔, 즐거움과 우유부단함이 고루 잘 표현되어야 한다. 모든 게 상황에 맞게

조화를 이룰 때, 삶의 지혜와 통찰력도 그 빛을 발할 수 있다.

나는『동의보감』을 통하여 혼자 공부에 매진하면서 많은 한의학적 정보를 습득했다. 그리고 예부터 동양의학에 '일침이구삼약一鍼二灸三藥'이라는 말이 전해져 오는데 일은 하늘을, 이는 땅을, 삼은 사람을 나타낸다고 한다. 그래서 일침은 하늘의 기운을 담아 침으로 치료하는 것이고, 이구는 땅의 기운을 받아 뜸을 뜨는 것이며, 삼약은 사람의 체질을 보아서 약을 처방한다는 것이라고 널리 알려져 있다.

그리고『동의보감』「침구편鍼灸篇」'구침'에 보면 침을 9가지로 구분하고 있다. 9침의 유래는 한의학의 바이블격인『황제내경黃帝內經』「영추靈樞」에 나타나 있다.[27] 이 가운데 참침, 원침, 봉침, 원리침, 호침은 길이가 거의 4.8센티 정도로 크지 않지만 시침은 10.5센티, 피침과 대침은 12센티, 장침이 거의 21센티에 육박한다.

이 9침은 그 사용처가 각각 다르다고『동의보감』「침구편」에 아래와 같이 밝히고 있다.[28]

> "머리와 열이 나는 데는 참침이 좋고, 나누어진 근육에 기가 몰린 데는 원침이 좋으며, 경맥의 기가 허약한 데는 시침이 좋고, 열을 내리고 피를 빼며 고질병을 치료하는 데는 봉침이 좋으며, 곪은 것을 째어 피고름을 빼는 데는 피침이 좋고, 음양을 고르게 하며 갑자기 뼈마디가 아프고 저리며 마비가 오는 비증을 치료하는 데에는 원리침이 좋고, 경락을 조절하고 팔다리 뼈마디가 쑤시고 통증이 심한 증상을 치료하는 데는

호침이 좋으며, 저리고 마비 증상이 몸의 깊은 곳과 관절, 허리 등뼈에 몰린 데는 장침이 좋고 허한 바람이 관절과 피부에 있는 데는 대침이 좋다."

나는 침술이란 것이 단순하지 않고 이렇게 9가지 침으로 나누어 사람을 치료하는 것에 대하여 경이로운 마음이 들었다. 이 9침에 대한 재미있는 이야기가 극작가 고 이은성 님이 심혈을 기울여 쓴 장편소설 『동의보감』[29]에 전하여 오는데 그것이 바로 '구침지희九針之戱'이다.

책에서 '구침지희'의 연원은 중국 후한시대의 전설의 명의名醫 화타華陀가 9가지의 침을 살아 있는 닭의 몸 안에 침 머리가 보이지 않게 찔러 넣어 닭이 아파하거나 죽어서는 안 되는 고도의 침술 경지를 제자들에게 시범했다는 전설에서 유래한다고 밝히고 있다. 그건 닭의 내장과 근육 등 각 기능을 거울 들여다보듯 하지 않고서는 거의 불가능한 경지라고 설명하고 있다.

또한 책에서는 이 9침 가운데 다섯 침까지 놓는 사람은 범의凡醫라 하고, 여섯 침까지 놓는 사람은 교의巧醫, 일곱 침까지는 명의明醫라 했다. 이 명의에 이르러야 제자들에게 병자를 보고 침을 놓게 했으며,

---

27) 1. 참침鑱針 : 1촌6푼(一寸六分; 약4.8센티), 2. 원침圓針 : 1촌6푼(一寸六分;약4.8센티), 3. 시침鍉針 : 3촌5푼(三寸五分;약10.5센티),4. 봉침鋒針 : 1촌6푼(一寸六分;약4.8센티), 5. 피침鈹針 : 4촌(四寸;약12센티), 6. 원리침圓利針 : 1촌6푼(一寸六分;약4.8센티), 7. 호침毫針 : 1촌6푼(一寸六分;약4.8센티), 8. 장침長針 : 7촌(七寸;약21센티), 9. 대침大針 : 4촌(四寸;약12센티)이다.

28) 허준, 한국 익생양술연구회 옮김,『한권으로 읽는 동의보감』, 글로북스, 2012, 1288쪽 참조.

29) 이은성,『소설 동의보감』, 창작과 비평사, 1990, 참조.

여덟 침은 대의大醫, 마지막 아홉 침을 다 쓸 수 있으면 이미 침 하나로 모든 병을 다 볼 수 있는 태의太醫라고 부른다고 기록되어 있다.

소설『동의보감』에서 가장 재미있었던 부분이 바로 허준의 스승인 유의태가 임금님의 치료를 담당하는 조선 최고 어의御醫 양예수와의 침술 진검승부인 '9침지회' 대결에서 승리하는 것이었다. 비록 소설이었지만 이 책은 그 후 MBC에서 각색하여 1991년 드라마 《동의보감》, 1999년 드라마 《허준》으로 만들어 높은 시청률로 한의학의 붐을 일으켰다. 그 당시 사람들이 드라마를 보기 위해 일찍 집으로 퇴근하는 현상이 벌어지기도 하였다.

이러한 한의학적인 붐은 나를 한의학의 세계에 더욱 매진하게 하여 많은 정보를 습득하였다. 오행침五行針, 일침一針, 기운으로 치료하는 기운침氣運針 등으로 가족을 비롯해 많은 사람을 치료하여 도움을 주기도 하였다.

훗날 선도 스승이신 한당 선생님을 만나 임맥任脈과 독맥督脈을 유통하는 소주천小周天 수련과 하주대맥下珠帶脈, 12정경맥十二正經脈, 기경8맥奇經八脈 유통수련, 그리고 365혈三六五穴에 채약採藥을 채우는 수련 등을 진행할 때도 이때 배운 한의학적 지식이 많은 도움이 되었다.

8. 민족무예 단체들과의 만남

어느 날 원불교 여의도교당이 들어 있는 건물 3층에 '해동검도海東劍道'라는 단체가 들어왔다. 해동검도는 일본식 검도와는 다르게 우리나라에 자생한 민족무예이다. '해동검도' 이전에도 '기천문氣天門'이나 '심검도心劍道' 같은 민족무예 단체가 있었다.

'기천문'은 손과 발을 사용하는 무예 중심으로 검술도 연마하지만, 육합단공六合丹功, 단배공丹拜功, 태양역근마법내가신장太陽易筋馬法內家神掌 등을 중심으로 하는 다양한 무예도 수련한다. '심검도'는 한 손만 쓰는 외수검술 중심이며, 격검 등을 연마한다.

'해동검도'는 이들 단체의 장점을 수용하여 내가신장의 내가공법, 한 손만 쓰는 외수검법, 양손으로 쓰는 쌍수검법 등 다양한 수련법을 갖추었다. 하지만 서로의 시비 이해에 따른 정통성 논란은 지금까지도 이어지고 있다.

'해동검도'의 여의도 도장 개원은 내겐 행운이었다. 운동도 하고 정신집중수련도 할 겸해서 상담을 받고자 도장 문을 노크하니 K사범이 나를 반갑게 맞이했다. 나중에 보니 내가 여의도 도장 제1호 회원이었다. K사범은 건장한 체격에 서글서글한 인상이었다. 대화를 나누다보니 나이도 같고 해서 우린 편안하게 상담을 했다.

새벽 좌선수행을 마치고 나면, 나는 아래층에 있는 '해동검도'로 향했다. 먼저 몸을 풀고 기마자세를 한 후 손바닥을 이마 위로 뻗고 30분 정도 서 있으면 아랫배 단전에 기운이 모아져 몸이 가벼워졌다. 이를 '내가신장법'이라 한다. 이후 '빛 광光자' 베기를 연마했다. 먼저 목검을 등 뒤로 넘겨 호흡을 들이마시고 내쉬면서 물 흐르듯이 힘차게 정면 내려 베기를 한 다음 좌측면으로 비스듬히 내려 베고, 다시 우측면으로 내려 베고, 마지막에 횡으로 가로 베기를 하면 되는 것이다.

검도는 힘차게 내려 베는 것은 쉬운데, 일정한 지점에서 멈추는 것이 매우 어려웠다. 일정한 지점에서 멈추는 것이 자유자재로 되어야 검술의 경지에 이르는 것이라 했다. 그러나 호흡과 동작이 일치하여 멈춘다는 것은 정신집중이 수반되어야 하므로 쉽지 않았다.

1년 후 승단심사에서 나는 진검으로 '대나무 베기'와 '짚단 베기'를 성공적으로 마치고 검정 띠를 따서 유단자의 반열에 들어섰다. 하지만 이 역시도 내가 원하던 정신적 깊이나 기운의 흐름을 느끼는 수준에는 미치지 못했다. 실망감이 밀려왔다. 그리고 승단이 되고 검도 실력이 일취월장하자 괜한 객기가 생겼다. 속으로 누가 시비나 걸어오면 좋겠다는 생각도 하고, 껄렁한 양아치 녀석을 보면 한번 혼쭐을 내고야 말겠다는 다짐도 했다.

그러던 어느 날, 나는 차를 몰고 동대문에서 혜화동 방향으로 가고 있었다. 좌측 방향지시등을 켜고 차선을 변경하려는데, 멀리서 검정색 승용차 한 대가 상향등을 켜고 고속으로 달려오는 것이 아닌가. 나는 이미 차선에 진입한 상태라 미안하다는 표시로 비상등을 2~3번 깜박였다.

그러나 검은색 승용차는 보복운전으로 내 차를 앞질러가서 가로막고 급정거를 하는 것이었다. 싸우고 싶지 않아서 다른 차선으로 들어가려 했지만, 또다시 내 앞을 가로막았다. 그때 신호등에 빨간불이 들어왔고, 모든 차가 신호에 걸려 멈춰 섰다.

순간 화가 났다. 가서 따져야겠다고 생각하고 운전석 옆에 놓아두었던 작은 목검을 집어 들고 차에서 내렸다. 당시 혈기왕성한 20대 후반이었던 나는 검도 실력 덕분에 객기가 발동하여 잠시 성직자의 신분도 망각한 채 잔뜩 화가 나 앞차에 다가가 운전석 문을 벌컥 열었다.

"아저씨! 무슨 운전을 이렇게 매너 없이 난폭하게 하세요!"

이 말을 내뱉는 순간 내게 심한 보복운전을 했던 앞차 운전자가,

"으악!"

비명을 내지르는 동시에 조수석으로 몸을 날리는 것이 아닌가! 순간 놀랐지만, 차분한 음성으로 조용히 말을 건넸다.

"앞으로는 운전 조심히 하세요."

격한 가슴을 진정시키고 내 차로 돌아오는데, 차의 유리창에 비친 내 모습을 가만히 보니 가관도 아니었다. 검정색 코트에 흰색 긴 머플러를 하고 검은 장갑에 번들거리는 작은 목검을 들고 있었다.

'아, 저분은 날 조폭쯤으로 생각했겠구나!' 그제야 정신이 번쩍 들어 차에 올라타면서 깊이 반성했다. 진정한 고수는 마음을 닦아야 하는 것인데, 검만 휘두를 줄 안다고 우쭐댔으니 이보다 더 경솔할 수는 없으리라는 생각이 들었다.

이런 일이 있은 후, 나는 마음수양에 주력해야겠다고 다짐하고 반성의 시간을 보냈다. 그후 원불교 여의도교당 부직자의 2년 근무기간이 만료되어 근무지를 옮기게 되었고, 자연스레 '해동검도' 수련도 그만두게 되었다.

이후 흑석동 원불교 서울교구사무소로 발령을 받았다. 어느 날 오후 5층 빈 공간에서 내가신장 동작을 수련하는 사람들을 만나게 되었다. 기천문 무예를 하는 사람들이었다. 육합단공, 단배공, 내가신장 등의 동작을 열심히 연마하는 모습이 참으로 보기 좋았다. 선배가 함께 하자고 권하기에 한 달 정도 수련을 하고나니 건강이 많이 좋아진 듯해서 기분이 좋았다.

당시 나는 수련을 제대로 하지 않아 그런 것인지, 아니면 숨을 내쉬고 멈추었다 다시 호흡하는 지식호흡의 부작용으로 위에 적이 생겨 그런 것인지, 소화기능이 많이 떨어져 힘든 시간을 보내고 있었다. 그래서 케일을 갈아 만든 건강식품도 먹어 보고, 비싼 죽염도 사서 먹어 보았으나 별 효험이 없었다.

오행생식이 좋다는 말에 비싼 값을 치르고 제품을 사서 몇 달간 열심히 먹어도 봤지만, 그 역시도 아무 도움이 되지 않았다. 또 친구의 소개로 사주에 맞춰 약을 짓는다는 유명한 한의원을 찾아가서 비싼 돈을 주고 약을 지어도 봤지만 또 효과가 없었다.

그러던 차에 기천문 수련으로 건강이 좋아진 듯하니, 잠시 마음이 흔들렸다. 하지만 몸으로 하는 무예나 무술보다는 정신세계에 더 매진하기로 다시 마음을 다잡고 기천문 수련에는 발길을 끊기로 했다. 그저 기천문 고수인 K사범과 친분을 쌓아 알고 지내는 정도로만 지냈다. 이 인연으로 훗날 K사범과 나는 석문호흡 한당 선생님의 문하에 들어가 사형사제지간으로 수학하게 된다.

도화재를 나온 뒤 어느 날, 나는 또 다른 민족무예인 택견을 접하게 되었다. 한옥마을로 유명한 전북 전주에서 '동이東夷 택견' 고수를 만나게 되었던 것이다. 그는 과거 한양을 중심으로 널리 알려졌던 일반 택견과는 과정과 방법이 다른 동이무예 택견의 창시자이자 고수인 P씨였다.

처음 만난 날 우리는 전주에서 유명한 막걸리 골목인 삼청동 주점으로 향했다. 막걸리 주전자가 몇 번 바닥을 드러내는 동안, 슬슬 오른 취기 덕에 가까워진 우리는 자연스레 나이를 묻고 형 아우 서열을 정하여 내가 P씨를 형님으로 부르게 되었다. 그때부터 우리는 호형호제하는 사이가 되었다.

막걸리가 여러 잔 돌고나자 그는 자신이 동이 택견을 배우게 된 사연과 '동이 택견' 무예의 내력, 전주까지 오게 된 사연 등을 털어놓기 시작했다.

충남 아산에서 태어난 P형은 7살 때 동네 영인산에 올랐다가 학춤을 추듯이 무술을 하는 노인을 만나 그의 제자로 들어갔다고 한다. 존함이 임태호林太鎬였던 그의 스승은 평안북도 출신으로 P형을 만났을 당시 이미 98살이었다.

> "100세의 연세에도 매일 갈 지之 자로 움직이는 보법인 '얼르기'라는 '동이 택견'의 기본동작을 하셨는데, 스승님 말씀이 그 '얼르기'로 오랜 세월 공력을 쌓으면 공중을 날며 발을 차는 '비각술飛脚術' 을 터득할 수 있다고 하셨지. 그리고 '비각술'을 터득하면 대나무를 발로 차서 칼로 베듯 베어버릴 수도 있다고 하셨어."

P형은 13년간 스승의 수하에서 온갖 고생을 하며 보법과 손발 동작을 배웠다고 한다. 그리고 13년째 되던 해, 고등학교 3학년일 때, 임 스승은 백지에 당신이 전수한 수밝기 무예를 잘 보전하라는 한 마디만 남긴 채 온다간다 말도 없이 사라져버렸다고 한다. 수밝기의 '수'는 천지도수天地度數요, '밝기'는 이치를 밝힌다는 뜻이니, 수밝기란 한마디로 선도에서 말하는 하늘의 이치를 밝히는 무술이라는 뜻이었다. 후에 P형은 이 무술의 이름을 동이 택견으로 바꾸었다.

그의 택견은 일반 택견과 다른 점이 많았다. 일종의 실전 택견 같은 느낌이었고, 부드러우면서도 강했다. 보법 중에는 '갈지자 얼르기'가 핵심이다. 몸은 앞으로 나아가며 발은 누르듯이 밟는다. 골반은 앞으로 향하되 허리는 옆으로 크게 튼다. 고관절과 무릎, 오금과 허리 근력을 키우는 데 그만이다. 또한 호흡법을 같이 해 숨이 고르고 깊어진다. 갈지자 품밟기와 얼르기를 통해 형성된 단전과 허리의 힘이 손과 발에 실리면 가공할 만한 힘이 나왔다.

어느 날 형이 비각술을 보여주겠다면서 넓은 도장으로 나를 데려갔다. 흔들흔들 몸을 풀던 형이 갑자기 머리를 앞으로 쭉 밀 듯이 내밀며 동시에 땅을 힘차게 차고 위로 솟구치더니 허리를 틀어대는 힘으로 발을 쭉 뻗아 찼다. 마치 높은 데서 뛰어내리며 상대를 밟는 듯한 느낌이었다.

감탄이 절로 나왔다. 한 대 맞으면 큰일나겠다는 생각부터 들었다. 허리를 쓴다는 것은 내공을 쓴다는 것이었다. 발을 강하고 빠르게 차면서도 화려하고 부드럽게 휘두르기 때문인지 그의 택견은 마치 학의 춤사위 같았다. 자신만만하게 시범을 보인 형이 입을 열었다.

"지방마다 사투리가 있듯이 택견도 지역마다 달라. 함경도에서는 잽이 기술인 '잡기'와 '걸기'를 중심으로 발전했고, 평안남도에서는 대갈바지 기술인 '박치기'를 주로 했고, 평안북도에서는 '발질'과 '솟구치기' 등이 뛰어나지."

'동이 택견'의 기술에 감탄한 나는 그날부터 아는 동생 K와 함께 전주 도장에서 택견을 배우기 시작했다. 하지만 아쉽게도 이 만남 역시 오래가지는 못했다. 내가 그동안 무예만 연마한 고수들이나 단전호흡의 도사, 명상의 대가들을 만나면서 느낀 점은 그들 대부분이 현실 부적응 경향을 보인다는 것이었다. 오랫동안 고생해온 삶에 대한 보상심리나 내가 최고라는 생각으로 남의 의견을 받아들이지 않는 독선과 정신세계에 대한 깊이가 부족하다는 것이 그들에게서 공통적으로 느껴졌다.

나는 P형에게 직언도 하고 애정 어린 충고도 했지만, 결국 형과 나의 관계도 소원해지고 말았다. 이 사건 이후로 나는 무예계와 완전히 인연을 끊고 정신수련세계에 더욱더 집중하게 되었다.

9. 신비주의 뉴에이지와의 만남

대학시절부터 나는 새로운 변화를 추구하는 신비주의인 뉴에이지 New Age 운동에 관심을 가지게 되었다. 뉴에이지는 기존 서양 문화에 대항하여 종교, 의학, 철학, 천문학, 환경, 음악 등의 영역에서 새로운 변화와 발전을 추구하는 신문화운동이라고 할 수 있다.

즉, 특정한 종교의 절대적 신앙보다는 인간 내면에 잠재되어 있는 창조적 능력, 영적인 인식, 깨달음을 중요하게 여기는 인간 중심의 영성운동이다. 뉴에이지는 범종교적이며 경계가 없이 요가, 참선, 주술, 명상, 점성술, 환생, 채식주의, 대체의학, 텔레파시, 음악 등의 다양한 주제에 대하여 개방적으로 다루고 있다.

이 운동은 특히 종교적 영역에서 많은 변화를 요구하고 있다. 왜냐하면 기존 기성종교가 특정한 신이나 교리를 통해 구원을 제시하는 것에 비해 뉴에이지는 인간 개인의 내면에 있는 영성적 잠재력을 계발하여 우주의 근원에 도달하는 것이 바로 구원이라고 주장한다.

뉴에이지의 어원은 별자리를 다루는 점성학에 있다. 서양의 별자리는 12개이며 이를 황도 12궁이라 한다. 한 좌에서 다른 좌로 옮겨가기 위해서는 2,100년이 걸리는데 이것을 에이지Age, 즉 한 세대 또는 황도라고 한다.

2000년대에 들어선 밀레니엄 시대는 종교적 관점에서 보면 과거 물고기자리雙魚宮, Pisces의 시대에서 새로운 물병자리水瓶座, Aquarius 시대로 옮겨가는 과정이라고 하는 것이다. 이는 황도의 11번째 좌로서 한 남자가 오른손에 물병을 가지고 있는 것에 해당되고, 물병이 상징하는 것은 인간의 영성, 정신적 깨달음, 명상과 수행을 의미한다.

즉, 물병 시대는 인간 스스로 내면을 찾아가는 새로운 명상과 영성의 시대가 다가왔음을 알려주는 것이다. 현재 영미권에서 명상 관련 앱들이 1,300여 개나 개설돼 있고, 스마트폰과 같은 IT산업에 기반한 명상산업이 앞으로 큰 시장을 형성할 것으로 보고 있다고 한다.[30]

뉴에이지 운동의 관점에서 본 서양종교는 3가지 단계로 구분된다. 첫 번째, 구약舊約의 시대로 이는 양자리에 해당되며 선지자 모세Moses가 말한 하나님의 시대, 즉 성부聖父의 좌로 모든 권능이 하늘에 있는 천권의 시대이다. 두 번째, 신약新約의 시대로 이는 물고기자리에 해당되며 예수님의 시대, 즉 성자聖子의 좌로 모든 권능이 성자에게 있는 시대이다.

세 번째, 도래하는 현대의 밀레니엄 시대는 물병자리에 해당되며 인

30) 중앙선데이신문, 2018. 8. 11, 596호 2면 인터넷 기사 참조.

간의 시대, 즉 성령聖靈의 좌로 모든 권능이 인간의 내면에 존재한다는 것이다. 인간이 자신의 내면에 있는 성령의 빛을 찾아 성자가 되고 성부의 권능을 이어받을 때 비로소 성부, 성자, 성령의 삼위일체三位一體가 이루어지게 되는 것이다.

동양에서의 뉴에이지 운동을 보면 한국 신종교들인 천도교, 증산교, 원불교를 잇는 후천개벽사상이다. 새롭게 열리는 미래의 후천시대는 하늘 중심과 전제군주 중심의 차별시대에서 국민과 시민이 중심이 되는 평등시대이기 때문이다.

뉴에이지 운동은 인간의 초월능력에 대한 흥미를 유발하여 현대종교사회의 신 중심 사상에서 벗어나 인본주의, 특히 우주적 인본주의를 태동시키고 있다. 또한 주된 관심사는 종교의 진리 추구가 아니라 인간 안에 있는 무한한 잠재력과 신적 능력을 계발시켜 자기의 무지에서 해방되고, 치유 받으며, 결과적으로 종교를 인간의 필요와 상황에 따른 치료방법으로 변하게 하고 있다.

이러한 뉴에이지 운동의 흐름은 음악에도 영역을 넓혀 심리치료, 스트레스 해소, 명상음악 등으로 사용되고 있으며, 인간 의식의 무한한 가능성을 확장 계발하는 내용을 담고 있는 뉴에이지 계열의 책들도 일반 대중에게 널리 읽혀지고 있다.

서구사회에서 뉴에이지 운동의 대표적인 단체로는 신지학협회神智學協會, Theosophical Society를 들 수 있는데, 신지학은 신비주의 종교철학으로 고대부터 존재했는데 근대에 들어 러시아 귀족 출신의 여성 철학자이자 신비주의자인 헬레나 페트로브나 블라바츠키Helena

Petrovna Blavatsky(1831~1891)에 의해 시작되었고, 1875년 미국의 헨리 스틸 올콧Henry Steel Olcott 대령의 도움으로 미국에서 신지학협회가 창립되었다.

신지학협회의 목적은 모든 종교의 융합과 통일을 목표로 하고 인간 영혼의 영원한 자유를 추구하고 있다. 이 학회는 인간의 스스로 잠재력을 완성하기 위하여 인류의 영적인 진화를 돕는 위대한 스승들Great Masters의 존재를 인정하고 있다.

뉴에이지 운동의 위대한 스승들 가운데 대표적인 인물이 인도의 철학자이자 명상가인 오쇼 라즈니쉬Osho Rajneesh(1931~1990)와 지두 크리슈나무르티Jiddu Krishnamurti(1895~1986)이다. 저자는 한때 라즈니쉬와 크리슈나무르티의 사상에 심취하여 이들의 서적을 탐닉하면서 정신적 자유를 맛보기도 하였다.

라즈니쉬의 저서 중 『배꼽』, 『히말라야 성자들』, 『깨달음으로 가는 일곱 단계』, 『마하무드라의 노래』 등을 읽었다. 그는 인간이 가지고 있는 모든 관념과 생각의 틀을 깨고 개인의 집착과 관념을 놓으며 진정한 자기 사랑과 자유를 찾으라고 외친다. 그리고 현재 여기 이 순간을 즐기고 느끼며 항상 내면을 통하여 우주와 교감하라고 전한다.

크리슈나무르티는 어떠한 특정한 계급이나 국적, 그리고 종교와 사상, 전통에도 얽매이지 말고 학습되고 고정화된 관념으로부터 자유로워야 한다고 주장하였다. 그는 인간은 종교, 신념, 교리, 철학, 지식이 아닌 오직 자신의 내면적 관찰을 통해서 진리를 찾을 수 있다고 하였다. 내가 읽었던 그의 저서로는 『자기로부터의 혁명』, 『완전한 자유』, 『앞으로의 삶』, 『희망탐색』, 『세속에서의 명상』, 『내면 혁명』 등이 있다.

또한 근간에 나타난 뉴에이지 운동의 흐름 가운데 하나는 미국의 생태영성 공동체 에미서리 공동체Emissary Community라는 단체가 있는데, 에미서리는 신성한 빛을 전하는 존재들이란 뜻으로 유란다(1907~1954)란 인물에 의해 1945년 미국 콜로라도 선라이스 공동체에서 탄생되었다. 이들은 일반 대중들을 상대로 회원을 확보하기보다는 영적 지도자들과 종교단체 및 빛과 진리를 간직한 이들 간의 소통을 중시하고, 영적 지도자들을 길러내는 역할을 주로 하고 있다.

최근 미국에서 온 이 단체의 영적 지도자인 유진 박과 마샤 보글린 부부가 한국에서 활동하고 있다. 이들은 자기의 본성을 깨달아 이를 밝히는 것에 초점을 맞추고 모든 생명에 불성이 있다는 불교와 내면의 빛을 받아 구원을 찾는 것을 지향점으로 삼는다. 성령을 중시하는 1647년 영국의 조지 폭스George Fox(1624~1691)가 창시한 급진적 청교도 운동인 프로테스탄트의 한 교파인 퀘이커교Quakers와도 사상적으로 유사함을 가지고 있다고 한다.[31]

나는 신비주의 명상가인 라즈니쉬와 크리슈나무르티의 책들을 읽으면서 정신적 황홀감과 자유를 만끽하였다. 하지만 책을 놓고 현실로 돌아온 나는 삶과 죽음의 화두에 사로잡혀야 했고, 삶의 생존경쟁에서 외톨이가 되어갔다. 왜냐하면 이런 신비주의적이고 영적이며 도적인

31) 한겨레신문, 2006. 7.11. 사회종교면 인터넷 기사 참조.

삶의 추구는 각박하고 힘든 삶의 현실에서 보면 하나의 정신적 사치였다.

책을 통해 얻는 자유와 깨달음은 단지 언어의 유희일 뿐 생각이 자유롭다고 현실에서 자유로운 것은 아니었다. 영혼이 유체이탈 되어 놀다가 현실로 돌아온 느낌이고, 돌아와 보니 힘든 현실에 놓여 있는 심정이었다. 그래서 다시 도를 찾아 떠나는 기나긴 여행을 지속해야만 했다.

III

선도계 입문과 단전호흡 수련

1. 도화재 한당 선생님과의 만남

여의도교당에서 다시 교무 발령을 받은 곳이 흑석동에 있는 원불교 서울교구사무소였다. 그곳에서는 교당에서 보는 법회나 기도, 관혼상제 의식, 천도재는 지내지 않지만 행사가 많았다. 그래서 육체적으로도 피곤하고 정신적으로도 기운이 많이 소모되었다. 특히 그해에는 원불교 최초로 큰 예산을 들여 서울 여의도 시민공원에서 5월 5일 어린이날 민속큰잔치 행사를 기획하고 있었다. 나는 외부행사 공연기획을 맡아서 연날리기, 사물놀이, 인형극, 줄타기, 패러글라이딩 등의 공연을 준비하고 육군본부에 가서 공수특전단 낙하시범 요청까지 하게 되었다.

1년 동안 열심히 돌아다니며 준비에 공을 들인 결과 어린이날 민속큰잔치 행사는 성공적으로 마칠 수 있었다. 하지만 행사가 끝나자 허무감이 물밀듯이 밀려왔다. 크게 애정을 쏟은 만큼, 끝난 후 마음 둘 곳이 없었다. 피로감도 밀려왔다.

대체 무엇을 위해 그리도 열심히 했고, 끝난 후 밀려드는 이 허전함의 정체는 무엇인지, 가만히 나를 돌아봤다. 그러자 한동안 미루어 놓았던 수행에 대한 열정이 되살아났다. 그 길로 종로 경복궁 가까이에 있는 원불교 선방인 시민선방을 찾아갔다. 그곳에서 좌선을 지도하는 법사님께 다시 좌선 지도를 받고자 함이었다.

"안녕하세요! 법사님 접니다. 그동안 잘 지내셨는지요?"

나이 지긋한 법사님은 오랜만에 찾아온 나를 반갑게 맞아주었다.

"오랜만이네. 이번에 행사한다고 수고 많았지? 그런데 어쩐 일로 찾아왔는가?"

"실은 죄송한 말씀인데, 제가 그동안 수행을 게을리해서 마음이 허한 듯합니다. 그래서 법사님께 다시 좌선 지도를 받고자 왔습니다."

"그래 잘 왔네. 수행인은 수행을 놓지 않는 것이 무엇보다 중요하지. 선방으로 들어가세. 원불교의 좌선법은 '단전주선법'이고, 단전주선법은 불교 좌선법과는 달리 단전을 기초로 하기에 먼저 단전을 잡아야 하네. 그러나 지금 원불교에서는 단전에 대한 정확한 위치와 지도법이 없어서 내가 다른 스승을 모시고 지금 배우고 있네, 자네에게 새로운 단전혈을 잡아주고 지도해주겠네."

라고 하시며 배꼽 아래 단전혈을 잡아줄 테니 당분간 누워서 그 단전혈에 손가락을 대고 단전그릇 만드는 작업을 해야 한다고 일러주었다.

나는 이 말을 듣고 매우 기뻤다. 고등학교 3년 동안 원불교 단전주선을 하는 과정에서 상기증상이 있었고, 대학시절 멈추는 호흡을 한 관계로 위에 적도 생겨 있었는데, 이전까지의 모든 것이 단전에 대한 개념과 지도 없이 기초를 잡지 않고 수련한 탓인 듯했다. 나는 열심히 배울 테니 잘 가르쳐 달라고 청했다.

선방 법사님은 나를 법당 바닥에 눕히고 배꼽 아래 '석문혈石門穴'이라는 곳에 동그란 파스를 붙여주셨다. 그리고 그곳이 바로 진정한 단전혈자리이니 앞으로 3개월 동안 그곳에 손가락을 짚고 누워 단전을 만든 후에는 앉아서 수련하면 된다고 알려주셨다.

하루 일과가 끝나면, 나는 기쁜 마음으로 종로에 있는 숙소로 달려가 열심히 단전 만드는 수련을 했다. 저녁 8시에 단전을 만든다고 누워서 수련하다가 깨어보면 아침이 되어 있기도 했고, 또 어떤 때는 땅속으로 빨려 들어가듯이 깊이 침잠되기도 했다. 그렇게 일주일에 한두 번씩 선방에 들러 수련을 하고, 두 달이 다 되어갈 즈음 수련이 제대로 되고 있는지 법사님께 점검을 부탁드렸다.

"내가 자네를 계속 지도하려 했는데, 진도가 너무 빨라 내가 직접 가르치기에는 벅차네. 사실 나도 Y 제자의 소개로 삼성동에 있는 '도화재道華齋'라는 곳에서 '석문호흡石門呼吸'을 배우고 있네. 한당 선생님이라는 도력이 뛰어난 분이 세운 곳이니, 자네도 직접 그리로 가서 배워보게."

그렇게 해서 내 나이 29세 때 한당 선생님과의 인연이 시작되었다.

'도화재'는 삼성동 옛 한국전력 뒤에 있는 5층 건물 맨 위층에 자리해 있었다. 조심스럽게 문을 열고 들어가자 젊은 사범 한 명이 나를 맞이했다. 자신을 운암 사범이라 소개하는 그의 느낌이 맑고 순수했다.

'도화재'의 뜻을 물어보니, 도를 닦아 빛을 발하는 도인들이 모여 있는 집이라는 뜻이라고 설명해주었다. 나는 바로 입회한 후, 조심스럽게 한당 선생님을 뵐 수 있는지 물어봤다.

운암 사범은 한당 선생님이 회원의 초대를 받아 호주에 갔으며, 다음주경 한국으로 돌아올 것이라고 알려주었다. 나는 곧바로 수련을 시작했다. 마음속으로는 제발 '석문호흡' 수련이 내 마지막 수련이 되어 달라고 간절히 빌었다.

참스승을 만나기 위해 헤매다니던 시간들이 주마등처럼 스쳐가는 탓에 감상에 젖어 생각이 많아지자 첫 수련은 깊이 들지 못하고 끝마쳤다. 수련이 끝난 후에는 다담시간이 있었다. 함께 수련한 회원들과 차를 마시며 대화를 나누는 시간이었다.

돌아가면서 자기소개를 했다. 단학수련을 오래 한 분도 있었고, 우학도인이 만든 '연정원' 수련을 했던 분도 있었으며, 대구 큰 선생님이라고 불리는 분 밑에서 수련을 해온 분도 있었다. 저자가 익히 알고 있는 '기천문' 수련을 한 분도 있었다. 나중에 보니 수녀님과 스님들도 '석문호흡' 수련을 하고 있었다.

도인 같은 풍모를 지닌 분도 있었는데, 알고 보니 저 멀리 지리산 산청에서 수련하는 분이라고 하였다. 당시 '도화재'는 서울 삼성동 본원 하나뿐이어서, 한 달에 한번은 전국 회원이 그 도장으로 다 모여들었다. 그날은 대도시는 물론이고 지리산 산골에서도 회원들이 올라와 토요일 하루 도장에서 숙식하면서 일요일 오전 한당 선생님의 점검을 받고 지방으로 내려갔다.

그 먼 지방에서까지 시간과 정성을 들여 한 달에 한 번 1박2일로 수련하러 오는 분들을 보면서 경외감이 들었다. 도를 깨치고자 하는 열정이 나 혼자만의 것이 아니라는 사실이 인상적이었다. 각지의 다양한 사람들이 모여 있었지만, 모두 같은 뜻을 품은 사람들이라 위화감 같은 것은 없었다. 나는 그분들과 대화를 나누며 경험해보지 못한 다른 단체들의 허와 실도 간접적으로 배울 수 있었다.

그러던 어느 날, 아는 얼굴 하나가 삼성동 도장으로 들어오는 것이 아닌가? 대학교 3학년 때 나에게 국선도를 알려준 선배였다. 그 선배는 증산도, 국선도, 단학선원, 연정원 등 안 가본 선도단체가 없을 정도로 도꾼이었고 인품도 훌륭했다.

"아니 선배님! 어쩐 일이세요?"

"아니, 자네는 어쩐 일이야?"

"석문호흡을 배우고 있습니다."

"어떻게 알고 왔어?"

"경복궁 옆에 있는 선방 법사님이 소개해주셨어요."

"아, 나도 그분 제자야. 내가 일전에 그분께 도화재를 소개해 드렸었는데! 축하해, 열심히 해봐."

"감사합니다. 선배님을 여기서 만날 줄 몰랐어요."

"여기 한당 선생님이 대단한 도인이셔! 자네도 열심히 모시고 배우도록 해. 큰 성취가 있을 거야."

"네, 명심하겠습니다."

나는 가슴이 뛰었다. 저 선배가 믿고 수련하는 곳이라면 여기는 정말 참다운 수련법을 가르치는 곳이고, 한당 선생님은 대단한 도인이 분명하다는 확신이 들었다. 하루빨리 한당 선생님을 뵙고 싶었다.

시간이 흘러 10월 3일 개천절이었다. 이날은 공휴일이라 도장도 수련을 하지 않고 쉰다고 했다. 그래도 한당 선생님은 계실 것이라는 일말의 기대를 안고 나는 삼성동 도장으로 찾아갔다. 문을 열고 들어서니 사범들은 휴일이라 다 나가고 없었다.

한동안 어색하게 서 있는데, 젊은 청년으로 보이는 사람이 안쪽 방에서 트레이닝 바지에 셔츠차림으로 걸어 나왔다. 머리가 헝클어져 있는 것으로 봐서 늦잠을 자고 그제야 일어난 것 같았다. 그 청년이 내게 어떻게 왔느냐고 물었다. 나는 신입회원인데 한당 선생님을 뵈러 왔다고 대답했다. 그러자 그가 본인이 한당이라고 소개한 후 방으로 들어가 차나 한 잔 하자고 권했다.

나는 순간 멍하니 서 있기만 했다. 보통 도인들은 한복차림에 긴 수염을 늘어뜨리고 근엄한 표정을 짓고 있어야 하는데, 운동복 차림에 부스스한 젊은 청년의 모습이라니 당황스러웠다.

나는 선생님의 안내로 방에 들어가 스승에 대한 예를 취하고자 큰절을 올리려 했으나 한당 선생님은 손사래를 치며 그냥 앉으라 했다. 얼떨결에 목례만 올리고 마주 앉자 선생님은 다관에 녹차 잎을 넣고 차를 우리기 시작했다. 잠시 후 선생님은 나에 관해서는 익히 이야기를 들었으니 궁금한 것이 있으면 물어보라고 하셨다.

2. 한당 선생님과의 대화

우연인지, 내가 만든 필연인지는 모르겠으나, 한당 선생님과 단둘이 차를 마시는 기회를 잡은 나는 그동안 품었던 질문들을 쏟아내기 시작했다.

저자: "선생님, 저는 고등학교 1학년 때부터 매일 열심히 참선을 했습니다. 그런데 3년 정도 지나니 기운이 얼굴로 올라와 힘들었고, 대학교 때는 호흡을 강하게 억지로 하다가 위장에 적(호흡을 멈추거나 강하게 하여 몸의 일정 부위가 굳어지는 현상)이 생겨 고생했습니다."

"지리산에 들어가 한동안 수행하기도 했는데, 산을 내려오면 쌓여 있던 기운이 다 사라지는 일이 반복되는 등 수행에 통 진전이 없었습니다. 그런데 선생님이 내놓으신 석문호흡을 하면 기운이 사라지지 않아 양신을 이루고 신선의 세계에 이를 수 있으며, 도통도 가능하다고 하는데, 그게 정말입니까?"

한당 선생님: "교무님, 제가 질문을 좀 드리겠습니다. 교무님은 왜 어린 시절부터 도에 관심을 가지셨나요? 왜 고등학교 시절부터 지금까지 이토록 수련에 매진하시는 건가요? 계속 이런저런 단체를 찾아 다니시는 이유는 무엇인가요? 일반사람들은 각자 직장이나 단체에서 그 규율에 따라 열심히 일하고 인정받아 앞으로 나아가려고 하는데 말입니다."

저자: "저는 어린 시절 태어나자마자 경기로 죽다가 살았고, 초등학교 시절 이모와 외할머니의 죽음을 경험했습니다. 그러면서 부와 명예도 죽음 앞에서는 아무 소용없다는 사실을 깨닫고 인생의 허무와 죽음에 대한 불안과 두려움을 갖게 되었습니다. 제게는 인간이 어디서 와서 어디로 가는지, 즉 삶과 죽음의 문제가 먼저였습니다. 선생님! 인간은 왜 태어나고, 어디서 와서 어디로 가는 것입니까?"

한당 선생님: "인간은 영적인 진화와 발전을 위해 이 지구에 태어나는 것입니다. 여러 생을 살면서 한 생에 한 단계씩 발전해 나가는 것이지요. 처음에는 원초적 욕망을 해결하기 위해 노력할 것이고, 그것이 사라지면 좀 더 나은 자신을 위해

학문에 매진할 테고, 그 다음에는 종교나 철학, 문학, 예술 방면에 관심을 가질 것입니다. 그러다 보면 좀 더 나은 가르침, 스승을 찾아 헤매게 되고, 결국 깊은 도의 경지에 이르게 되는 겁니다."

저자: "그렇다면 도는 무엇입니까? 그리고 도를 이룬다는 것은 무엇을 의미하는 겁니까?"

한당 선생님: "도는 인간이 태어나기 이전의 자기 고향으로 돌아가는 과정을 말하며, 도를 이룬다는 것은 자기의 본래 고향인 우주로 돌아가서 자신의 본래 빛을 찾는 것입니다."

"선도에서는 인간이 태어나는 과정을 신神→ 기氣→ 정精이라고 하는데 인간이 태어나는 과정은 신神인 아기 영혼이 어머니의 자궁에서 수정된 후 어머니의 기운을 받아 정精인 육체를 형성합니다. 그리고 10달을 기다려 태어나게 됩니다. 10은 완성의 수입니다. 어머니의 자궁 속에서 영혼과 기운과 몸이 조화롭게 완성되는 기간이지요. 인간이 만물의 영장이기에 동물과 달리 어머니의 자궁에서 10달을 지내는 것입니다."

"좀 더 자세하게 이야기하면 아버지와 어머니가 합궁을 하게 되면 아버지의 양기인 도광道光과 어머니의 음기인 영력靈力이 만나서 조화를 이루어 '도광영력'이 생기고 그 빛이 하늘로 올라가게 됩니다. 이때 부모와 인연이 있는 영혼이 영계에서 대기하고 있다가 빛을 타고 내려와 어머니의 자궁에 착상을 하죠."

"그런 다음 남자아이는 모세혈관 → 신경조직 → 굵은 혈관 → 뼈 → 관절 → 살 → 오장육부 → 생식기 순으로 형체를 이루고 비로소 호흡하게 됩니다. 여자아이는 모세혈관 → 신경조직 → 굵은 혈관 → 살 → 뼈 → 관절 → 오장육부 → 생식기 순서로 몸의 형체를 갖춥니다. 그러고 나서 호흡과 함께 성장을 시작합니다."

"태아가 호흡을 시작한 후로는 혈액순환과 호흡을 담당하는 뇌의 아래쪽이 발달합니다. 그리고 이 하위뇌가 발달하면서 몸의 오장육부와 연결되는 거미줄 같은 경락이 만들어집니다. 경락이 생기고 나면 감정을 조절하는 중간뇌, 즉 중위뇌가 발달합니다. 이때부터 태아는 감정을 인식하게 되므로 어머니의 감정에 영향을 받습니다. 3개월째 되는 때입니다. 그러므로 3개월부터는 태교가 중요하다는 것이죠."

"그 이후 더 성장하면서 인식을 주관하는 뇌가 점점 발달하게 됩니다. 뇌까지 발달되는 과정에서 태아는 산모의 행동을 따라 하게 되므로 산모가 책을 읽거나, 음악을 듣거나 명상, 단전호흡을 하는 것이 아주 좋은 영향을 주게 되고, 이러한 산모의 태교는 태아의 뇌 발달에 큰 영향을 주게 됩니다."

"아기는 10개월, 정확하게는 280일을 채우고 태어나게 되며, 태어난 후 거의 7살까지는 전신 혈맥이 막히지 않고 열려 있습니다. 하지만 간혹 산모의 상태나 환경의 영향을 받아 기혈이 막혀 있을 때에는 경기를 일으키기도 합니다."

나는 물 흐르듯 논리적으로 설명하는 한당 선생님을 바라보면서 경탄을 금치 못했다. 나도 한의학에는 어느 정도 조예가 있고, 많은 책을 읽어 지식도 쌓을 만큼 쌓았다 생각했는데, 선생님의 이야기는 내가 그동안 들어 보지도 못한 내용이었다.

저자: "아니 어찌 그리 잘 아십니까?"

한당 선생님: "저는 사실 고등학교밖에 다니지 못했고, 무예에 집중하느라 공부도 많이 못했습니다. 그러나 도통을 하고 나니 이러한 이치가 도안道眼으로 보이더군요. 교무님도 나중에 도통하시면 저보다 더 잘 알게 될 것입니다. 학벌도 좋으시고, 머리회전과 언변도 좋으시니 말입니다."

"원래 머리 좋은 분들은 도를 깊이 못 닦습니다. 늘 머리로 재고 이해를 따지면서 수련하다 보니 자기 꾀에 빠져서 자기 무덤을 파거든요. 불가에서는 수련근기를 상근기上根機, 중근기中根機, 하근기下根機로 구분합니다."

"상근기는 명석하고 통찰력이 뛰어나서 도법과 스승을 잘 알아보고 의심 없이 열심히 수행에 정진하는 부류이고, 중근기는 계속 머리를 굴려서 도법과 스승을 저울질하며, 조금이라도 자기 뜻에 맞지 않거나 자신에게 관심을 덜 보이면 그만두는 부류를 말합니다."

"이런 중근기를 여우가 의심이 많아 자기 꾀에 자기가 넘어가는 것에 비유해 호의불신증狐疑不信症이라고도 합니다. 하근기는 시키는 대로 우직하고 성실하게 수련하는 부류로 간혹 이런 분들 중에서 크게 깨닫는 분도 있으니 중근기만 조심하면 됩니다."

"수련과정은 하근기, 중근기, 상근기 단계로 변합니다. 교무님은 이미 수행을 많이 해오셨고, 원불교에서 이런 과정을 거쳤으니 잘하실 겁니다. 말을 하다 보니 삼천포로 빠졌네요. 어디까지 했죠?"

저자: "사람이 태어나는 과정을 말씀하셨습니다."

한당 선생님: "그렇게 해서 사람이 태어나 부모에게 의지하고 사랑 받으며 성장하게 됩니다. 그러다가 사춘기가 되면 자기 존재를 인식하려고 몸부림치게 되죠. 이 시기에 하는 반항적인 행동들은 존재를 찾아가는 당연한 과정에 해당하니 그냥 받아들이고 이해해야 합니다. 이때 비로소 삼신三神이 균등하게 균형을 맞추어 가게 되죠. 삼신에는 두 가지 의미가 있는데, 하나는 태어날 영혼을 관리하는 여자 신선인 여신명女神明을 뜻합니다. 보통 삼신할머니라고 하는데 사실 할머니는 아닙니다. 젊은 여자 신선이지요."

"또 하나는 세 가지 영을 뜻합니다. 일신一神, 이신二神, 삼신三神으로 이루어져 있습니다. 일신은 아버지 정자 속에 든 것으로 그 안에 아버지의 영적 에너지와 유전적 인자가 들어 있고, 이신은 어머니의 난자 속에 든 것으로 어머니의 영적 에너지와 유전적 인자를 품고 있습니다. 부모의 정자와 난자의 결합으로 수정체가 형성될 때 아기의 영적 에너지와 유전인자가 들어 있는 삼신이 그 안에 들어가게 됩니다."

"성장할 때는 일신인 아버지와 이신인 어머니의 성격, 체질, 식성의 영향을 받고 부모의 성질과 생각에 눌려서 자라게 됩니다. 그러다가 사춘기가 오면 잠재되어 있던 삼신, 즉 자신의 영적 에너지가 깨어나 고유의 성격과 능력이 계발됩니다."

"이때 아이들은 부모로부터 독립하고 싶어하고, 간섭받기 싫어합니다. 그래서 반항심이 생기고, 무엇이든 혼자서 해결하려고 하죠. 당연히 부모와 충돌하게 됩니다. 이럴 때 대화를 나눠 서로 소통하고 부모는 자녀의 의견을 존중해주어야 합니다."

"간혹 이 시기에 부모와 심하게 갈등하게 되면, 의지할 곳 없는 아이들은 태어나기 이전의 편안하고 안전한 자궁 속을 먼저 그리워합니다. 그래서 혼나고 나면 불쌍하게 몸을 새우처럼 웅크리고 자는데, 그게 엄마 자궁에 있을 때의 자세가 아닙니까?"

"그러다가 의식이 좀 열리면 가출하거나 독립하려고 하죠. 그리고 좀 더 성장이 되어서 인지가 발달하면 좋아하는 직업을 찾고 나름의 삶을 살아가며 영적 진화의 과정에 들어서려 노력합니다. 더 성숙하면 지구에 오기 전 세상인 자신의 고향별 행성을 그리워합니다. 그 고향별 행성이 우리가 공부해서 양신을 이루어 가야 하는 도계道界(선계라고도 하며 신선들이 사는 세계이다)입니다."

"인간이 태어나는 과정이 신神→ 기氣→ 정精의 순서라고 한다면, 역으로 본래 태어나기 이전의 본래 고향으로 돌아가는 과정이 정 → 기 → 신이고 이를 도道라고 하거나 도를 닦는다고 하는 것입니다. 연어가 성장하면 무의식적으로 태어난 곳을 찾아가 알을 낳듯이 인간도 무의식적으로 영혼의 고향을 그리워하는데, 연어처럼 거슬러 올라가는 과정이 도를 닦는 과정입니다."

"연어가 거센 물살을 헤치고 혼신의 힘을 다해 거슬러 올라가듯이, 인간도 고향으로 가기 위해 여러 수련 방법을 경험하면서 힘든 역경, 난관을 헤쳐가다 보면 진정한 도법과 스승을 구하게 되는 것입니다."

저자: "그렇다면 도를 닦는다는 것은 결국 자신의 본래자리, 본래 고향인 도계, 혹은 근원의 우주를 찾아가는 거라고 보면 되겠네요? 지금 당장은 하위욕구인 식욕, 성욕, 재물욕 등에 사로잡혀 사는 사람도 일단 그것을 이루고 나면 상위욕구인 자아실현을 위해 명상과 마음공부를 하게 되리라는 것이군요."

"하지만 지금껏 많은 수행자가 본래의 고향을 찾기 위해 도를 닦아왔고, 또 지금도 저처럼 헤매는 분들이 많지만 도를 성취한 분은 너무나도 적습니다. 자아실현에 이르렀다고 인정되는 부처님, 예수님, 공자님, 노자님 등이 내놓은 종교의 교리나 가르침으로도 그 자리에 가신 분은 많지 않습니다. 또한 사찰과 교회가 무수히 많지만 인간의 삶은 더욱 팍팍하기만 합니다. 이는 어찌 된 일입니까?"

한당 선생님: "그분들은 선천시대에 오셨다 가셨습니다. 선천시대란 하늘과 인간, 왕과 평민, 귀족과 천민, 남자와 여자, 어른과 아이, 힘을 가진 자와 못 가진 자의 대립이 팽팽하던 음의 시대입니다. 인간은 나약한 존재였고, 평민, 천민, 여자, 아이, 못 가진 자들은 괴롭힘을 당하던 시기였죠. 그래서 모두 하늘에 구원을 간청하여 그분들이 지상으로 내려와 도와 법을 펼친 것입니다."

"하지만 선천시대의 법에는 한계가 있었습니다. 선천시대가 하늘의 시대이자 신분의 귀천과 빈부의 격차로 인한 차별이 있는 불평등의 시대였다면, 후천시대인 현재는 모든 국가와 사람이 신분이나 빈부에 의해 차별받지 않는 인간의 시대이며 평등의 시대입니다."

"이렇듯 후천시대로 접어들면서 세상의 법과 한계가 바뀌었기 때문에, 몇 천 년 전에 성현들이 전한 법이나 세운 종교단체는 이제 그 수명이 다하여 지금의 세상과는 맞지 않는 것입니다. 식품에도 유효기간이 있어 버려야 할 때가 있고, 옷도 유행이 지나면 아무리 좋은 옷이라 한들 입지 못하듯이 종교나 수련법도 내놓은 지 오래되어 시대에 뒤처지면 인간과 환경의 변화에 따라 새롭게 내놓아야 하는 것입니다."

"옛 성현들은 인간 안에 성령이나 불성, 자연의 힘 등이 내재되어 있음을 천명하고 교화와 전도를 통해 계급을 타파하여 평등한 세상을 이루고자 가르침을 전파하였지만, 선천시대의 한계뿐 아니라, 인간 자신도 스스로를 믿지 못했던 탓에 그 뜻을 이룰 수 없었던 것입니다."

"법이 아무리 좋다 하여도 역사 속에서 중간역할을 하는 성직자와 도인, 학자, 철학가, 정치가들이 그 법을 변질시켜서 오히려 자기 욕심을 채우는 도구로 사용한다면 세상은 절대로 나아질 수 없습니다. 그러니 이제는 모든 인간이 자기 자신을 믿고 의지하고, 자신을 통해 수행하여 도를 닦아서 자신의 본래 신인 원신原神과 합일함으로써 하늘의 신명이 되어 인간 삶에서 벗어나야 합니다. 이것이 바로 후천後天의 시대이자 밝은 양陽의 시대입니다."

저자: "지극히 맞는 말씀입니다. 한국에도 후천시대를 열기

위해 애쓰신 도인들이 있습니다. 우선 선후천의 격동기인 구한말에 사람과 하늘이 하나라는 인내천人乃天 평등사상을 천명한 동학의 수운水雲 최제우崔濟愚 선사가 있고, 영혼들의 원한을 풀어 후천시대를 준비해야 한다는 해원상생解冤相生 사상으로 천지공사天地公事를 했던 증산甑山 강일순姜一淳 천사天師도 있습니다."

"원불교를 창안하여 '물질이 개벽되니 정신을 개벽하자!'라는 구호로 수행과 생활의 일치, 남녀차별의 폐지를 주장하고 불교의 시대화, 생활화, 대중화를 실천했던 소태산 대종사도 그중 한 분입니다."

한당 선생님: "앞으로 2000년 밀레니엄 시대가 도래하면 인터넷이 더 발달하여 인간의 정보기술이 한층 진보되어 모든 것을 속일 수 없는 밝은 양의 시대가 본격적으로 도래할 겁니다. 수련법도 그에 맞게 원리와 방법이 명확하게 제시되어야 하겠죠. 저는 인간이 도계에 갈 수 있도록 현대에 맞는 수련법을 가지고 내려왔습니다. 이 수련법을 전하고 가는 것이 제 사명입니다."

저자: "후천 양의 시대에 관해 더 자세히 말씀해주십시오."

한당 선생님: "후천시대란 평등하게 누구나 잘사는 세상으로 불교에서는 미륵세상彌勒世上 혹은 용화세계龍華世界라고 합니다. 미륵이란 찰 미彌 자에 수레 륵勒 자를 써서 수레에 부처가 가득 찰 정도로 밝은 세상을 의미하는 말입니다. 즉 모두가 부처가 된다는 뜻이죠. 그리고 용화세계란 용의 빛이 밝은 세상, 즉 정신문명의 세계가 도래한다는 뜻인데, 동양사상에서 영물로 취급되는 용이 영적시대를 상징합니다."

"지금 우리는 정보기술의 시대를 살아가고 있습니다. 정보의 공유가 인간 삶의 질적인 향상을 불러와 왕성한 정신적 활동을 가능하게 하고 있죠. 그러니 인간은 갈수록 정신문명의 세계에 더 가까이 접근하게 될 것입니다."

한당 선생님과 오랜 시간 다담을 나누며 나는 그동안 품었던 의문의 첫 단추를 풀었다. 또한 오랜 기간 정확한 원리와 방법을 모르고 수련해왔으나, 이제야 나를 도통으로 이끌어줄 참 스승을 만나게 되었음을 확신하게 되었다. 앞으로 수련에 더욱 정진하리라 마음으로 다짐했다.

한당 선생님: "저도 힘들게 수련하여 경험을 토대로 이 석문호흡 수련법을 만들었지만 이것이 완전한 수행법인지는 모르겠습니다. 그러나 제자들이 이 도법으로 도통을 하고 완성을

이룬다면 차후에 부족한 부분을 보완하여 더 완벽한 새 수련법을 제시할 수도 있을 것입니다."

"성현이나 도인이 계속 시대를 달리하여 출현해서 새 법이나 도법을 내는 이유도 바로 그 때문입니다. 시대와 사람은 변하는데, 법은 과거의 것을 그대로 펼치려 하면 그게 오히려 구속이 되기 때문에 자꾸 사람들이 떠나게 되는 것이죠. 현시대에 맞는 법을 내야 합니다. 그러니 예수님도 다시 법을 펼치려면 인간 세상으로 돌아오실 테지만, 성경에서 말세에 도둑처럼 왔다가리라 했으니 아마 오셔도 사람들은 모를 겁니다."

"저의 외가가 전주全州 신리新里입니다. 그곳에는 가톨릭 신자가 많습니다. 제 어머님도 독실한 신자였고, 이모님은 수녀십니다. 그래서 저도 안토니오라는 세례명이 있습니다. 물론 도를 닦으면서 성당에 발길은 끊었지만, 예수님은 존경합니다. 믿음과 수행은 별개의 것이니까요."

저자: "네, 원불교에서는 도를 깨닫는 것을 '도통'이라 하고 법을 새로 새우는 것을 '법통'이라 합니다. 그리고 영적인 세계를 알고 보는 것을 '영통'이라고 하는데, 원불교 3대 종법사를 지내신 대산 스승님은 저에게 영통보다 도통을 먼저 하라고 하셨고 법통은 가장 어려운 것이라고 하셨습니다. 그리고

법통을 세우려면 도통뿐 아니라 세상의 모든 학문을 섭렵해야 한다고 하셨죠. 그리고 내게 지혜가 넘치니 오히려 덕을 많이 쌓으라고 당부하셨습니다."

한당 선생님: "네, 맞습니다. 학문이 반드시 필요합니다. 머리가 나쁘면 수행도 쉽지 않습니다. 지혜가 수행을 도우니까요. 하지만 너무 많은 지식은 오히려 수련을 방해합니다. 노력은 소홀히 하고 머리만 굴리려 하니까요. 지식이 많은 분 중에 수련을 오래 하지 못하고 그만두는 분이 많은 이유가 그 때문입니다."

"수행자는 지식보다는 지혜, 지혜보다는 직관하는 통찰력을 길러야 합니다. 교무님은 참으로 훌륭한 스승을 두셨네요. 저는 스승 없이 도를 닦다보니 많이 힘들었습니다. 어린 시절에는 가정형편이 어렵고 고민이 많아 산 위에 있는 합기도 도장에서 무술수련에만 전념했었죠."

"그리고 성장한 후 합기도 도장을 열어 사람들을 지도했는데, 어느 날 한 선배가 와서 저에게 단전호흡이 뭔지 아느냐고 물었습니다. 모른다고 했더니 합기도 무예는 외공이라서 한계가 있으니 단전호흡을 해서 내공을 길러야 고수가 된다고 훈계를 하더군요."

"자존심은 상했지만, 그래도 배우고 싶은 마음에 그건 어떻게 하는 거냐고 물었습니다. 그러자 선배는 양반다리나 가부좌를 틀고 앉아서 코로 숨을 들이마셔 배를 부풀리고 코로 내쉬어 배가 들어가게 하면 된다고 알려주더군요. 단전이 어디냐고 물어보니 그냥 배꼽 아래라고만 알려주더군요."

"그 후로 앉아서 1시간 정도 단전호흡을 했는데, 놀랄 만한 일이 일어나더군요. 제가 합기도 무예수련을 해오면서 아무리 힘든 동작을 1시간 넘게 해도 땀이 나지 않는데, 단전호흡을 1시간 하니 몸에서 땀이 흐르고, 마치 벌레가 기어가듯이 온몸이 가려운 게 아니겠습니까. 그래서 5년 동안을 쉬지 않고 단전호흡을 했습니다."

"가난해서 스승을 찾기도 어려웠고, 책을 사서 볼 형편도 못 되었습니다. 단지 코로 숨을 들이쉬고 내쉬면서 단전 부풀리기만 반복했죠. 그렇게 공부가 조금씩 진행되다가 결국 도통까지 하게 된 것입니다."

저자: "정말 스승의 도움 없이 혼자서 도를 이루신 겁니까? 참고하신 책도 없나요? 힘들어서 중간에 그만두고 싶은 생각도 없으셨어요?"

한당 선생님: "처음 5년간은 양반다리 하고 앉아서 호흡만 죽어라 했습니다. 당시 합기도 도장을 운영했지만 형편이 그다지 좋지 않아 밥을 굶기가 일쑤였습니다. 쉴 때는 녹차 마시는 것을 좋아했는데, 돈이 없어서 녹차를 우려 마시고 다시 말려서 우려먹고를 반복할 정도였죠. 수련에 대한 지식이 없으니 막막하고 힘도 들었습니다."

"누구에게 지도를 받거나 책을 사서 볼 만한 여유도 없었으니까요. 한번은 동네 엿장수 아저씨가 아이들에게 엿을 싸서 주는 종이가 좀 특이해서 그 책을 달라고 간청해서 얻어왔는데, 나중에 알고 보니 그 책이 조선시대 선도수행의 대가인 도인 정북창이 쓴『용호비결』이더군요. 하지만 당시에는 내용이 너무 어려워서 큰 도움은 안 되었습니다. 그래도 수련을 하면 무언가 이루어지리라는 희망만은 잃지 않았습니다."

"그러던 어느 날, 제가 수련에 더 깊이 매진하게 되는 계기가 생겼습니다. 5년을 아무런 성과 없이 앉아서 수련하던 중 피곤하고 허리도 뻐근해서 잠깐 쉬었다 할 요량으로 바닥에 누웠는데, 갑자기 허리 전체가 불에 덴 것처럼 뜨거워지는 게 아니겠어요."

"혹시 방바닥에 불이 들어왔나 해서 바닥을 만져봤지만 싸늘

하더군요. 사실 연탄 살 돈이 없어서 냉골로 지내고 있었거든요. 그러니 허리 전체를 도는 뜨거운 기운이 너무도 신기하더군요. 그래서 계속 수련을 했습니다. 허리를 도는 통로가 기경8맥의 하나인 대맥이라는 사실은 나중에야 알게 되었습니다."

"그 뒤로 임,독맥 통로인 소주천이 유통되고, 다음으로 머리부터 발끝까지 적시는 온양溫養수련, 양쪽 발바닥의 용천혈湧泉穴과 양손의 노궁혈勞宮穴, 그리고 머리끝에 있는 백회혈을 진기로 뚫어 나가는 대주천大周天수행으로 자연스럽게 진행이 되었습니다. 대주천수행이 진행되니 양발바닥과 손바닥에 기운이 유통되어 엄청나게 뜨거워졌고, 그 다음 산에 오르면 몸이 너무도 가벼워서 마치 구름을 타고 오르는 착각까지 할 정도였습니다."

"그러다가 신기한 경험을 하게 되었는데, 갑자기 강한 압력이 느껴지면서 내 영혼이 머리를 뚫고 지구 대기권 밖으로 나가는 것이었어요. 칠흑같이 어두운 우주에서 지구를 내려다보는데, 지구가 콩알만하게 보이더군요. 그러자 저리도 콩알만한 곳에서 인간들이 서로 아웅다웅 다투고 미워하면서 옳고 그름을 따지는 것이 참으로 부질없다는 깨달음이 찾아왔습니다. 그동안 내가 미워하던 사람들, 날 힘들게 했던 사람들이다 용서가 되더군요."

"사실 살면서 가장 힘들었던 것이 어머님이 당뇨병으로 일찍 돌아가신 것이었어요. 돈이 없어서 약 한 번 제대로 못 쓰고 돌아가시게 한 불효가 천추의 한이었는데, 도통하여 도계에서 어머니의 영혼과 재회를 하고 좋은 곳으로 천도해드려 행복하게 사시는 모습을 보고는 그간의 아픈 상처가 다 치유되었습니다."

스승 없이 혼자, 외롭고 철저하게 수행하여 도를 이룬 한당 선생님의 이야기를 듣는 동안 경외감이 느껴졌다. 도의 길은 누구도 선불리 가려 하지 않고 크게 관심을 두지도 않는 영역이다. 그리고 평생이 걸려도 도를 이루지 못할 수도 있다. 도사나 도인의 발자취를 기록한 책들이 있지만, 도의 세계는 직접 경험해서 나아가야 하기에 선도 서적을 많이 읽는다고 고수가 되지는 않는다.

수련을 하다보면 육체적으로는 허리 디스크나 관절염, 적, 기체氣滯(잘못된 호흡으로 기운이 막혀 명치나 위장이 답답한 증상), 불면, 상기 등의 증상에 시달릴 수 있고, 정신적으로는 주화입마走火入魔(잘못된 수련으로 다른 영적인 존재가 들어와 나를 지배하는 상태)에 빠지기도 하고, 귀신에 홀려 죽음에 이르기도 하며, 간혹 미치거나 정신분열 증세인 환청, 환각 현상에 시달리기도 한다.

나는 경험 많고 공부가 깊은 스승의 지도와 편달이 공부의 성취에 큰 역할을 한다고 믿었었기에, 혼자서 도를 이룬다는 것은 상상도 해본 적이 없었다. 따라서 한당 선생님은 전생에 많은 수행을 하였기에 이 생까지 공부가 이어진 게 분명하다는 생각이 들었다.

이런 스승을 만나게 된 것도 큰 인연일 터였다. 어느덧 날이 저물고 있었다. 나는 한당 선생님의 만류에도 불구하고 큰절을 올려 제자의 예를 올리고 도장을 나섰다. 이제 큰 스승을 만나 도를 이룰 수 있게 되리라는 희망으로 가슴이 뭉클했다.

3. 단전호흡에 있어 호흡과 기운의 중요성

나는 수행에 단전호흡이 왜 중요한 것인지 전에는 그 필요성을 인식하지 못했었다. 일반적인 명상이나 불교 참선수행에서는 호흡을 그다지 중요하게 여기지 않기 때문이다. 내가 고등학교 1학년 때부터 해온 좌선도 단지 양반다리나 결가부좌, 반가부좌를 하고 앉아 호흡하면서 마음을 비우는 것이었다.

하지만 오래 앉아 집중한다고 마음이 고요해지는 것은 아니었다. 3년 동안 쉬지 않고 좌선수행을 하며 유체이탈과 깊은 명상상태인 삼매를 경험하기도 했지만, 내 수행은 상기증상이 나타나기 시작하면서 한계에 이르고 말았다.

그저 편안하게 좌선을 하면 졸거나 멍한 상태에 머물게 되고, 호흡을 하면 기운이 위로 오르니 이러지도 저러지도 못하는 진퇴양난의 상황에 놓이게 된 것이다. 자문을 구하는 선배들마다 속 시원한 답을 내

놓지 못하고 꾹 참고 10년만 해보라는 무책임한 충고만 해주었다.

그러던 중에 나는 서울 강남에 있는 재단법인 한국정신과학 '뉴로피드백Neurofeedback' 센터를 찾아서 '뇌전문 상담사Brain Trainer'와 '뇌전문 교육사Brain Counselor' 과정을 이수했다. 이 과정을 통해 나는 호흡과 뇌파, 마음과 신경계가 서로 연결되어 있음을 알게 되었다.

뇌파는 우리들의 정신 파동상태와 함께 호흡의 상태를 알려주는 것이다. 먼저 뇌파의 종류는 국제뇌파학회에서 베타β파, 알파α파, 세타θ파, 델타δ파의 4종류로 정하고 있다.[32] 베타파는 우리가 일상생활 하며 활발하게 움직일 때, 뇌가 활발하게 작용할 때 나타나는 뇌파로 진폭이 빠르다. 이는 다시 고베타파와 저베타파로 세분화된다.

알파파는 뇌의 활동이 안정적일 때 나타나는 뇌파로, 명상할 때 나타난다고 해서 명상파라고도 한다. 진폭이 일정한 간격으로 파도치는 파형으로 진폭이 넓고 규칙적이다. 눈을 감고 안정된 상태에 있으면 규칙적으로 파도치는 파형인 알파파가 기록된다.

그리고 눈을 뜨고 활동을 시작하면 알파파가 진폭이 빠른 저베타파로 변하고 신경을 많이 쓰게 되면 고베타파 상태에 이르게 된다. 세타파는 얕은 수면 내지 깊은 휴식상태일 때 나타나는 알파파보다 느린 뇌파로 4~7사이클 파동이다. 졸음파 내지 수면파라고도 한다. 깊은 안정, 행복한 기분, 대단히 깊은 이완 등이 나타난다. 그리고 델타파는 깊은 수면상태일 때 나타나는 뇌파로 3사이클 이하의 파동이다. 수면

32) 박희선,『박희선의 생활참선』, 정신세계사, 2000, 52쪽 참조.

파라고도 한다.

저베타파나 고베타파 상태에서의 호흡은 들떠 있고 거칠고 약하다. 주로 가슴호흡이나 심지어 목에서 호흡이 일어난다. 하지만 복식호흡이나 단전호흡을 하면 뇌파는 서서히 알파파로 바뀌어 간다. 그리고 이완이 되면서 몸과 마음이 편안해지는 것이다.

하지만 이때 마음을 이완하면서 단전호흡을 깊고 오래 하면 무의식의 이완상태인 알파파와 세타파 사이를 오가게 된다. 알파파와 세타파의 중간 크로스 상태를 뇌파에서는 완전한 무의식의 상태로, 이 상태를 '삼매三昧'라고도 부른다. 완전히 무의식에 접어들었으나 알아차림이 있는 상태이다.

기운은 일반적으로 인간이 타고나는 기운을 선천先天의 기라고 하는데, 이 선천 기운의 강하고 약함에 따라 개인의 건강과 운명이 정해지고, 이 기운이 다하면 결국 죽음에 이르게 된다. 하지만 단전호흡을 통해 후천後天의 기운을 모으면 선천의 기운을 보완하고 강화시켜 건강이 좋아지고, 나아가 타고난 운명의 기운도 바꾸고 변화시킬 수 있다. 또한 깨달음을 이루어 자신의 본래자리를 찾거나 도의 세계에 이르게 된다.

한당 선생님은 이러한 후천의 기도 '생기生氣'와 '진기眞氣'로 나누어지는데, 생기란 일상적인 호흡이나 음식을 통해 섭취하는 생존에 필요한 기운이고, 진기는 오로지 '석문혈石門穴'을 통해서만 모아지는, 도통을 가능하게 해주는 기운이라고 했다.

그리고 생기는 의식의 차원에서, 진기는 무의식의 차원에서 만들어지므로 '석문단전호흡'을 통해 알파파 이하의 무의식 상태로 진입해야만 파생되는데, 일반인은 구분하기 힘들지만 어느 정도 기 수련을 한 사람은 쉽게 구분할 수 있다는 말도 했다.

나는 생기와 진기를 직접 느껴보기로 했다. 우선 손바닥에 생기를 올려놓으니 가볍게 아지랑이처럼 움직이는 게 느껴졌고, 진기를 올려놓으니 무겁고 진중하게 손바닥을 파고드는 것을 느낄 수 있었다. 밀도가 달라 그런 것이었다.

생기를 10배에서 100배까지 압축한 것이 진기라고 이야기하면 이해가 빠를 것이다. 그렇다면 생기로 100년 해서 이룰 공부가 진기로 하면 1년에서 10년 정도로 빨리 이루어진다는 말이 아닌가. 나는 반신반의하면서도 '석문혈'을 중심으로 하는 단전호흡을 실천해보기로 했다.

4. 단전의 종류와 위치

어느 날 퇴근시간 교통체증으로 조금 늦게 도장에 도착했다. 조심스럽게 한당 선생님의 방문을 두드리자 잠시 후 인기척이 나면서 들어오라는 목소리가 들렸다.

저자: "지난번에는 제가 질문이 많아 힘들지 않으셨어요?"

한당 선생님: "다들 수련을 시작하면 호기심에 질문이 많습니다. 교무님도 열의가 넘치시니 당연히 질문이 많으실 테죠. 궁금한 것이 있으면 물어보세요."

저자: "그동안 이런저런 수련도 많이 했고, 단전호흡도 한다고 했었는데, 왜 이리 진전이 없고 몸만 피곤할까요?"

한당 선생님: "가장 중요한 단전그릇을 만들지 않고 단전호흡 수련을 하였으니 당연히 상기가 되고, 공부의 진전이 없었던 겁니다. 단전그릇이 없다면 어디에 기가 모이겠습니까?"

저자: "단전그릇이라는 말은 저는 처음 들어봅니다. 대개 단전이라고 하면 배꼽 아래를 말하니 그곳에 마음을 두고 수행하면 된다고 들었습니다. 제가 속한 원불교에서도 단전주선이라고 하여 아랫배 단전에 힘을 툭 부리고 수행하라고 가르칩니다. 특별히 단전이 어디인지 세부적으로 지도받은 바가 없습니다."

한당 선생님: "네, 처음 저를 찾아오는 분들이 다 그렇게 이야기합니다. 예로부터 도가나 선가에서 말하는 기운이 모이는 단전에는 3가지가 있습니다. 이마 가운데 있는 '상단전', 가슴 가운데 위치한 '중단전', 배꼽 아래에 있는 '하단전'이 그것이죠. 상단전이 있는 혈을 인당印堂이라고 하고, 중단전이 있는 혈을 옥당玉堂이라고 합니다. 하단전에는 세 군데 단전혈이 있는데, 기해氣海, 석문石門, 관원關元이 그것입니다."

"'기해혈'은 기가 모이는 바다라는 의미인데, 보통 불교의 참선하시는 분들이나 기타 명상하시는 분들이 이곳에 기를 모으고 수련합니다. 하지만 '기해혈'은 음적이고 정신적인 혈이라

나중에는 기운이 안정되지 않고 위로 뜨게 됩니다. 그래서 상기증상이 나타나고 심하면 주화입마가 되어 뇌에 충격을 입거나 접신이나 빙의가 되기도 합니다."

"그리고 '관원혈'은 양적이고, 육체적인 혈이라 보통 차력하는 분들이나 무예를 닦는 분들이 많이 사용합니다. 그래서 건강이 좋아지고 힘도 세지지만 정신적 깊이가 부족하고 양기를 주체하지 못해서 남녀문제가 야기될 수 있습니다."

"마지막으로 '석문혈'은 원래 한방에서 뜸과 침을 금하는 금구금침禁灸禁針(뜸과 침의 사용을 금한다)의 혈로 알려져 있습니다. 오로지 호흡의 열기로만 돌문을 열어가야 한다는 의미입니다. '석문혈'은 기해의 음 기운인 정신적 기운과 관원의 양 기운인 육체적 기운이 만나서 조화를 이루는 '태극혈太極穴'입니다. 그러니 석문혈로 먼저 단전그릇을 만들고 난 뒤 수련을 해야 기운이 안정되고, 공부의 진전이 있습니다."

말씀을 마친 후, 선생님은 내 이해를 돕기 위해 종이에 하단전에 관한 그림을 친히 그려주셨다.

〈그림 2〉 하단전 단전혈의 종류와 위치

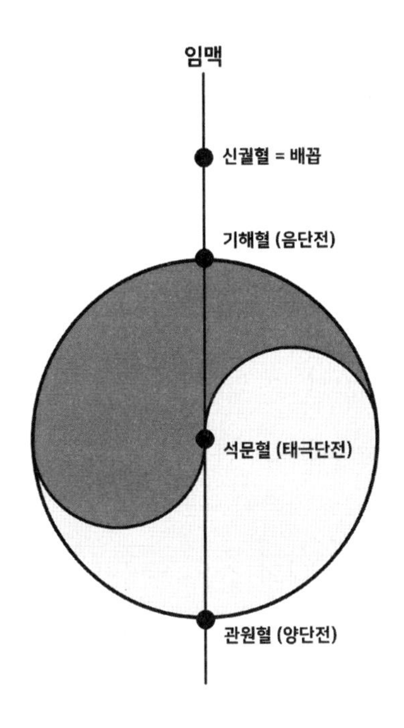

그림을 보니 이해하기가 쉬워 머릿속에서 확연하게 정리가 되었다.[33] 그동안 '석문혈'로 단전그릇을 만들지도 않고 참선과 수행을 했으니 10년 넘게 수련에 매진했어도 진전이 없고, 오히려 몸만 아팠다는 사실도 깨닫게 되었다. 이제 참다운 스승을 만났다고 생각하니 눈물이 고이고 가슴이 벅차 그동안 고생했던 기억들이 주마등처럼 스치며 감사의 말이 절로 나왔다.

---

33) 훗날 저자는 원광대 기학박사 학위를 취득하고 HK마음인문학연구소 연구교수로 재직하면서 한의학회지인 『경락경혈학회지』 28권 4호에 '단전주선에 나타난 심신수행론'이라는 제목으로 연구논문을 발표한 적이 있다.

저자: “감사합니다. 스승님! 열심히 해서 양신을 이루도록 하겠습니다.”

한당 선생님: “네. 열심히 하시면 곧 그 결실을 이룰 것입니다. 그리고 호칭은 스승님보다는 선생님으로 해주세요. 누가 누구의 스승일 수는 없습니다. 그냥 먼저 깨달은 사람이란 뜻이 바로 선생입니다. 그러니 선생님으로 불러주시면 좋겠습니다. 그리고 교무님은 저하고 연배가 같으니 둘이 있을 때는 그냥 친구처럼 생각하고 편하게 대하십시오.”

나는 한당 선생님이 나와 같은 용띠임을 알게 되었다. 대접받으려 하지 않고 상대를 존중하면서 편하게 대하는 선생의 모습도 인상적이었지만, 평범한 가운데 느껴지는 범접할 수 없는 위엄도 선생이 진정 큰 도인임을 깨닫게 해주었다. 나는 계속해서 질문을 이어갔다.

저자: “선생님, 저는 평생 혼자 살면서 도를 닦고자 합니다. 부디 저를 제자로 받아들여 주시고 가르침을 내려주십시오.”

한당 선생님: “제자로 받아들이겠습니다. 제자들에게는 도적道的인 이름인 도호道號를 내려주는데 교무님에게는 ‘수인守印’이라는 도호를 드리죠. 그리고 사람이 도를 닦는 목적은 도통하여 널리 사람들에게 도움을 주기 위함입니다. 그러니 결혼

해서 배우자와 갈등도 겪어보고 자식을 키우면서 고통과 아픔도 공유해봐야 인간사에 진심으로 공감할 수 있을 텐데, 혼자 살면서 도통해봤자 어디다 쓰겠습니까? 결혼해서 세상 속에 들어가 도를 닦도록 하십시오."

나는 놀라웠다. 대부분 수행자들은 가정을 버리고 혼자 도를 닦아야 성취가 빠르다고 하는데, 이분은 세상 속으로 들어가 삶의 아픔과 고통을 겪으며 닦는 것이 참된 도라고 말하고 있었다. 문득 불교 경전인 『미륵경彌勒經』에 전해 오는 '가짜 스님은 산 속으로 들어가고, 진짜 스님은 속세에 머문다.'[34]라는 말이 새삼 떠올랐다.

"일과 이치를 함께 행하고, 정신과 육신을 아울러 온전하게 하라. 불법이 바로 생활이고 생활이 바로 불법이다."[35]

라고 했던 원불교 소태산 대종사님의 말씀도 떠올랐다. 한당 선생님이 내게 지어주신 '수인'이라는 도호는 한자로 풀면 도장 인印, 지킬 수守이다. 불교에서 해인海印이라는 말은 부처님의 법의 진수, 깨달은 경지를 말한다. 깊은 뜻은 잘 모르지만 도를 깨달아 지키라는 말로 해석하고 열심히 수련에 전념하기로 다짐했다.

---

34) '가승입산 진승입속(假僧入山 眞僧入俗)'
35) 이사병행(理事竝行), 영육쌍전(靈肉雙全), 불법시생활(佛法是生活), 생활시불법(生活是佛法)

도호를 받고 난 후, 나는 한당 선생님께 도장에서 잠을 잘 수 있게 해달라고 청했다. 저녁수련, 자시수련, 그리고 새벽에 한 번 더 수련을 할 수 있을 것 같아서였다. 한당 선생님은 도장 바닥에 난방이 되지 않아 내 건강을 해칠까 염려된다 하셨지만, 내 의지가 강한 것을 알아차리시고 결국에는 허락을 해주셨다.

그날부터 나는 저녁에 퇴근해서 세 번 수련하고 출근하는 생활을 시작했다. 그러나 사범들은 결코 달가워하지 않았다. 일과가 끝난 후 도장은 사범들의 휴식공간이자 쉼터인데, 일반 회원이 침낭 속에서 잔다고 하니 불편할 수밖에 없었을 것이다.

이렇게 매일 서너 번씩, 4~5시간 정도를 석문호흡 수련에 매진했다. 밤늦게 수련을 하고 새벽 1시에 침낭에 들어가 얼굴만 내밀고 잠을 청하면 그렇게 마음이 뿌듯할 수가 없었다. 과거 선승이나 수행자들은 동굴이나 산 위 또는 계곡에서 수행했는데, 나는 그래도 차가운 바람과 이슬은 피할 수 있으니 그것만 해도 행운이라는 생각이 들었다.

나는 먼저 석문혈에 손가락을 대고 누워서 단전그릇 만드는 수련을 3개월 정도 해나갔다. 오랜 시간 수련의 결과가 나오지 않았던 것이 결국에는 기초공사인 단전그릇 형성과정이 없어서였음을 깨달았기 때문이었다. 단전그릇 만드는 수련은 누워서 해야 하는데, 그래야 긴장이 풀려 어머니 태중에서 하던 태식胎息호흡으로 돌아가기가 수월하기 때문이었다.

5. 양신과 선도수행

하루 일과가 끝나면 나는 차를 몰고 올림픽대로를 달려 삼성동 도장으로 가는 것이 그렇게 즐거울 수가 없었다. 이제 도의 완성이 눈앞에 그려지는 까닭이었다. 그래서 주말도 공휴일도 도장에서 살다시피 하며 열심히 수련에만 정진했다.

그러던 어느 날 열심히 하는 내 모습이 대견해서였는지, 아니면 너무 집착하는 듯하여 잠시 마음을 돌리게 하려 함이었는지 한당 선생님이 차나 한 잔 하자며 나를 불렀다. 그때부터 한당 선생님과 차를 마시고 대화하는 시간이 많아졌다. 당연히 대화를 통해 나의 의문들도 하나둘씩 풀려가기 시작했다.

스승 없이 일상에서 홀로 수련하여 도를 이루는 것을 불가에서는 최상근기最上根機라고 하는데, 이는 전생에서부터 도를 닦아온 사람만이 이룰 수 있는 경지라 한다. 나는 선생님께 도계에 대해 질문을 드렸다.

저자: "도계는 어떻게 가는 것입니까? 그게 어디에나 존재하는 것인가요?"

한당 선생님: "혹시 '양신'이라는 말을 들어봤나요?"

저자: "네. 선도 서적에서는 초보자가 단전호흡을 통해 기운을 쌓고 임·독맥 경락을 유통하면 '소주천' 통로가 열려 생과 사의 현묘한 관문이라 일컬어지는 '생사현관生死玄關'이 뚫리면서 절대 고수가 된다고 적혀 있었습니다."

"하지만 선도수행을 깊이 공부한 분들은 수행의 열매인 황금꽃, 즉 '금화金華'를 얻어야 수련이 경지에 오른 것이라 하더군요. 바로 그 금화 속에 '황금신선'이라는 '양신'이 존재한다고 배웠습니다. 하지만 아직 '양신'을 이루었다는 사람을 만나보지도 못했고, '양신'을 이루어 신선의 경지에 오른 사람이 있다는 얘기도 들어보지 못했습니다. 그냥 사람들이 만들어낸 허구의 세계가 아닐까요?"

한당 선생님: "전에도 말씀드렸지만, 저는 스승도 없이 무턱대고 이 수행을 해왔고, 선도에 관한 책도 사본 적이 없습니다. 그럼에도 천우신조로 공부가 진행되어 수인이 말한 그 '양신'을 찾아서 합일을 이루었습니다. 그 후 양신을 타고 신선의

세계라 불리는 도계에 입문하여 내 원신과도 합일한 후 여러 권능과 능력을 갖게 되었죠."

"그러고도 계속 공부가 진행되어 우주를 여행하기도 했습니다. 여행 도중 '블랙홀'을 만나 들어갈까 말까 망설이다가 돌아오기도 여러 번 했어요. '블랙홀'은 모든 것을 빨아들여 소멸케 한다는 말을 들은 일이 있었기에 좀 두렵기도 했거든요. 공부가 다 끝나지도 않았는데, 갑자기 죽어버리면 어떡하나 걱정도 되었고요. 그러다가 어느 날은 오기가 생겨서 옷가지를 다 정리하고 유서를 쓴 후에 양신을 타고 '블랙홀'로 다가가 눈 딱 감고 안으로 들어갔습니다."

"그런데 '블랙홀'을 통과해가니 반대편에 그 출구인 '화이트홀'이 있고 그 바깥에는 새로운 우주가 존재하는 겁니다. 그래서 '블랙홀'이 우주에서 다른 우주로 가는 관문이라는 사실을 알게 되었죠."

"'블랙홀'과 '화이트홀'은 우주를 연결하는 입구와 출구였던 겁니다. 물리학에 전혀 지식이 없던 제가 양신을 타고 경험으로 배우지 않았다면, 이 사실을 어찌 알겠습니까? 이후로 '블랙홀'을 통해 여러 차원의 우주를 돌아다니면서 다양한 세상을 경험했고, 궁극적으로는 제가 저술한 『천서天書』에서 말한 마지막 우주차원, 11천 도계에 도착했습니다."

이야기를 듣는 동안 계속 선생님의 눈을 바라봤다. 보통 사람의 눈은 마음의 창이니 눈을 통해 그 사람의 깊은 내면을 알 수 있다고 한다. 한당 선생님의 눈동자는 깊은 우주를 담은 듯 맑고 영롱한 빛을 발했다. 실제로 경험하지 않으면 말할 수 없는 세부적인 내용들을 듣고 있자니 경외감과 함께 흥분이 느껴졌다. 내 마음도 벌써 양신을 타고 도계와 우주를 넘나들고 있었다.

한당 선생님: "수인! 상기는 기운에만 있는 것이 아닙니다. 마음이 너무 앞서는 것, 그것도 상기입니다. 누워서 단전그릇을 만드는 와식수련부터 차근차근 하나씩 밟아가세요. 양신이 출신한 것이 불교나 원불교에서 이야기하는 부처입니다. 그러니 부처를 이루었다고 공부가 다 된 것이 아닙니다. 보림保任[36]을 거쳐 마지막 궁극의 세계에 이르러야 하는 것입니다. 그것이 바로 대원정각大圓正覺[37]입니다."

저자: "네. 이제 질문은 그만하고 기초부터 차근차근 열심히 수행하겠습니다. 잘 이끌어주십시오. 선생님을 만난 것이 제겐 일생의 행운입니다. 어려서부터 늘 누군가를 만나야 할 것

36) 보호임지保護任持의 준말로 찾은 본성을 잘 보호하여 지킨다는 뜻.
37) 진리 전체를 크고 바르게 깨친 완벽한 깨달음의 경지를 말함.

같은 느낌이었는데 이제야 만난 듯합니다. 이것도 인연이겠지요?"

한당 선생님: "인연이 아니라, 도를 닦는 인연인 도연道緣입니다. 인연은 그 생에 만나고 끝이지만 도연은 영원히 가거든요. 공부가 깊어지면 우리는 시공을 초월하여 '영원한 삶'을 살고 '영원한 만남'을 이루게 될 것입니다. 이 말은 도를 이루면 차차 알게 될 겁니다."

저자: "마지막으로 한 가지만 더 여쭤보겠습니다. '유체이탈법幽體離脫法'과 '시해법尸解法'과 '양신출신법陽神出身法'의 차이는 무엇입니까?"

한당 선생님: "참으로 좋은 질문입니다. 제가 자주 듣는 질문이기도 하죠. '유체이탈법'은 일반인도 간혹 경험하는 현상인데, 잠결에 영혼이 빠져나가 여기저기를 돌아다니다가 다시 돌아오는 걸 말합니다. 수련인에게도 일어나는데, 수련 도중 단전에 기운이나 압력이 가득 찰 경우 영이 위로 떠오르는 현상입니다."

"이때 영혼은 '백회혈'로 빠져나가 은색의 생명선을 길게 달고 돌아다닙니다. 혹자는 이렇게 '유체이탈' 하는 것을 '시해법'이라고도 하는데, 그건 둘의 차이를 잘 몰라서 하는 말입니다. 불교에서 선종의 시조 보리달마菩提達摩 대사가 '시해법'을 행하여 영혼 상태로 돌아다니다가 다른 육신으로 옮겨갔다고 하는데, 그 경우는 '시해법'이 아니라 '유체이탈'입니다."

"'시해법'을 이해하려면 일단 중국 동진시대 도사 갈홍葛洪이 『포박자抱朴子』에서 밝힌 신선의 3단계인 시해선尸解仙, 지선地仙, 천선天仙에 관해 알아야 합니다. 처음 '양신'이 백회를 뚫고 나가면 그 크기도 작고 이제 막 걸음마를 떼는 단계라 매우 조심스럽게 몸 밖을 돌아다니는데, 이 단계를 바로 '시해선'이라고 합니다. 그러다가 양신이 성장하여 큰 산과 계곡 등을 돌아다니는 단계를 '지선'이라 하고, '양신'이 더 성숙해서 우주로 나아가는 단계를 '천선'이라고 하는 것입니다. 그러니 '시해법'이란 '유체이탈'이 아니라, '양신'이 출신하는 걸 말합니다."

저자: "그렇다면 원불교 소태산 대종사님이 '시해법'에 관해 '여래위에 올라도 그리 안 되는 사람이 있고, 견성도 못하고 항마위에 승급하지 못한 사람이라도 한쪽 방면 수양만 전공하여 그와 같이 되는 수가 있으나, 그것으로 원만한 도를 이루었다고는 못한다'[38]라고 언급하였는데, 여기서 말하는 '시해법'은 '유체이탈'인가요?"

한당 선생님: "네 맞습니다. '유체이탈'을 말하는 겁니다. 많은 분이 '유체이탈'과 '시해법'을 동일시하지만, '유체이탈'을 하는 것은 하나의 술수에 불과할 뿐 공부가 된 것은 아닙니다. '양신'은 여의주에 들어가서 업장이 소멸돼 마음이 밝고 맑아져야 보이므로 쉽지 않습니다. 또한 기운과 공력이 높아야 합니다. 그래서 수행인이라 하여도 '양신'을 이루지 못하고 생을 마감하는 이가 많습니다."

"그리고 '유체이탈'은 백회에서 나온 흰 생명선이 끊어지면 죽는 것이라 굉장히 위험합니다. '유체이탈'은 영혼이 몸에서 빠져나와 떠다닐 때 누워 있는 자신을 보기도 하고 좀 더 멀리 여행을 다녀오기도 합니다. 그런데 멀리 떠나 있을 때 다른 사람이 와서 수행자의 몸에 심한 충격을 가하면 영혼이 떠난 채로 심장마비를 일으켜 죽음에 이르기도 합니다."

"또한 생명선을 길게 늘여 멀리 가는 경우 그 생명선에 다른 영체나 귀신이 앉게 되면 돌아올 때 접신이나 빙의가 되기도 합니다. '유체이탈'은 수련 중 우연히 생길 수 있는 현상일 뿐 절대로 수련의 깊이를 보여주는 게 아닙니다."

---

38) 원불교정화사.『원불교 교전』,「대종경」, 변의품 36장, 원불교출판사, 2002, 255~256쪽 참조.

"'양신'은 수행이 깊어져서 기운의 차원을 벗어나 빛의 차원에 들어야 가능한 단계입니다. 호흡을 통해 모은 기운으로 하단전의 돌문인 석문을 열어 여의주 속으로 들어가야 '양신'과 만날 수 있죠. 그런데 '석문'은 과거부터 금구금침이라 하여 금기시한 혈자리라서 다들 '석문단전'으로 수행할 생각은 안하고 '기해'나 '관원'을 단전 삼아 수련을 했습니다. 그러니 '양신'을 이룬 도인이 거의 없었던 것입니다."

"나는 운이 좋았죠. 그냥 단전호흡을 했을 뿐인데, '석문'으로 기운이 모아져서 '양신'을 이루고 도계에 가게 되었으니까요. 이 모든 게 도통한 이후 역으로 공부의 과정을 탐구해서 알아낸 이치입니다. 그래서 이런 내용들을 정리해 낸 책이 바로 『천서』입니다.

" '양신'은 영혼 같은 유체가 아니라, 또 다른 나의 분신인 도체道體이므로 내 영혼 외에 내가 낳은 자식 같은 영혼이 하나 더 존재한다고 생각하면 됩니다. '양신'을 처음 보면 어린 아기와 같은 모습을 하고 있습니다. 따라서 꾸준히 키우고 확장시켜 하단전, 중단전, 상단전, 백회 순으로 출신시켜야 합니다. 출신한 '양신'은 일반 빛보다 빨라서 과거와 미래, 우주, 어디든 갈 수 있습니다."

"그리고 의식을 2개로 나누는 것이므로 '유체이탈'처럼 멀리 갔다고 하더라도 전혀 위험하지 않습니다. 혹자는 '유체이탈'과 '양신출신'이 같은 것처럼 이야기하는데, '유체이탈'이 조그마한 2인승 경비행기라면 '양신출신'은 첨단 레이더 기능을 갖춘 고속 우주선에 비견할 만합니다."

"제가 내놓은 수련법으로 공부하면 하면 '양신'을 이루고 도계에 가서 원신과 합일할 수 있습니다. 이것을 도통이라고 하죠. 도통하게 되면 인간이 왜 태어났는지, 죽어서 어디로 가는지, 우주의 탄생과 흐름, 구조는 어떠한지 등을 알 수 있게 됩니다. 이것은 제가 직접 경험한 내용입니다. 도계는 '양신'을 통해서만 갈 수 있는 우주의 다른 공간이라고 보면 됩니다."

"인간의 영혼으로는, 즉 '유체이탈'로는 지구 대기권을 벗어나 다른 별에 갈 수 없습니다. 우주공간의 밀도와 압력이 너무 세기 때문입니다. '양신'은 빛보다 빠르기에 순간적으로 우주에 가 닿을 수 있습니다. 이 부분은 수인이 직접 수련해서 증명하세요. 모든 수행법의 핵심은 결국 경험을 통해 체득하는 것이니까요. 지금까지 많은 수행과 명상법이 체득 없는 이론에 불과했기에 결국 그 한계를 드러내고 말았던 것입니다."

내가 그토록 염원하던 성불의 공부가 바로 '양신'을 이루어 출신하는 것임을 알았으니 이제는 열심히 수행하는 길만이 남았음을 더욱 절실히 깨달았다. 게다가 한당 선생님이 제시하는 수련과정은 15단계로 상당히 구체적이기까지 했다.

사실 '양신'이라는 표현은 수천 년의 역사를 자랑하는 중국 선도 내단수행의 역사[39]에서도 거의 언급되지 않는다. 선도 법술파法術派의 하나인 상청파上淸派의 경전인 『대동진경大洞眞經』에서 존사법存思法(내면을 관하는 선도의 수행법) 편에 '양신'의 그림이 처음 등장했고, 그 후 당나라 때 중국 8신선의 한 분으로 추앙받은 도사 여동빈이 쓴 『태을금화종지太乙金華宗旨』라는 책에서 '양신'을 황금 꽃인 '금화'로 표현하고 있다.

그리고 원, 명나라 시기의 도사 윤진인의 제자가 저술한 『성명규지性命圭旨』에는 '양신'을 잉태하고 성장시켜 출신하는 과정이 그림으로 상세히 기록되어 있다. 또한 청나라 시기 스님 유화양 선사가 지은 『금선증론金仙證論』과 『혜명경慧命經』 책에서도 '양신'을 '혜명'과 '금선'으로 적은 기록이 있다.

우리나라에 있는 기록을 살펴보면, 조선시대 내단수행의 계보를 기록한 한무외의 『해동전도록海東傳道錄』에 고운 최치원 선생이 당나라 유학 중에 도가 장생술을 배웠으나 수련하고 있지 않다가 신라에 와서 은거 후 외삼촌이자 승려인 석현준이 수도하고 있는 가야산에 가서 '시

39) 중국 도교의 역사에서 종교적 색채를 띤 도교집단을 과의도교 혹은 관방도교라고 하고, 오로지 개인적 수행인 내단수행을 해온 단체를 수행도교 혹은 내단파라고 부른다.

해법'의 일종인 '보사유인술步捨遊引術'을 배웠다고 기록돼 있다.

'보사유인술'은 신선이 되는 도술의 하나로 '양신'을 수행하는 방법이며 수행자의 혼이 신체로부터 분리되어 천상세계와 인간세계, 귀신들의 세계인 명계冥界를 마음대로 왕래하는 방법이라고 전한다. 고운 최치원 선생이 '보사유인술'을 다 체득하고 후에 이를 보완하여 '가야보인법伽倻步引法'을 만들었는데 '가야보인법'을 완전히 익히려면 500년 정도의 공력이 필요하다고 한 것을 보면, '양신' 공부가 참으로 익히기 어려운 공부인 듯했다.

이렇듯 선도 서적과 문헌들을 통해 접했던 '양신수련'은 참으로 허무맹랑한 허구로만 느껴졌었는데, 『천서』의 내용은 신선하고 경이로웠다. 기존 선도 서적에서는 언급된 적이 없는 단전그릇, 석문혈, 대맥운기, 기화신, 여의주, 도계, 진기 등의 생소한 용어와 우주의 구조를 체계적으로 설명한 내용도 흥미로웠다.

시간은 어느덧 새벽 3시를 훌쩍 넘어가고 있었다. 하지만 그동안 풀리지 않던 의문점이 시원하고 명쾌하게 설명되는 것을 듣고 있자니 가슴이 뻥 뚫리는 듯했다. 나는 열심히 수련에 매진해서 도를 이루어 어린 시절부터 꿈꾸었던 다른 별로의 여행을 우주선이 아닌 '양신'을 통해 하고 싶었다.

그런데 대개 도를 닦거나 선도를 공부하는 분들은 책은 멀리하고 무조건 수행에만 매진하라 하지만, 나는 그 말에는 동의하지 않는다. 수행에만 집중하다가 상기가 되고, 위에 적이 생기는 부작용을 경험하기도 했거니와, 균형 없는 수행은 나무만 보고 숲을 보지 못하는 우를 범

할 수 있을 뿐 아니라, 내 것만 옳다는 자가당착에 빠져 큰 공부를 망각할 수 있다고 생각하기 때문이다.

사실 '도道'라는 글자는 최상, 혹은 으뜸을 나타내는 '수首' 자에 책받침 부수인 쉬엄쉬엄 갈 '착辶' 자가 합해진 것이다. 이는 최고의 진리를 얻기까지 쉬엄쉬엄 꾸준히 나아가란 뜻이다. 고려시대 불교를 개혁한 보조국사普照國師 지눌은 『수심결修心訣』에서 지혜와 수양을 같이 닦는 방법을 정혜쌍수定慧雙修라고 하는데 그 방법으로 4가지를 제시하고 있다. 이 4가지는 돈오돈수頓悟頓修, 돈오점수頓悟漸修, 점수돈오漸修頓悟, 점오점수漸悟漸修이다.

첫째, '돈오돈수'는 한 번에 즉시 깨닫는 수행 방법이고, 둘째, '돈오점수'는 한 번에 문득 깨달았으나, 습관과 행동을 끊임없이 살피고 고쳐서 시간이 흐르며 실천과 수행이 완성되는 방법이다. 셋째, '점수돈오'는 오랫동안 꾸준히 정성을 들여 수행을 하다가 문득 깨달음을 얻는 수행 방법이다. 마지막 '점오점수'는 오랜 시간과 정성을 들여 하나씩 점점 깨닫고 오랜 시간을 들여 실천하는 수행 방법이다.

나는 근기가 낮아서 마지막 '점오점수'의 방법을 택했다. 이론적이고 합리적인 연구와 검증이 없이 오로지 자신의 방법이 옳다고 주장하는, 언행이 일치하지 않는 여러 고수들의 모습을 많이 보았기 때문이었다. 그래서 나는 늘 고전에서 지혜를 구하고, 수행은 현실의 스승을 찾아 가르침을 받고자 노력했다.

6. 와식수련과 도반들과의 만남

'석문호흡' 수련에서 가장 중요한 단계는 누워서 '단전그릇' 만드는 과정인 '와식臥式수련'이다. 아무리 과거에 10년, 20년을 수행해왔다 할지라도 '단전그릇'이 만들어져 있지 않으면, 이 기초 과정부터 다시 시작해야 한다. 나는 모든 것을 내려놓고 초심으로 돌아가 누워서 '단전그릇' 만드는 '와식수련'부터 다시 시작했다.

하지만 '와식수련'도 생각처럼 쉬운 일이 아니었다. 누워서 수련하다 보니 조금만 방심하면 잠의 나락으로 떨어지기 일쑤라서 간혹 코를 골며 자는 사람도 있었다. 또한 깨어 있으려 긴장하면 잡념이 꼬리에 꼬리를 물어 집중이 힘들었다. 게다가 제일 낮은 단계의 수련이라 열심히 해야 하는데 반드시 누워서 해야 하니 업무와 병행할 방법이 없다는 점도 큰 걸림돌이었다.

그래서 큰 결심을 내어 한당 선생님에게 차가운 도장바닥에서 잠을 자게 해달라고 간청한 것이었다. 난방이 되지 않는다고 걱정하는 선생님께 보온침낭을 깔고 자면 된다고 우겨서 받아낸 허락이었다. 앞서도 언급했듯이 이때부터 나는 하루에 꽤 많은 시간을 수련에 집중할 수 있었다.

특히 밤 11시 30분부터 1시 30분까지는 자시수련이라고 기운이 좀 더 강하게 내려오는 시간대라 집중이 더 잘되었다. 그래서 늘 자시수련까지 마치고 잠자리에 든 후 새벽 6시에 깨어 다시 수련을 하고 사무실로 출근했다.

수련할 때, 이완이 깊이 되는 날은 몸이 바닥으로 깊이 꺼지는 느낌을 받았다. 또 어떤 날은 1시간 수련이 10분처럼 느껴지기도 했고, 어떤 날은 몸이 솜털처럼 가볍게 공중에 떠 있는 느낌도 들었다.

그러던 어느 날 높은 단계의 고수 회원분이 누워 있는 나를 지그시 바라보더니 내 '석문혈'에 손가락을 대고 기운을 넣어주는 것이 아닌가! 잠시 후 뜨거운 기운이 들어오고 몸이 깊이 이완되는 것이 느껴졌다. 나는 역시 고수들의 기운은 다르다는 것을 실감했다. 그냥 손가락을 가져다 대고 잠시 기운을 넣어주는 것만으로도 수련이 너무도 편안하게 이루어지는 것이 놀랍기도 하고 감사하기도 했다.

그다음부터는 나보다 한 단계라도 높은 고수들을 보면 존경심이 우러났다. 하물며 양신수련을 하는 최고 단계의 고수들을 만나면 경외심까지 느꼈다. 그러니 절대고수이자 스승인 한당 선생님의 존재는 내겐 신비로움 그 자체였다. 고수들마저 어려워 절절매는 한당 선생님의 능력은 대체 얼마나 대단할지 궁금했다.

누워서 '와식수련'을 시작한 지 거의 3개월이 다 되어가는 시점에 어느 날 도장에서 수련을 하는데 호흡이 배꼽 아래로만 되면서 단전에 묵직하고 따뜻한 기감이 느껴졌다. 배꼽 아래 단전에 둥근 공 같은 것이 형성된 느낌이었고, 손발이 따뜻하고 마음도 편안했다. 삶에 대한 기쁨도 밀려왔다. 이렇게 열심히 해나가다 보면 바라던 도통을 이루어 의문점도 해결하고 생사해탈도 할 수 있겠다는 희망도 느껴졌다.

내가 다닐 때만 해도 '도화재' 석문호흡단체의 회원 수는 그다지 많지 않았다. 도장도 서울 삼성동 본원 하나뿐이었다. 지방에 있는 사람들은 모두 각자 집에서, 산에서 혼자 수련하다가 한 달에 한 번씩 한당 선생님의 점검 날이 되면 서울로 올라왔다.

대부분 한당 선생님이 1988년에 도통하고 내놓은 『천서』라는 책을 보고 찾아온 사람들이었다. 그리고 대부분 선도를 공부했던 분들이라 그에 관한 지식과 경험이 풍부했다. 또한 각자 수련의 한계를 경험하고 때를 기다리던 중 『천서』를 읽고 양신공부와 도계공부에 희망을 품게 되었다고 했다.

지금까지 이토록 자세하게 양신공부와 도계공부를 이야기한 사람이 없었다는 것이다. 게다가 그 공부의 과정이 한당 선생 본인의 체험이라고 하니 도통에 대한 꿈을 안고 모두 한당 선생님 문하로 모여든 것이었다. 나 또한 수련의 한계에 부딪히고 선방 법사님의 소개로 오게 된 것이니 마찬가지였다.

7. 좌식수련과 대맥운기 수련

당시 와식 수련자들이 기초 단전을 만드는 데는 보통 3개월 정도 시간이 걸렸다. 내가 누워서 단전그릇을 만드는 수련을 한 지도 어느덧 3개월이 지나고 있었다. 보통 그 정도 되면 앉아서 기운을 모으는 '좌식축기' 단계로 올라가므로 나는 내심 기대를 품고 한당 선생님에게 점검을 받았으나 아직 기운이 부족하니 와식수련을 좀 더 해야 한다는 결과를 받았다. 겉으로 내색은 안했지만 실망감이 들었다.

"내가 자질이 부족한가? 다른 사람보다 몇 배는 더 열심히 했는데!"

이런 생각을 하다가 한당 선생님이 일전에 해준 말씀이 떠올랐다.

"수련에 있어 마음에 새겨야 할 심훈이 세 가지가 있습니다.

첫째는 '불비타인不比他人'이고, 둘째는 '선수심 후운기先修心後運氣'이며, 셋째는 '거짓말하지 마라' 입니다. 불비타인은 다른 사람과 비교하지 않는 것이고, '선수심 후운기'는 먼저 마음을 닦고 기운을 운기하라는 뜻입니다. 그리고 마지막은 자신을 속이지 말라는 것입니다. 이 세 가지 심훈을 마음에 품고 수련을 하면 큰 난관과 어려움, 갈등 없이 깊은 공부에 이를 수 있습니다."

나는 이 말씀을 다시 한번 마음에 새겼다. 그리고 다른 회원들과 비교하는 마음을 내려놓고 다시 수련에만 집중하자고 생각했다. 한결 마음이 편안해졌다. 마음을 비우니 몸도 더 쉽게 이완되고 몰입도 깊게 되어 시공간을 잊고 몸이 땅속으로 깊이 빨려 들어가는 느낌과 함께 고요하고 편안한 공간에 들어선 기분이 들었다. 한참 얼마간의 시간이 지나고 사범님의 목소리가 들려왔다.

"본 수련을 마치겠습니다. 서서히 의식을 차리시고 가볍게 몸을 움직이시기 바랍니다."

나는 사범님의 목소리에 정신을 차렸는데 신기한 경험이었다. 그달에 나는 두어 번 정도 더 그런 느낌을 경험했다. 그런 날은 나머지 수련시간도 계속 편안하고 고요하며 안정된 느낌 속에 지나갔다. 40분의 수련 시간이 너무도 짧게 느껴졌다.

다음 달 점검 시간에 나는 한당 선생님에게서 놀라운 결과를 듣게 되었다.

"수인은 기운이 가득 차서 좌식축기도 이미 다 이루어졌고, 대맥운기도 좌측 대맥통로까지 진행되었습니다. 이제 대맥운기 수련을 하시면 됩니다."

나는 놀랍기도 하고 기쁘기도 했다. 마음을 비우고 수련에만 매진했는데, 한 단계를 뛰어넘고 그 다음 단계인 대맥운기도 4분의1 정도 진행이 되었다니 얼떨떨할 따름이었다. 와식에서 좌식 축기까지 완성해 그 다음 단계로 넘어가다니 더 열심히 해야겠다는 마음밖에 들지 않았다. 나는 '대맥운기' 수련에 들어가기 위해 좌식자세를 취했다.

좌식은 편안하게 앉는 것부터 시작한다. 한쪽 발을 당겨서 발뒤꿈치가 '회음혈' 부위에 닿도록 놓고 다른 쪽 발을 그 앞에 놓는다. 어느 쪽 다리가 앞으로 가든 상관이 없다. 이런 상태에서 엉덩이를 살짝 뒤로 빼내어 회음 부분이 바닥에 닿게 하면 허리를 세우기가 한결 수월해진다.

허리를 편 후에는 머리를 쭉 뽑아 올린다. 이때 턱은 들리지 않도록 가볍게 끌어당겨 코와 배꼽 밑의 단전과 일치시킨다. 가슴은 활짝 펴고 어깨의 긴장은 충분히 풀어낸다. 다음엔 왼손을 위로, 오른손은 아래로 겹쳐서 두 손의 엄지손가락을 가볍게 맞닿게 하여 둥근 원을 만든 후, 원이 단전과 일치하도록 단전 앞에 가볍게 올려놓는다. 이것이 좌식의 기본자세이다.

저자는 이때 비로소 좌식운기과정에 들어섰다. 축기가 호흡을 통해 형성된 단전에 기운을 채워 넣는 것이라면, 운기는 단전에 모인 기운을 우리 몸에 있는 경락(經絡:기가 흐르는 통로)으로 흘려보내 막힌 곳을 두루 뚫어주는 것을 의미한다. 이런 운기에도 일정한 순서와 방법이 있는데, 제일 먼저 하는 것이 대맥운기이다.

대맥운기란 일반인에게는 생소한 단어일 테지만, 한의학에 있는 경락 중 하나다. 한의학의 경락은 12정경과 기경8맥이 있다. 대맥은 이 기경8맥 중 하나이다. 일단 하단전 그릇에 기운이 차면 대맥통로를 따라서 넘쳐흐르는데, 진기가 대맥통로 전체를 다 유통하면 그것을 대맥유통이 다 되었다고 한다. 그러나 대맥은 유통된다고 끝나는 것이 아니다. 대맥통로를 흘러가는 진기의 속도가 2분 이내에 되어야 한다. 그래야 다음 단계인 소주천운기 수련에 올라갈 수 있다.

대맥이란 허리에 끈을 묶듯이 배꼽을 중심으로 허리를 한 바퀴 돌아 둥글게 형성되어 있는 맥이다. 우리 몸에는 경락이라는, 기가 흘러가는 길이 있는데, 일반적으로 한의학의 경락론에서 말하는 대맥은 이곳 한군데를 가리킨다.

그러나 석문호흡을 통해 대맥을 운기해보면 경락론에서 이야기하는 대맥은 허리뿐 아니라, 가슴과 이마를 도는 두 가지 띠가 더 있음을 알게 된다. 즉 석문호흡에서 대맥은 하주대맥下珠帶脈, 중주대맥中珠帶脈, 상주대맥上珠帶脈 세 곳을 말한다.

석문호흡의 운기는 우리 몸을 음과 양으로 나누는 경계선인 하주대맥부터 시작한다. 천지대자연이 음양의 상생상극 작용에 기초해서 분열 발전해 나가듯이, 대자연에 상응하는 소우주라 할 수 있는 인간의 몸 또한 상하좌우 음양 구성이 서로 다른데, 이중 상하의 음양을 연결시키는 띠가 바로 '하주대맥'이다.

몸의 중심이자 만남의 지점인 하주대맥 운기는 철저히 무의식에서 해야 한다. 의식을 사용하면 흘러가던 진기가 생기로 변해 버린다. 그러니 오직 간절하게 심법을 걸고 잊어버려야 한다. 저자는 마음속으로,

"우주에 가득 찬 진기를 호흡을 따라 석문단전에 가득 채워
하주대맥을 운기한다."

라는 심법만 마음으로 세 번 염원한 후에 하단전 석문에 축기를 한다. 수련으로 축기된 무의식의 기운인 진기가 하주대맥으로 흘러갔다고 하여 일순간에 대맥을 한 바퀴 돌아 석문단전으로 돌아오는 것은 아니다. 운기 중에 막히는 곳들이 있어 더는 진기가 흐르지 못하는 경우도 있다.

이 막힌 부분을 '규竅'라고 하며, 기운이 규를 뚫고 지나가려고 할 때 통증과 진동이 나타난다. 나는 좌측 대거혈과 대맥혈, 명문혈, 우측 대맥혈에서 약간의 통증과 뻐근하고 묵직한 감각을 느꼈다.

대맥유통 인가를 받은 후, 평균 2분 내에 대맥운기를 마치기 위해 나는 잠자고 밥 먹는 시간을 제외하고는 오로지 수련에만 집중하였다.

심지어 운전 중에도 대맥운기를 했다. 그러던 어느 날 도장에서 놀라운 경험을 하게 되었다. 허리의 대맥이 뜨겁게 느껴지면서 기운이 돌아가는 것이 느껴지는 것이 아닌가! 그리고 한참 후 가슴에서 겨드랑이 쪽으로 따뜻한 기운이 물처럼 흘러갔다.

곧이어 이마에서 귀 옆으로도 따뜻한 물줄기가 흘러가는 것이 느껴지는 게 아닌가! 처음 느끼는 감각이었기에 실로 놀라울 따름이었다. 통증과 묵직함 외에 뜨겁거나 따뜻한 느낌도 기감이라는 사실도 그때 처음 알았다. 상주대맥, 중주대맥, 하주대맥이 존재한다는 말은 익히 들어 알고 있었지만, 실제로 그것을 느끼니 참으로 신기했다. 이러한 경험들이 나를 수련에 더욱 깊이 빠져들게 하고 있었다.

8. 현무수련에 매료되다

어느 날 지도사범이 대맥운기 단계부터는 기운을 느끼는 지감知感 수련을 본격적으로 지도한다고 알려왔다. 그리고 지감 수련에는 현무玄舞, 현공玄功, 현치술玄治術이 있다고 설명해주었다.

우선, 현무는 몸 밖의 기운을 오감을 통해 느껴서 움직임으로 표현하는 과정인데, 그 모습이 춤과 같은 형태로 나타난다. 이 수련은 우주 대자연의 기운과 감응해 심력을 키우고, 그 심력으로 천지 대자연의 무한한 기를 다스려 자신의 수련뿐 아니라 타인과 만물까지도 이롭게 하는 것을 목표로 한다.

다음으로 현공은 현무에서 기운을 좀 더 강하게 타서 무공과 같은 강한 동작이 나오게 하는 것이다. 그리고 현치술은 타인을 치유한다는 심법을 걸면 손이 저절로 상대의 아픈 부위를 찾아가 치유하게끔 하는 수련이다.

좌식수련이 끝난 후 지도사범이 현무 시범을 보이더니 내게 해볼 것을 권했다. 나는 기운을 탈 수 없어서 도무지 두 다리가 움직이지 않는다고 거절했다. 그러자 사범은 마음을 비우고 몸에 힘을 뺀 후 몸 밖의 기운을 느낀다는 심정으로 시도해 보라고 했다.

나는 마음을 비우고 기운을 느끼며 타기 시작하였다. 손바닥에 정전기 같은 것이 어리더니 차차 팔과 어깨로 전달되자 팔다리가 마치 무엇에 끌려가기라도 하듯 저절로 움직이는 것이 아닌가! 참으로 신기하고 놀라웠다.

춤을 배워 본 적도 없고 춘 적도 없는 내가 절로 몸을 움직이는 것이 놀라웠다. 틀어 놓은 명상음악 한 곡이 끝날 때까지 내 동작은 멈출 줄을 몰랐고, 새로운 음악이 나오면 그에 따라 내 동작도 달라졌다. 그것은 의식적으로 만들어내는 동작이 아니라, 내 의지와는 상관없이 몸이 절로 움직이는 것이었다. 몸이 땀에 흥건히 젖었다.

나의 움직임에 고무된 사범이 한라산과 백두산의 기운을 끌어 현무를 해 보라고 제안했다. 먼저 한라산의 기운을 끌자 부드럽고 섬세한 춤동작이 나왔고, 백두산의 기운을 끌자 강하고 묵직한 기운의 동작이 나타났다.

2가지 다른 산의 기운을 끌어와 보니 현무의 위력을 새삼 알 것 같았다. 그 뒤로 나는 한국의 지리산, 오대산, 속리산, 주왕산, 태백산, 무등산, 북한산 등 많은 산의 기운을 끌어서 느끼고 체험했다.

어느 정도 산의 기운을 터득하자 이번에 사범은 움직이는 동물의 기운을 끌어보라고 주문했다. 첫 번째로 학과 호랑이의 기운을 끌어왔다. 학의 기운을 끌자 우아하고 부드러운 동작이 나와서 나는 도장 전체를 가볍게 춤을 추며 돌았다. 호랑이 기운을 끌자 등이 굽어지면서 양쪽 어깨와 손가락에 강한 기운이 무겁게 어리었다. 나는 정말 호랑이처럼 어슬렁거리며 움직이고 있었다.

현무수련이 끝난 후, 차를 마시면서 사범이 내게 전에도 기무氣舞(기운으로 춤을 주는 것)를 추어본 적이 있는지 물었다. 나는 정색하며 아니라고 대답하고는 처음에는 못할 줄 알았는데, 몸을 이완하고 마음을 비우니 정말 기운을 타게 되어 놀라웠다고 대답했다. 또한 지도해준 사범께 고마움도 표했다.

현무 수련을 마치고 도장을 나서는데 한당 선생님이 차 한잔하고 가라며 나를 불러 세웠다. 차를 마시는 동안 내가 현무를 하면서 느낀 감정을 털어놓자 한당 선생님은 다음과 같이 설명해주었다.

한당 선생님: "'현무'는 일부러 연습하지 않아도 수련이 높은 경지에 이르게 되면 자연스럽게 나오는 동작입니다. 기운이 몸에 가득 차면 몸 밖으로 흐르게 되는데, 이때 기운의 흐름에 따라 손발과 몸이 움직이는 것을 현묘한 춤 같다고 하여 현무라 이름 붙인 것입니다. '현무'를 더 강하게 하면 무술과 같은 '현공'이 나오고, 그 기운으로 사람을 치유하고자 하면 손이 절로 아픈 곳을 찾아가 치유하는 '현치술'이 되는 겁니다."

"사실 중국의 태극권도 지금이야 정형화된 형태가 전해지고 있지만, 원래는 장삼봉 도인이 높은 경지에 이르렀을 때 했던 동작을 정리한 것입니다. 우리나라 선도의 종조라 불리는 최치원 선생의 외삼촌이자 가야산에서 수도했던 도인 석현준이 추었던 학춤도 양산학춤, 울산학춤 등으로 정형화되어 전승되고 있는데, 이것도 원래는 형식과 틀이 없이 수련의 높은 경지에 이른 후 절로 추었던 동작입니다."

"사실 현무를 더 깊이 수련하면 인간과 만물의 감정과 마음을 읽을 수 있고, 그보다 더 깊이 들어가면 귀신과도 소통할 수 있으며, 우주의 깊은 경지에 이르러 도를 이룰 수도 있습니다."

"구한말 신종교의 하나인 남학南學의 영가무도詠歌舞蹈 역시 수련이 깊어지면서 자연스럽게 나오는 노래와 춤으로 단련하는 수련입니다. 영가무도는 단군시대부터 유래했고 『정역正易』을 저술한 김일부 선생의 수련을 통해 재현되었죠. 이 또한 현무와 같은 흐름이라고 보면 됩니다. 현무를 열심히 하면 몸에서 빛이 나며, 호흡 수련을 통해 얻지 못하는 것을 깨달아 체득할 수 있습니다."

"그 깊이와 깨달음에는 상상도 못할 만큼 큰 가치가 있죠. 아까 수인의 현무를 잠깐 보았는데, 자질이 있는 것 같으니 열심히 해보세요."

이야기를 듣는 동안, 한당 선생님의 현무를 직접 보고 싶다는 생각이 들었다. 그래서 나는 감히 청을 드렸다.

"선생님의 '현무'를 한 번 보고 싶습니다. 제자를 위해 시연해 주십시오."

한당 선생님은 잠깐 생각하시더니 바로 일어나 도장으로 향했다. 수련이 끝난 후라 밖에는 사범들과 몇 명의 회원만이 남아 담소를 나누고 있었다. 한당 선생님은 한 사범에게 음악을 틀라고 지시한 후 음악이 흐르자 현무를 시작했다. 고요한 가운데 미세한 손끝의 움직임으로 시작한 선생님의 현무는 그야말로 한 마리 학이 구름 위에서 노는 것처럼 아름다웠다.

형식이 없으니 모든 움직임이 물 흐르듯 막힘이 없고 자유로웠다. 시간이 흘러 음악이 바뀌자 갑자기 부드러운 움직임이 무술과 같은 강한 동작으로 변했다. 현공임을 즉시 알아차릴 수 있었다. 중국 영화배우 이연걸이 시연한 듯한 무술동작이 연이어 펼쳐졌다.

태극권 같기도 하고, 택견의 움직임 같기도 하고, 한국 무용과도 비슷했으나 훨씬 자유로웠다. 인간의 움직임이 얼마나 유연한지 새삼 깨닫게 해주었다. 한당 선생님은 다른 대상의 기운을 끌어 보여주기도 하고, 영을 몸에 실어 그 기운과 합일된 상태를 시연하는 경지까지 보여주셨다.

나는 이날 배운 것들을 제대로 익히려고 대맥 수련이 끝나면 현무,

현공, 현치술 수련도 게을리하지 않았다. 한국의 명산과 동물들의 기운뿐 아니라, 춤의 대가로 칭송받는 사람들의 기운도 끌어와 훈련했다.

명상 춤의 대가 홍신자, 승무의 대가 이매방, 아시아 최고의 무용가 최승희, 조선시대 최고의 기생이었던 황진이, 춤의 황제 마이클 잭슨, 라틴 팝의 대부 리키 마틴, 근대 무용의 시조라 불리는 이사도라 던컨 등이 내게 기운을 빌려주었다. 특히 마이클 잭슨의 기운을 끌면 전에 배워본 적도 없는 브레이크 댄스 같은 동작이 나와 지켜보는 이들까지도 신기해하며 감탄사를 연발했다. 한 번은 마돈나의 기운을 끌어 현무를 하다가 너무 야한 동작이 나오는 바람에 민망해서 그만두기도 했다.

이들의 춤과 음악이 내겐 시공을 초월한 스승이었다. 이들의 음악과 움직임에서 나는 많은 것을 배울 수 있었는데, 이매방 선생님의 승무는 깊은 내공을 필요로 했고, 김영동 선생님의 음악은 현무를 연습하기에 더없이 좋은 선율이 되어 주었다. 내가 기운을 끌면, 이들의 기운에 따라 동작이 현격하게 달라졌기에, 보는 사람도 그때그때 내가 끌어온 사람의 기운을 통해 이들의 감정과 마음상태를 느낄 수 있었다.

현공 수련은 무술가 이연걸, 황비홍, 이소룡, 김유신, 강감찬, 을지문덕, 장삼풍 등과 왕건, 궁예 등의 기운을 끌어서 연습했는데, 매번 기운이 너무 강해서 하고 나면 땀에 흥건히 젖곤 했다. 강감찬 장군은 내공이 깊은 고수로 동작이 단순했다. 김유신 장군은 무예의 기교가 뛰어났고, 왕건은 부드러운 가운데 강함이 느껴졌으며, 궁예는 수도를 열심히 하여 내력이 쌓여 있었는데, 수행 중 상기증상으로 나중에 이성을 잃고 좋지 않은 생을 마감한 것 같다는 느낌이 들었다.

한번은 내가 존경하는 원불교 향타원 원로법사님의 초청으로 울산 언양의 배내골이라는 곳의 산중턱에 자리한 원불교수련원에 다녀온 일이 있었다. 한참이나 비포장도로를 달려서 수련원에 도착하니 그야말로 공기 좋은 곳에 수려한 산들이 서로 어깨를 나란히 하고 누워 있었다. 법사님께 인사를 드린 후, 산책을 다녀와서 저녁에 수련에 관해 이야기를 나누었는데, 대화 도중 산신령에 관한 이야기가 나와서 나는 한당 선생님께 들은 내용을 그대로 전하였다.

저자: "법사님~! 제가 들은 바로는 크고 깊은 산에는 3천 도계 신명이 살고 있는데, 흔히 산신령으로 불리는 분들입니다. 그보다 낮은 산엔 2천 도계 신명급의 산신령이 있고, 그보다 낮은 산에는 보좌 신명급이 있습니다. 음습한 동굴이나 계곡에는 잡신들이 우글거리는데, 무속인들이 바로 그런 곳으로 신내림을 받으러 많이 간다고 합니다."

"그리고 사실 1천 영계의 잡신과 2천 도계 신명 사이에는 엄청난 차이가 있습니다. 2천 도계 신명들은 이미 윤회를 벗어나 사명을 갖고 움직이는 존재인데, 기독교에서는 이들을 천사로, 불교에서는 신장이나 범천왕으로 부른다고 합니다."

“제가 예전에 보았던 불교의 설화에 이런 이야기가 있습니다. 수행이 깊어져서 천상계의 신장을 마음대로 부리던 의상대사義湘大師가 한번은 친구인 원효대사를 초청하여 맛난 천상의 음식을 대접하기로 하였습니다. 원효가 도착하자 의상은 자신의 신장에게 천상의 음식을 가져오라고 하였는데, 한참이 지나도 오지 않자 낙망하여 차만 대접하고 그냥 보내게 됩니다.”

“그 후 바로 신장이 도착하였고, 의상이 왜 이리 늦었느냐고 나무라자 신장은 어쩔 줄을 몰라 하면서 음식은 일찍이 가져왔는데, 원효를 호위하는 신장이 자기보다 높은 신명이라서 감히 접근하지 못하고 기다렸다가 원효가 돌아가자마자 나타났다는 것이었죠. 그제야 의상대사는 원효대사가 자신보다 도력이 더 높음을 알고 웃었다고 합니다.”

“이처럼 도력이 높아지면 보좌신명이나 호위신장을 거느리기도 합니다.”

'석문호흡'에서는 이러한 경지가 적어도 2천 도계에 입문하여 신인합일의 단계에 올라야 가능하다고 하는데, 혹 전생의 영이 붙거나, 높은 도계에서 내려온 경우에는 본인이 알지 못하는 가운데 호위하는 신명이 붙는 일도 있다고 이야기한다.

다음날 아침, 산책 도중에 법사님이 나를 멈춰 세우고는 말을 건네셨다.

> 법사님: "내가 이 주변에 새로 법당을 지으려고 하는데, 어느 곳에 지어야 할지 잘 모르겠으니 자네가 어느 곳의 기운이 좋은가 한번 알아봐주게."

이 말을 듣고 나는 적잖이 당황했다. 당시 나는 겨우 초보를 면한 대맥단계 수련을 하고 있었다. 땅의 기운을 보려면 '풍수법風水法'을 끝내야 하는데 그러려면 앞으로 4년은 더 수련을 해야 했다. 하지만 못한다고 하려니 자존심이 허락지 않았다.

그때 갑자기 묘안이 떠올랐다. 당시 '현무' 수련을 열심히 한 덕에 산의 기운을 잘 느끼던 중이라 주변 땅의 기운을 끌어서 알아보자고 마음먹었다. 법사님이 계신 자리에서 나는 앞산의 기운을 끌어 보았다. 갑자기 몸에 힘이 들어가고 호랑이와 같이 강한 동작이 나왔다. 뒷산의 기운을 끌어 보니, 학처럼 부드럽고 온화한 기운이 느껴졌다.

아무래도 부드럽고 온화한 기운이 좋을 듯하여 뒷산이 좋겠다고 말씀드리니, 이미 내 '현무'를 보고 계셨던 터라, 신기해하시면서 고개를 끄덕이셨다. 하루 더 머물고 가라고 잡으시는 걸 사정이 여의치 않아 떠나온 그날이 법사님과의 마지막 만남이었다. 훗날 지인을 통해 돌아가셨다는 연락을 받게 되었다.

9. 소주천 운기 수련

대맥을 도는 기운이 평균 2분 내로 돌게 되면 다음 단계인 소주천 수련에 들어가게 된다. 일반적으로 선도 수련이나 기 수련에서는 소주천을 아주 중요시한다. 소주천이란 몸의 전면에 있는 임맥과 몸의 후면에 있는 독맥을 서로 통하게 하는 임·독맥 유통이다. 입술 아래 승장혈承漿穴에서 항문 전의 회음혈會陰穴까지를 임맥이라 하고, 꼬리뼈 위 장강혈長强穴에서 코 밑의 태단혈兌端穴까지를 독맥이라고 한다.

대맥운기가 횡적 유통이라면 소주천은 종적 유통이다. 소주천을 유통하면 인체는 기운이 많이 정화되고 면역력이 높아진다. 운기 방법은 하주대맥 때와 같다. 하단전 석문에 의식을 집중하고 심법으로 기를 끌어 돌리는 것이다.

운기 방향도 대맥과 마찬가지로 정해져 있다. 대맥은 좌에서 우로 도는 것이 순행이고, 소주천은 임맥을 따라 내려가서 독맥으로 올라오는 것이 순행이다. 반대로 운기할 수도 있는데 이를 각각 역대맥, 역소주천이라 한다.

하지만 역으로 운기하는 것은 마음이 아니라 육체 위주의 수련이 되기 때문에 늘 순행으로 해야 한다. 경락을 따라 기를 한 바퀴 돌려주는 것을 일주一周라 하는데, 소주천도 대맥 때와 마찬가지로 2분 내에 일주해야 한다.

소주천 유통 후 수련자의 체질에 따라 여러 현상이 나타나기도 한다. 보통 소주천의 강한 힘이 경락을 강하게 자극하면 몸 안의 사기가 밖으로 신속히 배출되어 안 좋았던 부위가 좋아지면서 명현현상이라는 것이 나타난다. 명현이란 과거에 앓았던 병이 뿌리째 뽑혀나가면서 일시적으로 증세가 악화되거나 완전히 다른 증세가 나타나는 것으로 이 또한 일종의 치료과정이다. 따라서 명현이 오면 수련을 중단하고 치료를 하려 할 것이 아니라, 오히려 수련시간을 늘리는 것이 좋다.

소주천 운기를 계속하면 기질 자체가 변하기 시작한다. 처음 유통될 때는 화끈거릴 정도로 뜨겁던 기가 운기를 반복할수록 청량하고 시원하게 변해간다. 수련자 중에는 기감이 서늘하고 찰 경우 찬 것은 음기이니 안 좋은 것이라고 생각하는 경우가 간혹 있으나 사실은 그렇지 않다. 기 자체가 불안정할 때에는 뜨거운 기감이 오고, 안정되어 갈수록 맑고 서늘한 기운이 느껴진다.

소주천 운기를 시작하고 얼마 지나서 나는 묵직한 기운이 하단전 아래로 흘러 명문에 모이는 것을 느꼈다. 첫 달 점검을 받으니 진기가 명문까지 갔다고 했다. 그리고 얼마 후 기운이 등을 타고 올라가 뒷목 아래 경추에 묵직하게 얹히는 게 느껴졌다. 둘째 달 점검에서는 경추 전까지 진기가 이르렀다는 결과를 받았다. 하지만 보통 경추에서 기운이 많이 막히기에 약간의 강한 호흡인 무식武息이나 살짝 멈추는 지식止息 호흡을 사용해서 뚫어야 한다는 얘기도 들었다.

다음 달 수련에서는 어느덧 진기가 백회를 지나 인당으로 내려가기 시작했다. 하지만 위장 부근인 중완中脘혈에서 멈추더니 움직이지 않았다. 수련하기 전에 위장이 많이 좋지 않았던 것이 생각났다. 그래서 위장을 치료한다고 중완에서 더는 진도가 나가지 않았던 것이다. 어느 정도 치유가 되자 진기가 석문으로 돌아와 소주천 유통이 되었다.

유통이 되자 머리가 맑아지고 몸도 가벼운 느낌이었다. 이제 2분 내로 운기가 되어야 했기에, 나는 틈만 나면 기운을 돌리고 또 돌렸다. 어느 정도 시간이 지나자 몸 전체에 정전기 같은 기운이 형성되는 것을 느낄 수 있었다.

선생님께 여쭈어보니 소주천 유통이 강하고 빠르게 이루어지면 몸을 보호하는 기운인 호신강기護身罡氣가 형성된다는 것이었다. 몸이 기운의 갑옷을 입었다는 의미였다. 무협지에서나 보았던 호신강기가 내게도 일어나다니! 경이로움이 느껴지면서 수련에 대한 열의도 더욱 솟구쳤다.

10. 원격 기치료를 하다

석문호흡 두 번째 기수 중에서 2기 실무진, 즉 2기 사범들이 뽑혔다. 2기 사범들은 직장인 회원 중에서 선발되어 틈틈이 시간 날 때 회원들을 지도했기에 직장실무진이라고 불렀다. 시나리오 작가인 M군, 대우전자를 다니는 K군, 삼성반도체에 근무하던 J군, 공무원이자 J군의 동생인 H군, 미술을 전공하던 C양, 그리고 나, 이렇게 6명이었다.

다들 수련이 거의 소주천 이상을 넘어서고 있을 때였다. 한 번은 K군이 고향인 대구에 다녀와서 차를 마시며 무용담을 늘어놓았다. 고향집 주변에 무당집이 있기에 무당을 찾아가 소주천을 돌려서 무당에게 빙의되어 있던 귀신에게 그 기운을 쏘아 쫓아버리고 왔다는 것이었다.

소주천을 이루어 유통되는 속도가 빠르고 강해지면 호신강기가 생성되고, 아울러 그 기운으로 영을 쫓는 퇴마가 가능해진다고 전해 듣기는 했지만, 실제로 그렇게 하고 왔다니 재미있고 신기했다. 하지만 이 이야기를 접한 한당 선생님은 정작 K군을 나무라기 시작했다.

"아니, 그 사람도 영을 신내림 받아서 생계를 이어가는 것인데, 그 생계의 원천을 없애버리고 오면 어떻게 합니까? 도인이 되기 전에 덕을 먼저 갖추어야지, 그렇게 기운을 함부로 쓰고 다니면 안 되는 것입니다."

그때 옆에 있던 우리들은 기운을 함부로 쓰면 안 되는 것임을 깨달았다.

하지만 회원들을 지도하는 실무진으로서 우리는 기 운용에 관한 연습을 자주 했다. 소주천을 운기하면서 기운을 멀리 있는 사람의 손바닥에 보내고 받는 연습도 하고, 손바닥으로 장파掌波를 1미터쯤 되게 만들어 몸의 기운을 점검하는 것도 연습했다.

또한 '스타워즈' 영화에 나오는 광선 검처럼 손가락으로 기운을 길게 뽑어 검 형태로 만들어 사물이나 다른 기운을 감지하는 연습도 하곤 했다. 그러던 중 멀리 있는 사람을 치료하는 원격치료도 가능하다는 이야기가 나왔고, 나는 먼저 어머님을 치료해 드리고 싶었다.

그래서 부산에 계신 어머니에게 안부전화를 드렸다. 건강이 어떠한지 여쭈어보니 심장이 좋지 않다고 하셨다. 나는 원격으로 어머니 심장에 기운을 보냈다. 처음에는 염력으로 보냈는데, 좋아졌는지 확인할 길이 없어서 다시 장파로 보내니 손바닥에 차갑고 서늘한 기운이 느껴지다가 한참 후에 사라졌다.

다시 전화를 거니 어머니께서 가슴 답답한 것이 많이 사라졌다고 하셨다. 그러고는 졸려서 자야겠다는 것이었다. 강한 기운을 받아서 안 좋은 증상이 사라지면 피시술자는 약간의 피로감을 느껴 잠을 청하곤 하는데, 어머니도 그런 듯했다.

원격치료가 효과 있음을 확인한 후, 나는 좀 더 먼 곳도 가능할지 궁금했다. 그래서 미국에 사는 친한 동생에게 전화를 걸어 아픈 곳은 없는지 물었다. 그러자 동생이 근래 어깨가 너무 무겁고 뻐근하면서 통증이 있다는 것이었다. 나는 기 수련 받은 이야기를 들려주고 원격치료를 해줄 테니 한 번 느껴보라고 하고는 전화기를 든 상태에서 동생의 양쪽 어깨에 기운을 보냈다.

10분 후 동생은 신기하게도 어깨가 가벼워지고 통증이 많이 사라진 느낌이라고 하면서 진짜 치료가 된 것인지, 멀리서도 그게 정말 가능한지 묻더니 다음에 아프면 전화를 할 테니 또 해달라는 당부를 하고는 전화를 끊었다.

이제야 나는 확신이 들었다. 현무수련으로 기운을 끌어오는 것은 어느 정도 자신이 있었는데, 소주천이 끝나자 현치술이 가능해진 것이었다. 이 능력이 생긴 이후로는 마음도 편해졌다.

현치술의 효과는 특히 가족들을 치료하면서 많이 보게 되었다. 당시 나는 도를 닦는다고 처자식과 떨어져 주말부부로 살고 있었다. 물론 결혼 전 아내에게 난 도 닦을 사람이니 결혼 후에도 서울에서 지내야 한다고 이야기하고 주말부부로 사는 데 서로 합의를 한 터라 떨어져 사는 것은 무리 없이 잘 참아 넘기고 있었다.

하지만 오랫동안 주말부부로 지내면서 아내와 아이들을 자주 만나지 못하여 항상 마음이 안타까웠다. 간혹 아이가 아픈데 약을 지어 먹여도 차도가 없을 때면 아내는 울고 보채는 아이를 업고 홀로 밤을 새워야 했다.

낮에는 직장에 다니는 사람이라 여간 힘든 일이 아니었을 것이다. 그럴 때면 아내는 도장으로 전화를 걸어서 애가 많이 아프다고 이야기했다. 내가 밤늦게 내려갈 수도 없음을 알기에 그저 위로나 받을 요량이었을 것이다.

하지만 어린 자식이 아픈데 그냥 있자니 마음이 쓰라렸다. 그래서 아내에게 지금 익산 집으로 기운을 보내 아이를 치료할 테니 10분 정도 기다려 보고, 그래도 계속 아이가 울고 보채면 다시 전화를 걸라고 말했다. 10분 동안 아이 기운과 내 기운의 파장을 맞추어 '소주천' 운기를 했다.

처음엔 열이나 답답함이 느껴지다가, 10분이 채 되기도 전에 편안함이 느껴졌다. 익산 집으로 전화를 걸자, 아내는 애가 이제 막 잠들었다며 괜히 애 깨우게 왜 전화를 걸었느냐고 핀잔을 주었지만, 목소리는 많이 누그러져 있었다. 그럴 때면 나는 안도감에 마음이 편안해졌다.

이런 원격치료가 여러 차례 있은 후 아내는 나를 믿게 되었고, 아들, 딸, 심지어 본인이 아플 때도 병원보다 내게 먼저 전화를 걸어 기운을 보내라고 했다. 그럴 때마다 나는 현치술을 썼고, 그러면 10~20분 사이에 아픈 곳이 치유되는 경우가 많았다. 원격치료 덕분에 아내에게 타박을 덜 받게 되었으니, 수련이 좋긴 좋다는 생각이 들었다.

한 번은 주말에 집에 내려가 있는데, 4살배기 딸아이 울음소리가 크게 들렸다. 거실로 나가보니 아이가 놀다가 넘어져 마루에 이마를 찧은 모양이었다. 아들아이가 동생을 데리고 내게 와서는,

"아빠, 빨리 기치료 해줘!"

라고 하며 보채기 시작했다. 자세히 보니 이마에 혹이 너무 커서 과연 가능할까 싶기는 했지만, 손바닥을 딸아이 이마에 대고 기운을 쏘기 시작했다.

이마의 욱신거리는 파동이 한동안 느껴지다가 잠잠해져 손을 떼니 혹이 사라지고 없었다. 기 치료 경험상 타박상이나 화상은 즉시 치료해야 효과가 있었다. 손상된 파장이 세포로 전달되어 세포까지 손상되면 치유까지 시간이 많이 걸리기 때문이다.

훗날 국외 도성원장을 맡아 해외에 나가게 되었을 때, 아내는 외국에 나가도 원격 기치료가 가능한지 물어오기까지 했다. 나는 지구상에 있는 한은 다 가능하다고 답변해주고는 미국과 유럽을 자유롭게 돌아다녔던 기억이 난다.

11. 온양 수련과 명현반응

온양이란 하단전 '석문혈'의 진기를 끌어올려 니환궁尼丸宮(선도에서 뇌를 의미하는 단어이다) '백회혈'에 차곡차곡 쌓는 수련이다. 소주천까지는 진화眞火(진기 중의 뜨거운 불기운인 양화陽火)를 이용한 수련이었으므로 온양 수련을 통하여 진수眞水(진기 중 차가운 물기운인 음수陰水)를 생성시켜 음양의 조화를 이루게 하여 순수한 양 기운인 순양純陽을 기르는 것이다.

온양 수련의 자세는 기존의 운기 수련 때와는 다르다. 기본적인 좌식자세에서 양손의 엄지와 집게손가락을 붙여 둥글게 원을 만든 후에 양 손등이 무릎에 닿도록 하고, 손바닥은 하늘로 향하도록 가볍게 올려놓는다. 이렇게 하면 좀 더 효율적으로 음수와 양화의 기운이 합일하도록 할 수 있다. 이것이 온양의 기본자세이다. 온양 수련을 시작하기 전에 심법을 거는데,

"하단전의 진기를 독맥을 통해 끌어 올려 니환궁 백회에 모은다."

라고 심법을 건 후, 하단전에 70퍼센트, 백회에 30퍼센트 마음을 두어야 효과적이다. 이렇게 쌓인 진화는 니환궁 '백회'에서 진수를 만나 차가운 진액으로 변한다.

이 진액이 가득 차면 머리부터 발끝까지 서서히 흘러 내려오게 되는데, 그 느낌이 꼭 찬물이 적셔 내려오는 것 같다. 그러나 이 내려오는 느낌을 의식하지는 말고 단지 느끼기만 하면서 계속 백회에 기를 올려 보내야 한다. 흘러내리는 느낌을 지나치게 의식하면 이 역시 생기 수련이 되어버리니 주의해야 한다.

계속 온양을 하다보면 찬물에 적셔지는 느낌이 이마를 지나 입까지 다다르는데, 이때 입안에 단침이 고이면서 코에는 시원하고 독특한 맑은 과일 향기가 나기도 한다. 이 단침을 모아서 삼키고 향기를 가볍게 들이마시면 몸이 좋아지고 머리가 맑아진다.

이런 이유로 온양 수련 시 전신에서 향내가 풍겨 나온다거나 만성 위장병이 치료되었다고 하는 체험담이 더러 들리는 것이다. 물론 정도의 차이는 있겠지만 선천적으로 신장 기능이 허약하여 정액精液이 부족한 사람은 근본적인 체질 개선이 되기도 한다.

진액이 내려올 때는 일부분만 적셔 내려오는 것이 아니고 몸 전체가 물로 채워지듯 수평으로 적시면서 내려온다. 그렇기 때문에 온양 수련 시에는 반드시 어느 한쪽으로 치우치지 않도록 정확한 자세를 취해야 한다. 자세가 편중되면 치우친 쪽으로 진액이 넘쳐버려 온전한 온양 수련이 되지 않는다. 이는 물을 담는 그릇이 기울어지면 물이 가득 차지 않아도 흘러넘치는 것과 같은 이치이다.

온양도 여느 운기와 마찬가지로 자연스럽게 이루어지는 것이 중요하다. 이는 백회에 쌓인 진화가 진수를 만나 순수한 순양으로 변해야 가능한 일이다. 마음이 앞서 생각으로 끌어내리면 진액이 생기로 변하여 효능도 없고 수련의 진도만 늦어지게 된다.

온양은 자세뿐만 아니라 수련시간도 중요하다. 일반 운기 수련과는 달리 가능한 한 오래 앉아 있어야 한다. 적어도 45분 이상은 수련이 지속되어야 수화합일水火合一[40]이 이루어지는 까닭이다.

또한 온양 수련을 꾸준히 하면 건강이 좋아지면서 호전반응이 심하게 나타난다. 이 호전반응을 명현현상이라 하는데, 명현현상이 일어나는 이유를 모르는 사람들은 아예 수련을 그만둬버리기도 한다.

백회에 가득 찬 순양의 기운이 흘러내려 몸 전체를 가득 채우면서 발끝에 도달하면 니환궁에는 순양의 결정체인 구슬이 형성된다. 이 구슬이 백회에서 아래로 흘러 상단전 인당혈에 들어가면 온양이 완성된다. 온양의 완성과 함께 수련인은 정신이 한 단계 맑아지고 강해진다.

이전까지의 수련이 무의식으로 일관한 운기였다면, 온양이 끝난 시점부터는 의식을 사용해도 진기를 이끌 수 있다. 온양이 의미 있는 것이 바로 이 때문이다. 또한 이전까지는 석문에서만 진기를 형성할 수 있었지만, 온양이 완성되면 소주천 통로가 진기의 소생처로 바뀌게 된

---

40) 참다운 불기운인 진화眞火와 참다운 물기운인 진수眞水가 합일되어 새로운 차원의 순양 기운인 진액이 형성되는 것.

다. 그리고 소주천이 자동으로 하루 6번, 양의 시간대인 자시, 인시, 진시, 오시, 신시, 술시에 운기 된다.

온양 수련으로 인한 명현반응에 관해 사족을 좀 붙이면, 명현이란 수련이 깊어지면서 체내에 축적된 기운이 몸속을 돌며 독소와 노폐물을 제거하기 시작할 때 나타나는 현상이다. 흔한 증세로는 감기, 피로감, 몸살, 두통, 설사, 졸림, 가스배출 등이 있고, 몸 상태에 따라 소화이상, 구토, 발진, 요통, 혈변, 혈뇨, 손발 저림, 혈압감소, 예민함 등이 나타난다.

이러한 증세는 대개 일주일에서 길게는 2주 정도 지나면 자연 사라진다. 명현현상이 나타날 때는 병원 처방약을 먹어도 잘 듣지 않는다. 휴식과 수면을 충분히 취하고 음식을 조절해 먹으면 바로 회복된다.

내 경우에는 순양의 기운이 가슴 부위에 이르자 심한 기침이 나오기 시작하더니 잘 멈추지를 않았다. 어린 시절 앓았던 폐질환의 뿌리가 뽑히려고 그런 모양이었다. 가슴이 답답하고 통증도 있었다. 이런 나를 지켜보던 고수 한 분이 치료를 자청하고 나섰다.

그분이 썼던 방식은 성훈스님의 따주기였다. 작은 사혈침으로 손바닥에 있는 폐 부위를 사정없이 찔러서 피를 내는 방법이다. 좀 아플 텐데 괜찮겠냐는 질문에 흔쾌히 승낙하고 양 손바닥을 내밀었다. 손바닥의 폐 부위에서 검붉은 피가 흐르면서 치료는 마무리되었다. 그런데 신기하게도 따주기 치료를 받은 후 기침 나오는 것이 현저하게 줄었다.

그렇게 온양 수련도 막힘없이 진행되어 순양의 기운이 마지막 발가락 끝에 도달하자 머리 위 백회에서 동그란 구슬이 만들어지더니 또르르 인당으로 흘러서 들어가는 것이 아닌가! 한동안 인당에 압력이 강하게 형성되다가 며칠이 지나자 편안해졌다.

이렇게 온양 수련이 끝나자 몸은 굉장히 가벼워졌고 집중력은 더욱 강해졌다. 마치 새롭게 태어난 느낌이었다.

온양이 끝난 사람은 온양 치료를 할 수 있게 된다. 기운을 받을 사람과 기의 파장을 맞추고 온양하는 마음으로 기를 내보내 상대의 전신을 적셔주는 것이다. 온양 치료는 심신의 이완을 도와 편안함을 느끼게 하므로 불면증 치료 등에 효과가 크다.

몇 년 후, 내가 서울 발산동에 강서도장을 운영하게 되었을 때, 명동성당 수녀님의 소개로 신앙심이 깊은 지방도시의 L국회의원 부인이 몸이 좋지 않아 치료차 온 일이 있었다. 그때 이 온양 치료를 해드렸더니 무척이나 신기해하시던 게 기억이 난다.

오랜 신앙생활을 해오면서 기도가 잘되어 깊이 몰입하면 심신이 편안해지면서 밝은 빛이 보였는데, 온양 치료를 받으니 똑같은 느낌과 현상이 나타났다고 좋아하였다. 신앙생활 중 그런 느낌은 몇 십 년에 한두 번 찾아올 정도로 귀중한 경험인데, 기 치료를 통해 그런 느낌을 받으니 무척이나 신기하다 하였다. 신앙이 깊으니 마음도 맑아 다른 사람보다 잘 느끼고 효과도 빨랐던 것 같다.

12. 대주천 수련과 몸의 변화

앞서도 얘기했듯이 이전 수련은 모두 무의식을 강조했지만, 대주천부터는 의식을 주로 사용한다. 이 말은 내가 마음먹은 대로 진기를 움직일 수 있으므로 굳이 의식을 가라앉힐 필요가 없다는 말이다. 다시 말해, 대주천 수련은 생활 속에서도 가능하다.

대주천은 양쪽 발 중앙의 용천혈과 양손 중앙의 노궁혈 그리고 머리 끝에 있는 백회혈을 진기로 뚫어서 외부의 기운과 서로 통하게 하는 것이다.

대주천 자세는 앉아 하는 것이 기본이나 선 자세로도 수행이 가능하다. 또한 머리, 양손, 양발, 이렇게 다섯 군데의 혈이 다 유통되어 천지간의 기운과 소통이 될 때에는 자세에 관계없이 움직이면서도 수련이 이루어진다. 좌식 자세를 취할 시에는 의식의 효율적인 집중과 기의 원활한 교류를 위해서 양 손바닥이 하늘을 향하게 하여 무릎 위에 올려놓는 것이 좋다.

진기가 양쪽 다리의 대주천 통로를 모두 유통하고 회음으로 돌아오면, 하단전 석문을 통해서 중단전 옥당까지 진기를 끌어올린다. 진기가 중단전 옥당까지 올라오면 왼팔 중앙을 통하여 손바닥의 노궁을 뚫는다. 남녀 모두 왼팔부터 뚫어준다.

이렇게 노궁을 뚫고 나가 외기와 접한 진기를 다시 중단전까지 회수한다. 그 다음 오른팔을 뚫는다. 오른쪽 노궁을 뚫은 후에도 마찬가지로 진기를 옥당으로 회수해야 한다.

양쪽 노궁을 통한 후 진기가 중단전으로 돌아오면 곧바로 상단전 인당으로 끌어올린다. 진기가 인당에 이르면 상주대맥 통로를 따라 왼쪽에서 오른쪽으로 한 바퀴 운기시킨 다음 인당에서 백회 사이의 통로로 진기를 올려 백회를 뚫는다.

노궁이나 용천을 뚫을 때도 마찬가지지만, 이때도 의식을 집중하여 진기를 보다 강하게 응집시킨 연후에 뚫어주는 것이 좋다. 강한 기운이 다섯 혈을 크고 확실하게 뚫어서 기의 교류를 더욱 원활하게 해주기 때문이다.

마침내 진기가 백회를 뚫고 한 자 정도 밖으로 나가게 되면 다시 '백회'로 끌어들여 인당에서 갈무리한다. 이렇게 몸 안의 기운이 다섯 혈을 뚫고 나가 외기와 접한 후 다시 인당에 다다르면 대주천 수련이 완성되는 것이다.

대주천을 완성한 후에는 어떤 일을 하든 전보다 덜 피로하고 회복 속도도 빠르다. 기운을 운용하는 심력도 높아져서 천지자연의 다양한 기운도 끌어 쓸 수 있다. 이는 앞서도 언급했던 현무, 현공, 현치술 등으로 발현된다. 또한 영적인 면에서도 변화가 나타난다. 대주천을 반복해서 운기하면 하단전, 중단전, 상단전에 있는 세 개의 여의주가 깨끗이 닦여 빛을 발하게 되고, 그 빛에 의해 영이 맑아지면서 영력靈力이 커지므로 탁월한 직관력과 통찰력을 얻게 되는 것이다.

나는 대주천을 수련하는 동안 왼쪽 다리는 빠르게 뚫렸으나 오른발은 잘 유통되지 않아 고생을 했었다. 그러나 일단 오른쪽도 유통되자 등산할 때도 두 다리가 없는 듯이 가볍게 느껴졌다. 양쪽 팔을 할 때도 유통이 되자마자 어깨가 날 듯이 가벼워졌다. 마침내 백회혈까지 뚫리자 머리로 시원한 천기가 들어오는 것이 느껴졌다.

나는 매 단계마다 수련이 완성되면 꼭 기 몸살이라도 하듯이 온몸에 부대끼는 증상이 나타났다. 열도 나고 나른해지면서 기운도 없었다. 그런 현상이 있으면 반드시 다음 단계로 올라가라는 점검이 떨어졌는데, 대주천 때는 그렇지 않았다. 이제 천지공간의 기운이 다섯 군데 혈로 강하게 들어오니 몸의 기운이 강해져서 그런가 보다 생각되었다.

현무와 현공, 현치술의 능력도 더욱 빠르고 깊어졌으며, 기치료 때도 왼손으로 기운을 흡수하면서 오른손으로 치료를 하니 훨씬 수월했다. 때론 양발바닥과 머리로 기운을 흡수하며 양손으로 치료를 했는데, 이럴 때면 치유도 빠르고 효과도 뛰어났다.

대주천 수련을 하는 동안 나는 자주 산에 올랐다. 산 정상에 올라서 천지간의 기운을 다섯 군데 혈로 흡수하면 굉장한 기운이 소용돌이치며 몸속으로 들어왔다. 그럴 때마다 나는 단순히 앉아서 명상만 하는 차원을 넘어 깊은 삼매의 경지에 들곤 했다.

그후 대주천 운기를 2분 내로 마치기 위해 열심히 수련에 매진하는 동안 이러한 삼매의 경지에 자주 몰입하곤 했다. 대주천 수련은 기 수련에 있어 최고의 경지였다. 천지의 기운과 소통한다는 것이 얼마나 대단한지 직접 경험해보지 않은 사람은 알 수가 없을 것이다. 세상의 부귀영화가 하나도 부럽지 않을 만큼 행복하고 평화로운 기분을 느끼게 된다.

13. 일월성법 수련과 공력의 증진

대주천 운기를 2분 내로 끝낼 수 있게 되자, 나는 일월성법日月星法 수련단계로 승급되었다. 일월성법은 말 그대로 해와 달의 기운, 그리고 별의 기운을 끌어와 내 몸에 쌓아 두는 수련이다. 태양의 양기와 달의 음기, 별의 영기를 끌어내 몸에 쌓는다는 것은 다시 말해, 내가 해, 달, 별과 하나가 된다는 의미인데, 과연 그것이 가능할지 의구심이 들었다. 나는 약간 설레면서 일월성법 수련에 임했다.

일월성법의 수련은 주로 선 자세로 하도록 권하지만, 나는 무시하고 서는 입식과 앉는 좌식을 함께 병행했다. 왜냐하면 입식 상태에서는 깊은 몰입이 잘되지 않았기 때문이다. 먼저 태양의 기운을 정수리 백회혈로 흡수하여 척추 뒤 독맥을 통해서 허리 부위인 명문혈에 모은다고 심법을 걸고 며칠 동안 열심히 진행하자 몸이 축 처지며 나른했다.

한여름 더위 먹은 사람처럼 일을 할 수가 없었다. 한당 선생님께 문의하니 너무 태양의 기운을 한꺼번에 많이 흡수해서 그런 것이라고 처음에는 적당히 달 기운, 별 기운과 나누어서 하라고 하셨다.

나는 그래서 항상 달 기운과 별 기운을 모은 뒤에 해 기운을 모아 명문에 축기하였다. 우주의 양의 정기인 태양의 기운이 허리 명문에 들어오자 기력이 생겨나고 활력이 넘쳤다. 태양의 기운을 명문에 모으면 인체의 부족한 양기가 보충되어 활력이 생기고, 교감신경이 활성화되어 심장과 소장이 좋아진다. 나는 일월성법 전에 허리가 자주 아팠는데, 아무래도 양기가 부족했던 것 같았다. 해 기운이 명문에 가득 차고부터는 허리 아픈 증상이 사라졌다.

그리고 도장에서 수련을 지도할 즈음 젊은 여성수련자들이 생리 시기에 허리가 아프다고 호소하면 명문에 해 기운을 넣어주면 감쪽같이 안 아프다고 신기해했다. 아마도 명문에 양기를 넣어주니 조화가 되어서 순환이 되고 통증이 사라진 것 같았다.

그리고 달의 기운을 끌어서 몸에 쌓기 위해 하늘에 떠 있는 보름달을 보면서 가슴에 있는 중단전 옥당혈로 달의 기운을 끌어당겨 가슴 아래 임맥을 통해 회음혈에 축기를 하였다. 처음에는 느낌이 없다가 한참을 진행하니 시원한 기운이 가슴에 맺히더니 아래로 흘러서 회음에 모이는 것이 아닌가!

달은 음의 정기에 속한다. 이 음의 정기는 몸을 정화하고 긴장을 완화하며 마음을 차분하게 한다. 달의 기운을 회음에 모으면 인체에 부족한 음기가 보충되어 마음에 여유가 생기며 부교감신경이 활성화되어 신장과 방광 기능이 좋아졌다.

별의 기운은 이마에 있는 상단전 인당혈로 별의 기운을 끌어 이마 아래 임맥을 통해 하단전 석문혈에 모으기 시작하였다. 인당으로 들어오는 묵직한 별의 기운이 임맥을 타고 석문에 모이면서 집중력과 정신력이 강해지고 뇌가 활성화되는 것 같았다.

별을 끌어당기는 성법은 일법이나 월법과는 달리 가시적인 현상을 동반한다. 밤하늘의 별을 바라보며 기운을 당기다보면, 어느 순간 별빛이 가물거리면서 사라지거나 전후좌우로 움직이는 것을 보게 된다.

반대로 축기된 기를 인당을 통해 별로 보내면 가물거리던 빛이 급격히 밝아지는 것을 볼 수 있다. 이러한 현상은 수련자 본인뿐 아니라 옆에 있는 사람도 확인할 수 있는데, 이는 성법을 통해 그만큼 심력이 강해졌음을 의미한다. 축기를 계속하여 별 기운과 완전히 합일되면 성법이 끝난다.

일월성법이 끝나고 난 후, 나는 명문에 둥근 쟁반이 들어앉은 느낌을 받았다. 또한 회음에는 묵직한 사발이 얹힌 것 같았고, 석문에는 물이 가득 찬 것 같았다. 그리고 며칠 후에는 이 세 개의 원반이 하나로 합해져 몸 전체를 둥글게 감싸면서 하나의 큰 원이 형성되는 느낌을 받았는데, 그것이 일월성법의 완성이었다.

일월성법이 완성된 후부터 나는 나보다 낮은 수련자들이나 지인들을 기치료할 때는 주로 손을 사용하지 않고 텔레파시를 이용한 원격으로 기치료를 진행하였다. 멀리 있는 해, 달, 별의 기운을 끌어서 당길 수 있는 경지라면 치료도 굳이 손을 쓰지 않고 원격으로 어느 누구에게도 보낼 수 있다는 자신감에서였다.

나는 마음의 힘인 텔레파시로 해와 달과 별의 기운을 동시에 끌어서 낮은 수련자나 환자들에 보내어 이완상태에 들게 하여 수련을 돕거나 치유를 하였다. 처음에는 한두 명을 치유하다가 동시에 10명에서 100명까지 치유하기도 하였다.

나의 기운 소모를 줄이기 위하여 기운을 받는 동시에 환자들에게 보내니 기운 소모도 적었다. 확실히 일월성법 수련을 끝낸 후 기력은 놀라울 정도로 상승되었다.

14. 퇴마와 제령을 하다

일월성법을 끝낸 후, 나는 간혹 빙의되거나 접신接神[41]된 사람들이 찾아오면 귀신을 쫓아버리는 퇴마나 영가를 제거하는 제령작업을 해주었다. 사실 빙의나 접신은 같은 의미로도 사용되지만, 굳이 차이를 논하자면 빙의는 본인의 의지와는 상관없이 다른 영혼이나 존재가 몸에 들어오는 것이고, 접신은 본인이 신내림을 원하여 다른 영혼이 들어오는 경우로 간혹 천사나 신명이 강림하는 경우도 있다.

처음 제령을 하던 날은 빙의된 젊은 처자 하나가 언니와 형부에게 이끌려 도장을 방문했다. 그간의 자초지종을 들은 나는 빙의 현상이라고 판단하고 형부와 언니는 밖으로 내보냈다. 그리곤 왼쪽 검지와 중지를 빙의된 여인의 인당혈에 대고 기운을 불어넣어 귀신과의 대화를 시도했다.

---

41) 사람의 몸에 귀신이 들어와서 영혼을 제압하거나 서로 통하게 되는 심령현상.

"너는 누구냐? 어찌하여 이 여인의 몸에 들어왔느냐?"

여인의 입에서 한숨이 여러 번 새어 나오더니 갑자기 굵직한 남자 목소리가 튀어나왔다.

"나는 군대에서 사고로 죽은 이 여인의 애인입니다. 갑작스럽게 죽어 너무나도 한이 맺혀서 이 여인에게 왔는데 절 알아보지 못해 주위를 떠돌다 몸에 들어와 기거하게 되었습니다."

순간 내 몸에 감전된 듯 전율이 흐르면서 식은땀이 흘렀다. 밤에 여인의 입에서 굵직한 남성의 목소리를 듣게 되니 참으로 소름이 끼쳤다. 하지만 단전에 기운을 모으면서 말을 이었다.

"그대의 억울한 사정은 잘 알겠지만, 이 여인의 몸에 계속 남아 있으면 이 여인은 고통을 받게 되고 정상적인 생활도 할 수 없으니 이제 그만 떠나면 어떻겠소?"

그러자 남자 영혼이 의지할 곳이 없어 여인을 찾아왔고, 너무도 갑작스런 죽음이어서 두렵다며 흐느껴 울었다. 나는 남자 영가의 슬픔에 가슴이 메었다.

"내가 그대의 한을 풀어줄 테니, 원망과 두려움을 놓아버리고 빛을 따라 저승으로 가서 환생하여 부디 큰 공부를 하기 바라겠소."

그러자 남자 영가가 고맙다고 거듭 인사를 하고는 연인에게 정말 사랑한다고, 다음 생에 꼭 다시 만나자고 전해 달라더니 이내 조용해졌다. 나는 단전에 기운을 가득 모아 소리를 내는 음파술을 펼치었다. 현치술의 하나인 음파술은 단전에서 나오는 소리로 환자의 한과 울화를 치료하는 방식이었다.

난 아직 양신 출신을 하여 도계에 이르지 못해 천도를 할 수 있는 능력이 없었기에 음파치료를 통해 남자 영가를 떠나보내기 위함이었다. 아랫배 단전에 기운을 넣고 단전에서부터 소리를 끌어올리자 고음과 중저음의 소리 파동이 한참 동안 울려 퍼졌고, 어느 순간 가슴이 편안해지고 마음도 고요해졌다. 시간을 보니 20분 정도 지난 듯했고, 기운을 끌어보니 남자 영가는 사라지고 없었다.

나는 그제야 형부와 언니를 불러들이고 빙의되었던 여인을 흔들어 깨웠다. 그리고 자초지종을 설명했다. 이야기를 다 들은 여인은 하염없이 눈물을 흘리며 연신 감사 인사를 했다. 내 눈에도 눈물이 고였다. 그분들이 돌아간 후, 나는 혼자 녹차를 마시면서 다른 잔에 차를 한잔 더 따라 놓고 떠나간 남자 영가가 좋은 곳에 가기를 기원했다.

퇴마나 제령 의식을 해보면 보통 한 사람에게 1명 내지 많아야 2~3명의 영혼이 들어가 있지만, 특별한 경우에는 몇 십 명, 혹은 몇 백 명의 귀신이 한 명의 몸에 들어가 있는 경우도 있다. 이런 경우 도력이 높지 않은 법사나 시전자가 의식을 거행하면 오히려 의식 도중 기절하거나 해를 입기도 하고, 또는 퇴마사나 제령사가 도리어 빙의가 되기도 한다.

특히 한이 깊은 영혼이나 도를 닦아 기운이 강한 영혼은 다루기가 쉽지 않다. 또한 조선시대 사화로 죽은 조상들이 후손의 몸에 단체로 들어가 있거나, 6.25 때 집단학살 피해자 영혼이 한 사람 몸에 무리지어 들어가는 일도 있다. 간혹 사업을 하다가 억울하게 원한을 품고 자살한 영가가 복수를 하려고 상대 집안 식구의 몸에 빙의되는 경우도 있다.

빙의의 유형으로는 전생 또는 전전생의 원한이나 죽은 혈육에 의한 빙의가 있다. 빙의가 잘 되는 사람들의 특징을 살펴보면, 심장이 약하거나 타고난 신기가 있어 빙의가 잘되는 사람이 있는가 하면, 의지와 정신력이 약하거나 한과 원망이 많거나 속에 감정을 쌓아두는 성격인 사람도 빙의가 잘 된다.

또한 자신을 학대하거나 비관적인 성향인 사람도 빙의에 취약하다. 즉 기운이 음울하고 어둡고 부정적인 사람들은 아무 인연이 없는 영가들도 쉽게 들러붙는다. 그러니 평상시 밝은 마음으로 자신감을 가지고 살아야 한다.

빙의된 영가가 많으면 제령 의식도 며칠에 걸쳐 해야 한다. 몸속 구석구석에 숨은 수많은 귀신을 일일이 추적해서 제거해야 하며, 말을 안 듣는 못된 귀신들은 혼을 내서 보내야 하기 때문이다.

그냥 볼 때는 자그마한 인간의 몸에 어떻게 몇 백 명의 귀신이 들어가 있나 싶지만, 인간의 몸은 하나의 큰 우주와 같아서 숨어 있는 귀신을 추적해 찾아내기가 그리 쉬운 일이 아니다. 인당에 빛이나 기운을 쏘아 귀신들의 기파를 잡아내야 한다.

그렇게 해서 일일이 제거하다 보면 귀신의 수가 1천 명에 이를 때도 있으니, 제령작업은 한마디로 중노동이다. 대개 무리로 들어오면 그 가운데 두목격인 힘센 귀신이 있고, 휘하에 귀신들이 무리를 이루고 있다. 두목 귀신은 제령 의식 맨 마지막에야 모습을 드러낸다. 그만큼 의지와 힘이 세다는 의미이다. 하지만 몸에 들어간 기운과 빛은 뜨거운 불길과도 같아서 웬만한 귀신은 견디지 못해 다 나오게 되어 있다.

훗날 내가 양신 수련을 할 때 이런 일도 있었다. 본원에 계신 한당 선생님에게 인사를 드리러 갔는데, 수많은 뱀의 영혼무리에 빙의된 여인이 찾아와 있었다. 이런 경우엔 참으로 난감하다. 뱀의 영혼무리들은 말도 통하지 않고, 그 숫자도 몇 백 마리에 육박하니 대책이 없었다. 양신 수련자들이 한참을 고민하고 있던 중에 한당 선생님이 훈수에 나섰다.

"모든 것에는 원리가 있습니다. 무조건 기운을 들이밀고 제거하려 할 게 아니라 생각을 해보십시오. 뱀은 오행에서 화火에 해당하고, 수水에 해당하는 돼지가 바로 뱀과 상극인 동물입니다. 그래서 돼지가 뱀을 이깁니다. 돼지우리에 뱀을 넣어줘 보세요. 돼지들이 먹어 치워버립니다. 그러니 빙의된 사람의 몸에 기운을 넣을 때 빛을 돼지의 형상으로 바꾸어 넣으면 됩니다. 돼지를 1,000마리 이상 넣게 되면 뱀의 숫자가 아무리 많아도 쉽게 제거될 겁니다. 이것은 뱀과 돼지가 서로 수극화水克火 상극의 기운이기 때문입니다."

한당 선생님의 말을 듣고 양신 수련자들은 심법을 걸어 여인의 몸에 수천 마리 돼지 형상의 빛을 쏘아 넣었다. 한참 후에 모두 정리가 되었고, 우리는 안도의 숨을 내쉬었다. 물론 이렇게 애써 제령 작업을 해놓아도 다시 귀신들을 몸으로 불러들이는 사람도 간혹 있는데, 그런 사람은 하늘도 어쩔 수 없지 않겠는가.

스스로 수련하여 자신의 단전을 밝은 기운과 빛으로 채워 나아가면 접신현상을 완전히 없애고 도인의 경지에 올라 영혼들을 마음대로 제도하고 천도하는 능력을 얻게 된다.

15. 억울하게 죽은 영혼들의 특별천도

원불교 교당에서는 불교와 마찬가지로 법회, 좌선, 기도, 천도재, 제사 등 많은 의식을 거행한다. 그중에서도 중요하게 여기는 것이 망자를 천도하는 천도재인데, 간혹 죽은 이들이 산 사람의 꿈에 나타나거나 빙의되어 괴롭히는 경우 특별 천도재를 거행하기도 한다.

저자가 처음으로 교무 발령을 받은 서울 여의도교당에서 부교무로 근무하던 당시, 낯선 여성이 찾아와 상담을 요청한 일이 있었다. 지치고 힘든 표정을 통해 어지러운 마음을 그대로 드러내고 있었다. 차를 한 잔 내어 드리고 편안하게 이야기하시라 권하고는 기다렸다. 잠시 후, 여인이 조심스럽게 말문을 열었다.

"저는 부산 출신으로 7년 전 학원에서 운전기사로 일하는 남편과 결혼해 아들 하나를 두고 신길동에서 어렵게 살아가고 있습니다. 사실 문제는 남편과 결혼하기 전부터 생기기 시작했어요. 처음 애기아빠를 만난 것은 10년 전입니다."

"남편과 혼담이 있어 맞선을 봤지만, 저는 썩 마음이 내키지 않아 다른 혼처를 찾아 봤습니다. 그런데 다른 혼담이 들어올 때마다, 꿈에 하얀 소복을 입은 중년 여인이 나타나 문을 열고 집안으로 들어와서는 저를 향해 '너는 다른 데로는 시집 못 간다.' 이러고는 사라지는 거예요."

"그러고 나서는 맞선을 보면 어김없이 깨어지고, 또 혼처가 들어오면 꿈에 그 여인이 나타나 같은 말을 반복하고…… 무서워서 잠을 이룰 수 없는 지경에 다다라 결국은 지쳐서 자포자기 심정으로 현재의 남편과 결혼을 결심하게 되었던 거죠."

"신혼 생활은 행복했습니다. 그런데 어느 정도 시간이 흐르고 나니, 꿈에 나타났던 그 중년 여인이 대체 누구일까 궁금해지기 시작하더라고요. 결혼 전 꿈에 나타나 다른 혼처와의 혼담을 막아버린 걸 보면, 혹시 시어머님일까? 남편은 10살 되던 해에 부모님을 두 분 다 여의고 이곳저곳 떠돌며 성장한 탓에 시부모님의 사진 한 장 남아 있지 않았습니다."

"그래서 시누이를 찾아가 시부모님 얼굴이라도 보고 싶다고 졸랐더니 빛바랜 사진 한 장을 꺼내 놓더군요. 그것을 보는 순간 저는 소스라치게 놀랐습니다. 사진 속의 여성이 꿈속에 나타났던 바로 그 여인이 아니겠어요? 심장이 두근거리고 소름이 돋고, 두려움에 온몸은 부들부들 떨렸습니다."

"남편이 이상해지기 시작한 게 바로 그 무렵부터였던 것 같아요. 이유도 없이 손찌검이 시작된 겁니다. 시부모님 제사 때가 되면, 그 증상은 더욱 심해져서 거의 발광을 하면서 저를 심하게 두드려 패기 일쑤였어요. 제사 전날에는 그 증세가 도를 넘어 입에 담지도 못할 거칠고 상스러운 욕을 퍼부으며 저를 문밖으로 쫓아내버리고, 그러다가 제가 매를 맞고 실신한 것도 여러 번입니다."

"더 견디기 어려운 것은 제사 때마다 찾아오는 악몽이에요. 꿈에 젊은 여인이 등에 애를 업고 나타나 문간에 서서 밥을 달라고 서 있는데, 밥을 줄 테니 들어오라고 하면, 거기가 어디라고 들어가냐고, 자기는 감히 들어갈 수 없다고 하는 겁니다.
그리고 제가 문간으로 나가서 밥을 주면 다 먹고 그냥 떠나버리고 합니다."

"그런데 묘한 것은 남편의 행동이에요. 제사가 끝나고 나면 아귀가 붙었는지 제사상에 달려들어 차려진 음식을 미친 듯이 게걸스럽게 먹어치우는 겁니다. 그러고 나면 온몸에 심한 두드러기가 돋고 속도 불편한지 이루 말할 수 없는 고통에 시달리고요. 계속 이렇게 살 수는 없을 것 같아 죽고만 싶은 심정입니다."

"정말 고생 많으셨습니다. 그간 얼마나 고통스러웠을지 짐작이 갑니다. 이제 걱정 마십시오. 제가 주임교무님과 상의하여 시부모님과 젊은 여자 분과 아기 영가를 위한 '특별 천도재' 일정을 잡아 진행하도록 하겠습니다."

여성은 연신 고맙다고 머리를 조아렸다. 그리고 비로소 안도의 미소를 살짝 내비쳤다.

곧 특별 천도재 일정이 잡혔다. 위패에 시아버지 영가와 시어머니 영가의 이름을 올리고, 젊은 여인과 아기는 이름을 알 수 없으니 그냥 여인 영가, 아기 영가라고 써넣은 후 모두 5번의 재를 진행하기로 했다.

재를 지내는 날, 여인이 천도재비를 정성껏 마련하여 아들과 함께 도착했다. 천도재에서는 영가들을 위해 독경과 천도법문을 읽어 내려가는데 영가의 기가 세거나 고약하면 이 일이 몹시도 힘들게 느껴진다. 목소리도 잘 나오지 않을 뿐더러, 어떨 때는 정신이 혼미해지고 식은땀이 날 때도 있다. 영가들과 기 싸움을 벌이는 것이다.

따라서 공력과 법력이 약한 법사들은 천도재를 거행하다가 접신이 되기도 한다. 한편 착하고 선량한 영혼들은 독경이 청아하게 잘 나오고 천도법문도 시원하게 울려 퍼진다. 이번 특별 천도재는 예상대로 힘겨웠다. 하지만 정신을 집중하고 단전에 기운을 넣어 내공을 상승시킨다는 마음으로 정성스럽게 법문을 읽고 재를 진행했다.

두 번째 특별 천도재를 진행할 즈음에는 여인의 시아버지와 시어머니 영가의 마음이 풀렸는지 독경과 천도법문이 잘 나오기 시작했고 내 마음도 편안해졌다. 그런데 재를 진행하던 도중에 갑자기 서늘한 기운이 감돌더니 내 옆에 알 수 없는 영적 존재가 서 있는 것이 느껴지는 게 아닌가? 이 당시 저자는 기공부나 단전호흡을 하지 않았지만 그동안 원불교 좌선수행을 통하여 영적인 영감이 닦여 있었던 것 같았다.

문득 아기 업은 여인의 존재가 떠올랐다. 내 옆에 서 있는 영가가 바로 꿈속에서 밥 얻으러 왔던 여인이었던 것이다. 두 번째 재를 마치고 나는 특별 천도재를 의뢰해온 여인과 이야기를 나누었다.

"아기 업은 젊은 여인은 부인의 시부모님과 천도재에 함께 오르는 것을 꺼리는 것 같습니다. 아무래도 재를 따로 지내야 하지 않을까 싶네요. 시누이 되는 분께 이런 상황을 잘 설명하시고 다 부모님과 동생이 잘되게 하려고 하는 것이니 과거에 있었던 일을 알려달라고 간청해보세요."

지난번 특별 천도재를 지내고 난 후부터는 꿈에도 시부모님이 안 나타날 뿐 아니라, 남편의 행동도 정상으로 돌아온 듯하다고, 여인은 흔쾌히 알았다고 대답했다. 그리고 그 다음 천도재 시기에 여인이 놀라운 이야기를 들려주었다.

"시누이 말로는 당시 아버님이 동네 다방에서 근무하는 젊은 아가씨와 바람을 피웠는데 그 아가씨가 시아버지 아기를 가졌었대요. 그런데 시어머니의 구박과 횡포가 심해 몰래 혼자 아기를 낳다가 죽고 말았답니다. 그래서 시댁 제사에 오기는 하지만 자기는 감히 들어갈 수 없다 하면서 제사 끝나면 밥만 얻어먹고 돌아갔던 것 같아요. 그러다가 남편 몸에 들어갔나 봐요. 어쩌면 좋죠?"

모든 의문이 일시에 해소되었다. 나는 젊은 여인과 아기는 시부모와 따로 재를 지내자고 제안했다. 그리고 시부모의 특별 천도재만 먼저 끝냈다.

특별 천도재를 끝낸 날, 재를 의뢰했던 여인이 꿈을 꾸었는데 시부모님이 고운 옷을 입고 나타나 여인에게 고맙다는 인사를 전하고는 마차를 타고 저승으로 떠나는 모습이 보였다고 했다.

우리는 이어서 가여운 젊은 여인과 아기 영가를 위한 특별 천도재를 진행했다. 독경하는 동안 그 여인의 처지와 아픔이 느껴졌기에, 나는 간절한 마음으로 더욱 정성을 다해 재를 진행했다. 특별 천도재가 끝나는 날, 이번에도 여인의 꿈에 그 젊은 여인과 한 청년이 나타나 고맙다고 인사를 하고는 떠나갔다고 했다. 어린 영가의 한이 풀려 청년 영가로 성장한 듯했다.

이때부터 나는 더욱 열심히 수행에 매진하여 필요한 공력을 갖추어서 많은 이의 아픔을 해결해주고 괴로운 영가들의 천도를 도와주어야겠다고 비장하게 각오하였다.

16. 금마 백구의 몸에 들어간 스님

내가 한당 선생님 문하에서 수련하고 있을 때, 원불교 교무님들도 석문호흡 수련을 하게 되어 그 인원이 10여 명을 넘어섰다. 어느 날 그분들이 내게 연락을 해왔다. 한당 선생님을 모시고 교무들만 따로 점검을 받았으면 하니 부탁드려 달라는 청이었다. 전화를 끊고, 나는 한당 선생님에게 여쭈었다.

"원불교 교무님들이 따로 선생님께 점검을 받았으면 하시는데, 어떻게 할까요?"

한당 선생님은 흔쾌히 승낙하셨다. 나는 점검 받을 장소를 물색하다가 당시 전라북도 익산시 금마면 금마에 있던 원불교교당 도전道傳 김인강 교무님께 연락을 드렸고, 교당을 사용해도 좋다는 허락을 받았다. 한당 선생님께 장소를 전하자 선생님은,

"제 외가가 전주 신리입니다. 가는 길에 외가도 한 번씩 들리고 바람도 쐬고 하면 좋겠네요."

하며 기뻐해주셨다. 그렇게 해서 한 달에 한 번 금마교당에 가서 원불교 교무님들 수련점검을 하게 되었다.

어느 날 금마교당 마당에 나가 있는데 백구 한 마리가 잔디밭에 앉아 있는 것이 보였다. 내가 다가가 머리를 쓰다듬어주자, 한당 선생님이 한동안 백구를 말없이 바라보다가 점검을 하기 위해 방으로 들어가셨다. 그리고 한 달이 지나 다시 점검 날이 되어서 금마교당에 가니 백구가 보이지 않았다.

나는 도전 교무님께 백구의 행방을 물었다. 그러자 교무님은 허탈한 웃음을 지으며 애석하게도 얼마 전에 백구가 교통사고로 죽었다는 소식을 전해주었다. 나는 안쓰러운 마음이 들었다. 그때 한당 선생님이 말문을 열었다.

"사실 지난달에 보니 백구의 몸에 스님 한 분이 들어가 있더군요. 전생에 수행을 제대로 하지 않은데다 지은 죄도 있어서 백구의 몸에 들어가 살고 있던 겁니다. 그러다가 저를 만나 이야기를 나누게 되었는데, 아마 그때 깨달음을 얻은 모양입니다. 더는 개의 몸으로 살아갈 필요가 없으니 죽음을 택한 것이죠."

나는 한당 선생님의 말을 듣고 궁금해서 물었다.

"그럼 사람이 죄를 지으면 개나 소, 혹은 벌레 등으로 태어나는 겁니까?"

한당 선생님은 고개를 가로저으며 말을 이어갔다.

"아닙니다. 사람이 다른 존재로 태어나거나, 다른 존재가 사람으로 태어나는 것이 아닙니다. 사람은 죽어서 사람이 가는 곳이 있고, 개는 죽어서 개들의 별로 갑니다. 고양이, 모기, 벌레도 마찬가지죠. 간혹 수양이 제대로 되지 않았거나, 죄를 많이 지어 영혼이 탁한 사람들은 사물을 바로 보지 못하고 거꾸로 보게 되며, 헛된 꿈을 꾸면서도 그것이 꿈이 아니라 현실이라 착각하게 됩니다."

"그것을 불가에서는 전도몽상顚倒夢想이라고 합니다. 그런 이들이 죽음을 맞게 되면 개나 소의 몸이 사람의 몸이라 착각하고 들어가 사는 경우가 있는데 흔히 일어나는 일은 아닙니다. 그런데 도력 있는 분들이 도안이나 영안으로 그 모습을 보고 누군가에게 해준 말이 와전되어 게으르거나 죄를 지으면 소로 태어난다느니, 벌레가 된다느니 하는 말이 퍼지게 된 것이죠."

"인간 영혼의 파장과 동물 영혼의 파장이 달라서 서로 다른 몸에 들어가 있으면 온전한 삶을 살 수가 없습니다. 백구의 몸에 들어가 있던 스님 영혼도 자신이 스님으로 살 때에 깊은 수도를 하지 못하고 주색잡기로 방탕한 생활을 보내어 영혼이 어두워져 백구의 몸에 갇힌 것을 저를 만나 영혼이 각성하고 지난 잘못을 뉘우쳐 다시 환생하기 위해 천도의 기회를 받은 것입니다."

흥미로운 이야기였다. 불교에서는 중생이 자신의 업보에 따라 6도六道를 윤회輪廻한다고 이야기한다. 6도란 지옥地獄, 아귀餓鬼, 축생畜生, 아수라阿修羅, 인간人間, 천상天上의 여섯 가지 세계이다. 인간으로 살다가 죽으면 그 업에 따라 평가받는데, 사실 업이 바로 그 사람의 기운이다.

우선 인간 그 이상도 이하도 아닌 기운으로 살다 죽은 사람은 우리가 흔히 말하는 귀신이 되어 귀신들의 세계인 아수라에 살게 된다. 그보다 기운이 맑아 높이 떠오르면 천상의 세계에 가게 되는데, 그곳을 극락, 혹은 천당이라고 한다. 반대로 인간으로 살면서 욕망과 분노, 잘못된 행동의 노예가 되어 자신의 기운을 탁하고 어둡게 한 채로 죽음을 맞이하면 자연히 영이 아래로 가라앉게 되는데 그곳에 아귀의 세계가 있다.

그리고 더한 악행을 저질러 기운이 땅 밑까지 내려갈 정도가 되면 가는 곳이 바로 지옥이다. 다시 말해, 우리의 현재 삶이 사후의 삶을 결정하는 것이다. 나는 백구의 몸에 들어 있다가 떠나간 스님을 떠올리며 나의 삶과 수행에 관해 다시 한번 성찰했다. 그리고 참회하고 천도된 스님이 다음 생에 환생해서는 꼭 성불하기를 기원했다.

17. 우주와 하나되는 귀일법 수련

일월성법 수련의 다음 단계는 귀일법歸一法이다. 귀일은 '하나로 돌아간다.'는 의미인데, 이는 불교 공안公案(선불교에서 직관을 갖도록 제시하는 문구나 물음)의 하나인 '만법귀일 일귀하처萬法歸一 一歸何處(만법이 하나에 돌아갔으니 그 하나는 어디로 돌아갈 것인가?)'에서 유래한 단어이다.

여기서 '하나'란 천지 대자연에 존재하는 모든 것, 즉 아주 미세한 것에서부터 극대의 것까지를 총망라한 것이다. 그러니 귀일법이란 천지 대자연에 존재하는 모든 기를 온몸으로 흡수하여 천지 대자연과 하나가 되는 것을 말한다. 이때 물리적인 합일뿐 아니라, 마음에 깊이 깨닫는 심득心得 또한 있어야 한다.

지금까지의 수련이 기운 중심의 수련이었다면 귀일법은 마음수련이라고 해도 좋을 듯싶다. 수련자가 하늘의 마음을 깨우치게 되고 자신의 본성도 조금씩 깨달아가기 때문이다. 여기서 하늘의 마음이란 맑고, 좋고, 선한 것만 선별하여 받아들이는 것이 아니라 탁하고, 어둡고, 악한 것마저도 맑고 바르고 선하게 승화시켜 받아들이는 마음을 일컫는데, 이것이 바로 도의 본질이고 선도의 참 의미이다.

우주의 모든 기운과 하나된다는 심법을 걸고 귀일법 수련을 시작하자 이상하게 피부 주변으로 막이 형성되면서 따끔거리고 가렵기 시작했다. 선배들에게 물어보니 이전까지의 호흡은 아랫배 단전을 이용했지만, 귀일법에서는 피부를 통해서도 호흡을 하게 되어 8만4천여 개의 모공이 다 열리기 시작하는 탓이라는 답변이 돌아왔다.

다시 말해, 지금까지는 하단전이 중심이었다면 귀일법부터는 몸 전체가 단전으로 바뀌게 된다는 것이다. 그리하여 몸 전체에 기운이 가득 차면 몸을 싸고 있는 막과 우주자연과의 경계가 나누어지는데, 마침내 마음을 비우고 심득하게 되면 이 막이 사라지고 우주자연과 하나되는 귀일을 경험하게 되는 것이다.

내 경험에 비추어보면 마음을 비워 심득하여 몸의 막을 제거하는 과정은 결코 쉽지 않았다. 그래서 '만법귀일 일귀하처'라는 화두를 들고 나 자신을 바라보기로 했다. 그러기를 몇 달이나 하였을까, 어느 날 수련을 마치고 눈을 뜨니 갑자기 세상의 모든 것이 밝게 다가오며 행복감이 밀려왔다. 밖에 핀 꽃 한 송이가 그렇게 사랑스러울 수 없었다. 미워했던 사람도 이해가 되고, 몸과 마음이 한결 가벼웠다.

마지막 점검 시에 한당 선생님이 물었다.

"수인. 마음의 깨달음, 심득이 있습니까?"

나는 웃으며 말했다.

"심득은 잘 모르겠습니다. 그냥 갑자기 세상 모든 것이 소중하고 아름다워 보입니다."

선생님도 웃으면서 말하길,

"그게 심득입니다. 심득이란 게 별 게 아니라, 평상시와 다르게 일어나는 마음의 변화거든요. 다음 단계로 넘어가세요."

나는 그렇게 귀일법을 끝내고 다음으로 나아갔다.

18. 만물과 하나되고 사람과 하나되는 수련

귀일법 다음은 풍수법風水法과 선인법仙人法이었다. 풍수법은 수련을 통해 얻게 된 능력으로 풍수지리風水地理의 모든 것을 터득해서 사물과 땅의 기와 감정을 알 수 있게 되는 것이다. 그리고 선인법은 인간과 동물의 마음과 감정을 알아가는 수련이다.

귀일법으로 우주와 하나가 되었으니, 이제는 인간은 물론이고 만물과도 교감해가야 한다는 의미이다. 하지만 결코 쉽지 않은 수련이었다. 사람의 마음을 읽어낸다는 게 어디 그리 쉬운 일이던가.

이것을 불가에서는 '타심통他心通(다른 사람의 마음을 읽어내는 능력)'이라고 하는데, 귀일법까지 수련한 것도 기적 같은 일인데 과연 내가 해낼 수 있을지 걱정부터 앞섰다.

인간의 몸에는 세 개의 단전이 있고 그 안에는 여의주라 일컬어지는 세 개의 구슬이 들어 있다. 그 중 중단전 옥당에 있는 여의주의 조화를 통해 땅이나 강, 바다 등 자연물의 감정을 느끼고 이해하는 심력을 터득하는 수련이 바로 풍수법이다.

방법은 복잡하지 않고 목표한 대상물의 기운을 끌어 감정을 알아본다는 심법을 걸고 중단전으로 강하게 기운을 끌어들이는 것이다. 그러다 보면 어느 순간 대상의 감정과 하나가 되어 대상의 감정과 마음을 느낄 수 있는 것이다.

또 단순히 감정만 읽어내는 것이 아니라 순간적인 영감으로 어떤 현상을 보게 되는 경우도 있는데, 이런 과정을 통해 대상에 관해 아주 세세한 것까지 알 수 있게 된다. 하지만 편견이나 선입견의 개입이 없도록 하기 위해 심법을 걸기 전에 먼저 마음을 온전히 비우는 것이 필요하다. 이렇듯 풍수법으로 사물을 읽는 법을 터득했으면 선인법으로 넘어간다.

선인법은 사람의 모든 감정과 마음을 알 수 있는 심력을 터득하는 수련이다. 수련 방법은 그 대상만 바뀔 뿐 풍수법과 같다. 선인법을 완성한 수련자는 사람의 성격, 과거와 현재와 미래의 마음상태, 길흉화복 등을 알 수 있게 된다.

감정을 읽어내기 위해서는 대상이 되는 사람의 마음을 이해하고 공감하려 노력해야 한다. 타인에 대한 배려 없이 욕심을 채우기 위해 사사로이 사용하게 되면, 자신을 포함한 주위에 좋지 않은 영향을 줄 수 있으므로 각별히 유의해야 한다.

선인법 등의 수련법에는 우주의 근원적인 영력이 개입돼 있기 때문이다. 다시 말해, 선인법을 익힌 수련자는 자신의 법이 '술術'을 벗어나

'도道'의 경지가 되도록 애써야 한다.

나는 익숙한 한라산과 백두산의 기운부터 끌어보기로 했다. 현무로 기운을 끄는 것은 그리 어렵게 느껴지지 않았는데, 산의 기운을 가슴으로 끌어 느끼기란 쉬운 일이 아니었다. 내 감정과 혼재되어 확연하게 구분이 가지 않았다. 이미 풍수법을 통과한 선배들에게 자문을 구해도 만족할 만한 답을 얻을 수 없었다.

3개월을 수련해도 감정의 차이를 크게 느끼지 못하자 자신감이 바닥으로 떨어졌다. 내 능력과 자질이 부족한 탓인 듯했다. 그러던 어느 날 왜 귀일법을 끝낸 후 풍수법과 선인법을 하는 것인지 그 이유를 알 것 같았다.

귀일법은 나를 버리고 우주와 하나되는 수련인데, 내가 나를 버리지 못한 채로 사물의 기운만 억지로 끌어오려 했던 것이다. 그렇다! 비워서 나를 없애고, 내 마음이 비워져 호수처럼 되면 산과 들과 나무가 호수에 비치는 것처럼 다른 사람의 감정들이 내 마음에 비추어 나타날 것이다. 여기까지 생각이 미쳤을 때, 나는 다시 귀일법으로 돌아가 마음을 비워냈다.

한참을 수련하니 마음에 우주가 들어와 앉으며 고요해졌다. 산의 기운을 끈 것이 아니라, 그냥 산과 하나가 되자고 생각하자 백두산이 다가오고 한라산이 들어왔다. 어렴풋이 보이던 산의 모습이 점점 크게 다가왔다.

한라산을 바라보자 편안했다. 하지만 더 깊이 몰입하자 답답함도 느껴졌다. 이번에는 백두산으로 빨려 들어갔다. 무겁고 강한 기운이 어깨를 내리눌렀다. 긴장감도 느껴졌지만, 더 깊이 들어가니 고요했다. 이렇게 하면 되는 거였다! 이렇듯 나만의 공부법을 개발하니 그 뒤로는 산이면 산, 도시면 도시의 감정이 자유롭게 내 안을 넘나들었다.

흔히들 명당이라 말하는 곳도 그 기운을 끌어보면 사실 명당과는 거리가 먼 곳이 꽤 된다. 반면 평범해 보이는 곳에서 드물게 좋은 기운을 느낄 때도 있다. 산의 기운에서 불편함이 느껴지는 곳을 조사해보면 터널을 뚫는 공사로 몸살을 앓고 있는 경우가 많았고, 오염이 심한 곳도 있었다.

우리나라의 산들을 다 돌아본 후, 나는 멀리 네팔의 히말라야산맥을 끌어 보았다. 한참이 지난 후 눈 덮인 큰 산맥이 눈앞에 펼쳐졌다. 배낭을 짊어지고 산을 오르는 현지인들도 보였다. 웅장하고 거대한 기운이 느껴지면서 가슴속이 뻥 뚫린 것처럼 상쾌했다.

히말라야산맥 가운데 가장 높은 에베레스트산에 마음을 집중했다. 눈보라가 휘몰아치는 가운데 간헐적으로 보이는 풍광이 너무나도 아름다웠다. 한참을 집중하니 한기가 느껴지면서 재채기가 나왔다. 더 깊이 들어가니 오열하고 싶은 충동이 일었다. 너무도 많은 사람이 다녀가니 산이 힘든 모양이라는 생각이 들다가, 혹시 등반 도중 목숨을 잃은 등산가들의 영혼과 그 동료들의 아픔이 느껴진 것은 아닐까 궁금하기도 했다.

각 산봉우리마다 기운과 특색이 있었다. K2는 온화하고 밝은 느낌이었고, 칸텐중가는 약간 무겁고 침울했으며, 로체에서는 긴장감이 많이 느껴졌다. 대체로 느낌이 날카로운 산은 인명피해가 많은 산이었고, 평온하고 아늑한 산은 피해가 적었고 그곳을 오르는 산악인들의 감정과 마음도 안정되어 있었다. 산의 감정과 기운이 사람에게도 영향을 주는 것 같았다.

한당 선생님의 수련은 15단계이다. 등산에 비유하자면 15개의 정상을 올라야만 하는 것이다. 한 단계 한 단계 올라가는 과정이 쉽지 않기에 인간적인 삶과도 많이 닮아 있다. 이 또한 등산과 마찬가지 아닌가.

산의 기운을 끌어오는 수련에 매진하는 동안, 나는 산뿐 아니라 그곳을 오르는 이들의 마음에도 깊이 공감하게 되었다. 이렇게 나는 수많은 산천과 도시, 작은 마을, 그리고 사물의 기운을 끌며 풍수법을 익혀 나갔다.

훗날 내가 운영하던 서울 발산동 석문호흡도장에 가끔 한 번씩 찾아오는 지인이 있었다. 그가 어느 날은 중국에서 자사호라는 다기와 전통 차들을 가져왔다면서 품평을 부탁해왔다. 나는 과연 풍수법의 경지가 어디까지인지 알아볼 요량으로 그 지인이 가져온 자사호 다기를 손에 쥐고 눈을 감았다.

그런데 그 자사호를 만든 곳의 풍경이 눈앞에 선히 보이면서 그것을 만든 도공의 감정이 느껴지지 않는가! 실로 놀라웠다. 다음으로, 그가 가져온 보이차와 철관음, 우롱차를 만지자 기운과 감정이 지극히 편안하고 상쾌한 차도 있었고 불편하고 탁한 차도 있었다.

나는 재미삼아 자사호와 차들을 품평해 주었다. 그 지인은 감사의 뜻으로 품평 받은 차 가운데 내가 가장 좋다는 50년 된 보이차를 조금 나누어 주었는데, 달고 부드러우며 여러 번 우려먹어도 부서지지 않고 며칠 동안 그대로 모양을 유지했다. 지금까지 그 보이차 맛에 견줄 만한 차를 마셔보지 못했다.

풍수법을 마치고 나서, 나는 사람과 동물의 마음을 읽는 선인법으로 넘어갔다. 살아 있는 사람의 마음을 읽는다는 게 부담스러워, 처음에는 이미 세상을 떠난 유명인들의 기운을 끌어보았다. 작고한 정치인, 경제인, 배우들의 마음을 끌어보면 그들이 좋은 곳에 있는지, 아니면 유혼이 되어 떠돌아다니는지 느껴졌다.

가끔은 살아 있는 사람의 마음을 끌어보기도 했는데, 이들은 그날 그날 시간대에 따라 마음과 감정이 다르게 느껴졌다. 내가 선인법에 통달하게 된 이후로 사진작가인 친구 하나는 자기가 키우는 고양이의 마음을 알려달라고 한 번씩 연락해오기도 한다.

풍수법과 선인법을 수련하는 동안, 나는 천지만물에는 다 나름의 존재 이유와 가치가 있음을 알게 되었고, 더불어 내 마음의 한계와 폭도 넓힐 수 있었다. 또한 나를 먼저 비우지 않으면 무엇과도 소통할 수 없어 궁극의 깨달음에 이르지 못할 수도 있다는 중요한 사실도 깨달았다.

즉, 수련이 높아갈수록 자신이 최고인 양 자만하게 된다면 사이비 도인밖에는 될 수 없기에 스스로 경계하고 또 경계해야 할 터였다.

19. 몸의 경락을 여는 전신주천 운기 수련

풍수법과 선인법으로 만물과 사람의 기운을 끌어 느끼는 경지를 넘어서니 전신주천全身周天 운기단계가 기다리고 있었다. 전신주천 운기수련은 모든 경락을 진기로 뚫어 나가는 수련이다.

우리 몸에는 좌우 12개의 경락과 8개의 경맥이 존재하는데, 각각 12경락十二經絡과 기경8맥奇經八脈이라 한다.

전신주천은 12경락과 기경8맥을 진기로 소통시켜 온몸 구석구석 막힘없이 진기가 통하도록 하는 수련을 말한다. 순서는 12경락을 먼저 유통하고 기경8맥을 유통하는데, 12경락이 고속도로라고 한다면 기경8맥은 고속도로가 막힐 때 우회하는 지방 국도라고 보면 된다.

12경락주천의 순서는 ① 수태음폐경手太陰肺經(중부中府 → 소상少商), ② 수양명대장경手陽明大腸經(상양商陽 → 영향迎香), ③ 족양명위경足陽明胃經(승읍承泣 → 여태厲兌), ④ 족태음비경足太陰脾經(은백隱白 → 대포大包), ⑤ 수소음심경手少陰心經(극천極泉 → 소충少沖), ⑥ 수태양소장경手

太陽少陽經(소택少澤 → 청궁聽宮), ⑦ 족태양방광경足太陽膀胱經(정명睛明 → 지음至陰), ⑧ 족소음신경足少陰腎經(용천湧泉 → 유부兪府), ⑨ 수궐음심포경手厥陰心包經(천지天地 → 중충中冲), ⑩ 수소양삼초경手少陽三焦經(관충關冲 → 사죽공絲竹空), ⑪ 족소양담경足少陽膽經(동자료瞳子髎 → 족규음足竅陰), ⑫ 족궐음간경足厥陰肝經(대돈大敦 → 기문期門)이다.

앞에 수가 붙어 있는 것은 손과 팔에 경락이 존재하는 것이고, 족은 발과 다리에 경락이 있음을 나타낸다. 중간에 태음, 궐음, 소음이라고 적힌 것은 음의 성질을 띤 경락이고, 태양, 양명, 소양이라고 적힌 것은 양의 성격을 띤 것이다.

12경락주천은 의식을 이용해 하는 수련이라서 먼저 각 경락의 위치와 흘러가는 방향을 알아두어야 한다. 각 경락마다 시작하는 혈(시혈始穴)과 끝나는 혈(종혈終穴)이 있는데, 위의 괄호 안 화살표 전이 시혈이고 화살표 뒤가 종혈이다. 수련법은 경락의 시혈에 먼저 진기를 모아서 종혈까지 의식을 사용해서 운기한다. 이 역시도 전체 운기 속도가 2분 내에 이르면 기경8맥주천으로 넘어간다.

석문호흡에서의 기경8맥주천의 순서는 ① 대맥帶脈(석문石門 → 석문石門), ② 임맥任脈(회음會陰 → 승장承漿), ③ 독맥督脈(장강長强 → 은교齗交), ④ 음교맥陰蹻脈(조해照海 → 정명睛明), ⑤ 양교맥陽蹻脈(신맥申脈 → 풍지風池), ⑥ 음유맥陰維脈(축빈築賓 → 염천廉泉), ⑦ 양유맥陽維脈(금문金門 → 아문啞門), ⑧ 충맥衝脈(공손公孫 → 공손公孫)이다.[42]

---

42) 한당,『천서』, 세명문화사, 1991, 74쪽, 106쪽 참조.

이 가운데 임맥, 음교맥, 음유맥은 음의 경맥이고 독맥, 양교맥, 양유맥은 양의 경맥이며, 대맥과 충맥은 음과 양에 속하지 않는 중맥이다. 대맥, 임맥, 독맥은 대맥 수련과 소주천 수련에서 이미 유통시켰으므로 8맥주천은 양교맥부터 시작해서 나머지 5맥만 유통시키면 된다.

운기법은 경락주천과 같으며, 위의 순서대로 운기한다. 기경도 좌우가 쌍을 이루고 있으므로 좌측부터 시작한다. 충맥까지 모두 마치면, 전신주천이 완성된 것이므로 이제는 전신의 어느 곳이든 마음 가는 대로 진기를 보낼 수 있게 된다.

12경락주천을 하는 동안, 나는 이 단계가 단순하게 경락만 운기하는 것이 아니라는 생각이 들었다.

폐경락을 운기하면 중부혈에서 뜨거운 기운이 물처럼 흘러 엄지 손끝 소상혈에 도달하여 완성이 되는데, 이때 내 안에 있는 우울하고 부정적인 감정이 사라지는 것을 느낄 수 있었다.

대장경락을 운기하면 손 끝 상양혈에서 코 옆 영향혈까지 따뜻한 기운이 흘러 도달하면서 긴장과 고집 또한 조금씩 녹아내리는 것이 느껴졌다.

위장경락을 운기할 때는 눈 밑의 승읍혈에서 발끝의 여태혈까지 묵직한 기운이 흘러내려감과 동시에 예민함과 날카로운 감정이 정화되는 것을 경험했다.

비장경락을 운기하면 발가락의 은백혈에서 가슴 옆의 대포혈까지 따뜻한 기운이 벌레처럼 스멀스멀 기어오르는 것과 동시에 내 속에 있는 짜증이 사라졌다.

심장경락을 운기하면 겨드랑이의 극천혈에서 손가락의 소충혈까지 시원한 물줄기가 흘러가는 느낌과 함께 가슴이 시원하게 뚫리면서 편안함이 느껴졌다.

소장경락을 운기할 때는 손가락의 소택혈에서 귀 옆의 청궁혈까지 묵직하게 기운이 흐르다 막힌 곳에서 약간의 통증이 느껴졌는데, 다시 호흡을 가다듬어 청궁혈에 도달하자 몸에 훈훈한 열감이 생기면서 무력감이 사라지고 의욕이 일었다.

방광경락을 운기할 때는 눈 옆의 정명혈에서 묵직한 기운이 머리 뒤로 돌아 등 쪽으로 흘러내려가 새끼발가락의 지음혈에 도달하였고, 동시에 내 안의 두려움이 나타났다가 서서히 사라졌다. 물리적으로는 전립선 기능이 향상되어 소변의 양이 많아지고 색깔이 옅어졌다.

신장경락을 운기하자 발바닥의 용천혈에서 형성된 뜨거운 열감이 위로 상승하여 가슴 위쪽 쇄골 유부혈에 이르렀는데, 이때는 쾌락을 추구하는 감정들이 담담해짐을 느꼈다.

심포경락을 운기하자 가슴 옆의 천지혈에서 기운이 형성되어 가운뎃손가락 끝의 중충혈로 서서히 내려갔다. 그리고 가슴의 울화가 녹아내리며 감정이 순화되는 것을 느낄 수 있었다.

삼초경락 때는 손끝의 관충혈에서 눈썹 옆의 사죽공혈로 열기가 올라가 몸 전체가 데워지면서 행복한 감정이 느껴졌다.

담경락 운기 때는 눈 옆의 동자료혈에서 발끝의 족규음혈까지 콕콕 찌르는 느낌과 함께 기운이 흘러가서는 쌓여 있던 분노를 정화해

주었다.

마지막 **간경락**을 운기하자 엄지발가락의 대돈혈에서 갈비뼈 아래 기문혈까지 바람이 흐르듯 기운이 올라갔다. 그러자 들뜨고 급한 성격이 차분해지는 것을 느낄 수 있었다.

이렇듯 12경락을 운기하면서 막힌 경락을 열어가는 동안, 나는 내면에 쌓여 있던 순화되지 않는 감정의 찌꺼기와 상처가 상당부분 사라지는 경험을 했다. 경락의 기운을 열어서 마음과 감정을 정화한다는 것은, 마음공부가 단순히 머리로만 할 수 있는 게 아니라 기운의 흐름과 함께 해야 하는 것임을 의미할 터였다.

전신주천을 이루고 나니 전신 구석구석으로 자유롭게 기운을 보낼 수 있게 되어 현무의 경지가 더욱 깊어졌다. 간혹 무념무상의 상태로 기운이 흐르는 대로 음악을 느끼며 몸을 움직이다보면 시공을 초월한 우주의 어느 한 공간에 존재하는 듯한 느낌을 받곤 했다.

전신주천이 이루어지면, 소리를 듣고 상대의 감정과 마음을 읽는 지음법知音法 수련을 할 수 있는 경지에 오르는데, 한당 선생님은 내게 특별히 이 수련법을 알려주셨다. 이유는 내가 전생에 소리로 사람들을 치유했기 때문이라고 하였다. 그래서 소리로 상대의 마음을 읽는 공부를 하면서, 나는 소리로 상대의 상처와 아픔을 치유하는 현음법玄音法도 터득했다.

20. 한당 선생님과의 신비한 경험

한당 선생님은 차를 매우 좋아해서 하루에도 수십 잔을 마셨다. 한 번은 그런 선생님을 모시고 내가 자주 찾던 하동 쌍계사의 M제다원을 방문한 일이 있었다. 중년의 아주머니가 우리를 맞아 산나물과 된장국으로 정성껏 점심을 차려주었다.

그리고 당시 만들고 있던 차를 보여주겠다며 산등성이에 있는 차 만드는 기와집으로 우리를 안내했다. 걸어서 100여 미터를 올라가야 했기에 나는 우산을 준비했다. 당장에라도 한바탕 비가 퍼부을 듯 보였기 때문이었다. 그러나 한당 선생님은 번거롭게 우산은 뭐 하러 챙기느냐고 그냥 가자고 했다. 먹구름이 잔뜩 낀 하늘이 심상치 않아 보였지만, 나는 선생님이 알아서 하시겠지라는 생각으로 우산을 내려놓고 길을 나섰다.

차 만드는 분과 다담을 나누던 중에 한당 선생님이 내게 물었다.

"수인은 차에 대하여 좀 알아요?"

차에 관심이 많아 그간 공부해 두었던 게 좀 있어서 그렇다고 대답하고는 설명을 시작했다.

"차는 발효 정도에 따라 비발효차, 반발효차, 발효차, 후발효차로 나뉩니다. 흔히 마시는 녹차가 대표적인 비발효차인데, 우리나라에서 주로 생산하고 찻잎을 전혀 발효하지 않고 가마에서 덖어내 맛과 향이 구수한 게 특징입니다."

"반발효차는 찻잎을 햇빛이나 실내에서 10~70퍼센트 정도 발효시킨 차로 재스민차, 포종차, 오룡차 등이 있는데, 주로 중국과 대만에서 생산합니다. 발효차는 찻잎을 95퍼센트 이상 발효시켜 만드는데, 홍차가 대표적이고 인도와 스리랑카가 주생산국입니다."

"마지막으로 후발효차에는 보이차와 육보차 등이 있고, 찻잎을 퇴적해 미생물의 번식을 유도해서 천천히 오래 발효시키는 방식을 씁니다. 주로 중국에서 생산되는데, 오래된 차일수록 귀하고 가격이 높습니다."

"우리나라에서 만드는 녹차를 작설차라고 부르는데, 이는 찻잎 모양이 새의 혀와 같다고 해서 붙여진 이름입니다. 작설차는 차를 따는 시기에 따라 종류가 나뉩니다. 곡우 전에 딴 첫물차를 우전, 그 다음에 딴 것을 순서대로 세작, 중작, 대작이라 합니다. 우전이 부드럽고 향이 좋아 최상으로 치지만 양이 적어서 구하기가 어렵죠. 요즘은 차가 암 예방에 좋다 하여 많이들 마시는데, 그 외에도 중금속 해독이나 감기 예방에도 효과가 있습니다."

내 말이 끝나자 선생님이 말을 이었다.

"맞아요. 차에는 몸에 좋은 성분이 많이 들어 있습니다. 하지만 자체적으로 독성분도 가지고 있죠. 마늘이나 오이도 몸에 좋지만 양쪽 끝부분에 약간의 독성이 있는 것과 마찬가지예요. 일종의 보호색과 같은 맥락이라고 보면 됩니다. 현미도 몸에 좋지만 현미 외피에 많이 분포되어 있는 천연식물 항산화제인 피틴산Phytic Acid이라는 것이 들어 있어서 생으로 먹으면 좋지 않아 발아시키거나 열을 가해서 피틴산의 성분을 제거하고 먹듯이 녹차도 생 녹차잎이 가지고 있는 독성 때문에 덖거나 쪄서 먹는 것이죠."

"과거 선비와 도인들도 차를 마시면 정신이 맑아지고 마음이 고요해진다 해서 늘 차를 가까이했습니다. 그래서 집에 쌀이 떨어지는 건 부끄러워하지 않아도 차가 떨어지는 건 부끄러워했다고 해요. 차를 통해 정신수양을 한다고 생각했기 때문이죠. 이 하동 쌍계마을에는 다성으로 불리는 초의선사, 다산 정약용, 추사 김정희 등 차의 깊이를 알면서 도를 닦은 훌륭한 분들과 인연이 많았죠."

우전차를 마시면서 시간 가는 줄 모르고 차에 관해 이런저런 이야기를 나누다 보니 어느덧 출발해야 할 시간이 되었다. 그런데 자리를 정리하고 일어나려는데 갑자기 빗방울이 쏟아지더니, 곧 엄청난 기세로 퍼붓기 시작했다.

걱정이 되어서 선생님께 물었다.

"선생님~! 비가 이제 막 내리기 시작해서 금방 그칠 것 같지 않은데, 제가 차에 가서 우산을 가져올까요?"

그러자 한당 선생님이 담담한 표정으로 비를 멈추게 할 테니 조금만 기다리라고 하는 게 아닌가. 나는 어안이 벙벙하여 대꾸도 못하고 가만히 서 있었다. 하늘에 온통 먹구름이 끼어 적어도 몇 시간은 내릴 비 같은데 어찌 저리 장담을 하실까 의아하기도 했다.

하지만 내가 할 수 있는 일이 없었기에, 그저 눈을 감고 있는 선생님의 얼굴만 빤히 바라봤다. 한 5분쯤 지났을까, 빗줄기가 약해지며 서서히 잦아드는 것이 아닌가? 입이 쩍 벌어졌다. 도저히 말이 안 되는 일이 아닌가? 나는 호기심이 동해 여쭤봤다.

"아니, 대체 어떻게 하신 겁니까?"

한당 선생님은 나의 말에 담담하게 말문을 열었다.

"비를 멈추게 하는 방법이 3가지가 있는데, 첫째는 고기압의 기운을 끌어오는 것이고, 둘째는 신명들의 도움으로 빗물을 부채로 불어서 주변으로 흩어버리는 겁니다. 그리고 세 번째는 도계에 가서 이 지역에 빛을 보내는 것이죠. 지금은 두 번째 방법을 썼습니다."

"고기압의 기운을 끄는 것은 하수가 쓰는 방법이라 수인도 할 수 있을 겁니다. 세 번째 방법을 쓰면 한반도 전체 날씨가 개어버리는데, 그럴만한 명분이 없지 않습니까. 도력을 쓰더라도 함부로 쓰면 안 되는 것이니까요."

"전에 양신 고수 한 분이 개인적인 욕심 때문에 명분도 없이 태풍의 방향을 마음대로 틀어 심하게 아픈 적이 있었습니다. 그러니 사사로운 욕심 때문에 술수나 도력을 쓰면 안 됩니다. 하지만 공부하는 과정에서 시험 삼아 하는 것은 괜찮습니다. 수인도 나중에 한 번씩 해서 경험을 쌓으세요. 하지만 자주

해서는 안 됩니다. 그래서 신명들을 시켜 비를 흩어버렸으니, 아마 다른 지역에 비가 더 많이 내리겠죠."

우리는 비를 맞지 않고 주차장으로 내려가서 차를 몰고 남원으로 향했다. 도중에 휴게소에 들러 일을 보고 매점 아주머니에게 비가 얼마나 왔는지 물어봤다. 그러자 약 30분 전부터 빗줄기가 엄청나게 강해지더니 많은 비가 내렸다는 대답이 돌아왔다. 도력이 높아지면 비를 조절하는 것도 가능하다는 사실에 무척이나 고무된 채로 나는 차를 몰아 서울로 돌아갔다.

한당 선생님과의 일화가 하나 더 생각난다. 한 번은 함께 대구 도장에 일이 있어 방문했다가 파티마병원에 근무하시는 한당 선생님 이모님을 찾아간 적이 있다. 이모님은 우릴 반갑게 맞아주시면서 함께 당신의 숙소인 성 베네딕토 수녀원으로 가자고 하셨다. 수녀원에 도착하자 바로 미사가 있어서 우리는 할 수 없이 함께 참석했다. 나는 미사 내내 눈을 감고 수련을 했다. 기운이 편안하고 좋았다.

얼마나 지났을까, 한당 선생님이 팔꿈치로 나를 툭 쳤다. 어리둥절한 표정으로 바라보니 이렇게 말씀하시는 게 아닌가.

"수인, 저기 미사 드리는 수녀님들 위로 천사들이 빛을 내려 영감을 주고 있는데, 보여요?"

내가 잘 안 보인다고 답하니 선생님은 눈을 감고 보라고 하셨다. 나는 엉겁결에 눈을 감았다. 천사는 보이지 않았지만, 밝은 빛이 여러 개 떠 있는 것은 느껴졌다. 선생님은 아직 도안이 발달하지 않아 그런 것이니 수련이 더 진행되면 보일 것이라고 말하며 웃으셨다. 나는 영혼이 맑은 수녀님들에게 신명이라고 불리는 천사들이 빛을 내려 영감을 준다는 사실을 그날 알게 되었다. 우리는 수도원에서 저녁을 먹고 서울로 돌아왔다.

21. 기운의 결정체 채약 수련

전신주천 다음에는 '채약採藥'이라는 단계가 기다리고 있었다. 채약은 약을 캔다는 의미로 수련을 통해 만들어진 기운이 몸을 치유하는 약으로 변화하는 것을 의미한다. 도계의 차가운 기운(천냉수天冷水)을 백회로 받아들여 하단전에 모아 놓은 진기와 합일시켜 고체화한 것이 바로 채약이다. 채약을 만드는 심법은 '천냉수를 받아 채약을 만든다'이다. 채약은 하단전이 아니면 만들어지지 않기에 의식은 하단전에 두어야 한다.

채약이 처음 굳어질 때는 크기가 크지만 갈수록 응축되어 작게 형성된다. 아울러 작아질수록 차고 딱딱한 느낌은 강해진다. 완전히 딱딱하게 굳어서 고체화되면 채약이 완성된 것인데, 완성의 순간은 수련자 스스로가 느낄 수 있다. 채약을 얻게 되면 전신주천을 이루었을 때보다 훨씬 강한 기력氣力을 얻게 된다. 뿐만 아니라, 이를 응용하여 여러 다양한 재주도 익힐 수 있다.

나는 3개월 정도 채약 수련에 임했다. 몇 달 동안 별다른 느낌이 없다가 3개월을 넘어서는 시점에 하단전에 묵직한 기운이 뭉치는 것을 느낄 수 있었다. 좀 더 강하게 응축시키자 뭉쳐 있던 기운이 구슬처럼 단단해진 것이 느껴졌다.

이후 이 채약으로 대맥, 소주천, 대주천, 온양, 전신주천 통로를 운기하는 채약 체내운기 수련에 들어갔다. 처음 대맥통로를 운기할 때는 까끌까끌한 느낌이었는데, 자주 운기하니 매끈한 느낌으로 바뀌었다. 그리고 마침내 통로 전체 운기를 마쳤을 때는 매우 강한 기감이 밀려왔다.

다음에는 채약을 손끝으로 보내 공기놀이 하듯이 오른쪽에서 왼쪽으로 주고받는 채약 체외운기에 들어갔다. 시간이 갈수록 오른쪽 손가락 끝에서 왼쪽 손가락 끝으로 보내는 포물선 폭이 커져 키를 넘겨 주고받곤 했다. 그러고 나서는 채약을 당구 치듯이 왼손가락 끝으로 벽에 던져서 튕겨져 나온 것을 오른쪽 손끝으로 받는 연습을 했다. 이것을 할 때는 정신을 바짝 차리지 않으면 채약을 잃어버리기도 한다.

근거리 체외운기가 끝나면, 채약을 별로 쏘아서 받는 연습을 한다. 밤하늘에 지정된 별로 채약을 보내면 그 별에 닿는 순간 손가락 끝에 느낌이 온다. 그러면 다시 회수하는 것이다. 이 과정이 끝나면, 마침내 사람을 치유하는 단계로 넘어간다. 멀리 있는 아픈 사람의 환부나 경혈에 채약을 보내는 것이다. 이 채약 치유로 나는 아픈 가족이나 지인, 친구들을 많이 도와주었다.

내가 석문호흡 강서도장을 운영하고 있을 때, 항공사에 다니는 승무원 제자들이 몇 명 있었다. 직업상 스트레스가 많고 일이 고되다보니 다들 수련에 열심이었다. 그러던 어느 날 뉴욕으로 비행을 간 승무원 제자 하나가 내게 급히 전화를 걸어왔다. 갑자기 심한 복통이 찾아와 고통스럽기도 하고 밤이 늦어 병원에 갈 수도 없어서 궁여지책으로 내게 연락을 해 원격치료를 부탁해온 것이었다.

나는 10분 후에 다시 연락을 달라고 하고는 전화를 끊었다. 그리고는 앉아서 채약 10개를 만들어 제자에게 보내 주었다. 아픈 배 부분에 3개를 넣고, 나머지는 폐, 심장, 간, 신장, 위장, 명문혈에 골고루 나누어 넣었다. 그리고 10분 후, 제자는 신기하게도 아픈 배가 다 나았다고 감사의 전화를 걸어왔다. 나 또한 어려운 상황에 처한 제자에게 도움이 된 것이 기뻤다. 이러한 경험을 통해서 나는 염력이나 텔레파시를 이용한 원격치료에 확신과 자신감을 갖게 되었다.

22. 기화신 수련을 통해 여의주 빛 속으로 들어가다

채약 수련 다음은 '기화신氣化身' 수련이었다. 기화신이란 우주의 모든 기운을 몸으로 흡수해 몸 자체가 '진기로 화하게' 하는 수련이다. 다시 말해, 온몸의 세포단위까지 모두 진기로 채운다는 의미이다. 기화신 수련은 양신 수련 바로 전 단계라는 점에서 매우 큰 의미가 있는데, 양신을 찾기 위해서는 온몸을 진기로 가득 채워 하단전의 우주공간을 연 후 그 안으로 들어가 여의주를 만나 그 속으로 들어가야 한다.

일단 기화신 수련은 고성법孤星法 또는 기화신공氣化身功이라고 하는 기본자세를 잡고 시작해야 하는데, 이는 하단전에 의식을 집중한 채로 양 손바닥과 양 발바닥을 각각 마주 대고 편안하게 허리를 쭉 펴고 앉은 자세이다.

기화신 수련은 귀일법 수련과 비슷하지만, 차이가 있다면 오랜 시간 수련에 매진할수록 진기의 밀도가 더욱 강해져서 마치 기운이 몸속에서 회오리치는 느낌을 받게 된다는 것이다. 그러다가 어느 순간 온몸이 밝게 빛나는 듯 느껴지고 다음 순간 깜깜한 우주공간에 들어선 느낌이 든다.

그것이 하단전 우주공간이다. 그때부터 여의무심如意無心(마음을 비우고 이끄는 대로 맡김)으로 가만히 바라보면 별이 촘촘히 박힌 공간 저 멀리 밝은 빛 하나가 보인다. 시간이 갈수록 그 빛은 크기가 점점 커지면서 검푸른 빛을 뿜기도 하고, 어떤 때에는 붉은 빛이 감도는 듯 보이기도 하고, 또 가끔은 노란 빛의 공처럼 보이기도 한다.

그것을 묵묵히 바라보면 차츰 흰 빛에 가까운 황금빛으로 변하면서 태양처럼 내 앞에 우뚝 멈춰 선다. 그러면 수련자는 자신이 여의주 빛으로 다가서고 있음을 깨닫게 된다. 하지만 그 과정이 결코 쉽지만은 않다.

내 경우에는 어떤 터널 같은 공간을 통과해가는 동안 여러 심마를 헤쳐나가야 했다. 커다란 용 같은 괴물이 덮쳐오기도 했고, 수많은 뱀이 나타나기도 했으며, 전라의 여인들이 춤을 추며 유혹하기도 했다. 그래도 동요치 않고 담담히 바라보고 있자니 어느 순간 내 몸이 커다란 공 모양의 젤리 덩어리 속으로 들어갔다. 끈적거리는 느낌을 받으면서 안으로 쑥 들어가니 어머니의 자궁처럼 너무도 고요하고 편안했다.

마치 고향에 온 느낌이었다. 그 순간 내가 여의주 속에 들어섰다는 사실을 깨달았다. 그때부터 나는 수련이 시작될 때마다 다음과 같은 심법을 걸었다.

"여의주 속으로 들어간다."

그리고 잠시 후 아늑하고 편안한 공간인 여의주 속에 들어가 빛을 받으며 정면을 주시했다. 그리고 어느 순간 마침내 양신을 보는 단계로 접어들었음을 알게 되었다. 하지만 꿈에 그리던 양신 단계에 들어섰음에도 마음은 담담하고 고요하기만 했다. 5년이라는 시간 동안 마음이 많이 닦인 모양이었다.

그동안 나는 나 자신의 자질 없음을 탓하며 자책하기도 하고, 정성이 부족하다고 생각하여 10시간 이상을 쉬지 않고 수련에 매진하기도 했었다. 또한 양신 수련에 대한 집착도 마장인 것 같아 수련을 잠시 쉬고 차를 마시며 힘겨움을 달래기도 했었다.

그러면서 차츰 떠오른 생각이 '물처럼 흘러가자'였다. 노자의 가르침 중에 '상선약수上善若水'라는 말이 있다. 이는 최고의 선함은 마치 물과 같다는 의미로, 여기서 최고의 선함이란 바로 도를 이름이고, 도란 물처럼 행해야 한다는 의미일 터였다.

다시 말해, 물은 겸허하여 위에서 아래로 흐르고, 욕심이 없어 서로 빨리 가려 다투지 않으며, 처세에 능해 막히면 돌아갈 줄 알지 않는가! 그렇게 오랜 시간 흘러 바위를 뚫고 가르니 그 정성 또한 지극하고, 결국에는 바다에 이르니 그 인내심 또한 대단하며, 더럽고 깨끗함을 가리지 않고 품으니 그 포용력 또한 제일 아닌가! 물의 덕을 배워 모든 것을 흐름에 맡기자 생각하니, 내 수련에도 새로운 기운과 빛이 내면에서 싹트기 시작했다.

23. SBS '그것이 알고 싶다'

익산 원불교 총부에서 근무하며 수련하고 있을 때, 삼성동에 있던 석문호흡 본원이 전세 만기가 되어 일원동으로 이사하게 되었다. 6개월 정도 지났을까, 한당 선생님이 내게 연락을 주었다. 일원동 본원이 어려운 상황에 처했으니 나보고 도장을 전적으로 맡아서 운영해 달라고 하셨다. 나는 망설임 없이 원불교 총부에 휴무계를 제출하고 본원 업무를 돕기 위해 서울로 갔다.

총괄책임자로 근무하기로 하고 일원동 도장에서 인수인계를 받는데 난감했다. 본원 회원은 서른 명 남짓 되었다. 지방 도장에서 올라오는 수입을 합해도 거의 파산 직전이었다. 사범은 모두 5명이었는데, 도장 운영에 대한 이해가 부족해서 수련지도가 원활하게 이루어지지 않았고, 회원관리도 제대로 되지 않았다. 그나마 남은 30명의 회원도 이런 저런 불만들이 많았다. 이대로 가다가는 연말도 되기 전에 본원 문을 닫아야 할 형편이었다.

나는 전체 상황을 파악한 후 사범들과 둘러앉아 대책을 논의했다. 그리고 전면적인 쇄신을 목표로 이런저런 방법과 해결책을 모색했다. 사범들 모두 도장에서 숙식을 해결하고 있었기에 기상 시간과 청소, 정리정돈, 식사, 회의, 도장 운영, 수련지도 방식 등 전반적인 사항에 세부적인 원칙을 만들어 함께 지켜나가기로 의견을 모았다. 그리고 합의한 내용이 하나하나 실행돼 나가는 동안 도장도 변화하기 시작했다.

그렇게 1년이 지나는 동안 본원의 회원 수는 100여 명으로 늘었다. 그리하여 다음해에는 본원을 확장하여 송파로 이사했고, 회원은 더욱 늘어 전반적인 도장 살림이 크게 나아지기 시작했다. 도장수도 전국 70여 개로 늘어나 있었기에, 나는 각지의 지원장과 사범들의 교육에도 각별히 신경을 썼다.

그러던 어느 날, 1997년 5월 초 방송국에서 나왔다는 사람들이 책임자를 만나고 싶다며 도장을 찾아왔다. 명함을 받아보니 SBS 방송국 '그것이 알고 싶다' 팀으로 담당 PD와 카메라맨 2명이었다. 안용수라고 자신을 소개한 PD는 '기의 세계'를 주제로 전국에 있는 도사나 기인들을 찾아 프로그램을 제작하려 하는데, 지나가다 석문호흡 간판을 보고 들어왔으니 5분 정도만 인터뷰에 응해줄 수 있는지 물었다.

내가 흔쾌히 응하자, 안 PD는 촬영을 하기 전에 우선 내게 기적氣的 능력이 있는지 확인하고 싶다고 부탁했다. 그러면서 카메라맨들을 보고 그들이 아프거나 안 좋은 곳이 있는지 기운으로 알아맞혀 보라고 했다. 나는 그 정도는 여기서 1년 정도만 수련하면 누구든 다 가능한 능력이라고 대답하고는 두 카메라맨의 기운을 당겨서 몸의 상태를 확인했다.

"오른쪽에 있는 분은 어깨가 안 좋고 목이 뻣뻣하며 두통이 있을 테고, 왼쪽 분은 혈액순환이 잘 안 되고 심장이 안 좋아서 불면증이 있을 겁니다."

그러자 카메라맨들이 고개를 끄덕이면서 맞는다는 신호를 보냈다. 카메라맨들의 신호를 본 안 PD가 다시 물었다.

"어떤 원리로 저 사람들의 몸 상태를 알 수 있나요?"

나는 안 PD의 말에 웃으면서 말문을 열었다.

"원리를 설명드릴 수는 있지만, 그러려면 5분짜리 테이프로는 모자랄 텐데요."

그러자 나의 답변에 안 PD는 찍었던 테이프 가운데 하나를 다 지우고 나의 말을 녹화하려고 준비를 마쳤다. 나는 안 PD의 녹화 사인을 보고 설명하기 시작했다.

"사람에게는 타고난 기운이 있습니다. 그 기운에 따라 몸 상태나 병의 유무를 확인할 수 있는데, 나이를 먹어감에 따라,

혹은 기운을 지나치게 사용함으로써 약해지거나 무기력해져서 병을 얻기도 하죠."

"그래서 후천적으로 자연의 기운을 모아야 하는데 이 기운을 모으는 장소를 단전이라고 합니다. 아랫배에 단전을 만들어서 자동차 배터리처럼 기운을 충전하면 경락이라는 통로를 통해 막힌 곳을 뚫어주고 약한 부분을 보충해줄 수 있게 되어 강한 몸과 정신을 유지할 수 있습니다."

"기운이라고 하는 것은 전기의 파장과 비슷한 개념입니다. 여기서 휴대전화로 미국에 있는 사람과 무선으로 통화할 수 있듯이 기운의 파장이 강해지면 그 기운을 멀리 있는 상대에게 보내어 어디가 아픈지 알 수도 있고 치료도 할 수 있습니다. 흔히 단전호흡 고수라고 하는 분들은 산의 감정과 기운, 심지어 사람의 감정과 기운까지도 읽어낼 수 있습니다."

안 PD는 매우 흥미로운 표정으로 자신이 등반했던 어느 유럽의 산과 고향에 있는 산 기운을 알아봐 달라고 했다. 우선 유럽 산의 기운을 끌자 크고 웅장하며 가파른, 눈 덮인 산의 모습이 떠올랐다. 다음으로 안 PD의 고향 산은 완만하고 조그마한 동산이 떠올랐다. 내 설명을 듣고 나서 안 PD가 다시 질문했다.

"혹시 공중부양이나 장풍도 가능하신가요? 최근 중국의 어떤 기공사가 한국에 와서 기운을 써서 만원짜리 지폐로 젓가락을 부러뜨리기도 하고 대기업 회장님도 치료한다고 하는데 그것에 대해 어떻게 생각하시나요?"

나는 그 말을 듣고 속으로 웃으면서 말을 이어 나갔다.

"기운이라고 하는 것은 마법이나 기이한 능력이 아닙니다. 과학적으로 다 설명할 수는 없지만, 그렇다고 허무맹랑한 미신도 아닙니다. 알 수 없고 보이지 않는 미지의 영역이라고 무조건 무시하고 부정해도 안 되겠지만, 그렇다고 합리성과 상식을 무시하고 무조건 믿으라고 하는 것도 어불성설이겠죠."

"혹시 입자와 파동 이론을 아십니까? 이 이론에 따르면 입자는 그 구조가 클수록 거칠고 물질에 가깝습니다. 선풍기 바람을 예로 들어 설명해 보자면, 바람의 입자, 즉 공기의 입자가 우리 몸의 대부분을 구성하고 있는 물의 입자보다 크기에 바람이 몸으로 투과되거나 흡수되지 않고 반사하는 것이죠."

"이 원리를 공중부양에 적용시켜 보면, 누군가 공중부양 상태로 떠 있다면, 눈에 보이지는 않지만, 그 사람보다 입자가 훨씬 큰 무언가가 떠 있는 사람을 밑에서 받쳐주어야 하는데, 바람의 입자만으로 사람을 공중에 띄우려면 엄청난 강풍이 불어야 하므로 평온한 상태에서 아무런 장치의 도움 없이 몸이 저절로 공중으로 뜬다는 것은 과학적으로 불가능한 일입니다."

"그러니 누군가 공중부양을 했다면, 자석 조끼 같은 것을 입고 전자기장 장비가 설치되어 있는 곳에서 자력에 의해 공중에 떠 있는 마술 같은 것일 가능성이 크죠. 그러므로 공중부양은 기수련의 깊이와는 관계가 없습니다. 장풍도 마찬가지입니다. 손에서 바람이 나와서 상대가 넘어진다? 무협지나 영화에서나 나오는 얘기일 뿐 불가능한 일입니다."

"수련을 오래 한 고수의 기운은 입자가 아주 미세하고 밀도가 높아 사람의 몸을 투과합니다. 귀신이 사람의 몸을 통과해 가는 것도 같은 이치죠. 또한 미세하고 밀도가 높은 기운은 통증이나 아픔을 치유하는 데도 도움이 됩니다. 환부에는 안 좋은 기운이 흘러 불규칙적인 파동이 있는데 좋은 기운이 그 파동을 바꾸어주기 때문이죠."

"이것을 기치료라고 합니다. 손에서 뿜어 나온 좋은 파장이 나쁜 파동을 바꾸는 것이지만, 장풍과는 다른 것입니다. 중국의 기공사가 기운을 이용해 만원 지폐로 젓가락을 부러뜨린다는 것은 불가능합니다. 다시 가서 자세히 살펴보세요."

나는 말을 마치고 현무를 시현해 한라산과 백두산 기운의 차이, 학과 호랑이의 차이를 보여주고 인터뷰를 마쳤다. 안 PD는 돌아가서 제작진과 상의 후 연락하겠다는 말을 남기고 도장을 떠났다.

일주일 후 '그것이 알고 싶다' 프로그램의 구성작가가 전화를 걸어왔다. 전국의 도사와 기인들의 인터뷰를 담은 비디오를 전 제작진이 시청하고 나서 만장일치로 나를 원적외선 기 방사 실험의 대상자로 선정하기로 했다는 사실을 알려주기 위해서였다.

그리고 며칠 후 연세대 세브란스병원 가정의학과에서 환자와 난초에 기운을 방사하는 것을 국내 최초로 원적외선 촬영기로 측정하고 싶다고 제안해왔다. 나는 제안을 수락하고, 중국 기공사에 관해 물었다.

그러자 작가는 방송국에서 다시 취재를 가겠다고 몇 번이나 연락을 취해봤지만, 기공사가 거부해서 할 수 없이 찍었던 비디오를 다시 확대해 보니 만원 지폐 뒤쪽에 손가락을 넣어서 순간적으로 젓가락을 부러뜨리는 것을 확인했다고 알려주며, 내 덕분이라고 감사의 인사를 해왔다.

훗날 들은 이야기로는 고액의 대가를 받고 대기업 회장을 치료하던 그 기공사는 1997년 5월 '그것이 알고 싶다' 팀에서 그의 행각이 사기임을 밝혀내자 몰래 중국으로 도망가 버렸다고 한다.

며칠 후, 나는 연세대 세브란스병원에서 팬티차림으로 환자의 환부와 난초에 기운을 방사하는 실험에 참가했다. 내가 기운을 방사하자 원적외선 기계의 화면에 낮은 온도를 의미하는 파란색으로 비치던 환자의 환부가 높은 온도를 의미하는 붉은색으로 바뀌는 것을 볼 수 있었다.

난초의 온도는 상대적으로 덜 올라갔지만, 그래도 국내 최초로 원적외선 기 방사 실험에 성공한 순간이었다. 이 프로그램이 나간 후 유명세를 좀 치렀지만, 인기라는 것이 한낱 아지랑이와 같은 것이라 시간 속에 흔적도 없이 사라지고 말았다. 그래도 수련으로 쌓은 내공과 깊고 강한 기운은 여전히 남아 있었다.

24. 미국 한인라디오 방송

서울 강서도장에서 수련에 전념하던 어느 날 한당 선생님으로부터 호출을 받았다. 가보니 미국 LA에서 한당 선생님의 『천서』를 읽고 수련하기 위해 한국을 방문한 선강 이상우 님과 만남의 자리였다. 한국과 미국에서 사업을 크게 하며 도심이 깊던 선강 이상우 님은 LA에 도장을 설립하고 싶어 했다. 이미 사범들이 몇 차례 다녀온 후였는데, 이번에는 책임 있게 관리할 적임자를 찾다가 내가 선택된 모양이었다.

마침내 도장이 설립되었고, 일단 사범 한 명이 수련지도를 위해 먼저 미국으로 건너갔다. 나는 얼마 뒤 회원들 수련점검을 위해 건너가서 2달을 머물러 있다가 한국에 돌아왔고, 한 달 후 다시 미국으로 건너갔다. 한동안 그런 생활이 반복되고 있을 때, 전라북도 태인 출생으로 뉴욕에서 사업을 하고 있던 다니엘 씨를 만나게 되었다.

그분도 뉴욕에 도장을 설립하고 싶어했기에 2003년 10월경 나는 뉴욕을 방문해 도장 설립을 도왔다. 그러던 어느 날 다니엘 씨가 뉴욕 한인들을 대상으로 강의를 요청해왔고, 나는 '웰빙과 기공'이라는 주제로 강의를 하게 되었다.

"아기가 엄마 태중에 있을 때는 코가 아니라 엄마의 태胎를 통해서 호흡을 합니다. 이 태식호흡이 단전호흡과 가장 가까운 호흡법이라 할 수 있죠. 하지만 태어나 나이가 먹어갈수록 아랫배 호흡이 복식호흡으로 올라가고, 복식이 가슴호흡으로 올라간 후, 목에서 숨을 쉬는 '목숨'까지 올라가면 생을 마칠 날이 멀지 않게 되는 것입니다."

"그러니 먼저 호흡을 내려서 갓난아기 때의 호흡으로 돌아가야 합니다. 그것이 단전호흡입니다. 단전호흡을 통해 기운을 쌓고 그 기운을 경락으로 돌려 몸의 막힌 곳을 뚫고 정화하면 면역력이 올라가고 마음이 편안해집니다. 그렇게 심신의 건강이 유지되는 거죠. 수련 단계가 올라가면 천지의 기운도 끌어서 느끼고 운용할 수 있게 됩니다.……"

나는 강의를 마치고 기운으로 끌어 추는 현무 시범을 보였다. 음악에 맞추어 마이클 잭슨, 리키 마틴, 황비홍, 이연걸 등의 기운을 끌어 현무를 추니 감탄 일색이었다. 그때 누군가 "공옥진 여사님 병신춤을 보고 싶어요!"라고 외쳤다. 난감했지만, 일단 마음을 비우고 공옥진 여사의 기운을 끌어왔다. 절로 목과 어깨가 젖혀지고 팔, 다리, 손목,

발목이 꺾이면서 기묘한 춤 동작이 2~3분 정도 이어졌을 때 나는 동작을 멈추었다. 기립박수가 쏟아져 나왔다. 나조차도 신기한 기분이었다.

강연회는 성공이었다. 그러자 다니엘 씨가 이번 기회에 뉴욕 한인라디오 방송에 출연해보자고 제안해왔다. 일사천리로 출연 일정이 잡혔고, 나는 뉴욕 라디오 코리아의 아침 9시 생방송 '장미선의 여성 살롱'에 참여하게 되었다.

장미선 씨가 나를 소개했다. "한국에서 뉴욕을 방문 중이신 단전호흡의 대가 수인 명사님을 소개합니다. 오늘은 전화 걸어주시는 청취자님의 건강상태를 기운으로 확인해 즉석에서 처방해 드리는 시간을 갖겠습니다."

전화가 빗발쳤다. 나는 선택된 청취자 세 분의 상태를 기운으로 확인해 어디가 안 좋은지 알려주고 간단한 해결방법을 전해주었다. 수화기 저편에서,

"어머, 맞아요! 어떻게 아셨어요? 정말 신기하네요. 대단하십니다."

라는 목소리가 들려오자 장미선 씨는 2명의 청취자 전화를 더 연결해 주었다. 내 등에서는 식은땀이 흐르고 있었다. 생방송 경험도 처음이었지만, 하나라도 틀리면 창피를 당할 수 있는 상황 아닌가. 하지만 2명의 청취자도 만족스럽게 전화를 끊었고, 방송은 아무 문제 없이 끝이 났다. 30분 정도의 방송시간이 내게는 몇 시간은 흘러간 듯 느껴졌다.

방송을 끝낸 후 다니엘 씨와 간단한 아침식사를 마치고 뉴욕도장으로 돌아가니 깜짝 놀랄 만한 일이 벌어져 있었다. 도장 앞에 수많은 인파가 몰려 있는 게 아닌가! 사범에게 자초지종을 물으니 라디오 생방송이 나간 이후 온갖 불치병이나 난치병을 앓고 있는 환자들이 몰려온 것이라는 대답이 돌아왔다.

난감하기 이를 데가 없었다. 찾아온 분들을 다 상담할 수도 없었고, 병이란 것이 기만 쏘아준다고 갑자기 낫는 것이 아니라, 오랜 시간을 두고 습관, 생각, 신념, 생활방식, 가치 등을 바꾸어야 완치될 수 있는 것이기 때문이었다. 그래서 사범에게 수련을 권하라고 이르고, 나는 도장을 빠져나왔다.

뉴욕에 머무는 동안, 나는 뉴욕에 거주하던 사진작가 친구인 C와 오래간만에 재회했다. 그날 저녁 C의 친구 P가 자신의 친구들에게 내 이야기를 하니 나를 모임의 강사로 초대하고 싶어한다면서 박사과정에 있는 친구들 10명이 하는 정례모임에 나와 강의를 해달라고 했다.

나는 흔쾌히 승낙하고 그 모임에 나가 간단히 강의를 마친 후 한 가지 제안을 했다. 옆에 있는 생수병에 기운을 넣어줄 테니 물맛이 달라지는 것을 느껴보라고 한 것이다. 다들 호기심 어린 눈으로 생수에 기운을 넣는 나를 지켜보았다. 나는 인삼, 생강, 오행의 기운과 약성, 복숭아 등의 기운을 여러 병의 생수에 각각 끌어서 집어넣었다.

모두 물맛이 다르다며 놀라워했다. 나중에는 개인 생수 한 병씩 가지고 오라고 해서 본인의 몸에 맞는 약성의 기운을 넣어주기도 했다. 그날 생수 옆에는 맥주도 한 상자 있었지만, 다들 기운이 들어간 생수

맛을 보느라 맥주에는 관심을 보이지 않았다.

뉴욕에서 볼일을 마친 후 나는 LA로 이동했다. 도장에 도착하자 회원들이 뉴욕 라디오 생방송에 출연했던 일화를 이야기하며 자랑스러워했다. 회원 중에 한국에서 KBS PD로 재직했던 분이 LA 라디오 코리아와 하와이 라디오 코리아에서도 '웰빙과 기공' 강의를 하게끔 소개해주기도 했다.

LA 도반의 소개로 샌프란시스코를 방문했을 때의 일이다. 그곳에서 우리 일행은 수련에 큰 관심을 보이는 K할머니와 정신과 의사 한 분을 만나게 되었다. K할머니는 오래전에 이민 와서 터전을 잡은 상당한 재력가였고 정신과 의사는 미국인 여성이었다.

두 사람을 만났을 때, 나는 중년의 정신과 여의사에게서 특히 답답한 기운을 느꼈다. 나는 그 의사에게,

> "당신의 가슴이 많이 답답한 것으로 느껴진다. 내가 그 증세를 치유해주고 싶은데 괜찮은가?"

라고 물었다. 그 의사는 어떻게 알았느냐는 몸짓을 취하면서 흔쾌히 승낙했고, 나는 잠시 눈을 감고 있으라고 부탁한 후 기운을 가슴 쪽으로 보내어 막혀 있던 응어리를 풀어주었다.

잠시 후, 나는 여성에게 눈을 뜨라고 했다. 그러자 그 의사는 거짓말처럼 가슴이 비워졌다며 어떻게 한 것이냐고 놀라서 물었다.

사실 정신과 의사나 심리상담가들은 많은 사람을 상대하다 보니 환

자들의 힘겨운 상태를 통해 스트레스를 많이 받을 수밖에 없다. 물론 그들도 다른 상담가를 통해 그 짐을 덜어내기도 하지만, 완전히 해소되지 않기에 가슴에 응어리로 남는 것이었다. 나는 단전호흡을 통해서 기운을 소통시키면 답답한 가슴이 뚫리고 스트레스가 사라진다고 설명해주었다. 그 의사는 다음번에 오게 되면 단전호흡 수련을 시작하겠다고 약속했다.

우리 일행은 K할머니에게 극진한 대접을 받고 다음을 기약하며 LA로 돌아갔다. 하지만 기약했던 다음은 이루어지지 않았다. 한국으로 돌아온 후 얼마 지나지 않아, 나는 스승이었던 한당 선생님의 열반을 맞이했고, 장례를 치른 후에는 모든 것을 내려놓고 새로운 수행의 길을 찾아 도화재를 떠났기 때문이었다.

저자가 도화재를 떠난 이유는 한당 선생님 귀천 후 도화재가 스승의 가르침과 다른 모습으로 변해갔기 때문이다.

25. 독일과 영국에서 세미나를 열다

미국에 다녀온 지 얼마 지나지 않았을 때, 서울 본원에 K여사라는 나이 지긋한 분이 찾아왔다. 전주가 고향인 그분은 당시 독일 프랑크푸르트에서 1시간 정도 떨어진 림부르크Limburg라는 도시에 살고 있다면서 나를 초청해 강연을 듣고 싶다고 청해왔다. 그리하여 2004년 4월, J사범을 동행해 독일로 세미나를 하러 가게 되었다.

독일에서 만난 K여사님의 남편 B씨는 하얀 백발에 넉넉한 인상이 보기 좋은 독일 분으로 프랑크푸르트에서 병원장을 지내고 은퇴해 쉬고 있다고 했다. 두 분이 사는 곳은 잔디와 꽃밭이 인상적인 아름다운 2층집이었고, 지하에는 와인저장고가 따로 있어서 우리는 식사 때마다 잘 숙성된 와인을 대접 받곤 했다.

한 번은 식사 도중에 내가 B씨의 와인에 기운을 넣어 와인 맛을 바꾸어 주겠다고 제안했다. 그러자 K여사가 내 말을 통역했고, B씨는 설마 하는 표정이었지만, 그래도 마다하지는 않았다. 나는 허공에서 인

삼의 기운을 끌어 와인에 넣어주었다. 그랬더니 와인에 좀 쓴맛이 느껴진다고 하는 게 아닌가.

그래서 다음에는 생강의 기운을 넣어주었더니 와인 맛이 살짝 맵다고 이야기했다. 한 번은 아무 말도 하지 않고 와인 잔에 기운을 넣어 놓았더니, 혹시 자기 잔에 기운을 넣지 않았느냐고 묻기까지 했다.

수련도 하지 않은 분이 미각은 거의 고수였다. 하지만 건강은 그다지 좋지 않았기에, 나는 시간 날 때마다 기치료도 해드리고 산책도 같이 다녔다. 림부르크는 아담하고 유서 깊은 도시로 성과 아름다운 건물이 많아 산책 다니기에 더없이 아름다운 곳이었다.

K여사님의 열정적인 준비 덕분에 세미나는 아무 문제 없이 예정대로 열리게 되었다. 장소는 림부르크 시청 강당이었다. 시청에 모인 독일인들은 한국이라는 나라에 관해 거의 알지 못했기에 사회자는 나를 동양에서 온 기공 마스터라고 소개했다.

통역이 있기는 했지만, 단전호흡이나 기에 관한 내용을 제대로 전달하기가 쉽지 않았다. 나는 말보다 강렬한 뭔가가 필요하다는 사실을 직감하고 현무와 음파 현치술을 시연해 보여주는 것이 낫겠다고 판단했다. 그래서 통역을 물리치고 짧은 영어로 소통을 시도했다.

"당신들은 행복한가? 행복하지 않다면 에너지, 즉 '기'가 없는 것이다. 그렇다면 '기'란 무엇일까? 그건 바로 사랑이다. 위대한 기를 가진 이가 누구일까? 예수님일 것이다. 당신들도 호흡명상을 통해 위대한 기를 가질 수 있고, 그렇게 되면 사랑도 얻고 행복해질 것이다."

청중들이 고개를 끄덕였다. 나는 곧바로 김영동의 산행, 천년학, 귀소 등의 음악에 맞추어 현무를 추기 시작했다. 그들에게 익숙한 사라 브라이트만의 음악에도 맞추어 현무를 추었다. 그리고 각자 자기 몸의 안 좋은 부위에 손을 가져다 대라고 말한 다음 마이크를 입에 대고 단전에서 끌어올린 현음으로 50명의 청중을 치료하기 시작하였다. 10분이 지난 뒤 효과가 있었던 분은 손을 들라고 하니 49명이 손을 들었다.

그날의 세미나는 성공리에 마무리되었다. 그 다음날 프랑크푸르트에서 한국 교민들을 위한 강연회를 가졌다. 그리고 며칠 후 세미나가 끝난 후 감동받은 림부르크 마을 주민들의 식사 초청이 줄을 이었다. 치료를 위해 숙소로 찾아오는 사람들도 있었다. 그곳에 2달 정도 머무는 동안 나는 마을회관에서 현지인들에게 단전호흡과 현무를 지도하고 기치료도 해주었다. 그동안 쾰른에 있는 한인들의 요청으로 쾰른대학 강당에서 강의와 현무 시연을 보이고 돌아온 적도 있었다.

림부르크에 머무는 동안, 나는 마을 사람들의 순박함과 근면함, 그리고 정이 많은 점이 한국인과 닮았다는 생각을 했다. B할아버지와는 마치 가족처럼 친해져서 농담도 많이 나누곤 했는데, 한번은 도장을 열어줄 테니 독일에서 같이 살면 안 되겠느냐고 물어오는 것이 아닌가.

솔깃한 마음에 한국으로 전화를 걸어 아내에게 상의하니, 사람 마음이 언제 변할 줄 알고 말 한 마디에 온 식구가 다 이민을 준비하느냐고, 두 달 동안 강의 잘하고 좋은 구경 많이 했으면 됐으니 빨리 돌아오라고 하는 것이었다. 하는 수 없이 돌아갈 준비를 하는데, 영국에 유학 가 있는 도반 한 명이 영국 비즈니스 스쿨에서 강의를 해달라고 메일로 요청을 해왔다. 나는 온 김에 들렀다 가기로 하고 경비행기 편으로 영국을 찾아갔다.

대부분 돌로 지어진 런던의 건물은 모두 우아하고 아름다웠다. 그 사이로 지나다니는 빨간색 이층버스도 이국적인 낭만을 한껏 뿜어냈다. 한 가지 아쉬운 점이라면 런던의 흐린 날씨였지만, 그 또한 나름의 낭만이 있었다.

다음날, 나는 런던 비즈니스 스쿨에서 대학원생을 대상으로 강의를 했다. 역시 영어가 부족해 강의 시간은 줄이고 현무와 현공의 비중을 늘렸는데, 오히려 그것이 학생들에게는 더 인상적이었던 모양이었다. 강의가 끝난 후 미국에서 유학 온 한 여학생이,

"선생님이 현무를 추는 동안 밝은 빛이 번져 나와서 유리창과 벽에 부딪히는데 정말 황홀하고 아름다웠습니다."

라고 찬사를 보내왔다. 그동안 여러 강의와 모임 자리에서 현무를 추었지만, 그런 식의 평가는 처음이었다. 나는 보는 사람의 영혼이 맑아 기운과 빛이 눈에 보였던 것이라며 공을 학생에게 넘겼다.

영국에서 강의를 마친 나는 아쉬움을 뒤로하고 다시 독일 림부르크

로 돌아갔다가 못내 아쉬워 눈물을 보이는 B할아버지와 K여사님을 뒤로하고 한국행 비행기에 몸을 실었다.

26. 본래 자신의 빛인 양신을 만나다

앞서 이야기했듯이 하단전 여의주 속에 들어간 나는 그 안이 너무나 고요하고 편안하여 마치 태내에 있는 느낌을 받았다. 그 속에서 나는 양신과 만나기 위해,

"백회를 통해 밝은 도광영력의 빛을 받아 양신을 찾아간다."

라는 심법을 걸고 깊은 삼매에 잠겼다. 수련이 끝난 후 한당 선생님과 함께 차를 마시는데 양신수련에 대한 심법을 알려주셨다.

"수인! 양신 공부는 보려고 하면 보이지 않고 보지 않으려고 하면 보입니다."

이 말씀은 마음을 비우고 여의무심으로 수련에 임하라는 의미였다.

어느 날 한당 선생님의 가르침대로 마음을 비우고 여의주 공간에 들어가 수련하고 있사니 어두컴컴한 가운데 돌로 만든 불상 형태가 눈앞에 나타났다. 가만히 바라만 보고 있는 동안 돌 모양을 띤 석불의 모습이 좀 더 선명해지기 시작했다.

어떤 때는 얼굴만 보이기도 하고, 또 어떤 때는 눈이나 코 같은 부분만 보이기도 했다. 나는 무심히 바라보면서 계속 빛을 채워 나갔다. 그러던 어느 날 이상한 모습이 눈에 보였다. 돌부처인 석불의 모습은 사라지고 자리에 앉아 있는 발가벗은 어린아이의 모습이 선명하게 보이는 게 아닌가! 아주 어리지는 않고 초등학교 고학년쯤 돼 보였다.

수련을 마친 후 나는 점검을 받기 위해 한당 선생님께 내가 본 것을 말씀드렸다. 선생님은 그 아이가 혹시 내 어릴 적 모습이 아니더냐고 되물었다. 나는 그렇지는 않고 오히려 한당 선생님의 아들 모습 같았다고 대답했다.

그러자 선생님은 그것이 바로 나의 양신이라고 점검해주었다. 혹시 내 아이 때 모습이 아니더냐고 질문한 것은, 내가 그것을 욕심으로 만들어낸 것은 아닌지 시험에 본 것이라고 이야기했다. 그리고 이제 양신과 합일해서 빛을 받아 키워 중단전, 상단전으로 올라가서 백회를 열고 양신출신을 해야 한다고 점검해주었다.

마침내 꿈에 그리던 양신을 보았다는 사실에 희열이 밀려왔다. 명나라 때 유교, 불교, 선도에 통달했던 도사 윤진인의 제자가 쓴 『성명규지』라는 책에 보면 수행이 궁극에 이르면 '오기조원五氣朝元'과 '삼화취정三華聚頂'에 이른다고 하였다.

'오기조원'은 다섯 오행의 기운이 조화를 부려 원영元嬰을 비춘다는 뜻으로 이는 5색의 여의주 빛을 뚫고 지나서 영아인 양신을 비춘다는 의미이며, '삼화취정'은 세 가지 꽃이 피어 정상에 이른다는 뜻으로 양신을 하단전에서 찾을 때 하주의 꽃이 피고, 중주를 뚫고 올라갈 때 중주의 꽃이 피며, 상주를 뚫고 올라갈 때 상주의 꽃이 핀다는 것을 의미한다.

이 꽃은 빛의 형태를 이름이다. 엄밀히 말하면 양신에서 나오는 빛의 후광이 꽃잎처럼 보이므로 꽃이라고 표현한 것이다. 부처님을 연꽃 위에 모시고 있는 것이 바로 백회에서 출신하는 모습을 담은 것이다.

양신과 합일 후 나는 더욱 수련에 매진하여 중주와 상주를 뚫고 백회를 통해 양신을 출신시켰다. 원래 양신이 처음 출신하면 아기 크기에 불과하므로 빛을 받아 계속 키워야 한다. 키운 다음에는 점차 산이나 강으로 멀리 주유해서 다녀야 한다.

하지만 내 양신은 주유를 건너뛰고 갑자기 블랙홀처럼 느껴지는 터널을 뚫고 나가 어느 생소한 공간에 도달했다. 그리고 그곳에서는 머리에 관을 쓴 중년의 신선이 나를 인자하게 바라보고 있는 것이 아닌가? 그 뒤로 병풍이 아름답게 펼쳐져 있었다.

내가 그 사실을 털어놓으니 한당 선생님은 한참 조용히 묵상에 잠겨 있다가 말했다.

"그분은 수인의 마지막 11천 원신입니다. 하지만 공부가 너무 빠르니 그냥 무시하고 차근차근 양신을 통해 얻을 수 있는 공부에 매진하세요. 수인은 수심이 잘되어 있어 차분히 공부하다 보면 크게 대기만성 할 것입니다. 앞으로 무슨 일이 일어나도 동요 말고 꾸준히 해나가세요."

이 말이 내게는 한당 선생님의 유언이자 마지막 점검이 되었다. 1년 전부터 '인간 세상에 소풍 왔는데 이제 갈 때가 되었다. 구름 타고 노닐 던 때가 그립다'며 농담 반 진담 반 이야기 하시더니 39세의 나이로 홀연히 열반에 드신 것이다. 내겐 동갑내기 친구이자 스승이었던 한당 선생님은 나와 29세에 만나서 10년을 매일 만나며 도담과 차를 나누었는데 그렇게 무심히 하늘로 돌아가버렸다.

그러곤 한 달 후, 허탈해하는 나에게 현실처럼 생생한 모습으로 꿈속에 나타나 꾸준히 수련에 정진해가면 필히 큰 공부를 이루어 잘될 것이라고 덕담을 해주셨다. 그리고는 그 잘되는 꼴을 내가 눈꼴 사나워 어찌 보느냐고 농담까지 하시더니 나를 안아주고는 사라졌다.

그나마 꿈에서라도 제자를 위해 다시 찾아주신 한당 선생님의 모습이 내겐 큰 위안이 되었다. 그래서 꼭 공부를 이루어 도계에서 다시 만나리라 다짐했다.

IV
우주계(도계) 입문과 깨달음

1. 전생신선계[43]에 입문하다

양신출신 이후 선계에 들기 위해 나는 다시 마음을 가다듬고 수련에 매진했다. 스승님이 안 계시니 이제는 나 자신밖에 믿을 이가 없었다. 어느덧 하단전 여의주에 들어가 양신과 합일한 후 중단전, 상단전을 통해 백회로 빠져나가는 것도 능숙하고 빠르게 할 수 있게 되었다. 백회 위의 양신도 이제 주변을 돌아다니기 시작했다.

'양신'은 유체이탈과 달리 의식을 분리할 수 있었고, 이동속도도 수십 배 이상 빨랐으며, 위험부담도 전혀 없었다. 나는 수련 중인 몸에 의식을 두고 양신에도 의식을 두며 천지주유를 해보았다. 처음 도안으

---

43) 저자는 한당 선생님의 지도 아래 10년 만에 양신을 이루었고, 선생님의 귀천 후 마지막 11천 도계에 입문했다. 하지만 그 후 선생님이 언급하지 않았던 12차원 우주계인 '근원무극계'에 이르게 되어, 이를 계기로 도계 공부를 다시 살펴보니,『천서』에서 설명한 내용과 저자가 실제 도달하여 확인한 내용이 다소 차이가 있었다. 따라서 태극숨명상에서는 '천(하늘)'이나 '도계'라는 용어 대신 '차원'과 '우주계'를 넣어 도계의 명칭과 구조를 새롭게 정리했다. 2천 도계와 2차원 우주계 '전생신선계', 3천 도계와 3차원 우주계 '수도도인계'는 같은 의미이나 5차원 우주계 '행성우주계' 이후부터는 그 의미와 내용이 다소 차이가 있다. 이 책에서는 이에 따라 표현하였다.

로 바라보는 세상은 선명하게 인식되지 않는다. 그러면 수련자들은 보통 자신감을 잃어버려 더 이상 공부가 진행되지 않는다.

영화관에 처음 들어가면 눈이 어둠에 적응하기까지 시간이 필요하듯 도안도 마찬가지다. 또한 갓난아기가 처음 세상을 볼 때는 희미하게 흑백으로 보이다가 서서히 색을 인식하게 되고 사물도 가까운 엄마의 얼굴부터 보이다가 차츰 주변 사물이 눈에 들어오는 것처럼 양신의 눈도 이 과정을 거쳐야 한다.

나는 양신을 타고 백두산과 한라산에도 가보고 태평양 위를 날아보기도 했다. 한 번은 캐나다에 사는 지인을 보려고 가니 큰 마켓 주차장이 보이고 차에 물건을 싣는 지인이 보였다. 또 어느 날은 양신을 출신하여 나가니 갑자기 어떤 터널을 통과해 가는 것이 아닌가. 도착한 곳은 확실치는 않지만 고대 로마제국처럼 보이는 곳이었는데, 그곳이 내 전생이라는 느낌이 들었다.

주변을 둘러보던 중에 익숙한 얼굴이 눈에 들어왔다. 전생의 나였다. 그 제국의 집정관으로 전쟁에 나가기 위해 자문을 구하고 있었다. 그 장면이 지나가고 나라에 홍수가 나서 중요한 자료를 지하 동굴로 옮기는 모습이 보였다. 돌로 만든 동굴의 전체 모습은 피라미드와 같은 형태를 띠고 있었다. 결국 그 제국은 홍수로 멸망했는데, 알고 보니 그 제국은 이집트 문명 이전의 레무리아Lemuria 제국이었다. 후에 나는 현재 남아 있는 피라미드는 이집트가 아닌 레무리아 제국이 만든 것으로, 이집트는 이들의 것을 발굴하여 다시 증축한 데 불과함을 알게 되었다. 또한 내가 레무리아 제국 멸망 당시 수행이 부족하여 지구를 떠나 다른 행성인 우주계로 가지 못하고 계속 지구로 환생하고 있다는 사실도 알게 되었다.

그 시기 이후 나는 유럽에서 태어나 추기경의 삶을 살기도 하고, 프랑스에서 큰 직물공장을 운영하는 부유한 사업가의 삶을 살기도 하였으며, 중국에서 장군과 황제의 삶을 살기도 했다. 또한 한국에 와서는 학자, 스님의 삶을 살았는데 특히 오대산 월정사와 순천 송광사와는 인연이 깊다.

나는 양신을 타고 전생으로 갈 수 있으면, 다른 우주계로도 갈 수 있을 거라는 생각이 들었다. 그리하여 우주여행을 하기 시작해서 많은 행성들을 탐험했다. 다니다 보면 간혹 외계인도 만나게 되는데, 문명의 발달 정도에 따라 공룡처럼 거대하게 생긴 외계인부터 몸이 없이 영혼인 영체로만 사는 존재들까지 생김새와 차림새도 천차만별이었다. 행성들의 모습 또한 지극히 아름다운 곳부터 삭막한 곳까지 다양했다.

우주를 여행하다 보면 블랙홀도 만나게 된다. 한당 선생님의 말대로 블랙홀은 우주와 우주를 연결하는 통로였다. 나는 양신을 타고 블랙홀로 빨려 들어갔다. 칠흑 같은 어두운 터널을 통과해 나가자 밝은 빛이 보이면서 다른 우주에 도착해 있었다.

블랙홀의 반대편은 화이트홀이었는데, 블랙홀이 입구라면 화이트홀은 출구인 셈이다. 그동안 나는 블랙홀과 화이트홀을 통해 수많은 우주를 여행해 다니면서 다양한 경험을 했다. 영적으로 높은 경지에 도달한 도인을 만나 조언을 구하기도 했다.

어느 날, 석문호흡 동기인 Y단사가 내게 연락을 하여 나와 Y단사가 벤치에 나란히 앉아 있다가 내가 시름시름 앓더니 벤치에 쓰러져 죽는 이상한 꿈을 꾸었다며 조심하라는 말을 전해주었다. 나는 별 의미 없는 꿈이겠거니 하고 그냥 흘려보냈다.

그런데 다음날 양신출신을 하자마자 내 양신이 거대한 터널로 빨려 들어가는 것이 아닌가. 그런 후 나는 구름 위에 올라가 있었다. 저 멀리 성 같은 것이 보였다. 나는 가까이 다가가 그 내부로 들어갔다. 그러자 양신이 쭉 밀려들어가더니 궁의 대전 같은 곳에 다다랐다.

용상에 관을 쓰고 용포를 입은 근엄해 보이는 노인이 한 명 앉아 있었다. 길게 늘어뜨린 수염이 멋들어졌다. 그 뒤로는 영롱한 비취색 빛이 보였다. 탁자나 가구도 고풍스럽고 아름다웠다. 어리둥절한 가운데서도 나는 그가 나의 원신임을 깨달았다. 나를 물끄러미 바라보던 원신은 말문을 열었다.

"신선계에 입문함을 감축 드리오."

"오느라고 고생이 많았소. 나는 그대가 나를 찾아오기를 오랜 시간 동안 기다려왔소. 그대와 나는 본래 하나이니 자주 와서 나와 합일하여 내 권능과 빛을 흡수하기를 바라오! 그리고 이 흰 호랑이 백호와 부채를 받으시오. 백호는 그대를 수호해줄 영물이고 부채는 신선의 권능을 상징하는 증표라오."

나는 어리둥절한 상태로 무섭지만 나름 귀엽게 생긴 백호와 아름다운 부채를 받았다. 그리고 원신과 함께 궁을 돌아보고 차를 대접받은 후 다시 양신을 타고 수련장으로 돌아왔다. 그때 갑자기 옆에서 인기척이 느껴졌다. 난 흠칫 놀라 돌아봤다. 무사 복장을 하고 등에 칼을 찬 존재가 나타나서 머리를 숙이고 절을 하며 말을 건넸다.

"수인님의 호위신장인 천무天武입니다. 이제부터는 제가 측근에서 호위하도록 하겠습니다."

나는 그제야 꿈을 꾼 것이 아님을 깨달았다. 그토록 바라던 선계에 입문하여 원신을 만나고 온 것이다! 이제 내가 인간의 단계를 넘어선 신명이 되었다는 의미였다. 가슴이 뭉클했다.

한당 선생님을 만나 수련을 시작한 지 10년째 되는 해였다. 마침내 해냈다는 생각에 안도의 한숨이 흘러나왔다. 동기인 Y단사가 꾸었던 꿈은 인간 수인이 죽고 새로운 신명으로 태어나는 길몽이었던 것이다.

그 뒤로 나는 자주 2차원 우주계인 '전생신선계'에 가서 원신과 만나 이야기도 나누고 찻잔과 술잔도 기울이고 도계의 연못에서 목욕도 했다. 선계의 차와 술은 정신과 몸을 맑게 해주었고, 선계의 연못에 들어갔다 나오면 온몸이 정화되었다.

한번은 주말에 아내와 아이들이 도장에 놀러 온 적이 있었다. 아내와 차를 한 잔 마시고 있을 때, 갑자기 나의 원신이 내 몸으로 내려오더니 위엄 있는 목소리로 이러는 게 아닌가.

"안녕하시오! 혜궁(아내의 도호)! 수인의 공부를 위해 물심양면으로 뒷바라지해주어서 정말 고맙소."

아내는 갑자기 달라진 내 목소리와 태도에 당황했는지 연신 '예, 예' 대답만 하고 있었다. 지켜보는 나는 속으로 웃음이 나왔다. 원신은 그동안 고생하였으니 선물을 하나 주겠다고 하며 황금빛이 나는 구슬을 아내의 몸에 넣어주고는 도계로 사라졌다.

내가 자초지종을 설명하니 아내는 긴장을 풀고 남편이 높은 경지에 오른 것을 축하해주었다. 그러던 어느 날 원신이 나에게 자신의 왕관을 넘겨주며 말했다.

"이제 수인께서 내 빛을 다 흡수하셨으니, 제 권능을 넘겨드립니다."

얼떨결에 왕관을 쓰고 자리에 앉았다. 좌우에는 대신이 쭉 도열해 있었다. 가장 가까운 곳에 있는 대신에게 누구인지 물으니,

"저는 모든 일을 관리하는 참모대신입니다. 수인님의 보좌신명이니 시키실 일이 있으면 분부하십시오!"

라는 대답이 돌아왔다. 나는 차례대로 대신들의 직함으로 물었다. 병을 치료하는 약선 대신, 재물을 관장하는 재백 대신, 차를 관장하는 다

선 대신 등이 있었다. 모두 다 내 전생의 영들이었다. 이후에도 나는 2 차원 우주계인 '전생신선계'와 현실을 오가면서 공부를 계속했다.

2. 전생신선계 공부와 신기한 경험들

전생신선계 공부를 하던 중 생긴 첫 번째 신기한 경험이다. 어느 날 도장 회원 하나가 몸이 많이 아픈 듯 보였다. 평소 같으면 기치료를 해 주었을 테지만, 그날은 2차원 '전생신선계'에 가서 약초를 찾아보기로 했다.

'전생신선계'에 있는 밭을 둘러보니 하얀색 약초와 보랏빛 약초가 보였다. 나는 약선 보좌신명을 불러 그 효능을 물었다. 흰색의 약초는 정신과 마음의 병을 치유하고, 보라색 약초는 육체의 병을 치유한다는 대답이 돌아왔다.

나는 그 회원이 스트레스를 많이 받아 몸이 안 좋은 것을 알고 있었기에 흰 약초와 보라색 약초를 둘 다 한 아름 가지고 와서 녹차에 넣어 우려주었다. 차를 마신 후, 그 회원은 몸과 마음이 훨씬 개운하고 상쾌해졌다며 수련실을 나갔다.

그리고 전생신선계 공부하던 중 생긴 두 번째 신기한 경험은 어느 날

도장 원장실 문을 두드리는 소리가 들렸다. 어느 중년의 여성 회원이었다. 나는 차에 물을 따르면서 자리를 권하고는 무슨 일로 찾아왔는지 물었다. 중년의 여성 회원은 한참 말을 하지 못하고 뜸을 들이다가 어렵사리 입을 열었다.

> "저희 부부는 결혼해서 이제 딸이 하나 있습니다. 그런데 남편 사업이 어려워서 하나 있는 아이도 제대로 키우기가 힘들어요. 그런데 얼마 전에 또 아이가 들어섰습니다. 지금 사정으로 둘은 키울 수가 없거든요. 그래서 아이를 지워야 할 것 같아 원장님께 상의를 드려보려고 왔습니다."

나는 안타까운 마음이 들어 내가 뱃속의 아이와 이야기를 해보겠다고 했다. 그리고 눈을 감은 후 아기 영혼과 대화를 시작했다. 아기는,

> "저는 사내아이로 태어날 겁니다. 제가 태어나면 모든 일이 잘 풀릴 테니, 걱정 말고 낳으라고 전해주세요."

라고 하는 게 아닌가. 내가 들은 대로 전해주자 여성 회원은 크게 기뻐하며 돌아갔다. 그리고 5년이 지난 후 안양에서 우연히 그 회원을 마주치게 되었는데, 나를 붙들고,

> "그때 원장님 말씀대로 아이를 낳았는데, 사내아이였고 그 후

로 형편이 잘 풀려서 잘살고 있습니다. 정말 고맙습니다."

라고 인사를 해왔다. 내 능력으로 고귀한 생명 하나를 구했다는 사실이 기쁘기도 했지만, 덕분에 부부가 행복하게 살아간다고 생각하니 마음도 뿌듯했다.

전생신선계 공부를 하던 중 생긴 세 번째 신기한 경험은 저자가 충북 증평군 청소년수련원에서 석문호흡 도장을 운영하는 전국 지원장과 사범들의 교육을 진행할 때였다. 당시 나는 전생신선계에 올라가 사물을 뚫어서 보는 투시 공부를 하는 중이었다. 그날 다른 일정이 있어서 수련원에 좀 늦게 도착한 나는 모두와 인사를 나눈 후 저녁식사를 했다. 그리고 잠시 수련원 산책로를 따라서 거닐다가 다시 숙소로 들어가려던 참이었다.

진돗개처럼 보이는 흰색 백구 한 마리가 개집 밖에 나와 앉아 있는 것이 보였다. 그런데 순간 알 수 없는 영적인 파동이 강하게 전해져 왔다. 분명히 백구에게서 나오는 것이었다. 나는 의아한 생각이 들어 한번 살펴보기로 하고 백구의 눈을 들여다봤다. 그러자 갑자기 터널 같은 공간이 열리면서 어떤 장면이 나타났다.

초가지붕과 나무 울타리 모양으로 보아 조선시대나 구한말 산골 풍경이었다. 그 산골 초가집에 무명 저고리와 바지를 입은 총각이 나타났다. 나는 그 총각에게 무슨 사연으로 개의 몸 속에 들어가 있는지 그 연유를 물었다. 잠시 후 총각이 눈물을 흘리면서 자신의 사연을 들려주기 시작했다.

"저는 심마니였습니다. 친한 친구와 함께 산으로 약초를 캐러 다녔죠. 그러던 어느 날 제가 산삼 몇 뿌리를 캐게 되었습니다. 친구도 그런 저를 많이 부러워하고 축하해 주었죠. 저는 그 산삼을 집안 벽장에 잘 간직해 두었습니다."

"그런데 어느 날 그게 감쪽같이 사라져버린 겁니다. 친구 집으로 달려가 물어봤지만, 그 친구는 발뺌을 하더군요. 저는 화가 치밀어 올랐습니다. 제가 산삼을 캔 것은 그 친구 말고는 아무도 모르는 일이었으니까요. 저는 친구 집에 있을 거라고 확신하고는 그 집을 뒤져 숨겨둔 산삼 뿌리를 찾아냈습니다."

"그리고는 분노를 이기지 못해 가지고 있던 호미로 그 친구를 살해하고 말았습니다. 친구의 시신은 산에 묻어버렸지만 제 양심까지 속이지는 못해서 고통 속에 시름시름 앓게 되었고, 결국에는 죽음에 이르게 되었습니다. 하지만 저승에 가지 못하고 이승에서 유혼으로 떠돌며 오랫동안 참회하다가 어느 날부터 이렇게 백구의 몸 속에 들어와 살고 있습니다."

이렇게 말하는 동안에도 그 심마니는 진심으로 참회의 눈물을 흘렸다. 나는 마음이 아파 도움을 주고 싶었다. 그래서 원신을 내 몸에 내려 그 심마니에게 빛을 내려주었다. 심마니는 몇 번이나 감사의 절을 하고는 멀리로 사라졌다. 천도가 된 것이었다. 나는 그가 좋은 곳에 가서 쉬었다가 다시 환생하여 남을 위해 헌신하는 삶을 살기를 기원했다.

짧은 순간에 마치 꿈을 꾼 것처럼 일어난 일이었다. 나는 정신을 차리고 다시 강아지를 바라봤다. 아무 일도 없었던 듯 그저 평범한 개의 모습이었다. 사람이 죄를 지으면 꼭 벌을 받아서가 아니라 양심을 속이지 못해 유혼으로 떠돌기도 하고, 개의 몸 속에 들어가 살기도 한다니 새삼 신기하게 느껴졌다.

어쨌든 그 심마니는 자신의 잘못을 뉘우치고 인연이 있어 나를 만나 천도를 받게 되었으니 천만다행이라는 생각이 들었다. 아니었으면 몇 백 년, 혹은 몇 천 년 동안 유혼으로 떠돌았을 것이다. 이런 얘기를 하면 누구나 반신반의하겠지만, 어쨌든 도의 세계가 참으로 심오하다는 생각을 하며 나는 숙소로 발길을 옮겼다.

전생신선계 공부를 하던 중 생긴 네 번째 신기한 경험은 무속인들과의 만남이었다.

첫 번째는 저자의 집이 있는 익산에서 등산하고 내려오다가 배산이라 불리는 산 주변에 있는 작은 무속인의 집을 발견하고 들어간 일이 있었다.

나는 자리에 앉자마자 무속인에게 어떤 영을 받아서 점을 보는지 물었다. 그러자 여자 무속인은 자랑스럽게 애기 영을 받아서 20년 넘게 데리고 있으면서 점을 봐준다고 대답했다. 나는 어린 영을 그렇게 오래 데리고 있었다는 말에 화가 나서 무속인을 꾸짖었다.

아이가 환생해서 공부를 할 수 있도록 적당히 데리고 있다가 보내줘야지 무슨 짓이냐고 야단을 쳤다. 무속인은 말 한마디 못하고 가만히 있었다. 나는 그 자리에서 애기 영가를 천도해주고 그 무속인에게는 다른 영을 신내림해서 점을 보라는 말을 남기고 그곳을 나왔다.

무당계에도 기본 원칙이 있어야 한다. 어쩔 수 없이 영을 내림받더라도 그 영이 환생하여 영적으로 성장할 수 있는 기회를 완전히 빼앗아 버리면 안 되는 것이다.

그리고 두 번째 무속인과의 만남은, 어느 날 아내가 장모님의 천도에 관해 궁금해한 일 때문이었다.

"우리 엄마 돌아가셨을 때 당신이 천도해 드렸다고 했잖아요. 그런데 작은언니가 꿈에 엄마가 자꾸 보여서 점을 보러 갔더니, 굿을 해야 한다고 하더래요. 어떡하죠?"

나는 갑작스런 질문에 황당해하면서 말문을 열었다.

"아니, 장모님 돌아가시고 나서 천도를 잘해서 좋은 곳으로 보내드렸는데, 무슨 소리예요?"

하지만 아내는 걱정이 되는지 근심어린 목소리로 나에게 말을 건넸다.

"그래도 언니가 불안해하니 당신이 그 점집에 같이 가보면 어떨까요?"

나는 하는 수 없이 아내의 걱정을 덜어주고자 혼자 전생신선계 신명의 빛과 기운을 갈무리하여 보통 사람의 기운을 하고 군산에 있는 그 점집을 찾아갔다. 가보니 부부 무속인의 집이었다. 내가 들어가자, 여자 무속인이 반갑게 맞이했다.

"아이고~! 다 아시는 분이 여긴 왜 찾아오셨습니까?"

라고 물었다. 알아보고 싶은 것이 있어서 왔다고 하니, 여자 무속인이 무료로 봐주겠다고 제안을 했다. 나는 장모님 이름을 넣었다. 한참을 망설이던 여자 무속인은 이승을 떠돌고 있으니 굿을 해서 저승으로 보내드려야 한다는 것이었다.

"그럼 굿을 하려면 얼마가 듭니까?"

라고 묻자, 옆에 있던 남자 무속인이 눈치를 보며 굿을 한번 준비하는데 3백만 원 정도가 필요하며, 다시 기운을 받으려면 굿을 두 번 더 해야 한다고 하였다. 안하면 큰 액운을 맞이할 수 있으니 꼭 해야 하며, 만약에 굿을 하지 않으면 집안에 액운이 끼어서 좋지 않은 일이 생길 것이라고 겁을 주었다.

저자는 눈을 감고 영안을 열어 장모님 영혼이 어디에 존재하는지 확인해보니 저승의 좋은 곳에서 편안히 잘 지내고 계셨다. 여자 무속인은 기운이 맑아서 접신된 어린 영을 통하여 장모님이 저승의 좋은 곳으로 간 것을 알고 있음에도 남편 무속인의 강요에 못 이겨 거짓말을 하고 있었다. 하지만 내 눈치를 보느라 식은땀을 흘리고 있었다.

나는 남자 무속인에게 이야기를 하자고 하면서 밖으로 데리고 나왔다. 그리고 나의 전생신선계의 원신을 내렸다. 갑자기 밝은 빛이 내려오니 남자 무속인은 너무 놀라 어쩔 줄 몰라 했다. 벌벌 떠는 남자 무속인에게 내가 나무랐다.

"감히 죽은 영혼들을 빌미로 사기를 치다니 하늘이 무섭지 않느냐? 앞으로 함부로 천도니, 기운이니, 액땜이니 하면서 찾아오는 사람들을 속이고 겁박한다면 천벌을 받을 것이다."

라고 호통을 쳤다. 그리고 아내의 말을 잘 듣고 잘 존중해주어야 그대의 운이 풀리게 되리라고 조언해주고 집으로 돌아왔다. 아내에게는 용한 무속인에게 가보니 장모님이 저승 좋은 곳에 계셔서 굳이 굿을 하지 않아도 된다고 안심을 시켰다.

무속인과의 세 번째 만남은 어느 날 아는 동생이 점을 보고 싶다고 해서 기운을 갈무리해서 감추고 전주에 있는 한옥마을 주변의 무속인 집을 찾아갔을 때였다. 방으로 들어가서 자리를 잡고 앉자 무속인이 반말로 물었다.

"무엇 땜에 왔어?"

나는 똑같이 반말로 대꾸했다.

"그냥 알고 싶은 게 있어서 왔어."

그러자 무속인은 기분이 상했는지 퉁명스럽게 말을 뱉었다.

"왜 너는 나에게 반말을 하느냐?"

나도 퉁명스럽게 말을 뱉었다.

"너는 왜 반말을 하느냐?"

그러자 화가 난 무속인이 나를 해코지하려고 자기가 받드는 신을 내려서 나를 공격하였다. 싸늘하고 음침한 기운이 강하게 내 머리를 향해서 내려오고 있었다. 나는 약간 화가 나서 나를 호위하고 있는 호위신장인 천무를 불렀다. 그리고 무속인에게 있는 귀신을 혼내주라고 명령을 하였다.

그 귀신은 천무 호위신장을 보자마자 줄행랑을 치고 달아났다. 그리고 무속인은 식은땀을 흘리면서 벌벌 떨고 있었다. 나는 조용히 말문을 열었다.

"귀신을 등에 업고 권세를 부리지 마시게. 힘든 삶 속에서 답답함을 해소하려고 온 사람들에게 진심으로 공손하게 잘 대하도록 하시오! 그것이 당신에게 큰 복이 될 것이오."

무속인은 고개를 들지 못하고 머리를 바닥에 대고 있었다. 나는 무속인을 나무랐으나 불편했다. 그냥 조용히 모른 척 넘어가도 될 것인데 점을 보러 갔다가 나 때문에 점을 보지 못하고 그냥 나온 동생에게 미안했다. 동생은 그런 것은 아랑곳하지 않고 신기한 듯 나를 계속 빤히 쳐다보았다. 나는 멋쩍어서 말문을 열었다.

"도를 오래 닦다 보면 이런 힘과 능력도 생긴다네. 하하."

네 번째 만남은 광주에 살고 있는 제자가 광주에 막 신내림을 받은 용한 무속인이 있다고 하여 그쪽 지방에 볼일을 마친 후 그 무당 집을 찾아갔다. 문을 열고 들어가자 나이 지긋한 여자 무속인이 나를 보고 깜짝 놀라면서 혹시 법사님 아니냐고 물었다.

법사란 남자무당 가운데 영력이 높은 사람을 일컫는 호칭이다. 나는 아니라고 하고는 자리에 앉았지만, 여자 무속인은 계속 미심쩍은 표정으로 이미 신언서판身言書判(외모, 말, 글, 판단력)을 다 갖추고 있는데 여기는 무슨 일로 찾아왔느냐고 다시 물었다.

나는 이곳에 막 신내림 받은 사람이 있다고 해서 점을 보러 왔다고 대답했다. 그러자 그 무속인이 자신의 제자라며 젊은 남자 무속인을 불렀다. 사실 신내림 받은 지 얼마 되지 않았을 때는 점괘의 정확성이 꽤 높다. 하지만 그 남자 무속인은 내가 묻는 말을 절반밖에 맞히지 못했다.

알고 보니 담배를 입에 달고 사는 사람이었다. 영이 말하는 것을 전달하는 사람, 즉 통역하는 사람이 무속인이다. 그런 사람이 담배를 피워대니 기운이 탁해질 수밖에 없지 않겠는가. 나는 그에게 담배를 끊고 정갈한 생활을 하라고 권했다. 그래야 진심과 사명감을 품고 남을 돕고 베푸는 삶을 살 수 있기 때문이다.

처음 신내림을 받으면 신기가 좋아 점괘가 꽤 정확하지만, 3년이 지나면 내림받은 영이 떠나는 일이 많아 다시 산에 가서 기도를 올리고 신내림을 받아야 한다. 그러지 않고 그동안 해왔던 감으로 손님을 맞는 무속인들도 있는데, 그렇게 하면 당연히 정확성이 떨어져 사람들의 두려움이나 불안감을 이용해 일종의 장사를 하게 되는 것이다.

어떤 영가를 내림받는가에 따라 점괘도 달라진다. 애기 영가나 여자 영가, 남자 영가 같은 일반 영가들은 시험, 취직, 연애, 질병, 사업 같은 이런저런 인간사에 관해 조언한다. 깊은 산속 같은 곳에서 수도한 영은 국운 같은 나랏점을 보기도 한다.

간혹 관운장, 김유신, 강감찬 같은 장군 영이 들었다고 선전하는 무속인도 있지만, 그런 장군 영들이 아무리 할 일이 없어도 그렇지 무속인에게 들어가겠는가? 그냥 영력이 좀 높은 영이 모습을 속여 들어갔다고 보는 편이 옳을 것이다.

중요한 것은 영들도 인간의 과거만 맞힐 수 있다는 것이다. 미래는 우리 스스로 개척해야 한다. 인간의 잠재력은 무한하다. 자존감을 잃지 말고 두려움과 불안감에 맞서 노력하다 보면 원하는 바를 이루어 성공할 수 있다. 이것은 내가 평생 수련을 통해서 체득하고 느낀 바이기도 하다.

간혹 집안에 신기가 있어 신내림을 받지 않으면 자식이 해를 당한다는 말에 어쩔 수 없이 신내림을 받기도 하지만, 사실 그럴 필요가 없는 일이다. 신기가 있다는 것은 타고난 영적인 힘이 강하다는 의미이니 오히려 스승을 잘 만나 제대로 공부를 하게 되면 큰 도인이 될 수 있는 밑바탕이 된다. 그러니 다른 영을 받아들여 자신의 귀한 빛을 저버리는 짓은 결코 해서는 안 되는 것이다.

무속인이 신내림을 받는 영들은 1차원에 해당하는 무당계, 혹은 유혼계에 속해 있다. 인간세계와 2차원 전생신선계의 중간에 있으므로 중음계中陰界라고도 하는 곳이다. 그렇다면 왜 그 영들은 저승으로 가지 못하고 이승의 중음계에서 떠돌며 무속인에게 빙의되기도 하고, 일반인에게 빙의되어 괴롭히는 것일까?

일반적으로 사람이 열심히 살다가 잘 죽으면 바로 천도가 되어 저승으로 간다. 그리고 인간 세상의 시간으로 100년~400년 정도 하늘에 머물다가 다시 인간으로 환생하여 공부를 하게 되는 것이다. 그러나 자살, 타살, 사고사, 비명횡사, 병사 등으로 갑자기 죽게 되면 영혼이 저승으로 가지 못하고 유혼이 되어 떠돌게 된다.

그러다가 악귀惡鬼가 되는 경우도 있다. 또한 사는 동안 전혀 수양을 하지 않다가 나이가 먹어 죽게 되면 영혼의 힘이 약해 천도가 되지 않는다. 치매 환자도 마찬가지다. 또한 재물욕, 명예욕, 원한, 원망, 성욕 등의 욕망을 해소하지 못해도 영혼이 뜨지 못해 유혼이 되는 것이다.

그런데 바로 이런 영들에게 우리가 미래의 삶을 의논하고 자문을 구하는 것이다. 그럴법하게 들리는가? 아니, 자존심의 문제이다. 일부 종교인들도 이런 현상을 마치 공부가 된 것처럼 속여 신도들을 농락하는 경우도 있으니 참으로 한심한 일이다.

죽은 영들이 뭉쳐서 힘을 얻게 되면 나라에 큰 질병이나 사태, 혹은 큰 전쟁이 일어난다. 그래서 구한말 증산교의 강증산 선생은 이들을 집단 천도하는 해원공사解冤公事를 하고 가셨다. 속된 말로 유혼계를 대청소하신 것이다.

그래야 앞으로 밝은 새 세상이 오기 때문이다. 사람의 육신은 탁하고 무겁다. 하지만 살아생전 많이 베풀고 덕을 쌓은 사람은 죽는 순간 영혼이 맑아져서 높이 떠올라 천국, 극락으로 가고, 수련을 오래 한 도인들은 더 높이 떠올라 선계, 도계, 우주행성으로 간다.

하지만 악행을 저지르며 살던 사람은 죽는 순간 영혼이 몸보다도 더 무거워져서 아래로 꺼져 들어간다. 다시 말해, 사후의 심판은 바로 자신이 지은 업에 따라 스스로 하는 것이다.

종교에서 하는 천도의식이나 사후의식에 의해 제대로 천도가 이루어지려면 스님이나 신부님, 목사님, 교무님처럼 맑고 순수한 기운을 쌓아 법력이나 도력, 심력이 높은 분들의 공력이 있어야 한다. 이 공력의 기운으로 유혼의 업장을 소멸시키고, 영혼을 정화해주면 절로 하늘로 올라가 천도가 된다. 천도는 2차원 우주계인 '전생신선계'에 가서 자기 원신의 권능을 이양 받은 후에야 할 수 있게 된다.

3. 제사와 빙의현상 그리고 천도에 대하여

우리나라에서는 조상이 돌아가신 날 '제사祭祀'를 지낸다. 어린 시절을 떠올려 보면, 나는 할아버지 할머니에 대한 추억이나 제사 절차 그 자체보다는 가족들이 모두 모여 왁자지껄한 분위기에서 맛난 음식을 푸짐하게 장만해 먹는 것에 더 큰 의미를 두었던 것 같다. 그래서 밤늦은 시간까지도 눈을 비비며 즐겁게 제사상에 절을 하고 어서 의식이 끝나기만을 기다렸다.

하지만 현대에 이르러서는 제사의 의미와 가치에 관해 많은 논란이 이어지고 있다. 어떤 종교에서는 우상숭배라고 하여 거부하고, 어떤 종교에서는 정례적으로 지내고 있으며, 어떤 종교에서는 제사 대신에 '재'를 지내기도 한다.

또한 딱히 종교가 없는 사람들은 명절 연휴가 되면 그동안 바빠서 미루어 두었던 긴 여행을 떠나기도 하니, 오늘날 제사의 의미가 무엇이고, 왜 지내야 하는 것인지 한 번쯤은 되돌아볼 필요가 있다.

일반적으로 제사나 재식을 지내는 것은 죽은 사람을 위해서이다. 사람이 살다가 정해진 수명이 다하여 죽는다고 해서 끝이 아니라는 것은 이미 독자들도 인지하고 있을 것이다. 사람이 죽으면 일반적으로 죽은지 사흘째 되는 날 저승의 문이 열리고 저승사자가 데리러 온다.

사실 저승사자는 원래 2차원 전생신선계 가운데 환생을 담당하는 환생계에 있는 신명으로 그 집안 조상 중 환생을 앞둔 가장 높은 두 분이 찾아오는 것이다. 선계에 속한 저승에는 이씨 집안, 김씨 집안, 정씨 집안 등, 각 집안의 가족이 모여 사는 공간이 존재한다.

그리하여 일반적으로 사후에는 조상 영인 저승사자의 안내를 받아 편안하게 저승으로 가게 된다. 물론 저승사자를 만났다고 바로 저승으로 가는 것은 아니다. 저승의 문은 망자가 이승의 연을 정리하고 떠날 마음의 준비를 할 수 있도록 21일 동안 열려 있기 때문이다. 하지만 21일 안에는 반드시 저승사자의 안내에 따라 선계에 속한 저승으로 가야 한다.

문제는 수명을 채우지 못하고 죽거나 욕심과 어리석음, 분노로 인하여 죄를 많이 지은 영혼들이다. 이들은 탁하고 무거워서 아래로 가라앉아 저승사자의 안내를 받지 못하고 유혼이나 악귀로 머물게 된다.

이렇게 이승에 남으면 그 기한이 100년이 될지 1,000년이 될지는 알 수가 없다. 죽은 영혼의 가족이나 지인이 도력이나 법력이 높은 분들을 모시고 특별천도재를 지내 업장과 죄업을 탕감해 주어야 하는데, 이때 필요한 도력과 법력은 적어도 50갑자 이상, 즉 3,000년 이상을 일심으로 도를 닦아야 가능한 정도이기 때문이다.

떠도는 유혼은 각혼覺魂이다. 다시 말해, 죽었어도 감각을 느낄 수 있다. 영혼은 영과 혼의 합성어인데, 영은 본영을 뜻하고 혼은 영이 가지고 있는 기운을 말한다. 도를 깊이 공부한 사람의 혼은 기운이 맑고 밝고 강하고, 죄지은 영혼의 혼은 기운이 탁하고 어둡고 약하다. 죽으면 바로 이 영이 가진 혼의 밝기와 강함에 따라 서열이 자동으로 정해진다.

도가 깊은 영혼의 빛은 그 밝기와 강함이 엄청나서 어두운 영혼인 유혼과 악귀들은 감히 그 힘에 대적할 수가 없다. 저승에 가면 이승의 법칙에 지배받지 않아서 본영만 존재하지만, 이승에 머물면 각혼이 되어서 고통스럽다. 그래서 영혼에게 지은 죄에 대한 형벌을 가해 고통을 줄 수 있는 것이다.

이승에 머무는 유혼은 여름이 되면 더위를 느끼고, 겨울에는 추위를 느끼며, 허기는 물론이고 슬픔과 두려움도 느낀다. 또한 더 악한 영혼에게 혼이 나기도 한다. 그러한 까닭에 사람의 몸에 들어가기만을 간절히 바라게 된다. 가족과 친구, 지인이 가장 만만한 대상이지만, 그게 여의치 않을 때는 꿈에 나타나 도움을 요청하거나 가족과 지인을 아프게 하거나 사고를 일으켜서 자신의 존재를 알리려 한다.

간혹 힘들 때 무속인을 찾아가면 이런 사실을 바로 알려주기도 한다. 하지만 안다고 해서 해결되는 것은 아니다. 업장이 가벼운 영은 영매인 무속인의 굿을 통해 해결되기도 하지만 업장이 무거운 경우에는 그대로 남아 오히려 무속인이 해코지를 당할 수도 있다.

간혹 한 사람 몸에 100명 이상의 영혼이 들어가기도 한다는 얘기를 앞서 들려주지 않았는가.[44] 이럴 때는 대단한 도력을 가진 사람만이 해결할 수 있다. 물론 본인이 제대로 수행하여 큰 공력을 쌓는 것도 한 방법이다.

저승으로 가지 못한 불쌍한 영혼을 위해 음식을 차려서 위로하는 제사나 재식을 불가에서는 '시식연도법施食錬度法' 혹은 '아난시식법阿難施食法'이라고 한다. 그러나 도력이나 법력이 높아지면 음식을 차리지 않아도 된다. 법식法食만으로 충분한데, 법식이란 도인의 밝고 강한 기운과 빛만으로 영혼의 어두운 기운과 빛을 정화해 업장을 소멸시키는 것을 말한다. 이것을 도가에서 '수화연도법水火錬度法'이라고 한다.

이 수화연도법을 시행한 사람이 송나라 때 유교, 불교, 선도에 정통했던 도사 소남 정사초이다. 그는 수도의 목적이 기운을 밝혀서 큰 공력을 쌓은 후 구천을 떠도는 유혼과 망령을 천도하는 것이라고 했다. 선도 정통 내단파內丹派 수행과 법술파法術派의 도술에도 뛰어났던 소남 정사초는 수행을 통해 자신을 먼저 천도하여야 남을 천도할 수 있다고 믿었다.

---

44) 다른 영혼이 인간의 몸에 들어가는 것을 접신, 또는 빙의라고 하는데, 엄밀히 구분하면 빙의라고 해야 한다. 접신은 신명이나 천사와 만나는 것도 포함되기 때문이다. 빙의된 사람의 유형에는 여러 가지가 있다.

1. 다른 영혼이 70~100퍼센트 빙의된 경우로 자신의 의지와 생각, 감정까지 빙의된 영혼의 지배를 받아 완전히 다른 사람처럼 행동하고 말한다. 매우 위험한 경우이다.
2. 다른 영혼이 30~60퍼센트 빙의된 경우에는 들어온 영혼에게 절반 정도 지배를 받는데, 저녁이나 밤, 새벽 등 음기가 강한 시기에 많이 지배받으며, 우울하거나 일이 안 풀리거나 스트레스를 받거나 심장이 약할 때는 더 많이 지배받는다.
3. 다른 영혼이 30퍼센트 미만으로 빙의된 경우는 들어온 영혼의 지배를 많이 받지는 않지만 한 번씩 슬피 울거나, 폭식하거나, 우울해 하거나, 분노를 표출하는 등 돌발 행동을 하기도 한다.
4. 다른 영혼에 빙의되지는 않았지만 영혼이 주변을 맴도는 경우이다. 의지와 정신력이 강한 사람은 영에게 쉽게 자신을 내어주지 않지만, 주변에 있는 영이 자신의 존재를 알리고 싶어 하기에 사고를 일으키고 취업을 방해하기도 하고 주변에서 자꾸 안 좋은 일들을 발생시킨다.

그는 공부가 깊어지면 양신을 찾는 과정 즉, 영아로 돌아가는 '환동還童' 과정을 거치고, 이후 양신 출신과정인 탈태脫胎를 거쳐 원신을 만나는 '묵조상제默朝上帝' 과정에 이르게 된다고 하였다.

4. 수도도인계와 대기권계를 거쳐 행성우주계에 이르다

2차원 전생신선계에서의 공부가 어느 정도 무르익고 원신이 자신의 왕관을 내게 내어주었을 때, 나는 좌우에 늘어선 보좌신명을 보면서 새로운 감회에 젖어 들었지만, 그만큼 내가 그곳에서 무엇을 배워야 하는가에 대한 고민 또한 깊었다.

천인天人의 경지에 들었음에도 그것이 영원한 공부는 아니라는 생각이 들었고, 천궁에서 부귀영화를 누리고 있음에도 왠지 허전하기만 했다.

그리하여 어느 날 나는 모든 것을 내려놓고 다시 수련에 매진했다. 서서히 삼매에 빠져들기 시작했을 때, 갑자기 회오리치는 터널 같은 공간이 나타났고, 나는 그 안으로 한참을 빨려 들어갔다.

그리고 잠시 후에는 지리산 같은 풍광이 끝없이 펼쳐진 곳에 도달해 있었다. 수많은 산이 높은 산 하나를 겹겹이 에워싸고 있는 곳이었다.

여기가 3차원 수도도인계인가 하는 생각이 들었을 때, 나는 내 원신을 찾아 헤매기 시작했다.

얼마나 돌아다녔을까, 가장 높은 산봉우리 바로 아래 움막 하나가 보였고, 그 안에는 백발이 성성한 노인이 도포를 단아하게 차려입고 앉아 있었다. 노인을 바라보는 순간 알 수 없는 친밀감이 느껴졌다. 나는 대화를 시도했다. 여기가 어디인지 묻자 노인은,

> "여기는 도인들이 거주하는 도인계라고 합니다. 그대가 나의 분신이구려. 여기까지 오느라 고생이 많았소!"

라고 하면서 다동茶童을 불러 차를 내게 했다.

다동이 내온 향긋한 차를 마시면서 나는 행복감에 젖어 시간 가는 줄 모르고 그곳에 머물렀다. 원신과 합일한 후 그 도인과 함께 약초를 캐러 다니기도 했다. 그러는 동안, 나는 이 3차원 수도도인계에서는 내가 또 무엇을 배워야 할지 생각해봤다.

수도도인계에 사는 도인들은 욕심과 자기 존재의 가치를 넘어서 오로지 정신세계에만 속한 듯했다. 불교에서 말하는 무색계無色界에 속한 삶일 터였다. 이곳의 신명들은 산을 지키는 신령들이다. 그래서 나는 수도도인계에 머무는 동안 여러 산을 돌아다니며 산신령들을 만나보기로 했다.

지리산, 한라산, 설악산은 여자 신명이 산신령으로 있고, 백두산, 오대산, 속리산, 계룡산, 후지산은 남자 신명이 산신령으로 있다. 그

리고 히말라야산맥 가운데 높은 순서대로 에베레스트산, K2산, 칸첸중가산, 로체산, 마칼루산, 초오류산, 다울라기리산은 여자 신명이 산신령으로 산들을 다스리고, 좀 낮은 산들인 마나슬루산, 낭가파르바트산, 안나푸르나산, 가셔브룸Ⅰ산, 브로드피크산, 시샤팡마산, 가셔브룸Ⅱ산들은 남자 신명이 산신령으로 주재하면서 산들을 다스린다.

수도도인계는 높은 신선들의 세계이므로 인간적인 남녀 성별의 차이는 없다. 하지만 높고 웅장한 산일수록 여자 신명들이 거주하는 것으로 봐서는 여자 신명들이 남자 신명들보다 서열이 좀 높지 않을까 생각을 해보았다.

산신령들을 만나서 이야기를 듣다보니 무분별한 개발과 오염 탓에 많이 힘들어하고 있었다. 이들은 각 나라의 운명과 다가올 변화에 관해 많은 이야기를 했다. 앞으로 있을 지진과 해일, 인명피해 등 미래에 닥칠 재난에 관한 걱정이 특히 많았다. 이들은 인간의 마음과 기운이 탁해져서 질병과 재난이 더 빨리, 강하게 몰려온다고 이야기했다.

어떻게 하면 그것을 막을 수 있는지 물었다. 그러자 수도를 해서 많은 사람의 마음과 기운이 맑아지면 재난을 최소화할 수 있다는 대답이 돌아왔다. 예로부터 국가에 환란이 있을 때면 산에서 도를 닦던 이들이 세상에 나와 나라를 구하였다는 말도 해주었다. 나는 오늘날 인간이 겪고 있는 재난은 환경 파괴에 따른 지구 온난화 등의 영향이 아닌지 물었다.

산신령이 답하기를,

"천지의 기운보다 더 강한 것이 인간의 마음과 기운입니다. 그러니 인간의 기운을 더 맑고 강하게 키운다면 천지의 기운이 다하여 생기는 재난을 어느 정도는 막아낼 수 있습니다. 인간의 욕심으로 무분별하게 자연을 개발하고 핵실험을 하는 것 등이 바로 인재를 통해 천재를 더 키우는 것입니다."

"그러니 전쟁을 없애고 자연을 내 몸처럼 사랑하며 서로 돕고 살아야 지구의 운명이 달라집니다. 업보란 개인에게만 있는 것이 아니라, 국가는 물론 지구에도 있습니다. 이것을 함께 짓는 업인 공업共業이라고 합니다."

산신령과 이런 이야기를 나누고 있자니 수련의 필요성이 더욱 절실하게 다가왔다.

여러 산을 돌아다니다가 에베레스트산의 신령을 만나 정갈한 처소에서 맑은 차를 대접받으며 산 아래쪽에 펼쳐진 눈 덮인 웅장한 풍경을 바라보았을 때는 마음이 더없이 초연하고 평안하며 담담해졌다. 세상의 모든 부귀영화와 공명이 무의미하게 느껴지는 순간이었다.

그러던 어느 날 나는 다시 눈을 감고 깊은 삼매에 젖어들었다. 곧 터널 같은 공간이 나타났다. 그곳을 통과해 어떤 진공의 상태에 들어온 것 같았다. 그리고 멀리 우리가 사는 지구가 보이기 시작하며 서서히 나의 몸이 지구 속으로 빨려 들어가는 것이 아닌가.

지구의 산과 계곡, 육지와 바다, 수많은 사람들의 영상이 스쳐가며 지구를 중심으로 소용돌이쳐 가는 것이었다. 그 가운데 환경파괴와 오염으로 인해 지구가 겪고 있는 고통과 아픔, 그리고 지구 사람들이 수많은 전쟁으로 인해 가지고 있는 마음속의 슬픔과 고통, 원망과 절규가 느껴지며 나를 힘겹게 하였다.

더 깊이 들어가니 깊은 심연의 바닷속처럼 고요함과 적막감이 밀려오며 지구를 바라보고 있었다. 아~! 이것이 지구의 모든 만물과 하나 되는 4차원 대기권계였다.

4차원 대기권계에서 빛을 흡수한 후, 나는 곧바로 다른 터널 공간을 타고 올라갔다. 조금 지나자 칠흑같이 어두운 공간이 나타나더니 곧 수많은 별이 반짝이기 시작했다. 은하계 우주 공간이었다. 나는 이곳이 별들의 세계인 5차원 '행성우주계行星宇宙界' 임을 알아차렸다. 그곳에서,

"나의 궁을 찾아간다."

라고 심법을 걸자 어느 행성이 나타났다. 서양식 궁전처럼 보이는 곳으로 2차원 전생신선계의 궁보다 훨씬 웅장하고 장엄했다. 나는 "나의 원신을 찾아간다."라는 심법을 걸고 궁 안쪽으로 들어갔다.

한참 진입하다보니 어느덧 궁의 내전 같은 집무실에 도달했다. 그곳에 어떤 존재가 우뚝 서 있었다. 관을 쓰고 도포를 길게 늘어뜨린 차림으로 얼굴은 단아하고 근엄하며 밝은 빛을 내뿜고 있었다. 법을 집행하는 판관 같았는데, 아니나 다를까 오른쪽 손에 '생사부生死簿'라고 쓰

인 책이 보이고 왼쪽에 '살생부殺生簿'라고 적힌 책이 보였다.

원신이 내게 자리를 권하고 옥로玉露차를 내어 주었다. 차를 마시니 머리가 맑아지고 기분이 상쾌해지며 시야가 선명해졌다. 오느라 고생이 많았다고 말하는 원신에게 나는 이곳이 무엇을 하는 곳인지 물었다.

"인간의 생사 과정을 담당하는 곳입니다. 망자는 이곳에서 잠시 머물며 휴식을 취하고 갑니다. 여기에는 환생하는 일을 담당하는 '환생부還生府'와 극악무도한 죄인을 심판하는 '염라부閻羅府'가 있습니다. 이 오른쪽 생사부에는 태어날 사람의 이름과 죽을 사람의 이름이 적혀 있지요."

나는 궁금하여 물었다.

"그럼 환생부는 삼신三神 할머니가 맡아서 관리하나요?"

그러자 신명은 말하기를,

"수태를 담당하는 수태신명受胎神明, 출산을 담당하는 출산신명出産神明, 키우는 생육신명生育神明, 이렇게 세 분의 여자 신명이 관리하지만, 할머니는 아닙니다. 태어나는 아이와 부모의 연을 맺어주고 출산케 하고 건강히 자라도록 보호하는 역할을 하죠."

나는 일전에 한당 선생님이 삼신할머니가 실제로는 아름다운 신명이라고 했던 말이 떠올라 웃음 지었다. 원신은 세 명의 신명이 태어날 사람의 인연을 고려해서 나고 자라는 과정을 도와주기는 하지만, 대체로 태어날 자가 스스로 전생에 부족했던 것이나 현생에 배울 것을 감안하여 자기 운명을 결정한다고 했다.

임신이 잘 안되거나, 출산 시 잘못되거나, 어린 나이에 일찍 생을 마감하는 경우도 다 태어날 자가 직접 정한 운명이거나 부모의 업장에 의해 정해지는 일로 신명들이 개입하지는 않는다는 것이다.

인간에게는 모두 자신의 원신이 존재한다. 이 원신을 인간의 입장에는 양심이라고 표현하기도 하는데, 이들은 자기 분신인 인간에 관해 매우 냉정한 평가를 내린다. 사람이 죽으면 기본적으로 원신이 먼저 자신의 분신인 인간 영혼을 심판한다. 이승에서 내가 한 모든 일은 나의 원신이 다 알고 있으므로 따로 확인할 필요가 없는 것이다.

죽어서 업 덩어리인 육신을 벗는 순간 영혼은 자신이 얼마나 잘살고 못 살았는지 깨닫게 된다. 영적 진화와 발전에는 소홀한 채 욕심만 채우며 살았던 사람이라면 그런 삶이 얼마나 안타깝고 어리석은 것이었는지 뼈저리게 느끼고 후회하게 된다.

저승에서의 심판은 고대 바빌로니아의 함무라비식 법칙이 적용된다. 살인을 저지른 사람은 살인을 당하지만, 죽으면 다시 깨어난다. 고통은 느끼지만 죽을 수는 없다. 그래서 죽고 깨어나기를 수없이 반복한다. 그리고 고통을 반복해 겪는 동안 절대 살인을 하지 않아야 한다는 교훈이 무의식에 강하게 새겨진다.

이 교훈을 통해 참회하고 깨닫는다고 해도 그게 끝이 아니다. 환생하여 상대편 인연에게 다시 괴로움을 당하는 인과응보의 과정이 남아 있다. 이를 업보라고 한다. 업보를 넘어서려면 수련하여 무의식을 정화하고, 양신을 찾아 5차원 행성우주계에 입문하여 자신과 이어진 모든 인연과의 얽힌 매듭을 풀고 정리하는 수밖에 없다.

나는 행성우주계의 원신과 합일하여 빛을 흡수했다. 빛이 완전히 흡수되어 그 권능과 힘을 넘겨받았을 때, 나는 부계인 경주김씨 수은공파慶州金氏樹隱公派와 모계 김녕金寧김씨 가문의 7대 선조 가운데 천도가 되지 않은 조상을 모두 소환했다.

부계에서는 돌아가신 할아버지, 할머니를 비롯한 선조 126명이 모였고, 모계에서는 외할머니를 비롯하여 120명이 모였다. 나는 이들 모두에게 빛을 내려 원한과 아픔을 녹여주었다. 그렇게 모두 천도가 되어 저승으로 돌아갔다. 나는 그분들 모두 잘 환생하여 부디 영혼을 닦는 공부를 하게 되기를 기원했다. 이렇게 조상 천도를 끝내고 나니 마음이 홀가분했다.

그런데 나는 원신의 왼쪽에 있던 살생부와 멸부가 어떻게 쓰이는 것인지 궁금했다. 보좌신명을 불러 물어보니 살생부에는 인간에게 내려지는 것과 영혼에게 내려지는 것, 두 종류가 있다는 대답이 돌아왔다. 먼저 인간이 너무도 극악무도한 삶을 살면 저승사자가 가서 살부를 붙이는데, 그러면 제 명을 다하지 못하고 빠른 시간 내에 죽게 되어 염라부로 잡혀온다고 한다. 반면, 인간이 아주 착하게 남을 돕고 헌신하며 살 경우 생부를 붙여 수명을 늘려주기도 한다고 하였다.

영혼의 경우에는 죄질이 너무도 무겁고 기운이 탁해 인성이 거의 소멸된 경우 살부보다 더 강력한 멸부를 붙여 아예 영혼 자체를 소멸시킨다고 한다. 즉 살생부를 받게 되면, 인간계에서 퇴출당하거나, 영혼계에서 퇴출당하는 것이다. 나는 인간이 이 사실을 알아도 죄를 짓고 살지 궁금했다.

5차원 행성우주계에 올라가 있는 동안, 나는 염라부에서 고통받는 영혼들을 보며 가슴이 아팠다. 저들이 무슨 죄가 있었을까 싶었다. 사는 동안에 고통과 힘겨움에 분노와 독기를 품어 결국 남을 해하게 된 이들이 아니던가. 하지만 분노와 독기는 남을 해치기 전에 나를 먼저 해친다. 그러니 이들은 살아서도 죽어서도 한결같이 고통받고 있는 것이었다.

삶이 아무리 힘들더라도 수련을 통해 자신을 지키고 영혼을 발전시켜 왔더라면 죽어서의 고통은 견디지 않아도 됐으리라는 생각이 들자 안타까움이 밀려왔다. 하지만 수련 또한 종류도 많고 방법도 다양하니 제대로 된 수련을 찾아야 한다는 것이 말처럼 쉬운 일은 아닐 터였다.

생사해탈의 개념을 넘어서게 된 후, 나는 다시 근본 빛을 찾아 삼매에 들어갔다. 그렇게 몇 달 동안 모든 것을 잊고 오로지 수련에만 매진했다. 어느 날 밝은 빛의 터널을 통과하여 새로운 공간에 이르게 되었다. 이 공간은 오로지 밝은 빛만 존재했다. 모든 자연만물의 근원에서 나오는 빛이었다.

빛이 너무도 아름다워서 절로 생명의 빛이 분명하다는 생각이 들었다. 그 빛을 통해 보는 자연만물과 인간은 실로 아름다워 보였고, 그 소중함이 절절히 느껴지며 감사의 마음이 들었다. 이것이 바로 우주의 12차원의 '근원무극계'에서 내려오는 공적영지의 밝은 빛의 줄기임을 훗날 알게 되었다.

이 빛은 저 깊고 어두운 우주의 공간에서 한줄기 빛처럼 내 몸으로 내려오더니 점점 밝아지며 내 몸을 감싸안았다. 온몸이 밝은 빛에 잠기자 황홀한 기분이 느껴졌다. 사랑과 자비의 감정으로 마음이 충만해졌다.

내 존재의 빛이 우주의 근본 빛과 같다는 깨달음이 찾아왔다. 내 존재에 대한 감사의 마음이 밀려왔다.

"하늘 아래 땅 위에 내가 홀로 존귀하다."[45]

라고 했던 부처님의 말씀이 떠오르며, 예수님이 말씀하신,

"오로지 홀로 존재하는 자"[46]

라는 구절의 의미를 자연스레 알게 되었다. 그리고 한당 선생님이 말씀하신 '다른 사람과 비교하지 않는 경지'[47]의 의미를 알게 되었다. 한당 선생님과 도화재는 물론이고 모든 단체와 관념과 인간관계에서 벗어나 홀로 영원한 자유인으로 세상에 우뚝 설 수 있을 것 같았다. 그제

45) 천상천하유아독존(天上天下唯我獨尊)
46) 독생자(獨生子)
47) 불비타인(不比他人)

야 비로소,

"부처를 만나면 부처를 죽이고 조사를 만나면 조사를 죽여라."

라는 말의 의미가 이해되었다. 결국 수련이란 자신의 본래 빛을 찾아가는 과정이 아니던가. 어느 존재든지 나보다 더 믿고 숭배하며 따르는 것은 우상숭배이며, 자신의 빛을 정녕 찾지 못하게 되는 함정임을 알았다.

부처님과 하나님은 항상 내 속에 존재했음을 이제야 알게 되었다. 감사와 기쁨의 눈물이 흘렀다. 앞서간 성현님들의 진정한 가르침이 무엇인지를 깨닫게 되었다.

수련은 내 안의 부처, 내 안의 하나님, 내 안의 광명을 찾아가는 과정이다. 모든 인간에게 부여된 이것을 불성, 또는 성령이라고 한다.

인간은 모두 하늘 아래 누구보다 높지도 낮지도 않다. 모두가 불성과 성령의 빛을 품고 있으니 존중받아야 한다.

이 빛의 핵심은 무한긍정이다. 그 무한긍정을 통해 절대적 사랑과 믿음을 찾고 그 안에서 궁극에 도달하여 스스로 조물주이자 독생자가 되어야 한다. 오로지,

"나 자신이 되고, 나 스스로를 사랑하고, 나 스스로를 믿는 것!"
"Be myself! Love myself! Believe in myself!"

이것이 궁극에 도달하는 방법 아니겠는가. 불교 최고의 경전이라 칭하는 『금강경金剛經』에 '지아설법 여벌유자知我說法 如筏喩者'라는 말이 있다. '내가 설한 법이 뗏목과 같은 줄 알아야 한다.'라는 의미이다.

뗏목은 강을 건너가기 위한 수단이다. 강을 건넌 후에는 뗏목을 버려야 한다. 그러지 않으면 강을 건넌 후 자유롭지 않다. 마찬가지로 모든 수련법과 가르침은 궁극에 이르기 위한 수단일 뿐, 거기에 얽매여서는 안 된다는 것이다.

벗이자 스승이었던 한당 선생님이 떠나고 나서 나는 미련 없이 도화재를 떠나기로 마음먹었다. 사실 스승이 없는 단체에서 굳이 남아 있어야 할 이유도 없었다.

그리고 이제 내가 경험한 그 텅 빈 가운데 신령한 지혜가 깃들어 있는 빛인 공적영지의 광명을 온전히 찾아가기 위해서는 모든 것을 벗어던지고 비워야 했다. 오로지 그 빛은 내 마음속 깊은 우주에 존재하기 때문이다.

이제 완전히 그 빛과 하나되는 것이 나의 마지막 수행이었다. 그 빛을 보고 느꼈지만 내 것으로 온전히 만들지는 못했음을 나는 알고 있었다. 하지만 그 빛은 외롭고 힘든 수행의 바다에서 헤매는 나에게 밝은 등대의 빛이 되었고, 나는 그 등대의 빛을 반드시 스스로 찾아가기로 마음먹었다.

5. 천기 수련에 매진하다

도화재를 나온 이후, 나는 선과 명상과 기공에 관한 학문적 연구에 몰입했다. 기공학 석사과정을 거쳐 기학 박사과정에 들어갔다. 논문을 지도했던 K교수님은 선도 내단학계에서는 널리 알려진 분이었다. 어느 날, 박사논문 목차 관계로 연구실을 찾아갔을 때 교수님이 '천기天氣'가 내려오는 곳이 있는데 함께 가보지 않겠느냐고 청하셨다. 우리는 대전-진주 간 고속도로를 타고 단성IC를 통과하여 지리산 중산리 산 중턱에 있는 안내소에 도착했다.

함께 그 건물 아래 지하 영상실로 내려가니, 교수님이 어느 한곳을 가리키며 앉아보라고 하셨다. 그곳에 앉자 정전기 같은 강한 기운이 느껴지며 머리 백회로 기운이 쏟아져 들어오기 시작했다. 한 시간 정도 앉아서 기운을 받고 났을 때, 교수님이 다른 곳으로 이동하자고 하셨다. 나는 천기 수련이라는 것이 정확히 무엇인지 궁금했다. 그래서 교수님께 "천기수련은 무엇입니까?"라고 질문을 드렸다.

"천기란 별에서 산의 정상으로 떨어져 내리는 강한 기운을 말합니다. 그 기운이 흘러내려 소용돌이치면서 모이는 곳을 기장氣場이라고 하죠. 영어로는 볼텍스Vortex라고 하는데, 그 기운을 받으면 수련이 빠르게 진행됩니다."

라고 K교수님은 설명을 해주었다.

우리는 중산리 안내소를 떠나 지리산 계곡의 천왕사 기도터에 다다랐다. 교수님이 한 지점을 가리키며 기장이라고 안내했다. 그곳에 다다르자 신기하게도 온몸이 찌릿하면서 기운이 강하게 느껴졌다. 우리는 그곳에서도 한 시간 정도 기운을 받았다. 백회로 기운이 들어오자, 기존 경락과는 다른 통로가 열리는 것이 느껴졌다. 나는 교수님께 그것이 무엇인지 여쭤봤다.

나의 물음에 교수님은 설명을 이어갔다.

"천기가 들어오면 머리와 몸에 있는 회로回路가 열립니다. 우리가 수련이 되는 것은 우리 몸에 잠재되어 있는 전기선 같은 회로가 많이 있는데 그것이 열리면 새로운 능력이 생기는 것입니다. 그리고 하단전, 중단전, 상단전에 에너지가 많이 모여서 확장하게 되면 기적인 능력이 생기게 됩니다."

"기초회로는 기감氣感, 성감性感, 정화淨化, 발공發功 4가지가 있고, 본회로는 영감靈感, 지능知能, 리딩Reading, 문예文

藝, 치유治癒, 숙명宿命, 투시透視, 예측豫測, 심감心感, 파워Power, 재원財源, 명공命功 등 12가지가 있습니다."

"기감회로는 기운을 잘 느끼게 하는 회로이고, 성감회로는 우리 몸에 있는 근원적 에너지인 성에너지를 확장시키는 회로이며, 정화회로는 몸의 탁한 기운을 정화하는 회로입니다. 그리고 발공회로는 기운을 다른 사람에게 보낼 수 있는 회로를 말합니다. 이 4가지 회로가 기본적으로 열려야 본회로인 12가지 회로가 작동되고 열리는 것입니다."

"본회로 가운데 영감회로는 무엇을 생각하고 떠올리면 알아지는 회로이고, 지능회로는 지능과 지혜가 자연 발달되는 회로이며, 리딩회로는 어떤 사람이나 사물에 대하여 구체적으로 읽을 수 있는 회로입니다. 그리고 문예회로는 문학과 예술에 대한 감각이 발달되는 회로입니다."

"미국의 최면술사이자 최고의 영매靈媒(영적인 매개자)였던 에드가 케이시Edgar Cayce(1877~1945) 같은 사람이 리딩회로가 많이 열린 경우입니다. 치유회로는 자신과 다른 사람을 치유하는 회로이고, 숙명회로는 전생을 꿰뚫어 보는 회로이며, 투시는 시공을 초월하여 사람과 사물을 꿰뚫어 보는 회로입니다."

"예측회로는 미리 일어날 일들을 예측하는 회로이고 심감회로는 마음으로 다른 사람의 마음을 읽거나 공감을 잘하는 회로이며, 파워회로는 자신의 에너지 공력을 높여주는 회로입니다. 재원회로는 재물을 끌어당기는 회로이고, 명공회로는 고차원의 수련회로인데 이 명공회로는 가장 마지막에 열리게 됩니다."

"이렇게 각 지역의 기장마다 내려오는 기운이 다르다 보니 전국 곳곳을 다녀야 합니다. 어떤 곳은 영감회로를 열어주는 기운만 내려오고, 어떤 곳은 투시회로를 열어주는 기운만 내려오기에 각각 다른 기운이 내려오는 곳을 찾아서 여러 군데를 많이 다녀야 해요."

그날 우리는 기장을 찾아 여러 장소를 이동해 다녔다.

이후로 3년간 찾아다녔던 기장을 대충 생각해보니, 100군데[48]쯤 되는 듯했다. 다음 그림은 전북 정읍시 산외면 구장산촌 생태마을 기

---

48) 천기가 내려오는 곳을 찾아서 다녔는데 기억 속에 생각나는 것만 적어보면 다음과 같다. 1. 부안 내소사 앞 마을회관 주변, 2. 거림 계곡의 굿당, 3. 지리산 산청 대원사 주차장, 4. 산청군 삼장면 홍계산장 부근, 5. 거림에 있는 두지바구산장, 6. 지리산 삼성궁, 7. 지리산 내대리 골짜기, 8. 지리산 칠선계곡, 9. 지리산 구지터산장, 10. 노고단 제단 부근, 11. 무주 덕유산 백련사, 12. 무주 적성산, 13. 무주 적상면 콩밭가든농장 부근, 14. 무주 적상면 무주취옥 부근, 15. 거창 북상면 우체국 앞터, 16. 거창 고제면 상궁항마을 앞터, 17. 거창 괘암마을 앞터, 18. 영동의 옥계폭포, 19. 영동 모리마을 앞터, 20. 동학사 '나의 살던 고향' 카페 안, 21. 소백산 장안사 부근, 22. 소백산 새밭계곡 앞터, 23. 강원 영월군 하동면 옥동리 숲속의 하얀집 부근, 24. 강원 영월군 남천계곡, 25. 강원도 홍천군 창촌리 내면사무소 부근, 26. 홍천군 내면 석화아파트 부근, 27. 홍천군 내면 달둔산장 부근, 28. 홍천군 두촌면 철정리 철정초교 부근, 29. 강원도 양양군 강현면 석계리 물갑메밀국수집 부근, 30. 양양군 강현면 둔전리 진전사지 삼층석탑 부근, 31. 강원도 인제군 북면 백담사 만해마을 부근, 32. 경남 합천군 해인사 계곡, 33. 경남 합천군 가야산 부근, 34. 순창군 쌍치면 양촌마을 부근, 35. 순창군 팔덕면 강천산 군립공원 주차장 부근, 36. 순창군 동계면 주월리 마을회관 부

장에 갔을 때 저자가 간단하게 스케치한 것이다. 큰 소나무 아래에 중단전을 여는 기운과 영감회로를 열어주는 기운이 강하게 내려오고 있었다. 그 장소에 앉아 있거나 오래 서 있으면 자연 기운이 몸으로 들어와 중단전에 쌓이거나 뇌에 있는 영감회로를 자연 열어주는 것이었다.

<그림 3> 전북 정읍시 산외면 구장산촌 생태마을 기장

근, 37. 순창군 동계면 수정리 수정회관 부근, 38. 순창군 구림면 운북리 장암마을 부근, 39. 순창군 쌍치면 내동회관 부근, 40. 정읍시 산내면 강산계곡 부근, 41. 정읍시 산내면 매죽리 노인회관 부근, 42. 정읍시 내장산 주차장 터, 43. 정읍시 서래원 커피숍, 44. 정읍시 산외면 구장산촌 생태마을 부근, 45. 정읍시 산내면 금창리 부근, 46. 계룡산 동학사 부근, 47. 창녕 부곡면 온정마을, 48. 창녕 고암면 감로사 맞은편, 49. 순창 이화산장 부근, 50. 순창 구림면 회문산 자연휴양림 부근, 51. 순창 구림면 월정리 도로 부근, 52. 경북 영주 봉현면 노계서원, 53. 충북 괴산군 감물면 감물복지회관 부근, 54. 괴산군 청천면 사기막리 경로당 부근, 55. 괴산 용추계곡, 56. 충주시 살미면 문강리 문강유황온천사우나 부근, 57. 충주시 수안보면 새터농원 부근, 58. 홍성 산성리 솔미마을, 59. 전남 담양군 용면 숲속의 집 부근, 60. 담양군 월선면 천주교공원, 61. 담양군 금성면 연등사 부근, 62. 경북 문경시 농암면 청화마을 부근, 63. 문경시 가은읍 성유성당 부근, 64. 경북 상주시 화서면 상용2리 마을정자 부근, 65. 상주시 모서면 노류리 유정관광농원 부근, 66. 상주시 내서면 서원2리 경로당 부근, 67. 상주시 내서면 고곡리 내서1터널 부근, 68. 상주시 화서면 상용리 부근, 69. 부산 용두산공원 시계탑 등이다.

어떤 곳의 천기는 상단전에 모였고, 또 어떤 곳은 중단전이나 하단전에 모였다. 다니다보니 투시도 열리고, 영감도 발달하고, 치유회로도 열려서 수련에 많은 도움이 되었다. 그렇게 승용차로 1년에 10만 킬로미터, 3년 만에 30만 킬로미터를 주파하는 등 엄청난 거리를 돌아다녔으니 상당히 힘든 여정이기도 했다.

다음 그림은 전북 순창군 구림면 안정리 회문산 자연휴양림 주변에 있는 산내마을 기장이다. 이곳에는 가슴에 있는 중단전을 확장시켜주는 기운이 내려오는 곳이었다. 나는 K교수님과 함께 차를 그곳에 주차하고 기운을 받기 시작하였는데, 시간이 지나면 가슴이 뻐근하면서 소용돌이치는 기운이 들어오는 것을 느낄 수 있었다.

어느 정도 시간이 흐르자 중단전이 확장되고 투시해보니 붉은 꽃잎들이 확장되는 만다라 같은 형상이 나타나자 기운은 다 채워졌고 우리는 다른 기장으로 이동하였다.

〈그림 4〉 전북 순창군 구림면 안정리 회문산 자연휴양림 부근 기장

순창 회문산 기장은 파워회로를, 내소사 앞 주차장은 숙명회로와 지능회로를 여는 기운이 내려왔으며, 정든민박 부근에서는 리딩회로를 여는 기운이 내려왔다. 담양의 천주교공원 부근에는 상, 중, 하단전을 강화하는 기운과 숙명회로, 투시회로를 여는 기운이, 가마골 생태공원 숲속의 집 부근에서는 파워, 재원, 성감회로를 여는 기운이 내려왔으며, 동학사 입구 나의 살던 고향 카페 안에는 기감, 성감, 영감회로를 여는 기운이 내려왔다.

다음 그림은 순창 구림면 월정리 마을에 있는 기장을 갔을 때 그린 그림이다. 이곳에는 상단전과 중단전을 함께 확장시키는 기운이 내려

왔고, 영감회로를 확장시키는 기운도 내려왔다. 그곳에 주차하고 앉아 있으면 상단전과 중단전에 기운이 강하게 모이는 것이 느껴졌고, 영감회로도 더 강하게 작동되어서 영적인 감각이 점차 발달되어 모르는 것에 대해 생각만 하면 자연스럽게 답이 떠올랐다.

<그림 5> 전북 순창군 구림면 월정리 마을 주변 기장

가야산 해인사 계곡은 문예회로, 지리산 중산리 안내소와 천왕사 기도터에는 상, 중, 하단전을 강화시키는 회로, 거림계곡 주변에는 하단전을 강화하는 회로, 산청 다정선원 주변에서는 리딩, 치유회로를 여는 기운과 삼단전을 강화시키는 기운이 함께 내려왔다.

덕유산 칠연계곡 주변에서는 재원, 파워회로를 여는 기운과 하단전과 신장의 원정을 채우는 기운이 내려왔고, 붉은 진주머루와인 주변에서는 리딩회로를 여는 기운이 내려왔으며, 영동군 학산면 부근에서는 투시, 발공, 영감회로를 여는 기운이 내려왔다.

또한 충북 단양 가곡면에 있는 소백산 장안사 부근에서는 숙명, 타심, 예측회로, 새밭수양관 위쪽에는 영감, 투시회로, 어의곡2리 부근에는 치유, 발공회로를 여는 기운이 내려왔다.

아래 강원도 홍천군 내면 창촌리 마을 도로 주변에 있는 기장은 상·중·하 단전을 열어주고 강화시키는 기운이 많이 내려왔다.

〈그림 6〉 강원도 홍천군 내면 창촌리 마을 기장

경북 영주시 봉현면 노좌3리 부근에서는 투시, 숙명회로를 여는 기운이 내려오고, 창녕 갈곡면 감로사 부근에서는 숙명, 투시회로를 여는 기운이 내려왔으며, 증산에서 신덕 가는 길에 있는 두레명차 부근에서는 치유, 정화, 발공회로를 여는 기운이 내려왔다. 충북 용추계곡은 1.5킬로미터 구간이 전부 다 기장이어서 걷기만 해도 몸의 회로가 열리고 공력이 증강되었다.

전남 담양 용면 용소의 집과 그 밑 초원식당 정자에서는 파워와 재원회로, 담양군 월선면 광암교회 부근에서는 삼단전, 투시, 숙명회로를 여는 기운이 내려왔다.

강원도 홍천군 내면 창촌리는 마을 전체가 기운이 많이 내려오는 기장이다. 하지만 아무리 좋은 기운이 내려와도 머리의 현관玄關이 열리지 않으면 받을 수가 없다. 현관은 고수가 직접 열어주거나 오랜 수련을 통해서 스스로 여는 방법이 있다.

한번은 지리산 거림에서 기운을 받고 내려오는데 여자 무속인들이 우리를 보고 소곤거리는 게 들려왔다.

> "저 사람들 기 빨아먹는 사람들이야! 산에 있는 기운이란 기운은 다 빨아먹고 다녀. 조심해야 해."

이런 말을 듣고 있자니 웃음이 났지만, 사실 틀린 말도 아니었다. 3년이 지나자 천기 수련에 한계가 느껴지기 시작했다. 언제까지 이런 식으로 수련할 수는 없었다. 아무 일도 안하면서 차에 앉아 기운만 받는다고 될 일이 아니었다.

누구에게 쉽게 권할 수도 있는 수련법이 아니었다. 무위도식하며 기만 받으러 다니는 남편을 지켜보던 아내의 인내심도 이미 한계에 달해 있었다. 그래서 나는 천기 수련을 그만두고 집에서 논문을 쓰며 수련에 관해 정리하기 시작했다.

그리고 굳이 기운이 내려오는 곳을 찾아가지 않고도 내가 있는 곳에서 필요한 천기를 끌어서 몸으로 쌓는 경지에 이르렀다. 전국의 산과 들, 도로를 다니면서 수많은 기운들을 체험한 천기 수련 경험은 나의 수련인생에 있어 흥미로운 일이었다. 수련에 대한 수많은 경험을 통하여 보다 보편적이고 쉬우며 강력한 수련법을 개발하는 것이 중요했다.

6. 심리학을 통해 깊은 마음의 세계를 탐구하다

한당 선생님 돌아가신 후 5차원 우주계 공부를 하던 중 가족이 있는 익산 집으로 돌아왔다. 일상으로 돌아오고 나서는 그동안 도 닦는다고 소홀했던 가족에 충실하자고 다짐했다. 그래서 아내와 아이들과 대화도 많이 나누고 가까운 곳으로 여행도 다니면서 가족과 소중한 시간을 많이 보냈다.

그러던 어느 날, 아들 녀석이 작은 실수를 저질렀고, 나는 순간적으로 과도하게 화를 냈다. 순간 아차! 싶었다. 수련을 통해 마음의 근원적인 빛까지 보았다는 사람이 이리도 쉽게 화를 내다니. 자식에 대한 애정 때문이라고 둘러댈 수도 있겠지만, 솔직히 이건 아니라는 생각이 들었다. 아직도 마음공부가 제대로 되어 있지 않은 듯했다. 이것을 해결해야 공부가 한 단계 더 나아갈 듯했다.

"도고일장 마고일장道高一長 魔高一長이라. 도가 하나 높아지면 마도 같이 하나 높아진다고 하였던가. 수련은 끝도 없고 방심해서도 안 되는 세계로구나!"

그동안 종교에 바탕을 두고 해왔던 마음공부는 너무 형식에 얽매여 있고 의식적으로 해야 하는 부담감이 있어서 편안하고 자유롭지가 않았다. 또한 단전호흡의 마음공부는 근본원리를 제시하지 못하였기에 심훈 정도에 그쳤다. 하지만 나는 보이지 않는 마음의 세계를 구조적으로 파헤치고 싶었다. 그래서 심리학에서 바라보는 마음의 심층 세계인 무의식의 구조와 원리에 대해 공부해 나갔다.

정신분석학의 창시자인 지그문트 프로이트Sigmund Freud는 인간의 의식 수준을 의식, 전의식, 무의식으로 분류했다. 의식은 감각, 지각, 기억 등 우리가 현재 각성하고 있는 모든 것을 말한다. 전의식은 평소에는 의식하지 않지만, 조금만 노력하면 의식 속으로 떠올릴 수 있는 생각이나 감정, 기억 등을 의미한다.

무의식은 노력을 해도 의식에 떠올릴 수 없는 생각이나 기억, 감정을 말하며, 사고과정이나 동기 따위 없이 자동적으로 발생하는 정신 작용이다. 전의식과 무의식은 둘 다 무의식적인 것으로 간주되지만, 전의식의 내용은 일시적으로만 무의식이라 쉽게 의식에 접근할 수 있다.

프로이트는 현재 앓고 있는 육체의 병 가운데 의학적으로 치료되지 않는 병이 무의식에 남아 있는 해결되지 않은 욕구임을 발견하고, 처음으로 인간의 무의식을 분석하여 심적 갈등과 정신장애를 치료하기도 했다. 하지만 해결되지 않은 욕구를 성욕으로만 한정함으로써 그 한계를 드러내었다고 평가받는다.

그는 인간을 이드ID(본능), 에고Ego(자아), 슈퍼에고Super Ego(초자아)로 구분했다. 먼저 이드는 어린아이와 같이 욕구만 충족하려는 나이고, 에고는 현실에서 항상 합리적인 생각과 행동을 하는 나이다. 다음으로 슈퍼에고는 도덕과 윤리적인 규범과 원칙에 근거해 고차원적인 정신세계를 관장하는 나라고 할 수 있다. 그러므로 자아가 본능과 초자아 사이에서 중심을 잡고 성장해 가려면 '의식적 자아' 이면에 있는 '무의식적 자아'를 잘 해결해가야 한다.

프로이트의 제자 칼 융Carl Gustav Jung은 무의식을 성적인 욕망에만 한정해 놓은 스승의 이론에 반기를 들고 분석심리학이라는 새로운 이론을 내놓았다. 그는 무의식을 '개인적 무의식'과 '집단무의식'으로 나누고, 개인적 무의식에서 더 깊이 들어가면 '원형에너지Archetypes Energy'라는 집단무의식에 이르게 된다고 했다. 또 이 원형에너지는 다시 여러 가지로 나누어지는데, 그중에 '아니무스Animus'와 '아니마Anima'가 있다.[49)]

아니무스는 여성의 무의식에 존재하는 남성적 에너지이다. 아니무스가 여성 안에서 균형 있게 성장 발전하면, 부드럽고 온화한 여성성과 강인하고 적극적인 남성성이 잘 조화되어 이상적인 삶을 살게 된

49) 이부영,『아니마와 아니무스』, 한길사, 2010 참조.

다. 아니마는 남성의 무의식에 들어 있는 여성적 에너지로, 남성 또한 자신의 아니마를 잘 발달시킨다면 강인하고 진취적인 남성성과 이해하고 배려하는 여성성이 잘 조화되어 이상적인 인간상에 가까워질 수 있게 된다.

이러한 이론은 동양사상의 원리이자 '양중음陽中陰, 음중양陰中陽(양 가운데 음이 있고, 음 가운데 양이 있다)'을 의미하는 태극의 내용과도 일치한다. 남성성인 양과 여성성인 음은 서로 조화하고 보완하는 관계이므로 남녀가 서로의 부족한 점을 계발하여 채워 나가면, 이상적인 인격을 형성해 온전한 깨달음에 이를 수 있다는 것이 바로 융의 이론과 일맥상통한다.

따라서 수련이라는 것도 개인 무의식의 어두운 그림자이자 심리적 상처이고 부정적 정서인 '콤플렉스' 혹은 '트라우마'를 제거해서 차츰 집단무의식으로 나아가 음양의 기운을 조화시켜 온전한 자기 자신으로 성장해 가는 과정인 것이다.

그리하여 마침내 내가 온전히 나 자신이 되는 단계에 이른 이들을 우리는 성자, 성현, 부처라고 한다. 나는 한 번씩 힘들 때면 '시인과 촌장'의 하덕규 씨가 작사 작곡한 '가시나무'를 자주 듣곤 했다.

"내 속엔 내가 너무도 많아, 당신의 쉴 곳 없네,
내 속엔 헛된 바람들로, 당신의 편할 곳 없네…."

나뿐 아니라 많은 독자가 '내 속엔 내가 너무도 많아'라는 가사의 의미를 짐작할 수 있을 것이다. 현재의 '나'가 여러 모습의 무의식으로 존재하는 '나' 때문에 마음의 평화와 안정을 찾지 못한다는 가사는 참으로 많은 것을 생각하게 한다. 현재의 나를 자존감 있는 밝고 당당한 나로 통합하는 것, 그것이 바로 내가 심리학을 배우고 마음공부를 하며 도를 닦는 목적이다.

가시로 대변되는 나의 콤플렉스나 트라우마가 먼저 치유되어 분열된 내가 하나로 통합되어야만 나의 어린 새들인 내 아이와 가족이 상처받지 않고 함께 조화로운 삶을 영위해갈 수 있지 않겠는가.

무의식의 구조를 탐구하고자 내가 7년 동안 심리학에서 공부했던 주제들이다.

1. 엠비티아이MBTI
2. 에니어그램Enneagram
3. 유엔아이U&I
4. 교류분석TA
5. 사티어Satir 의사소통과 가족치료
6. 사이코드라마Psychodrama
7. 문장 완성 검사SCT; Sentence Completion Test
8. 그림 검사HTP; House-Tree-Person
9. 벤더게슈탈트 검사BGT
10. 주제 통각 검사TAT; Thematic Apperception Test
11. 로르샤흐 검사Rorschach ink blot test

12. NEO성격검사
13. 웩슬러 지능검사Wechsler Scale of Intelligence
14. 영화심리치료
15. 미네소타 다면적 인성 검사MMPI; Minnesota Multiphasic Personality Inventory
16. 신경언어학 프로그래밍NLP; Neuro-Linguistic Programming

또한 한양사이버대학 상담심리학과에서 성격심리학과 집단상담을 배우고, 서울디지털대학에서 상담심리학 과정을 수료했으며, 원광대학교 보건보완의학대학원 특수심리학과 석사과정도 1년간 수학했다. 비단 심리학 공부만 그런 것이 아니겠지만, 어쨌든 심리학 공부는 해도 해도 끝이 없었다.

심리학에서는 겉으로 드러나는 인간의 의식은 빙산의 일각인 10% 정도이고, 감춰진 무의식이 물에 잠긴 빙산처럼 의식의 90% 정도를 차지한다고 비유한다.

<그림 7> 의식, 전의식, 무의식을 나타낸 빙산 모습

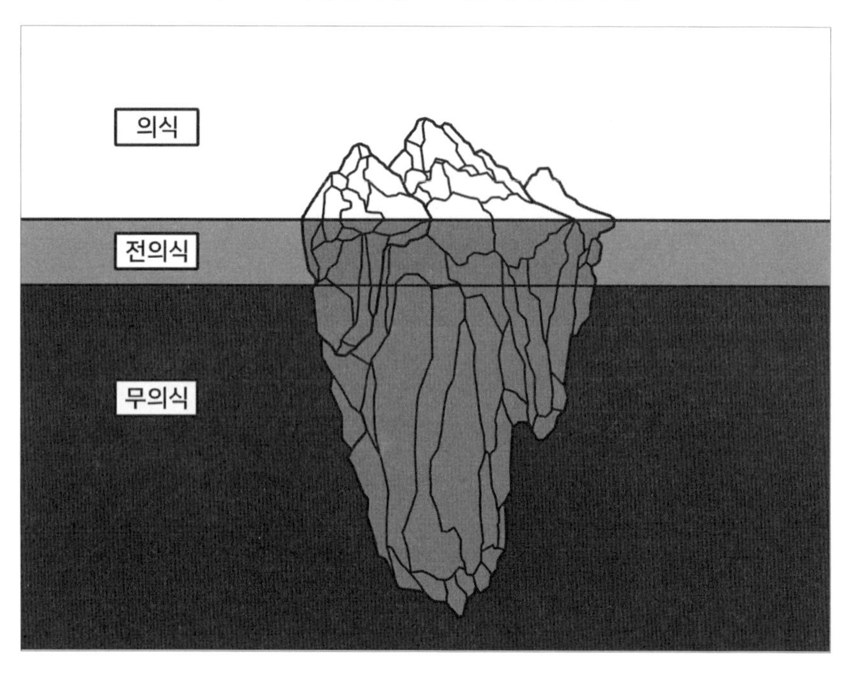

그리고 90%의 무의식 가운데 상당 부분을 어린 시절의 트라우마가 차지한다. 이 트라우마를 넘어서야만 조화로운 태극의 상태, 즉 온전한 깨달음의 경지인 우주의 상태에 도달하게 된다. 이 경지가 바로 도계, 행성계, 우주계, 본질계, 근원계이다. 심리학을 공부하며 나는 이 무의식에 남아 있는 트라우마를 제거하는 데 많은 노력을 기울였다. 결과적으로 다양한 심리학 공부가 큰 스승의 가르침처럼 내 영혼을 정화하고 감정을 새롭게 들여다보게끔 이끌어갔다.

7. MBTI 성격심리이론

먼저 내면에 어떤 무의식이 있는지 알아보기 위해 처음 접한 성격심리이론이 'MBTI 성격심리검사'였다. 'MBTI'는 인간성격유형검사들 가운데 하나로 마이어브릭스유형검사MBTI; Myers-Briggs Type Indicator라는 말의 약자이다.

이 유형검사를 만든 사람은 미국의 이자벨 브릭스 마이어스Isabel Briggs Myers와 그의 어머니 캐서린 쿡 브릭스Katharine Cook Briggs이다. 그래서 모녀의 이름을 따서 '마이어스브릭스유형검사(MBTI)'라고 부른다.

MBTI 유형검사의 이론적 근거는 스위스의 정신과 의사이자 분석심리학자인 칼 구스타프 융의 '심리학적 유형Psychological types' 이론에 근거하고 있다. 마이어스와 브릭스 모녀가 칼 융의 심리유형 이론을 바탕으로 일반인들이 일상생활에서 보다 쉽게 이해하고 활용할 수 있도록 하려는 목적에서 만들었다고 한다.

저자는 나의 내면 무의식에 어떤 성격들이 있는지 궁금했고, 그 무의식을 알아야 마음공부가 깊이 진행될 것 같았다. 따라서 저자가 접한 MBTI 성격심리이론은 칼 융의 심리이론에 근거하여 미국에서 계발되었고, 국내에는 1990년 부산대학교 교육학과 심혜숙 박사와 서강대학교 심리학과 김정택 박사에 의해 (주)한국MBTI연구소가 설립되면서 'MBTI 성격심리검사'가 들어와 많이 알려지고 사용하게 되었다.

지금도 국내에 교육기관, 대학교 상담센터, 개인상담소 등에서 많이 활용되고 있다. 저자도 이 연구소가 주관하는 지도자과정을 다 이수하여 원광대학교 학생상담센터에서 책임연구원으로 근무하며 MBTI 성격심리검사를 많이 실시하기도 하였다.

한국MBTI연구소 자료에 의하면 융은 인간유형을 구분함에 있어서 행동하는 에너지의 방향에 있어서 먼저 1. E형(외향형Extraversion)과 I형(내향형Introversion)으로 구분하고, 정보를 수집하는 인식기능을 중심으로 하는 2. S형(감각형Sensing)과 N형(직관형iNtuition)으로 구분하며, 판단 결정을 하는 기능에 따라 3. T형(사고형Thinking)과 F형(감정형Feeling)으로 분류하고 있다. 또한 생활하는 방식에 따라서 4. J형(판단형Judging)과 P형(인식형Perceiving)으로 나누고 있다.

<표 3> MBTI 유형과 특성[50]

분류	1. 에너지의 방향 (주의초점)		2. 인식기능 (정보수집)		3. 판단기능 (판단결정)		4. 이행양식 (생활양식)	
MBTI 유형	E형	외향형 Extraversion	S형	감각형 Sensing	T형	사고형 Thinking	J형	판단형 Judging
		사교적이며 활동적인		꼼꼼하고 철저한		분석적이고 논리적인		빠르고 계획적인 결정
	I형	내향형 Introversion	N형	직관형 iNtuition	F형	감정형 Feeling	P형	인식형 Perceiving
		조용하고 신중하게		전체적이고 대범한		사람관계를 좋아하는		자율적이고 융통성 있는

좀 더 세부적으로 살펴보면 E형은 외향형으로 에너지가 자기 밖으로 향하므로 사교적이고 외부 활동적이며 모든 것을 먼저 경험하려고 하고 말로 표현한다. I형은 내향형으로 에너지가 자기 내부로 향하므로 조용하고 신중하며 혼자 있는 것을 선호한다. 말보다는 글로 표현하는 것을 잘한다.

S형은 감각형으로 시각, 청각, 미각, 후각, 촉각의 오감을 통한 실제의 경험을 중시하고 현실에 초점을 맞추어서 정확하게 일을 처리하려고 한다. 그러므로 전체의 흐름과 윤곽을 보지 못하는 한계가 있다.

N형은 육감 내지 영감에 의존하여 미래지향적이고 가능성과 의미를 추구하며 큰 그림을 가지고 일을 신속하게 계획하고 추진한다. 그러므로 현실적이고 세부적인 부분이 무시되는 한계가 있을 수 있다.

50 (주)한국MBTI연구소 자료 참조.

T형은 사고형으로 논리적이고 분석적으로 진실과 사실에 근거하여 객관적으로 원리 원칙에 의거하여 일을 처리한다. 규범과 원칙을 중시하므로 인간적인 부분이 부족하다.

F형은 감정형으로 사람과의 관계를 중심으로 관심과 배려를 가지고 주변상황을 고려하여 일을 처리해 나간다. 그러므로 규범과 원칙을 무시할 수 있어 조직의 질서와 원칙이 무시될 수 있다.

J형은 판단형으로 일을 처리하고 결정할 때 분명한 목적과 방향을 가지고 철저히 계획적이며 체계적으로 빠르게 진행한다. 그러므로 변화에 적응하지 못하고 융통성이 없어 빠른 판단으로 인한 실패를 경험할 수 있다.

P형은 인식형으로 일을 처리할 때 상황에 따라서 목적과 방향을 조정할 수 있고, 조심스럽게 관망하면서 천천히 일을 진행한다. 자율적이고 융통성이 있어 변화에 빠르게 적응하는 반면 일처리가 느리고 추진력이 약할 수 있다.

독자들도 위의 4가지 분류에서 자신에게 맞는 유형을 나누어 조합하면 자신만의 성격이 나오게 됨을 알 수 있다. 나는 MBTI 지도자과정을 이수하고 학생들을 상담하면서 사람들의 유형이 이렇게 8가지 형태로 나누어지는 것이 자기의 무의식적 성향이 다를 뿐이지 맞고 틀리고의 문제는 아니란 것을 알았다.

활동적인 사람이 있는 반면 조용하고 내성적인 사람이 있을 수 있고, 아주 섬세하고 꼼꼼한 사람이 있는 반면 큰 틀에서 전체를 보는 대범한 사람이 있을 수 있으며, 아주 냉정하고 이성적인 사람이 있는 반면 마냥 정이 많아서 사람들을 좋아하고 감정형의 사람도 있는 것이다.

그리고 생활에서 빠르고 정확한 판단을 하는 사람이 있는 반면 쉽게 결정하지 못하고 망설이고 관망하는 사람도 있는 것이다. 이런 다른 유형의 사람이 있다는 것만 알고 있어도 인간관계에서 이해심과 아량이 많이 생기는 것이다. 나 역시 이제 다른 사람들을 많이 이해하고 나와 다른 사람들을 미워하지 않고 포용하게 되었다.

MBTI에서는 위의 8가지 성격의 다양한 조합으로 16가지 인간유형을 밝히고 있다. 유형을 알게 되면 다른 사람들을 많이 이해하고 포용하게 되는데 특히 부모와 자녀관계에 있어서 참 좋은 것 같았다. 보통 일반적으로 부모들이 좋아하는 자녀는 조용하고 꼼꼼하게 이성적으로 판단을 잘하면서 공부만 하는 ISTJ(내향*감각*이성*판단)형을 제일 좋아한다.

하지만 반대로 너무 밖에 나가서 활동적으로 대범하게 친구들과 잘 사귀고 자율적이고 융통성 있게 생활하는 ENFP(외향*직관*감정*인식)형은 걱정스럽고 불편하다. 그래서 부모와 마찰과 갈등이 끊이지 않는 것이다. 부모의 불안함 때문에 아이들에게 시키는 대로 무조건 완벽하게 실행하는 행정 실무자형인 ISTJ형을 강요하는 것이다. 이런 유형들은 소위 SKY대학[51]에 남들보다 쉽게 진학할 수 있는 것이다.

하지만 자녀들이 천성적으로 타고난 성격유형을 바꿀 수는 없다. 물

51) 우리나라에서 가장 유명한 일류대학이라 불리는 서울대, 고려대, 연세대를 뜻한다.

론 자신이 불편해도 노력해서 억지로 바꾸어 부모의 원하는 방향으로 갈 수는 있지만 자녀들의 삶은 행복하지 않은 것이다. 나는 대학교 상담센터에서 책임연구원으로 근무하며 많은 상담사례를 접하였는데, 성적 때문에 부모와의 갈등으로 자살한 사례를 접하면서 너무나도 안타까웠다.

부모들과 자녀들이 무의식적 성향이 다르고 그 자녀의 성향을 잘 알아서 그 성향대로 성장하도록 도와준다면 자녀는 자신이 잘하는 분야에서 성공하고 행복할 것이다. 자녀를 바꿀 수 없다면 부모가 바뀌면 되는 것이고, 그러면 가정이 화목해진다.

부모뿐만 아니라 부부 사이도 마찬가지이다. ISTJ형의 아내는 철저하고 꼼꼼하며 잔소리가 많고, ENFP형의 남편은 밖으로 친구들 만나서 놀기 좋아하고 잔소리 듣기 싫어한다. 서로의 다른 점을 이해하고 맞추려고 노력하면 된다. 서로 극에서 중간으로 가려고 노력하면 다른 점이 서로의 부족한 부분을 보완하는 것이 되기 때문이다.

위에 나타난 MBTI의 16가지 유형을 보면 사람의 특성에 따라 많은 다른 유형이 있다고 생각하면 인간관계가 훨씬 더 조화롭고 평화로울 것이다. 다른 것은 틀린 것도 아니고 잘못된 것도 아니다. 그냥 다를 뿐이고 받아들이고 인정하면 되는 것이다.

MBTI 성격유형이론에서는 사람의 성격유형은 이미 정해져 있고 바꿀 수 없다고 한다. 하지만 저자 개인의 생각과 경험으로는 무의식에 존재하는 인간의 성격은 위에 나타난 16가지 유형보다 훨씬 더 많을 수도 있고 16가지 유형에 속하지 않을 수도 있다.

가장 이상적인 것은 자신의 무의식에 존재하는 성격의 유형 가운데 선천적으로 발달된 잘하는 부분보다 부족한 면을 보완하여 채우는 것이다. 그렇게 하여 상황에 따라 적절하게 8가지의 특성을 잘 사용한다면 전인적인 성격을 형성하여 삶을 풍부하고 조화롭게 살아가게 될 것이다.

칼 융은 정신분석을 하는 것이 무의식의 의식화 과정이라고 하였다. 우리가 누구인지, 어떤 특성을 가지고 있는지 모른다면 그것이 업장이지만 그것을 잘 알고 의식을 통해서 활용하고 보완하며 노력한다면 그것이 바로 진정한 마음공부인 것이다. 막연한 아날로그방식의 마음공부가 아닌 구조화된 디지털방식인 것이다.

나의 MBTI 성격유형은 ENFJ형과 ENTJ형이 주로 나왔다. ENFJ형은 따뜻하고 활동적이며 사교적인 성격으로 언변이 뛰어나고 책임감이 강한 사교모임의 리더형이고, ENTJ형은 활동적이고 솔직하며 단호한 결단력과 통솔력으로 전체적인 비전을 가지고 사람들을 합리적으로 이끌어가는 지도자 유형이니 거의 맞는 셈이다. 하지만 수련을 통해서 외향형은 내향형으로 많이 기울었고, 통찰적이고 전체를 보는 직관형은 세부적이고 현실적인 부분을 살피는 감각형으로 많이 발전되었다.

그리고 사고형은 사람을 중시하는 감정형으로 많이 바뀌었으며, 판단형은 인식형과 거의 동등한 수준으로 성장하였다. 따라서 나의 내면의 무의식에 있는 8가지의 특성 가운데서 발달되지 못한 부족한 부분들을 수련함으로써 잘 발전시키고 활용하여 전인적인 심리활용 수준에 이르고자 노력하고 있다.

이러한 인간의 무의식을 연구하는 심리학적 MBTI 성격심리이론은 마음의 깊은 세계를 공부하는 나에게 왜 사람들은 서로 다르고 맞지 않은가를 일깨워주었으며 그것은 각자의 무의식에 가지고 있는 다른 성향 때문이며 이 다른 성향을 서로 존중하고 이해함으로써 가족과 친구들과의 인간관계가 원만하고 편안해졌다.

8. 에니어그램 성격심리이론

'MBTI' 강사과정까지 마친 나는 다른 성격심리이론을 찾다가 '에니어그램Enneagram'이라는 성격심리이론에 매료되어 에니어그램 성격심리 지도자과정을 이수하였고, 나의 정체성과 사회적 역할에 대하여 많이 알게 되었다. 그리고 원광대학교 학생상담센터에서 학생들의 진로나 정체성을 알려주기 위하여 이 과정을 많이 실시하여 효과도 보았다.

'에니어그램'이란 말은 그리스어의 '아홉Ennea'이란 단어와 '모형Gram'이란 단어의 조합으로 이루어져 있고, 이에 따라 '에니어그램'에서는 인간의 유형을 9가지로 구분하고 있다. 유래는 기원전 2500년경에 바빌론 또는 중동 지방에서 전해진 것이라고 추정하고 있으며, 그 명맥은 피타고라스와 신플라톤학파를 거쳐 그리스와 러시아의 동방정교회, 이슬람교의 수피즘으로 구전이 이어졌다고 한다.

하지만 구체적으로 체계화된 '에니어그램' 이론은 1915년경 파리에서 처음으로 러시아의 신비주의자 게오르기 구르지예프Georgii Ivanovich Gurdzhiev에 의해 발표되었다. 이후 볼리비아의 이차소 Ichazo가 1960년경 칠레 아리카연구소에서 '에니어그램' 9가지의 유형을 개발했으며, 1970년경 클라우디오 나랑호Claudio Naranjo에 의해 미국 기독교계에 급속도로 확산되었다.

국내에는 미국 멤피스대학교에서 교육심리를 전공한 윤운성 박사가 '에니어그램' 이론을 받아들여 2001년 한국에니어그램교육연구소(KEEC)를 만들어 '한국형 에니어그램 성격유형검사(KETP)'를 새롭게 개발하면서 널리 알려지고 확산되었다. 현재 'MBTI' 성격유형검사와 함께 국내 상담기관, 교육상담센터, 개인 상담소에서 많이 사용되고 있다.

'MBTI' 성격유형이 인간이 가지고 있는 무의식의 유형들을 다루었다면 '에니어그램' 성격유형은 현대에 이르러 인간이 인간관계 속에서 어떠한 역할을 수행할 것인가를 머리형(사고형), 가슴형(감정형), 장형(본능형)의 3가지 형태로 나누어 9가지 인간형으로 제시하고 있다. 그런데 흥미로운 점은 도교 내단수행에 있어 인간의 구성을 상단전(머리중심), 중단전(가슴중심), 하단전(배중심)으로 밝히고 있는 점이 서로 공통점이 있다.

내단수행은 인간의 완성을 위해서 먼저 하단전 육체 에너지를 형성한 다음, 중단전 감정의 에너지를 형성하고, 마지막으로 상단전 지혜의 에너지를 이루는 과정을 제시하고 있다. 에니어그램과 그 구조가 비슷한 것은 에니어그램의 유래가 동양 문화권에서 탄생되어서 그런 것이 아닐까 생각해 본다.

윤운성 박사의 한국에니어그램교육연구소 자료에 의하면, 그 9가지 인간형은 다음과 같이 나타내고 있다. 1. 개혁가改革家, 2. 조력가助力家, 3. 성취자成就者, 4. 예술가藝術家, 5. 사색가思索家, 6. 충성가忠誠家, 7. 낙천가樂天家, 8. 지도자指導者, 9. 중재자仲裁者 이다.[52] 이 가운데 머리형에 해당되는 인간유형은 사색가, 충성가, 낙천가이고, 가슴형에 해당되는 인간유형은 조력가, 성취자, 예술가이며, 장형에 해당되는 인간유형은 개혁가, 지도자, 중재자이다. **(<표 4>** 참조**)**

<표 4> 에니어그램의 종류와 특성(출처: 한국에니어그램연구소 자료)

첫째	• 머리형 • 사고형 (상단전형)	5. 사색가思索家(이성)	6. 충성가忠誠家(규범)	7.낙천가樂天家(여유)
		→ 분석적인 지식주의자	→ 책임 있는 원칙주의자	→ 즐거운 낙천주의자
둘째	• 가슴형 • 감정형 (중단전형)	2. 조력가助力家(인정)	3. 성취자成就者(야망)	4. 예술가藝術家(감성)
		→ 사교적이고 헌신주의자	→ 야망적인 성공주의자	→ 감성적인 예술주의자
셋째	• 장형 • 본능형 (하단전형)	1. 개혁가改革家(이상)	8. 지도자指導者(신념)	9. 중재자仲裁者(안정)
		→ 이성적이고 완벽주의자	→ 지도력 있는 행동주의자	→ 안정을 추구하는 평화주의자

52) 윤운성, 『한국형에니어그램검사의 해석과 활용』, 한국에니어그램교육연구소, 2003 참조.

위에 나타난 '에니어그램'의 성격유형에 있어 저자는 8. 지도자 유형이다. 그리고 지도자유형 좌우에 있는 보조유형인 날개가 낙천가 유형과 중재자 유형이다. 날개는 자기의 주 유형을 보완하는 유형이다.

즉 저자가 가지고 있는 지도자의 성향이 너무 강하면 독선적이고 권위적으로 흐를 수 있는데, 사고형인 낙천가의 성향과 본능형인 중재자의 성향이 보완되면 지도자 역할이 현실적인 관점에서 여유를 가지고 통찰적 지혜와 사람들의 의견을 수용하면서 상호 조화와 배려로 나아간다면 좋은 지도자의 역할을 수행하게 된다는 것이다. 이러한 에니어그램의 성격이론은 나의 지나친 독선과 고집을 버리고 여유와 다른 사람과의 조화와 배려를 배우는 좋은 배움의 시간이었다.

<그림 8> 에니어그램과 삼각조합(본능, 사고, 감정) 구성도[53)]

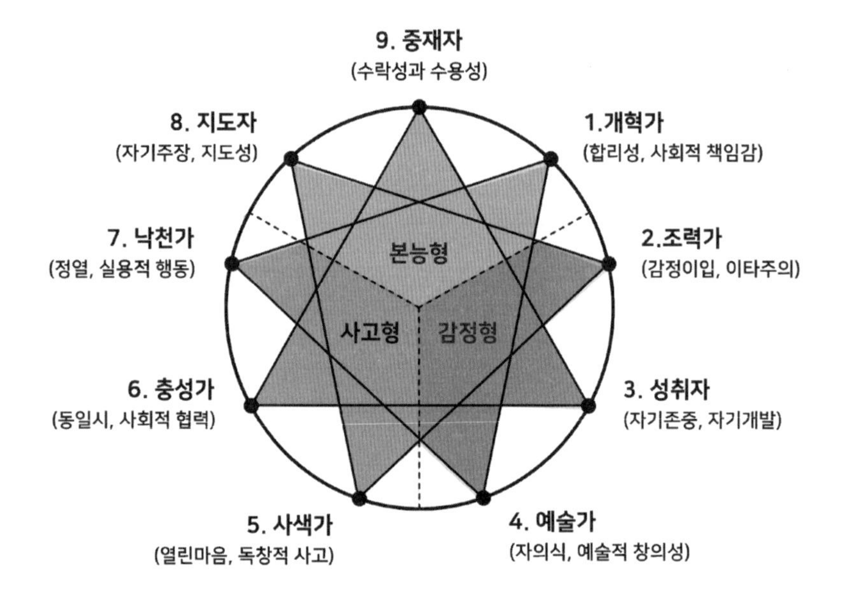

앞의 그림은 저자가 기존의 에니어그램 형태에 도교 내단수행에서 말하는 상단전(사고형), 중단전(가슴형), 하단전(본능형)의 조화라는 면에서 흥미로운 공통점이 있어서 새로이 구성해본 것이다. 그 점은 에니어그램의 모든 유형이 자신의 꼭지점에서 양쪽으로 반대편 유형과 연결되어 있다는 것이다. 이 삼각형 구조 형태로 살펴보면 본능형, 사고형, 감정형은 서로 삼각형 구조로 조합을 이루게 된다.

즉 1.개혁가(본능형)는 7.낙천가(사고형)와 4.예술가(감정형)의 삼각 조합을 이루고, 9.중재자(본능형)는 6.충성가(사고형)와 3.성취자(감정형)와 삼각조합을 이루며, 8.지도자(본능형)는 5.사색가(사고형)와 2.조력가(감정형)와 삼각 조합을 이룬다. 이는 도교 내단수행에서 원하는 머리와 가슴과 행동의 3가지 에너지 조화를 말하는 것으로 에니어그램의 사고형, 가슴형, 본능형의 조화와 같은 의미라고 볼 수 있다.

이러한 구조적인 심리학이론은 수행자의 마음공부를 한층 더 구조적으로 접근하게 만들었다.

53) 윤운성, 위의 책 참조.

9. 유엔아이(U&I) 학습성격유형 심리이론

'에니어그램' 강사과정을 마친 나는 또 다른 성격유형 심리이론을 찾다가 '유엔아이U&I'라는 성격유형검사를 배우기 시작하였다. '유엔아이' 성격유형검사는 'MBTI'와 '에니어그램'처럼 그 이론적 배경이 국외에서 들어온 것이 아니라 국내에서 만들어졌다는 것이 특징이다.

연세대에서 심리학을 전공한 김만권 박사가 1996년 '연우정신건강센터'를 설립하면서 알려지기 시작하였다. 현재는 연우심리개발원으로 변경되어 교육하고 있다.

'유엔아이' 학습성격유형검사는 MBTI 성격유형검사나 한국에니어그램 성격유형검사와 함께 상담기관, 개인 상담소에서 많이 시행하고 있다. 특히 MBTI나 에니어그램 성격유형검사에서 자신의 성격에 대한 확신이 들지 않는 내담자들이나 학생들이 많이 이용하고 있다.

연우심리개발원 자료에 의하면 '유엔아이' 학습성격유형이론은 사람들 성격유형을 크게 1.행동형, 2.탐구형, 3.규범형, 4.이상형으로 구분하고 그에 따른 조합성격인 5.행동*규범형, 6.행동*탐구형, 7.행동*이상형, 8.규범*탐구형, 9.규범*이상형, 10.탐구*이상형, 11.행동*규범*탐구형(행규탐), 12.행동*규범*이상형(행규이), 13.행동*탐구*이상형(행탐이), 14.규범*탐구*이상형(규탐이)의 14가지 심리유형으로 나누고 있다.

저자의 예를 보면 '유엔아이' 학습성격유형검사에서 행동*탐구*이상형(행탐이)으로 평가가 되었다. 그 특성에 대한 내용은 아래와 같다.

> "'행동*탐구*이상형'의 특성과 내용은 기본욕구가 진리탐구와 혁신으로 독창적이며 창의력이 풍부하고 안목이 넓고 다방면에 재능이 많다. 항상 새로운 가능성을 찾고 새로운 시도를 하는 형이다. 고집이 세나 관심이 있는 분야는 무엇이든 일을 척척 해내는 열성파이다. 분석적이고 판단이 빠르며 다재다능하다. 관심분야도 자주 바뀌기 때문에 중심을 잡아주지 않으면 파란만장한 삶을 살아갈 수도 있다."[54]

정말 나의 성격과 거의 맞아떨어졌다. 진리와 도를 찾아 헤맨 세월이 30년을 넘지 않았던가? 항상 일이나 글을 쓰는 데 있어서 독창적이고 창의적인 아이디어로 사람들에게 감탄을 많이 자아내게 하였으며, 고집과 자존심이 강하고, 내가 원하는 분야에는 거의 전문가 수준으로

54) 김만권,『U&I 성격유형검사전문해석보고서』, 연우심리개발원, 참조.

팔방미인이란 소리를 많이 들었다.

모든 일에 대한 분석과 판단이 빠르고 일처리가 정확하여 두 번 손볼 일이 없었다. 하지만 내가 가장 싫어하는 규칙과 틀에 속박 받는 것을 넘어서야 했다. 그래서 나는 아래의 2. 규범형의 내용을 흡수하여 부족한 성격을 보완하기로 마음먹었다.

> 책임감 있게 일을 신중하고 꼼꼼하게 미리 계획을 세워 성실하게 수행한다. 늘 자신의 행동을 되돌아보고 부족한 점을 보완하며 반복적인 학습을 통해 성장한다. 다소 소극적이고 소심하여 조용한 혼자만의 활동을 선호한다.

그래서 이제는 어느 정도 숙달이 되어 규범의 유형적 속성도 가지게 되었다. 이렇게 다양한 성격유형 심리이론들을 통하여 나의 마음의 세계는 점점 넓어져가고 마음공부는 구체적으로 한 단계씩 나아가고 있었다.

10. 교류분석(TA) 심리이론

'유엔아이' 성격검사 강사과정을 마지막으로 마친 나는 다시 한국교류분석상담학회에서 주관하는 '교류분석TA' 심리상담 지도자과정에 들어갔다. '교류분석TA;Transactional Analysis'은 미국의 정신의학자인 에릭 번Eric Berne(1910~1970)이 개발한 심리분석 방법으로 우리가 어떠한 자아 상태에서 가족과 친구들인 다른 사람들과 인간관계가 서로 교류되고 있는가를 분석하여 자기 통제를 돕는 심리이론이다.

어른이 된 우리에게는 나의 부모의 모습과 어린 시절 어린아이의 모습이 함께 존재한다. 이는 부모의 모습 종류는 배려와 칭찬을 하는 '양육적이고 관용적인 부모NP;nurturing parent'와 '비판적이고 통제적인 부모CP;critical parent'의 2가지 형태가 존재한다.

관용적 부모(NP)는 항상 자녀에 대하여 동정, 응석 받기, 염려, 도와줌, 배려, 돌봄을 통하여 양육하고 보호하며 지지한다. 통제적인 부모(CP)는 권위, 도덕, 정의, 문화와 전통을 가지고 비판적이고 통제적이며 권위적이다.

저자는 이것을 부모의 정신적 유산이라고 생각한다. 자상하고 포용적인 부모 밑에서 큰 아이는 성장해서 자상하고 포용적인 부모가 되어서 자식들을 자유롭고 창의적인 어린이로 키운다. 하지만 엄하고 통제적이며 비판적인 부모 밑에서 자란 아이는 성장해서 엄하고 통제적인 부모가 되어 자식들을 순종적이고 규범적인 어린이로 키우게 되는 것이다.

그리고 우리 내면에 있는 어린 시절 아이의 모습은 '자발적이고 창조적인 자유로운 어린이FC;free child'와 '눈치보고 순종적인 어린이AC:adapted child'의 2가지 형태로 존재한다는 것이다.

어린 시절 잘 보살펴서 자라게 하는 양육적이고 관용적인 부모 밑에서 자랐다면 자유스럽고 창의적이며 긍정적인 어린이가 나의 내면에 있을 것이고, 통제적이고 비판적인 부모 밑에서 자랐다면 순종적이고 비판적이며 부정적인 어린이가 나의 내면에 있을 것이다. 중요한 것은 순종적인 어린이는 두려움과 불안, 긴장이라는 심리적 트라우마가 무의식에 형성되어 어른이 되어서 가정과 사회생활을 하면서 자신감과 자존감이 없이 살아간다면 너무 순종적이고 규범적인 어린 자아가 아직 많이 남아 있다는 것이다.

그렇다고 자상하고 포용적인 부모가 무조건 좋은 것도 아니요, 엄하고 통제적이며 비판적인 부모가 나쁜 것도 아니다. 자유롭고 창의적인 어린이가 좋고, 순종적이고 규범적인 어린이가 나쁜 것도 아니다. 단지 우리 내면에 적절하게 조화를 이루어 상황에 맞게 사용해야 한다는 것이다.

그러므로 우리가 합리적 사고와 남을 존중하고 배려하는 '진정한 성인A;adult'이 되기 위해서 가장 이상적인 부모적 성향은 어린이를 잘 보살펴서 자라게 하는 양육적이고 관용적인 부모의 성향과 통제적이고 권위적인 부모의 성향이 70:30의 황금비율로 이루어져야 하고, 가장 이상적인 어린 자아의 성향도 자유롭고 창의적인 어린이 성향과 순종적이고 규범적인 어린이 성향이 70:30의 비율로 적절히 형성될 때 전인적이고 창조적이며 자유로운 어린 자아가 형성되는 것이다.

우리가 어른으로서 가정과 사회에서 살아가지만 내면에 있는 2가지 부모 성향과 2가지 어린이 성향을 잘 조화해서 살아가야 통제와 조절, 자유와 순종을 적절히 하는 참다운 어른 자아가 형성되는 것이다. 따라서 4가지 역할과 기능을 적절히 잘 수행하는 것이 중요하다.[55)]

〈그림 9〉 교류분석상담의 기능적 분석과 **〈그림 10〉** 자아상태의 상호연관성 그리고 **〈표 5〉** 교류분석상담에 있어 부모, 자기, 어린이의 구분과 특성은 이해를 돕기 위하여 표로 정리하였다.

---

55) 한국교류분석상담학회, 『TA상담 이론과 실제』 Ⅰ~Ⅴ, 아카데미아, 2012 참조.

<그림 9> 교류분석상담의 기능적 분석

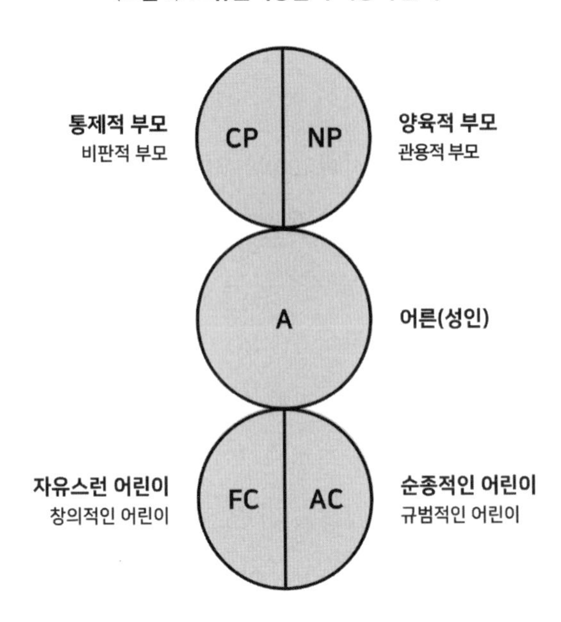

<그림 10> 교류분석 자아상태의 상호연관성

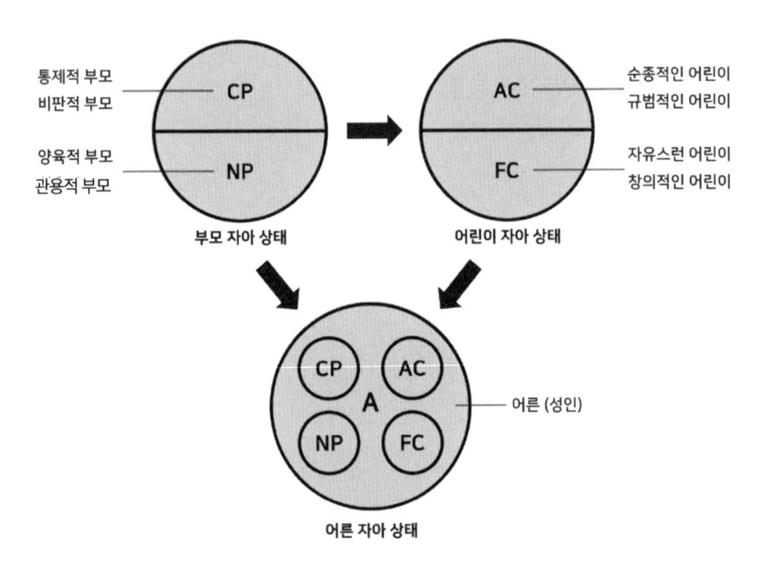

〈표 5〉 교류분석상담에 있어 부모, 자기, 어린이의 구분과 특성[56)]

구분	특성
CP 비판적, 통제적 부모	비판적, 통제적, 규제적, 보수적, 봉건적, 권위적, 편견적, 도덕적, 선악감, 정의감, 문화, 전통, 습관을 전함
NP 양육적, 관용적 부모	양육적, 보호관용적, 동정적, 보호적, 지지적, 교육적, 동정, 응석 받기, 염려, 도와줌, 배려, 돌봄, 위로 등
A 어른인 자기	이성적, 논리적, 합리적, 과학적, 객관적, 능률적, 사실 평가적, 정보 수집지향, 현실지향, 컴퓨터적, 설명, 사실중심주의적
FC 자연스런 어린이	본능적, 자발적, 자동적, 직관적, 창조적, 호기적, 적극적, 충동적, 향락적, 반항적, 반동적, 자기중심적, 조작적, 공상적
AC 순응하는 어린이	순응적, 소극적, 폐쇄적, 감정 억압적, 비대결적, 자기 연민적, 걱정, 신중, 고분고분, 좋은 아이, 의존적, 타율적, 자학적

이러한 4가지 역할과 기능으로 우리는 타인과 서로 교류를 하는데 그 방법은 1. 상보적 교류, 2. 교차적 교류, 3. 이면적 교류의 3가지로 나누어지는데, 상보적 교류는 CP ↔ AC, NP ↔ FC, A ↔ A 형태의 상호 자연스런 교류로 부모 자식지간, 부부지간, 직장상사나 동료지간에 서로 의견이 자유롭게 오가는 건전하고 발전적이며 기대한 대로 반응되어진 것으로 상호 교류가 평행인 것이다. 예를 들면 아래와 같은 대화이다.

엄마: "아들~! 어디 다녀와?"
아들: "네. 친구가 같이 저녁 먹자고 해서 밥 먹고 와요."

56) 한국교류분석상담학회, 위의 책, 참조

엄마: "너 성적이 이래 가지고 네가 원하는 대학에 들어가겠어? 어려울 거 같은데…"
아들: "네. 저도 그렇게 생각해요. 원하는 대학에 갈 수 있도록 좀 더 노력해서 성적을 올려보도록 할게요."

하지만 교차적 교류는 CP → AC, NP → FC, A → A 형태의 일방적인 교류로, 즉 지시, 가르침, 훈계, 무시하는 태도로 상대와 대화가 서로 잘 이루어지지 않거나 무조건 동정하고 살피는 과잉보호로 일방적인 교류이거나 서로 엇갈리는 방어적인 태도와 불쾌감을 유발하는 대화이다. 예를 들면 아래와 같은 대화이다.

아빠: "아들~! 어디 다녀와?"
철수: "아빠가 언제 저한테 관심이 있으셨어요? 신경 꺼주세요."

아빠: "너 성적이 이래 가지고 네가 원하는 대학에 들어가겠어? 어려울 거 같은데…"
철수: "아버지는 항상 저한테 불만이 많으시죠? 알아요. 나 대학 못 가요. 어차피 이 실력으로 대학도 못 갈 텐데, 공부는 해서 뭐 하겠어요?"

그리고 이면적 교류는 CP ↚ AC, NP ↚ FC, A ↚ A 형태로 서로 대화는 하지만 그 이면에 주된 다른 의도가 숨겨져 있어 다르게 진행되는 교류이다. 예를 들면 아래와 같은 대화이다.

철수: "엄마, 내 셔츠 어디에 뒀어요?(이면교류: 엄마는 항상 내 물건을 제대로 두지 않고 치우네!)"
엄마: "니 옷장에 내가 넣어두었어~!(이면교류: 쟤는 항상 정리를 안하고 옷은 아무 곳이나 어질고 던져놓고는 찾지도 못하네!)"

선생님: "철수야~! 지각했네?(이면교류: 너 또 지각이지~ 언제쯤 제시간에 올래?)"
철수: "예~예, 죄송합니다.(이면교류: 지각 좀 하면 어때? 강의가 재미없으니 맨날 늦는 거지. 강의나 똑바로 하시지요!)"

소통되고 자연스러운 대화가 되려면 서로 상보교류를 해야 한다. 이렇게 하려면 팩트만 가지고 남의 말에 경청하면서 솔직한 자신의 감정과 사실을 숨기지 말고 이야기해야 하는 것이다. 나의 실수와 나의 단점을 인정하면서 상대의 장점과 능력을 칭찬할 수 있는 여유만 있으면 되는 것이다.

이러한 바탕이 바로 관용적 부모의 교육에서 시작되는 것이다. 교류분석을 통해서 부모가 자녀들을 어떻게 키울 것인가를 많이 배웠고, 서로 대화의 방법이 상보적 교류가 되도록 노력하였다. 그리하여 지금도 아내와 대학생이 된 아이들과 친구처럼 이야기 나누고 서로 편안하게 많은 대화를 나눌 수 있는 것이다.

또한 에릭 번은 우리의 인생이 하나의 드라마이며 우리는 주어진 각본에 의해서 살아간다고 하였다. 사람마다 지문이 다르듯이, 각본도 개인마다 다르다. 그러나 크게 각본을 나누어 보면 1. 승리자 각본, 2. 패배자 각본, 3. 평범한 각본으로 나눌 수 있다고 하였다. 승리자의 각본을 가지고 사는 사람은 꿈과 희망이 있고, 열심히 노력하면 이루어질 수 있다는 목표를 설정하고 오늘도 목표달성을 위해 기쁘고 즐겁고 설레는 마음으로 열심히 노력하는 사람이라고 하였다.

에릭 번 말고 인생 드라마에 대해서 주장했던 사람으로 영성개발을 위한 소설 『천상의 예언The Celestine Prophecy』을 저술한 미국 사회학자 제임스 레드필드James Redfield가 있다. 그는 『천상의 예언』에서 인간은 4가지 드라마로 서로의 에너지를 빼앗으려고 싸운다고 하였다. 그 4가지 드라마는 1. 위협과 협박, 2. 잔소리와 따짐, 3. 동정과 연민, 4. 무관심이다.

위협과 협박의 드라마는 대부분 남성과 권력자들이 에너지가 부족하면 여성과 아이들, 국민들에게서 위협과 협박의 드라마를 시연하면서 에너지를 빼앗아 온다. 그리고 잔소리와 따짐의 드라마는 대부분의 여성들이 에너지가 부족하면 남성과 아이들에게 잔소리와 따짐의 드라마를 시연하면서 에너지를 빼앗아 온다.

동정과 연민의 드라마는 힘이 없는 여성들이나 어린아이들이 울음을 통해 남성이나 권력자, 부모에게서 동정과 연민의 드라마를 통해서 에너지를 빼앗아 온다. 그리고 무관심과 냉대의 드라마는 앞의 3가지 드라마가 통하지 않을 경우 무관심의 드라마를 통하여 에너지를 빼앗아 오려고 한다.

이럴 경우 서로 다툼과 싸움이 나타나고 불편해진다. 제임스 레드필드는 이렇게 하지 않으려면 4가지 드라마를 통해서 에너지를 타인에게서 가져오지 말고 하늘의 에너지를 머리 백회를 통해서 받아들여서 채우라고 말하고 있다. 이는 동양적인 기운 수행을 의미한다.

그런 다음 상대의 드라마를 알아차리고 상보교류를 통하여 에너지를 나누어주라고 하였다. 즉 내 스스로 자신이 되기 위해선 내면의 또 다른 근원이 존재하므로, 그것에 진정으로 연결되어야 한다고 주장하였다. 그래야 우리는 호주 출신 론다 번Rhonda Byrne이 저술한 자기계발서 『시크릿The Secret』에서 말하는 당김의 법칙과 위대한 비밀을 찾아 내가 강렬하게 염원해온 성공과 행복을 당겨서 오게 할 수 있을 것이다.

핵심은 나에 대한 무한긍정과 믿음이다. 나를 진정으로 믿고 사랑하며 긍정적으로 생각하면 그 힘은 모든 것을 끌어올 수 있는 것이다. 이처럼 다양한 심리학 공부는 큰 스승의 가르침처럼 나의 영혼을 울리고 마음을 깊고 넓게 확장시켜 나갔다.

11. 불교 마음공부와 유식학 이론

나는 마음공부를 중요시하는 불교에서는 과연 마음을 어떻게 설명하고 있을까 궁금했다. 고려시대 큰 스님이었던 보조국사 지눌知訥이 저술한 『수심결修心訣』에는 다음과 같은 이야기가 나온다. 중국 선종의 시조 달마대사의 숙부인 인도의 이견왕異見王과 달마대사의 인도 제자인 바라제婆羅提 존자와의 문답 내용이다.

왕: "마음은 어디에 있습니까?"
존자: "움직이는 데 있습니다."

왕: "무엇이 어떻게 움직이기에 나는 지금도 보지 못하는 것입니까."
존자: "지금도 움직이고 있건만 왕이 스스로 보지 못하는 것입니다."

왕: "그러면 나에게도 있습니까?"

존자: "왕이 움직이시면 마음 아님이 없거니와, 왕이 움직이지 않으시면 근본도 또한 보기가 어렵나이다."

왕: "움직일 때는 몇 군데로 나타납니까?"

존자: "움직일 때는 마땅히 여덟 군데로 나타납니다."

왕: "그 여덟 군데로 나타나는 것을 마땅히 나를 위하여 말하소서."

존자: "어머니의 태중에 있을 때는 몸이요, 세상에 처할 때는 사람이며, 눈에 있어서는 보는 것입니다. 귀에 있어서는 듣는 것이요, 코에 있어서는 냄새를 맡는 것이며, 혀에 있어서는 말하는 것입니다. 손에 있어서는 잡는 것이요, 발에 있어서는 걸어다니는 것이며, 펴 놓으면 강가의 모래 수와 같은 세계에 가득 차고 거두어들이면 먼지 한 알 속에 들어가나니 아는 이는 이를 일러 마음이라고 하고, 모르는 이는 영혼이라고 하나이다."

위의 대화처럼 마음은 늘 존재하나 공기와도 같아서 보이지 않고 또한 잡을 수도 없다. 그러나 보이지 않는 공기가 추워지면 서리나 성애로 나타나듯이, 마음도 우리가 사물을 보거나 말을 하거나 냄새를 맡을 때 감각으로 그 형체를 드러낸다. 하지만 감각이 사라지면 마음도 곧 사라지기에 마음을 잡아 마음공부를 한다는 것은 사실상 불가능하다. 그러니 마음공부는 잡으려고 하지 말고 그냥 가만히 바라보아야 한다.

전해오는 불교의 이야기 중에, 어느 절의 주지스님께서 마당 한가운데에 큰 원을 그려놓고 동자승을 불러내서 어려운 화두 하나를 던지는 내용이 있다.

> "내가 마을에 다녀왔을 때, 네가 이 원 안에 있으면 오늘 하루 종일 굶을 것이다. 하지만 원 밖에 있으면 이 절에서 내쫒을 것이다."

그리고는 마을로 내려갔다. 동자승은 난감했다. 원 안에 있자니 가뜩이나 배가 고픈데 하루종일 굶어야 할 테고, 원 밖에 있으면 절에서 내쫓김을 당해야 하는 상황 아닌가. 어떻게 해야 할까? 그냥 하루종일 굶는 길을 택해야 할까? 아니면 그냥 절을 나가야 할까? 한 시간 뒤에 주지스님이 돌아왔다. 그런데 동자승은 하루종일 굶지도 않았고 절에서 내쫓김도 당하지 않았다. 어떤 선택을 했던 것일까?

많이 회자되는 이야기이니 이미 답을 알고 있는 이도 있을 것이다. 하지만 모른다면 잠시 생각해보자. 과연 여기서 말하는 원이란 무엇일까? 원이 무엇이기에 넘어갈 수도, 그러지 않을 수도 없는 상황으로 동자승을 몰아넣은 것일까? 여기까지 생각하다보면 스님이 어떤 마음으로 마당에 원을 그려놓고 갔는지 어렴풋이 깨닫게 될지도 모르겠다.

그렇다. 동자승은 마당 한구석에 놓인 빗자루를 가지고 와서 스님이 그려놓은 원을 쓱쓱 쓸어 지워버렸다. 원이 없어지면 원 안에 머무는 것도 아니고 원 바깥에 머무는 것도 아니지 않겠는가. 우리는 마음속에 이러한 원을 하나씩은 다 가지고 있다.

고정된 관념이라는 원, 명예라는 원, 욕심이라는 원, 원망, 분노, 슬픔, 열등감 등등의 원 때문에 우리는 삶이 힘들고 행복하지도 않다. 그 원이 바로 내 본성과 마음을 가리는 부정적 정서이고 콤플렉스이며 트라우마다. 그것으로부터 자유로워지려면 지우는 수밖에 없다. 그리고 원을 지우는 방법이 바로 마음공부요, 수행이다.

불교 심리학은 '유식학唯識學'에 기반을 두고 마음이 나타나고 사라지는 과정과 구조를 설명한다. 유식학은 인도의 스님 무착無着과 세친世親이 체계화한, 인간 의식의 심층구조를 다루는 사상으로 마음의 세계와 의식의 구조를 같은 것으로 본다. 유식학에서 말하는 의식의 구조는 감각을 받아들이는 6개의 식(일명 6식), 그것을 인지하는 '나'라는 7번째 식(제7식), 인지한 것을 뇌에 저장하는 8번째 식(제8식), 깊고 고요한 마음과 성품의 경지인 9번째 식(제9식)으로 이루어져 있다.

이를 컴퓨터에 비유하면, 6개의 식(안식, 이식, 비식, 설식, 신식, 의식)은 정보, 즉 데이터에 해당한다. 제7식은 컴퓨터 프로그램, 제8식은 정상적인 작업 결과물(정법淨法)이나 컴퓨터 바이러스 같은 버그(염법染法)가 저장된 하드 드라이브, 제9식은 로컬서버라 할 수 있다.

불교사상에서는 인간의 존재를 '오온五蘊', 또는 '육근六根'의 집합체로 설명한다. 먼저 오온이란 색色, 수受, 상想, 행行, 식識, 5개 요소가 인간의 몸과 정신을 구성한다고 보는 것이다. 여기서 '색'은 형태, 다시 말해 인간의 몸이다. 그리고 '수, 상, 행, 식'은 각각 지각, 인지, 사고, 판단의 단계로 생각의 구조를 의미한다.

다음으로 '육근六根'은 눈, 귀, 코, 혀, 피부에 정신작용인 마음을 더한 것이다. 이 육근을 통한 감각 활동의 결과가 앞서 언급했던 육식이다. 즉, 눈을 통해 들어오는 생각이 '안식', 귀를 통해 들어오는 생각이 '이식', 코를 통해 들어오는 것이 '비식', 혀를 통한 것이 '설식', 촉감을 통해 들어오는 것이 '신식', 상상을 통해 들어오는 것이 '의식'이다. 육근은 인식의 주체로서의 인간존재를 설명하는 방식이다. **(<표 6>** 참조)

<표 6> 불교사상의 오온과 육근, 육식 비교

<table>
<tr><th>5온(몸+정신)</th><th>인간</th><th>6근(감각기관)</th><th>6식(감각 활동)</th></tr>
<tr><td rowspan="5">색</td><td rowspan="5">몸</td><td>안(눈-시각)</td><td>안식</td></tr>
<tr><td>이(귀-청각)</td><td>이식</td></tr>
<tr><td>비(코-후각)</td><td>비식</td></tr>
<tr><td>설(혀-미각)</td><td>설식</td></tr>
<tr><td>신(피부-촉각)</td><td>신식</td></tr>
<tr><td>수(지각)</td><td rowspan="4">정신</td><td rowspan="4">의(생각)</td><td rowspan="4">의식</td></tr>
<tr><td>상(인지)</td></tr>
<tr><td>행(비교, 분석)</td></tr>
<tr><td>식(판단, 결정)</td></tr>
</table>

6식을 통해 수집된 정보는 이것을 인지하고 통제하는 자아의식인 제7식 '말라식'을 통해서 수정되기도 하고 오류를 나타내기도 한다. 만약 제7식인 자아의 상태가 트라우마나 욕심, 분노 등으로 불안정할 경우 오류가 나타나는데, 이 오류를 우리는 부정적인 정서라고 한다.

이 부정적인 정서가 뇌의 기억저장 창고인 제8식 '아뢰야식'으로 전달되면 잠재의식에 부정적인 기억으로 저장이 된다. 그리고 이 부정적인 기억을 유식학에서는 '염법'이라고 한다.

하지만 제7식 자아가 수련을 통해 맑고 고요하고 바른 분별력과 통찰력을 유지한다면 잘못된 6식의 정보를 긍정적인 기억으로 제8식 아뢰야식에 전달하여 저장하게 된다. 이렇듯 순수한 마음에서 전달된 깨끗하고 긍정적인 정서의 기억을 유식학에서는 '정법'이라고 한다.

결국 불교 수행의 핵심은 선 수행을 통해서 자아인 제7식의 중심을 잡아 감각적 6식을 잘 통제하여 제8식 아뢰야식에 긍정적인 기억을 저장하는 것이다. 그래서 사람이 죽게 되면 제6식(의식)과 제7식은 사라져도 제8식 아뢰야식은 영혼 속에 남아 있다가, 다시 인간으로 환생하면 그 기억의 씨앗이 자라 열매를 맺게 된다.

좋은 기억의 씨앗은 좋은 상생의 인연과 결과(선인선과善因善果)를 만들어낼 테고, 나쁜 기억의 씨앗은 악하고 상극의 인연과 결과(악인악과惡因惡果)를 만들어낼 것이다. 이것이 불교사상의 인과론이다.

일반적인 불교사상에서 수행의 완성은 주로 제8식의 단계에 들어서 염법을 제거하고 정법을 확산시키는 수준으로 제시된다. 제8식을 넘어선 깊고 고요한 마음의 경지이자 절대 순수의식인 제9식 '아마라식'

에 대한 언급은 그리 많지 않다. '백정식白淨識', 또는 '청정식淸淨識'이라고도 하는 이 아마라식이 중요한 이유는 그 속에 여래의 태아인 '여래장如來藏'이 들어 있기 때문이다.

여래장은 부처의 성품인 '불성佛性'으로 불리기도 하고 진리의 태아가 자리한 생명의 근원을 의미하는 '혜명慧命'으로 불리기도 한다. 선도 수행에서는 이를 어린아이인 '영아嬰兒' 혹은 밝은 빛의 신을 의미하는 양신으로 표현한다. 그러니 불교 수행에서 성불의 단계에 들어서려면 반드시 제9식 아마라식으로 진입하여 여래장이나 혜명을 찾아 성장시켜야 하는 것이다.

그렇다면 제9식에서 불성인 여래장을 찾으면 공부가 완전히 끝나는 것일까? 불교 심리학에서는 더 이상의 의식단계가 없다. 허나 저자는 수련의 끝자락까지 가서 깨달음을 얻은 이후 제10식 '광명식光明識'의 경지가 있음을 알게 되었다. 제10식은 불교 심리학에는 없는 개념으로 저자가 새롭게 창안한 것임을 밝혀둔다.

10은 동양사상에서 완성의 수이고, 마지막 대각과 성불의 완성을 의미한다. 불성인 여래장을 찾아 키워서 머리 백회를 통해 세상으로 나와 대원정각인 성불을 이루어 법신불, 비로자나불과 하나되는 것이 바로 제10식 광명식이다.

법신불은 진리와 법을 몸으로 하는 부처이며, 비로자나불은 현상계에 나타난 부처님의 원래 모습, 즉 진리 자체를 상징하는 부처이다. 수행을 통해 제10식에 이르는 방법은 저자가 새로 개발한 수행방법을 설명한 저서 『태극숨명상』에서 자세히 다루도록 하겠다.

수행을 통해 각 의식단계별 완성을 이룰 경우 부처의 4가지 지혜인 여래사지如來四智를 얻을 수 있다. 제6식의 완성을 통해 우리는 세상의 경계와 만나 모든 일을 처리함에 원만구족圓滿具足(원만하게 다 갖추어 있음)하고 지공무사至公無私(지극히 공변되어 사심이 없음)하게 실행하는 성소작지成所作智(사물 하나하나의 이치를 보아서 아는 지혜)를 갖추게 된다.

제7식 말라식과 제8식 아뢰야식을 완성하면 묘하게 알아차리고 관찰하는 묘관찰지妙觀察智가 나타난다. 제7식의 묘관찰지가 의식을 통한 알아차림, 즉 바라보는 수준이라고 한다면, 제8식은 무의식을 통한 알아차림 단계이다. 즉 꿈에서도 마음의 작용을 조절할 수 있는 경지에 이르게 된다.

제9식 백정식白淨識(아주 청정한 무의식)을 완성하면 모든 것이 다 평등함을 알아보는 평등성지平等性智를 얻게 된다. 제10식 광명식의 경우에는 크고 원만하게 일체 사물의 참모습을 비추는 대원경지大圓鏡智를 얻게 된다.

유식학의 이론과 원리는 서양 심리학에서 인간의 의식을 의식과 무의식으로 구분하고 무의식을 개인 무의식과 집단무의식으로 구분하는 칼 융의 이론 및 구조와 많이 흡사하다.

저자는 이러한 마음의 구조를 알기 쉽게 **〈표 7〉** '불교 유식학의 구조와 심리학의 구조 비교'에 나타냈다.

〈표 7〉 불교 유식학의 구조와 심리학의 구조 비교

구분	6식	제7식	제8식	제9식	제10식
불교 유식학	안식(제1식) 이식(제2식) 비식(제3식) 설식(제4식) 신식(제5식) 의식(제6식)	말라식	아뢰야식 /함장식 *정법(상생자원) *염법(트라우마)	아마라식 /백정식 * 여래장 불성 진여 일심 혜명	광명식 *법신불 비로자나불 성불 대원정각 진리
여래사지	1.성소작지	2. 묘관찰지		3. 평등성지	4. 대원경지
서구 심리학	의식	전의식	개인 무의식	집단무의식 * 원형에너지	집단무의식 * 원형에너지

위의 **〈표 7〉**에서 알 수 있듯이 불교의 마음 수행도 궁극에는 무의식에 있는 부정적 정서인 트라우마를 제거하고 집단무의식에 있는 불성을 찾아 무의식의 의식화, 즉 무의식과 의식의 통합 작업을 이루는 것이다. 그래야 마음을 찾아서 마음대로 쓸 수 있는 힘과 진정한 자유, 무애無礙(막히거나 걸리는 것이 없음)를 얻을 수 있는 것이다.

12. 불교 수행과 곽암의 '십우도'

불교 심리학 공부에 심취해 있을 때, 불교적 관점에서 마음 수행의 과정을 소와 목동에 비유한 그림 두 점을 접하게 되었다. 중국 명나라 때 보명화상普明和尙의 '목우십도송牧牛十圖頌'과 송나라 때 곽암선사廓庵禪師의 '십우도十牛圖'가 그것이다.

보명화상의 '목우십도송'은 그 구성이 1.미우未牛, 2.초조初調, 3.수제受制 , 4.회수廻首, 5.순복馴伏, 6.무애無礙, 7.임운任運, 8.상망相忘, 9.독조獨照, 10.쌍민雙泯의 순으로 이루어져 있고, 곽암선사의 '십우도'는 1.심우尋牛, 2.견적見跡, 3.견우見牛, 4.득우得牛, 5.목우牧牛, 6.기우귀가騎牛歸家, 7.망우존인忘牛存人, 8.인우구망人牛俱忘, 9. 반본환원返本還源, 10.입전수수入鄽垂手의 순서로 구성되어 있다.

저자는 보명화상의 '목우십도송'보다 곽암선사의 '십우도'가 더 좋았다. 왜냐하면 보명화상의 그림은 마지막에 궁극적 깨달음의 경지를 상징하는 원상의 그림에서 모든 수행이 끝나는 반면, 곽암선사의 그림은 궁극적 깨달음의 경지에서 다시 현실로 나가 그 진리를 실천하는 2단계(반본환원, 입전수수)가 더 묘사되어 있기 때문이었다.

도를 닦고 마음공부를 하는 것은 속세를 떠나 이상의 선계에 가려고 하는 것이 아니라 현실에서 좀 더 편안하고 행복하게 잘살기 위해서 수행을 하는 것이라고 생각한다. 그러므로 나에겐 곽암선사의 십우도가 더 친근하고 설득력이 있었다.

저자 또한 깨달음의 세계에서 현실로 내려와 가족과 주변사람들을 위해 사랑과 헌신과 봉사의 삶을 사는 것이 마지막 공부라고 생각하기 때문이다. 곽암선사의 수행의 과정을 그린 '십우도'를 살펴보기로 하자.

곽암선사의 십우도는 7개 한자로 이루어진 칠언절구七言絕句의 시로 이루어져 있다. 이 시에 대한 여러 가지 해설이 있으나 직접 저자가 원문을 보고 해석을 달았다.[57] 그리고 십우도의 그림은 한국융연구소 이부영 박사의 논문 내용을 참고하였다.[58]

---

57) 곽암, 이희익 옮김, 『깨달음에 이르는 열가지 단계 십우도』, 경서원, 2003 참조.

58) 이부영, 「곽암의 십우도:분석심리학의 고찰」, 『심성연구』25:(1), 한국분석심리학회, 2010, 1~26쪽 참조.

1) 심우(마음소를 찾다)

<그림 11> 심우도尋牛圖[59]

"아득하고 넓게 펼쳐진 풀숲 사이를 헤치고 마음소를
찾으려니 물은 넓고 산은 멀어 길은 아득하구나.

힘은 없고 정신은 피곤한데 마음소의 흔적을 찾을 수가
없구나.
단지 단풍 나뭇가지에서 때늦은 매미 우는 소리만
들리는구나.[60]

59) 이부영, 위의 논문, 3쪽 참조.

60) 곽암, 이희익 옮김, 위의 책, 45쪽 참조: 망망발초거추심(茫茫撥草去追尋), 수활산요로갱심(水闊山遙路更深), 역진신피무처멱(力盡神疲無處覓), 단문풍수만선음(但聞楓樹晩蟬吟).

곽암선사의 '십우도' 가운데 첫 단계인 '심우'는 목동이 마음소를 찾는 과정이다. 목동은 도를 닦아 마음공부를 하고자 하는 수행자를 상징하는 것이고 소는 우리의 마음을 의미한다. 즉, '심우'는 보이지 않는 마음을 찾기 위해서 첫 마음을 내는 과정의 묘사이다.

우리는 살면서 마음이 존재하는지도 모르고 그냥 아무런 생각 없이 하루하루를 살아간다. 그러다보니 자신도 모르는 가운데 많은 이에게 상처를 주고 상처를 받기도 하며 고통 속에 살아간다. 그러므로 고통을 만들어내는 보이지 않는 마음소를 찾아야 하는 것이다. 이러한 마음소를 찾고자 하는 의지를 내는 것을 발도심 혹은 발원이라고 한다.

2) 견적(마음소의 자취를 보다)

〈그림 12〉 견적도見跡圖[61]

61) 이부영, 위의 논문, 6쪽 참조.

물가와 나무 아래에 이르니
마음소의 발자국 흔적들이 무수히 있네.
푸르게 우거진 풀들을 헤치고 마음소를 찾아볼까.

아무리 깊은 산속 깊은 곳에 숨어 있다 해도
어찌 하늘을 향한 드러난 코 구멍을 어찌 감출 수 있으리오.[62)]

'견적'은 마음소가 어디에 있는지 그 자취를 찾는 과정이다. 수행자인 목동이 그동안 자신의 마음과 감정을 인지하지 못하고 살다가 이제야 알아차리는 단계에 들어선 것이다. 불교 수행에서는 이를 마음을 지켜본다, 혹은 마음을 바라본다고 하여 '관법'이라고 한다.

선불교처럼 깊은 내면을 바라보는 것을 '대승관법'이라 하고, 소승불교의 '위파사나'처럼 현재 작용하는 마음과 감정을 바라보는 것을 '소승관법'이라고 한다. 또한 선 수행의 하나인 '간화선'에서는 '내가 누구인가?'라는 화두를 드는 것도 '관법'이라 한다.

깊은 내면을 바라보는 것은 쉽지 않지만, 현재의 마음과 감정을 바라보고 알아차리기는 쉽다. 따라서 의지와 노력만 따라준다면 마음공부는 그렇게 어렵지 않다. 중요한 것은, 단지 바라보고 알아차리기만 해야 한다는 것이다.

마음작용과 감정의 변화에 도덕적이고 윤리적인 잣대를 들이대거나, 옳고 그름의 판단이 개입하면 마음이 틀에 갇혀버려 도덕 공부가

62) 곽암, 이희익 옮김, 위의 책, 67쪽 참조: 수변림하적편다(水邊林下跡編多), 방초리피견야마(芳草離被見也麼), 종시심산갱심처(終是深山更深處), 요천비공즘장타(遼天鼻孔怎藏他).

되어버린다. 단지 그냥 바라보고 알아차리는 것이 중요하다.

3) 견우(마음소를 보다)

<그림 13> 견우도見牛圖[63)]

꾀꼬리 나뭇가지 위에서 지저귀고

햇볕은 따뜻하며 바람은 부드러이 부니

언덕 위의 버드나무 잎이 푸르구나.

이제 여기에 다시 마음소가 숨을 곳은 찾지 못하여

우뚝 솟은 마음소의 머리 뿔을 보고도

막상 그리기가 어렵구나.[64)]

'견우'는 마음소의 실체를 보는 과정이다. 수행자인 목동이 자신의 마음소를 바라보고 알아차리는 단계가 지속되는 것이다. 즉, 수행자가 자기 마음을 바라보고 알아차리는 것이 일상화되어서 숙달의 단계에 들어가 점점 마음의 실체에 가까워지는 과정이다.

이 단계에서는 좋고, 싫고, 기쁘고, 슬프고, 화나고, 우울하고 등등의 감정을 단지 보고 알아차릴 수 있는 과정이다. 하지만 감정을 마음대로 조절하거나 통제할 수는 없다.

4) 득우(마음소를 얻다)

〈그림 14〉 득우도得牛圖[65]

63) 이부영, 위의 논문, 8쪽 참조.

64) 곽암, 이희익 옮김, 위의 책, 83쪽 참조: 황앵지상일성성(黃鶯枝上一聲聲), 일난풍화안류청(日暖風和岸柳淸), 지차갱무회피처(只此更無回避處), 삼삼두각화난성(森森頭角畵難成).

65) 이부영, 위의 논문, 10쪽 참조.

온 정신을 다해 마음소를 잡았으나
사납고 힘이 세어 다루기 힘들구나.

어느 때는 높은 고원 위에 있고
또는 운무가 자욱한 깊은 골짜기에 있구나.[66]

'득우'는 마음소를 잡는 과정이다. 마음소를 잡는다는 것은 수행자인 목동이 드디어 마음을 바라보고 알아차리는 과정을 넘어서서 자신의 마음을 조절하는 성숙한 단계에 들어섰음을 의미한다. 현재 마음과 감정을 바라보고 알아차리는 순간, 그 마음과 감정은 조금씩 통제가 가능해진다. 이는 무의식에 있는 그림자나 콤플렉스를 인지하여 변화가 시작되는 단계이다.

이때는 의식과 무의식이 충돌하면서 깊숙이 숨어 있던 부정적 정서와 기억이 나타나 의식과 충돌하기도 하고, 때론 그것이 정화되어 무의식과 의식이 하나로 합쳐지면서 마음을 의지대로 통제할 수 있게 된다. 이때는 감정을 조절하는 경우와 조절 못하고 그냥 바라만 봐야 하는 경우가 뒤섞여 있는 과정이다.

66) 곽암, 이희익 옮김, 위의 책, 101쪽 참조: 갈진정신획득거(渴盡精神獲得渠), 심강력장졸난제(沈强力壯卒難除), 시유재도고원상(時有綷到高原上), 우입연운심처거(又入煙雲深處居).

5) 목우(마음소를 길들이다)

〈그림 15〉 목우도牧牛圖[67]

채찍과 고삐를 잠시도 몸에서 떼지 않음은

마음소가 멋대로 걸어 저 더러운 먼지 있는 곳으로

다시 들어갈까 두려워함이라.

마음소를 잘 이끌어 길들이면 온순해지리니

고삐 묶어 구속하지 않더라도 자연 목동을 따르리라.[68]

---

67) 이부영, 위의 논문, 11쪽 참조.

68) 곽암, 이희익 옮김, 위의 책, 122쪽 참조: 편삭시시불리신(鞭索時時不離身), 공이종보입애진(恐伊縱步入埃塵), 상장목득순화야(相將牧得純和也), 기쇄무구자축인(羈鎖無拘自逐人).

'목우'는 마음소를 길들이는 과정이다. 마음을 깊이 바라보고 알아차려 마침내 내 의지대로 마음을 움직이는 게 자연스러워진 상태이다. 하지만 완전히 길들여진 것은 아니기에 방심할 수는 없다.

내 감정들을 알고 어느 정도 감정조절이 많이 가능해진 상태이다. 하지만 어느 순간 무의식에서 내가 모르는 감정이나 트라우마가 툭 튀어나올 수 있으므로 마음을 놓지 말고 조심해야 하는 과정이다.

6) 기우귀가(마음소를 타고 마음고향으로 돌아가다)

〈그림 16〉 기우귀가도騎牛歸家圖[69)]

69) 이부영, 위의 논문, 13쪽 참조.

마음소를 타고 한가로이 마음 집으로 돌아가니
아~! 목동의 피리 가락에 저녁노을이 저무는구나.

한 박자 한 곡조마다 무한한 자연의 마음을 담고 있으니
이 가락을 듣는다면 누구라도 입을 모아 장단을 맞추리라.[70)]

여섯 번째 그림 '기우귀가'는 수행자인 목동이 의식과 감정의 마음소를 타고 피리를 불며 무의식의 본래 집으로 돌아가는 과정이다. 무의식의 정화가 이루어져 의식과 무의식이 하나로 합쳐지니 마음에 걸림이 없어 자유로운 경지를 표현하고 있다.

여기서 집은 무의식의 세계이고, 본성, 불성의 세계이다. 이 무의식의 세계가 바로 불교 '유식학'에서 말하는 함장식인 제8식 아뢰야식의 세계라고 할 수 있다. 아직 완전히 무의식의 정화가 끝나지 않은 상태이다.

70) 곽암, 이희익 옮김, 위의 책, 144쪽 참조: 기우이리욕환가(騎牛迤邐欲還家), 강적성성송만하(羌笛聲聲送晩霞), 일박일가무한의(一拍一歌無限意), 지음하필고진아(知音何必鼓唇牙).

7) 망우존인(마음소는 사라지고 목동만이 존재하다)

〈그림 17〉 망우존인도忘牛存人圖[71]

마음소를 타고 마음의 본래 집으로 돌아오니
마음소는 사라지고 목동 또한 한가로워라.

날이 밝아 붉은 해가 높이 솟아도 여전히 꿈속에 있으니
채찍과 고삐는 초가삼간에 부질없이 놓여 있네.[72]

---

71) 이부영, 위의 논문, 15쪽 참조.

72) 곽암, 이희익 옮김, 위의 책, 163쪽 참조: 기우이득도가산(騎牛已得到家山), 우야공혜인야한(牛也空兮人也閑), 홍일삼간유작몽(紅日三竿猶作夢), 편승공돈초당간(鞭繩空頓草堂間).

'도가망우'는 집에 도달하여 마음소를 잊어버린 과정이다. 이는 수행을 통해 의식의 마음소가 완전히 무의식의 세계에 들어서서 하나가 된 것을 의미한다. 이때부터 비로소 '불성'과 여래의 태아인 '여래장'이 나타난다.

그림에서 목동은 육신의 수행자가 아닌 수행자 내면에 존재하는 진리의 어린아이, 즉 부처의 아이인 불자로 보면 된다. 이는 '유식학'에 있어 제8식 '아뢰야식'을 넘어 제9식 '아마라식'의 상태로 들어간 것이다.

이제 불성인 여래장을 찾았으니 마지막 궁극의 깨달음 '공空의 세계'에 드는 과정만 남았다.

8) 인우구망(목동과 마음소 함께 사라지다)

<그림 18> 인우구망도人牛俱忘圖[73]

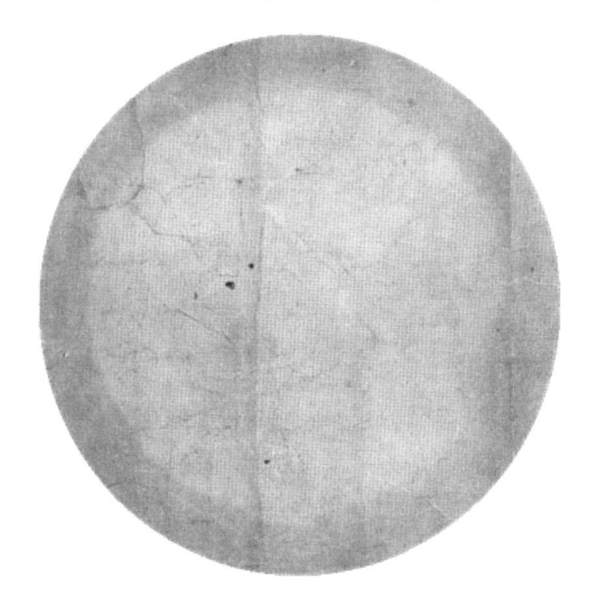

채찍과 고삐, 목동과 마음소 모두 허공으로 돌아갔으니,
푸른 하늘은 멀고 넓어서 소식을 전하기 어려워라.

붉은 화롯불 속에 어찌 하얀 눈이 남아 있으리오.
이 경지에 이르러야 깨달은 선각자의 경지에 합하도다.[74]

'인우구망'은 채찍과 고삐, 목동과 마음소가 함께 텅 빈 공의 세계로 들어가는 과정이다. 채찍과 고삐는 수행의 방법으로 참선, 염불, 기도, 독경, 계율, 마음챙김, 마음 바라보기 등을 말함이요, 수행자인 목동과 의식인 마음소, 무의식인 집 모두가 사라지고 텅 빈 공의 자리로 돌아가는 것이다.

이를 일러 융은 집단무의식이라고 하였고, 혹은 '일원一圓'의 자리, '법신불'의 자리, '무극'의 자리, '하느님'의 자리라고 한다. 이 궁극의 세계에는 모든 것의 실체가 없이 텅 비어 오로지 둥근 '원圓상'만 나타나는데, 이는 우주의 근원이자 경지를 의미한다. 만물과 인간이 생기기 이전의 상태를 설명하는 것이다.

---

73) 이부영, 위의 논문, 16쪽 참조.

74) 곽암, 이희익 옮김, 위의 책, 180쪽 참조: 편삭인우진속공(鞭索人牛盡屬空), 벽천요활신난통(碧天遙闊信難通), 홍로염상쟁용설(紅爐焰上爭容雪), 도차방지합조종(到此方知合祖宗).

9) 반본환원(근본을 돌이켜 근원으로 돌아가다)

<그림 19> 반본환원도返本還源圖[75)]

근본을 돌이켜 근원에 이르고자 너무나 많은 공을 들였으니,

억지로 다툼이 마치 눈 멀고 귀 먹은 자와 같구나.

암자 안에서 밖의 사물을 보지 않아도,

물은 스스로 흐르고 꽃은 저절로 붉어지니라.[76)]

'십우도'의 아홉 번째 과정은 '반본환원'으로 근본을 돌이켜서 근원으

---

75) 이부영, 위의 논문, 19쪽 참조.

76) 곽암, 이희익 옮김, 위의 책, 201쪽 참조: 반본환원이비공(返本還源已費功), 쟁여직하사맹롱(爭如直下似盲聾), 암중불견암전물(庵中不見庵前物), 수자망망화자홍(水自茫茫花自紅).

로 돌아오는 과정이다. 깨달음의 근원인 공의 세계에 이르렀다 하더라도 다시 현실로 돌아와서 그 깨달은 진리를 실천하는 삶을 살아야 하는데, 깨닫고 현실로 돌아오면 모든 사물과 사람이 다 부처요, 수행자의 모든 움직임이 다 참선이 된다.

그러니 이제는 따로 수행이 필요치 않다. 깨달음의 세계로 많은 사람을 이끌고, 밥 먹고 일하고 쉬는 것, 이 모든 것이 바로 도가 되는 경지인 것이다. 이를 일러 불가에서는 조사선祖師禪이라고 부르기도 하며 앞장의 인우구망의 경지를 여래선如來禪이라 말하기도 한다. 그리고 마음소를 찾아 헤매고 채찍과 고삐로 마음소를 길들이는 과정을 의리선義理禪이라고 한다.[77]

10) 입전수수(세상에 나와 덕을 베풀다)

<그림 20> 입전수수도入鄽垂手圖[78]

마음을 열고 맨발로 세상으로 나아가니
흙과 길의 먼지 덮어쓰더라도 얼굴에 웃음이 가득하도다.

굳이 신선의 참다운 비결을 사용하지 않고
바로 전하는 말로도 마른 나무에 꽃을 피우게 하는구나.[79)]

'입전수수'는 '십우도'의 마지막 그림으로 세상 속 삶의 현장에 들어가 베푸는 과정이다. 이는 모든 것을 초월한 후 다시 현실로 돌아와 깨달은 바를 실천하고 봉사하는 것이 마지막 경지임을 의미한다. 우주와 인간의 이치를 논하였던 주자의 성리학이 결국 실용주의 실학으로 꽃을 피웠듯이 수행도 다시 현실로 돌아와서 나와 타인의 삶을 행복하게 바꾸는 것으로 귀결되어야 한다.

이렇듯 '십우도'는 마음 수행의 과정을 그림으로 풀어 놓은 것으로, 나는 '십우도'를 공부하며 내 마음공부는 어느 단계인지 계속해서 돌아보았다. 수행의 목적은 현실과 동떨어진 신선의 세계나 극락에 가려 하는 것이 아니다. 물론 수행의 과정에서 신비로운 세계에 이를 수도

---

77) 의리선, 여래선, 조사선을 불교 선종의 삼종선三種禪이라고 한다. 삼종선에 대한 이견은 많으나 저자의 소견으로는 의리선은 이성적으로 연구하고 수행해 나가는 과정이고 여래선은 수행을 통해 일체 모든 것이 텅 빈 근원자리를 깨달아 그 자리에 머무는 것이며, 조사선은 텅 빈 근원의 자리에서 다시 현실에 나타나는 것을 말함이다. 어떤 것이 높고 낮음의 문제가 아니라 수행의 과정을 3단계로 표현한 것이라고 생각한다. 이는 불가에서 흔히 말하는 "산은 산이요, 물은 물이요, 산은 산이 아니요, 물은 물이 아니요, 다시 산은 산이요, 물은 물이다."라는 변증법적 과정을 거친 수행의 발전 과정을 말함이다.

78) 이부영, 위의 논문, 21쪽 참조.

79) 곽암, 이희익 옮김, 위의 책, 222쪽 참조: 노흉선족입전래(露胸跣足入廛來), 말토도회소만시(抹土途灰笑滿顋), 불용신선진비결(不用神仙眞秘訣), 직교고목방화개(直敎故木放花開).

있고 우주의 새로운 차원을 경험할 수도 있다.

하지만 결국에는 현재 내가 발 딛고 선 이 현실에서 마음을 다스리고 육신을 건강히 관리하여 내면의 그림자를 지워서 봉사하고 헌신하는 삶을 사는 것, 그것이 바로 수행의 목적이 되어야 한다. 깨달음의 경지에 이른 이는 본래 청정하여 번뇌가 없으니 산은 산대로 물은 물대로, 있는 그대로를 볼 수 있는 참된 지혜를 얻게 된다. 그리하여 그 존재만으로도 모두에게 빛이 되고 향기가 되는 것이다.

13. NLP 심리학과 마음의 구조

불교 심리학이 서양 심리학과 일맥상통하는 부분이 많다는 사실을 깨닫고 나서, 나는 서양 심리학을 보다 깊이 파고들어 보기로 마음먹었다. 그때 나의 관심을 끈 것이 바로 NLP(Neuro-linguistic programming: 신경언어프로그래밍) 심리학이었다.

NLP 심리학은 1970년대 중반 미국에서 여러 학문의 결합을 통해 만들어진 일종의 실용심리학 이론이다. 따라서 언어학, 임상심리학, 심리치료이론, 정보통신의 원리, 신경과학의 원리, 의사소통의 원리, 생태학에 이르기까지 그 구성요소가 다양하다. 그리고 다양한 학문적 이론을 바탕으로 하기에 그만큼 다양한 프로그램을 제시한다.

NLP 심리학에서는 역사적으로 우수한 사람들은 어떤 생각을 하고, 무엇을 듣고, 어떤 행동을 했는지 등등을 단계적으로 분석하고 분류하였다. 그리하여 우수한 인재, 혹은 성공한 사람들은 생각, 느낌, 행동, 신념에 있어서 공통된 패턴을 보여준다는 사실을 발견하고, 그 패턴을 모방하여 효과적인 의사소통이나 개인의 인격 변화, 행동의 긍정적인 변화를 이끌어낼 수 있는 모델을 만들었다.

NLP 심리학의 목표는 인간 내면의 부정적 정서와 트라우마를 빠르게 제거해 무한한 잠재능력을 극대화시키는 것이다. 그러기 위해 사람들이 외부 세상의 모든 경험과 사건들을 경험할 때에는 우리가 가진 감각적 언어를 통해서 받아들이는데 NLP 심리학에서는 이를 신경언어 혹은 표상체계라고 부른다.

표상체계는 우리가 자주 쓰는 감각의 언어로 구성되는데 시각, 청각, 후각, 미각, 촉각, 내부언어(이성적)의 6가지가 있다. 이 가운데 자주 사용하는 시각(V), 청각(A), 촉각(K), 내부언어(AD)를 '선호표상체계'라고 한다. 이 선호표상체계 검사를 통해서 우리가 사물의 나타나는 모습과 형태에 관심을 갖는 시각형 사람, 음악과 사람들의 말하는 소리에 민감한 청각형 사람, 혹은 몸의 움직임과 느낌을 좋아하는 촉각형 사람, 아니면 생각을 통해 모든 것을 분석하는 이성적 사람인지 확인해볼 수 있다.

예를 들면 교통사고가 나더라도 시각형은 사고 날 당시의 차의 모습이 내면 무의식에 트라우마로 각인되어 차만 보면 힘들어하고, 청각형은 사고 날 때의 큰소리가 내면 무의식에 트라우마로 각인되어 큰소리만 나면 놀라고 힘들어 하며, 촉각형의 사람은 사고 날 때의 피부에 닿았던 통증이 내면 트라우마로 각인되어 누가 살짝 몸에 손을 대기만 해도 소스라치게 놀라는 것이다. 그리고 내부언어형은 자신 스스로에게 반문하는 것으로,

"왜 그때 운전을 급하게 했을까?"
"내가 왜 그때 조심하지 않았을까?"

하는 스스로 끊임없는 죄책감이 내면에 트라우마로 각인되어 항상 무슨 일만 생기면 두려워하고 자신감이 결여되어 안절부절하는 것이다. 이것이 우리가 사물을 받아들이는 신경언어인 것이다.

NLP 심리학은 내면에 각인되어 있는 자신이 선호하는 신경언어로 구성된 트라우마를 자신이 가장 선호하지 않은 신경언어로 사건을 재구성함으로써 트라우마를 치료하는 것이다. 시각형으로 구성된 트라우마는 청각형이나 촉각형으로 구성하면 그 트라우마가 감소되고 사라지게 된다.

즉 차의 모습에 놀란 시각형 사람에게 그 당시 어떤 소리를 들었냐고 청각형으로 묻게 되면 갑자기 놀란 상처가 반감되는 것을 알 수 있다. 차의 소리에 놀란 사람에게 시각형으로 묻게 되어도 통증이 시각화되면서 반감되는 것이다.

또한 우리가 신경언어를 통해서 사물을 경험하고 사건을 받아들일 때 보통 왜곡, 삭제, 일반화라는 잘못된 구조를 사용하게 되는데, 이것을 바로잡아야 우리는 사물과 사건을 팩트로 인지하고 있는 그대로 받아들일 수 있게 된다. 그래야 트라우마가 생겨나지 않는 것이다. 이 왜곡, 삭제, 일반화를 차단하는 과정을 여과장치 혹은 필터링 기능이라고 하는데 이 필터링 기능은 NLP 심리프로그램, 마음챙김 명상, 참선, 다양한 심리상담 등의 방법으로 가능한 것이다.

다음 표는 NLP 심리학의 구조, 불교의 유식학 구조, 서양 심리학의 의식구조를 서로 비교한 것이다. 표에서 가장 주의 깊게 살펴봐야 할 것이 바로 필터링이다. 필터링의 핵심은 사물을 접하는 6가지 감각(시각, 청각, 후각, 미각, 촉각, 내부언어)을 왜곡하지 않고 있는 그대로 인식하는 것이다.

우리는 6가지 감각을 통해서 들어오는 대상을 불안, 두려움, 우울함, 슬픔, 분노 등의 오염된 필터를 통해 인지를 왜곡하고 삭제하고 일반화시켜버린다. 그럼으로써 무의식에 부정적 정서와 트라우마를 새겨넣는다.

따라서 우리는 NLP 심리프로그램이나 명상, 참선, 기도, 피정, 마음챙김, 다양한 심리상담 등의 필터링 과정을 통해 이 부정적 정서와 트라우마를 차단하고, 정화하고 정리하는 과정을 실행해야 한다.[80)]

위에 언급한 내용들의 이해를 돕기 위하여 다음 **<표 8>** 'NLP 신경언어와 불교 유식학, 서양 심리학의 구조 비교'에 알기 쉽게 나타내었다.

---

80) John Grinder & Richard Bandler, 한국NLP상담학회 옮김, 『NLP 그 마법의 구조 II』, 시그마프레스, 2013, 4~27쪽 참조.

〈표 8〉 NLP 신경언어와 불교 유식학, 서양 심리학의 구조 비교

구분	표상체계(감각) / 표층구조	전달	오염된 원인 / 언어오류	여과장치(필터링) / 정화과정	전달	심층구조	전달	상위구조
NLP	시각 청각 후각 미각 촉각 내부언어	▶ ◀	언어소통의 생략 왜곡 일반화	NLP 심리프로그램 참선, 기도, 명상 마음챙김 명상 심리상담	▶ ◀	〈부정적 기억〉 트라우마 콤플렉스 그림자 〈긍정적 기억〉 좋은 신념 행복한 기억	▶ ◀	영성
심리학	의식		전의식			개인 무의식		집단 무의식
불교학	제6식		제7식 말라식			제8식 아뢰야식		제9식 아마라식

〈그림 21〉 NLP 의사소통 모형

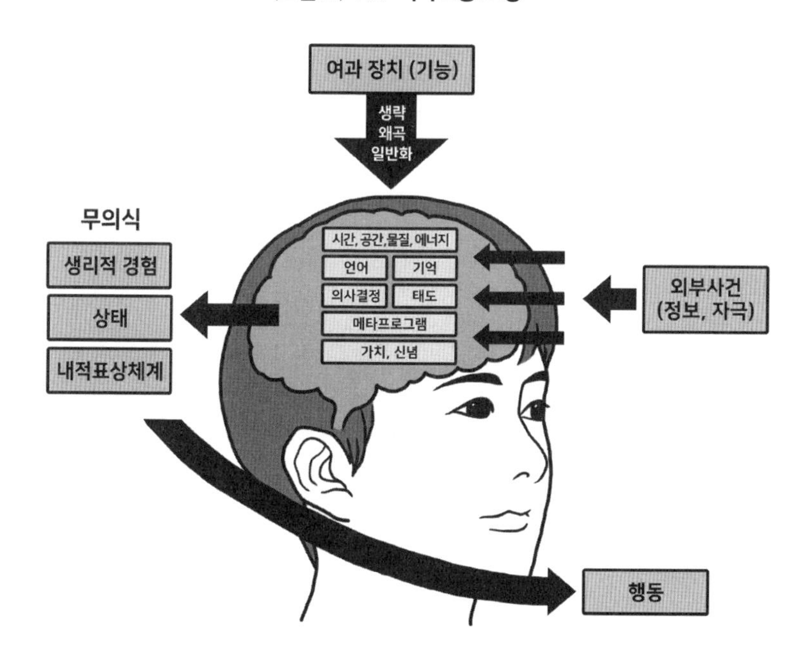

나는 1년 넘게 주말마다 지방에서 서울을 오가며 NLP심리아카데미에서 전경숙 박사에게 NLP '프랙티셔너Practitioner' 과정과 '마스터Master' 과정을 수료하였다. 이후 NLP의 산실 산타크루즈 캘리포니아 대학의 NLPU에서 여름방학 기간 20일 동안 열리는 'NLP 국제트레이너International Trainer' 과정에도 참여했다.

매년 전 세계 60개국에서 다양한 사람들이 찾아오는 최고의 전문과정이었다. NLP 전문강사는 로버트 딜츠Robert Dilts와 주디 드로지어Judith Delozier였다. 당시 딜츠와 주디는 NLP 3세대 장Field 이론을 중심으로 강의를 했는데 그중에서도 몸의 표현을 강조해 가르쳤다.

몸의 표현을 강조하는 것은 빙산의 몸통처럼 우리 몸이 무의식을 담는 그릇이고, 몸속에 트라우마가 내재되어 있기 때문이다. 몸의 움직임을 통해서 우리 무의식 속에 있는 부정적 트라우마와 정서를 쉽고 빠르게 해결하는 방법이었다.

우리는 살아가면서 많은 의사소통을 한다. 하지만 의사소통 중에서 말로 하는 소통은 7퍼센트에 불과하며, 몸을 통해 표현하는 신체 언어와 소리를 통해 표현하는 음성적 언어를 합한 비언어적인 언어가 93퍼센트에 달한다.

몸을 사용하는 언어[81] 가운데 자세, 몸짓, 표정, 눈 깜박임, 호흡의 속도와 깊이 같은 신체적 반응 언어는 55퍼센트에 해당하고, 소리의

---

81) 몸을 사용하는 언어는 신체구문론(Somatic Syntax)으로 바디 랭귀지(Body Language)를 말한다. 즉 몸의 언어문법이란 말로서 소매틱(Somatic)은 몸을 의미하는 그리스 단어 소마(Soma)에서 유래하며, 신텍스(Syntax)는 문법이란 말을 의미한다.

높낮이와 빠르기, 질과 크기 같은 음성적 언어는 38퍼센트가 된다. 이런 사실은 우리가 몸짓 언어를 얼마나 잘 사용하느냐에 따라 다른 사람과의 의사소통도 그만큼 잘 이루어질 수 있음을 알려주는데, 몸짓 언어를 잘 구사하기 위해서는 긴장과 불안, 두려움이 없어야 하고 무의식 속에 부정적 정서와 트라우마가 없어야 한다.

몸이 깊은 무의식과도 연결돼 있다는 사실을 모르는 사람은 없을 것이다. 따라서 몸의 움직임은 단순한 움직임을 넘어서 무의식을 드러내고, 감정 상태도 고스란히 드러낸다. 그러므로 몸 수행이나 심리공부를 통해 부정적인 감정들을 정화하고 치유해 나가야 하는 것이다.

NLP 심리학에서 활용하는 몸 수행의 방법에는 로버트 딜츠가 창안한 이론인 '원형적 에너지 만들기', '코치 상태에 들어가기', '중심 잡기', '뿌리 내리기', '흐르기' 등이 있다. 이 방법들을 구체적으로 설명하기보다는 모두 동양의 선도수행인 단전호흡에서 행해지는 것이라고 이야기하는 것이 훨씬 이해가 빠를 것이다.

원형적 에너지는 기운을 말하는 것이고, 코치 상태에 들기는 하단전, 중단전, 상단전의 중심을 만드는 것이며, 중심 잡기는 단전호흡을 말한다. 뿌리 내리기와 흐르기는 선 상태에서 단전 중심을 잡고 기운을 느끼면서 움직여 나가는 춤인 현무나 태극무 수련과 비슷하다.

어느 날 강의가 끝난 후, 나는 로버트 딜츠에게 그가 강의하는 프로그램이 원래 동양 선도수행 방법들이고 내가 오랜 시간 수련해온 분야라고 이야기했다. 로버트 딜츠는 놀라워하며 자신은 이 프로그램이 좋아서 강의하지만 어디서 기원했는지는 몰랐다고 말했다.

나는 NLPU 마지막 수업에서 센터링과 에너지 댄스, 즉 단전 중심 잡기와 기운으로 추는 춤동작인 현무를 공연했고, 참석한 교수들과 외국학생에게 큰 환호를 받았다. 이후 저녁 문화축제 시간에도 마이클 잭슨의 '빌리진'과 사라 브라이트만의 음악을 틀고 현무를 추었다. 마이클 잭슨의 기운을 끌자 격렬한 춤동작이 튀어나왔다. 사라 브라이트만의 감미로운 음악에는 잔잔한 기운을 끌어 하얀 한복의 소맷자락을 나풀거리며 우아한 학처럼 날았다.

음악이 끝나자 기립박수가 터져 나왔다. 많은 사람이 함께 기념촬영을 요청해왔다. 우리에게 몸의 언어를 통한 심리치료를 강의해 주던 주디는 나를 포옹해주면서,

"당신이 몸짓 언어의 진정한 스승이다."

라는 찬사를 보내왔다. 다음날 NLPU의 직원이 다음번 NLPU 프로그램에서 강의를 해줄 수 있을지 물어왔지만, 당시 나는 HK마음인문학연구소 연구교수로 재직하던 터라 일정이 짜여 있어서 그 제안에 응할 수가 없었다.

하지만 우리에게도 우수한 수행방법과 심리프로그램이 있다는 사실을 인정받은 것 같아 거절하면서도 기분이 좋았다. 그후 나는 마지막 수업을 마치고 일행과 함께 NLPU에서 발급하는 NLP공인 국제트레이너 자격증을 받아서 한국으로 돌아왔다.

14. 마음공부의 진정한 스승은 가족이다

미국 교육자 도로시 로 놀테Dorothy Law Nolte(1924~2005)의 시 "아이들은 살아가면서 배운다Children Learn What They Live"를 읽게 되었다. 사실 너무나 가슴에 와닿는 시였지만 처음에는 누구의 시인지 몰라 한참을 찾은 연후에 미국의 1954년 평생교육원에서 가정생활의 중요성을 오랫동안 강의했던 도로시 로 놀테가 미국 남 캘리포니아 한 지역신문에 이 시를 발표한 것이었다.

꾸지람 속에 자란 아이 비난하는 것을 배우고
미움 받으며 자란 아이 싸움질만 하게 되고
놀림 당하며 자란 아이 수줍음만 타게 된다.

관용 속에서 키운 아이 참을성을 알게 되며

격려 받으며 자란 아이 자신감을 갖게 되고
칭찬 들으며 자란 아이 감사할 줄 알게 된다.

공정한 대접 속에 자란 아이 올바름을 배우게 되고
안정 속에 자란 아이 믿음을 갖게 되고
두둔 받으며 자란 아이 자신에 긍지를 느끼며

안정과 우정 속에서 자란 아이
온 세상에 사랑이 충만함을 알게 된다.

그녀는 시 발표 44년 만인 1998년에 시 제목을 타이틀로 쓴『아이들은 살아가면서 배운다Children Learn What They Live』라는 책을 출간하였다. 이 책은 출간 즉시 37개국으로 번역 출판되었고 국내에도 2006년 윤미연 작가의 번역으로 소개되었다.[82] 이후 놀테의 시를 기억하는 수많은 사람들에 의해서 짧은 기간에 자녀교육의 지침서로 인정받았고 확산되었다.

자녀를 키우는 분들이나 어린이나 학생들을 가르치는 분들은 꼭 읽

82) 도로시 로 놀테, 레이첼 해리스리, 윤미연 옮김,『아이를 키우는 마법의 문장』, 친구미디어, 2006.('아이들은 생활 속에서 배운다'라는 시의 내용을 확대한 책이지만 시보다 훨씬 쉽고 간결하게 자녀교육의 교훈을 얻을 수 있게 해준다. 시의 19개 행에 들어있는 시구를 하나의 주제로 설정한 후 이 주제를 실현시키려면 어떻게 해야 하는지에 대해 다양하고 구체적인 사례를 들어 설명한다. 특히 자녀가 이 세상을 살아가면서 꼭 지녀야 할 '가치'에 관한 이야기인 정직, 자신감, 인내, 포용, 사랑, 목표, 진실, 정의, 믿음 등을 이해하기 쉽고 편안하게 풀어나감으로써 이 책을 읽는 사람들이 의식하지 않아도 자연스럽게 자녀교육의 정수를 체득하게 해준다고 한다. 자녀교육에 있어 훌륭한 부모의 역할을 하고 싶은 분들에게 위의 책을 적극 추천한다.)

어봤으면 한다.

도로시 로 놀테는 기존의 시를 보완하여 19가지의 문장으로 아래와 같이 다시 제시하고 있다.

1. 야단맞으며 자라는 아이들은 남을 비난하는 것을 배운다.
2. 적대적인 분위기에서 자라는 아이들은 싸움을 배운다.
3. 두려움 속에서 자라는 아이들은 불안과 두려움을 배운다.
4. 동정을 받으며 자라는 아이들은 자기연민을 배운다.
5. 놀림을 받으며 자라는 아이들은 수치심을 배운다.
6. 질투 속에서 자라는 아이들은 시기심을 배운다.
7. 수치심을 느끼면서 자라는 아이들은 죄책감을 배운다.
8. 격려를 받으면서 자라는 아이들은 자신감을 배운다.
9. 너그러움 속에서 자라는 아이들은 인내심을 배운다.
10. 칭찬을 받으며 자라는 아이들은 남을 인정하는 것을 배운다.
11. 포용하는 분위기에서 자라는 아이들은 사랑을 배운다.
12. 찬성하고 허락하는 분위기에서 자라는 아이들은 자기 자신을 사랑하는 법을 배운다.
13. 인정을 받으며 자라는 아이들은 목표를 갖는 것은 좋은 일이라는 것을 배운다.
14. 함께 나누며 자라는 아이들은 관대함을 배운다.
15. 정직함 속에서 자라는 아이들은 진실함을 배운다.
16. 공정한 분위기 속에서 자라는 아이들은 정의를 배운다.

17. 친절과 배려 속에서 자라는 아이들은 존중심을 배운다.
18. 안정감을 느끼며 자라는 아이들은 자기 자신과 주변 사람들에 대한 믿음을 배운다.
19. 친밀한 환경 속에서 자라는 아이들은 이 세상이 살기 좋은 곳이라는 것을 배운다.[83)]

처음 발표했던 시도 너무 좋았고 새로 책에서 언급한 이 19가지 아이를 키우는 마법의 문장은 여러 번 읽어도 매번 가슴에 와닿는 글귀다. 1번에서 7번까지는 어린이들이 가지는 부정적 정서와 행동인 비난, 싸움, 불안과 두려움, 자기연민, 수치심, 시기심, 죄책감 등의 원인이 바로 부모의 역할과 환경에 있음을 밝히고 있다.

8번에서 19번까지는 12가지의 긍정적 정서와 생각인 자신감, 인내심, 인정하는 마음, 타인에 대한 사랑, 자신에 대한 사랑, 목표를 갖는 것, 관대함, 진실함, 정의, 존중심, 믿음, 세상에 대한 긍정적 생각 또한 부모의 역할과 행동에 있음을 일깨워주고 있다.

아이들은 하얀 도화지이다. 어떻게 그림을 그리는가는 부모들의 역할에 달려 있으므로 정말 진정한 부모들의 마음공부와 기도하는 마음으로 자녀들을 키워야 자녀들이 훌륭하게 성장하는 것이다.

오랫동안 주말부부를 하면서 수련하다 보니 나는 늘 가족에게 미안했다. 특히 하루가 다르게 쑥쑥 자라는 아이들에게 아빠의 빈자리가

83) 도로시 로 놀테, 레이첼 해리스리, 윤미연 옮김, 위의 책, 6~9쪽 참조.

얼마나 크게 느껴졌을지 생각하면 미안함에 할 말을 잃을 지경이었다. 가정교육도 아내 혼자 책임져야 했으니 그 어려움을 헤아리기도 힘들었다. 늦게나마 깨닫고 자녀들의 교육에 집중하고 아이들의 행동과 감정을 관찰하고 함께 마음공부를 시작하였다.

아이들 학부모 모임에 직접 참여하고, 아이들 유치원을 선택하고 학원을 선택할 때 아내와 함께 직접 참여하여 원장님들과 상담을 통하여 결정하였다. 아이들이 학교에서 또래 아이들에게 언어적 폭행이나 물리적 폭행을 당했을 때도 학교로 가서 선생님께 양해를 구하고 직접 그 아이들을 불러서 이야기하며 문제를 풀어나갔다.

이젠 아빠가 방관자가 아니라 자식들의 문제에 직접 개입하여 자신감을 심어주고 함께 하고자 하였다. 시간 나면 직접 요리를 해서 아이들과 같이 먹으며 대화하였다. 대화를 할 땐 항상 질문을 많이 했다. “해라!”, “하지 마라!” 라는 명령조가 아니라,

“왜 그렇게 했어?”
“어떻게 생각해?”
“아빠가 어떻게 도와주면 돼?”
“지금 너의 감정이 어떻게 느껴져?”

라는 질문을 통하여 서로 소통하는 시간을 많이 가졌다. 우리 부모들은 실제 아이를 키우다가 종종 야단치고 비웃으며, 창피를 준다. 심지어는 때리기까지 하면서 자녀에게 상처를 주는 어리석은 행동을 하고

곧바로 후회하면서 좋은 부모가 되는 것에 대한 자신감을 잃어버리고 괴로워한다.

천하를 얻고도 건강을 잃으면 의미 없듯이, 경제적으로 성공하고, 큰 명예를 얻으며 심지어 궁극의 깨달음을 얻었다 하더라도 가정을 잃고 자녀와의 관계가 단절되면 그게 무슨 소용이겠는가.

나는 사회적으로 성공한 사업가나 정치인, 교수, 목사, 심리상담 박사들이 자신들의 자녀와의 단절된 이야기나 가정의 불화 이야기를 하면 그것이 남의 이야기처럼 들리지 않았다. 나를 돌아보고 또 돌아보았다. 나의 독단적인 생각이나 말투로 가족들이 상처받지 않았을까 하는 생각을 자주 하게 된다.

그래서 나는 집에 자주 머물면서 도를 닦는 심정으로 최선을 다해 아이들과 대화하면서 가정에 충실하고자 애를 썼다. 그러는 가운데 일어났던 재미난 몇몇 에피소드가 있다.

어느 날, 6살 난 아들과 4살 난 딸아이를 데리고 동네 마트에 갔을 때 일이다. 나는 아이들이 먹고 싶다는 과자를 하나씩 안겨 주었다. 그런데 딸아이가 또 껌을 사달라고 조르기에 그럼 오빠도 하나 골라주라고 했다. 그러자 아들아이가,

> "아빠, 돈 아껴야지! 나 껌 안 사도 돼! 희정아 너도 껌 사지 마. 아빠 돈 아껴야 해!"

라고 하는 게 아닌가. 전날까지만 하더라도 상상조차 할 수 없는 일이

었다. 아들아이를 아는 사람이라면 녀석이 얼마나 껌을 좋아하는지 알 터였다. 밥은 안 먹어도 껌은 입에 달고 사는 녀석이었다. 아빠가 돈이 없는 걸로 아는 건지, 아니면 철이 든 것인지, 내심 기쁘기도 하고 당황스럽기도 했다. 아이가 어려도 아빠를 위하고 생각하는 깊은 마음이 있음을 알게 된 것이다.

이렇듯 아이들이 변해가는 걸 보면서, 나는 부모의 평소 생활습관과 마음가짐이 아이들의 인격 형성에 얼마나 중요한 역할을 하는지 새삼 깨닫게 되었다. 그래서 아이들이 반말을 하면 도리어 존댓말로 반문을 했다.

"아빠, 밥 먹어!"
"네, 아들도 같이 식사해요."
"네, 아빠도 식사하세요."

라고 따라 한다.

서로 싸울 때도 절대로 한 녀석만 나무라지 않고, 아이들에게 질문을 했다.

"오빠랑 왜 싸웠어?"
"오빠가 나보고 멍청이래요."

"그래? 오빠가 멍청이라고 해서 희정이가 기분이 나빴구나!

자, 그럼 오빠가 동생에게 사과하면 어떨까?"
"희정아, 멍청이라고 해서 미안해."

"그럼 오빠는 왜 동생하고 싸웠어?"
"얘가 손으로 내 어깨를 때렸어요!"

"그럼 아들은 동생이 손으로 어깨를 때려서 화가 났구나!
이젠 희정이가 오빠에게 사과하면 어떨까?"
"오빠, 때려서 미안해."

그러고는 둘이 서로 껴안고 등을 토닥여주게 한 다음, 나도 아이들을 안아주고 꼭 사랑한다는 말을 한다. 그러면 아이들은 언제 싸웠냐는 듯이 다시 즐겁게 웃으며 어울려 지낸다. 하지만 이 방법도 엄마 아빠가 늘 싸움만 해댄다면 전혀 효과가 없다.

부모가 다정하게 지내는 모습을 솔선수범해 보여야 한다. 엄마 아빠가 함께 껴안고 있는 모습을 보이면, 아이들은 늘 나도 안아달라며 달려온다. 그러면 온 식구가 껴안고 뒹구는 동안 새삼 샘솟는 가족애를 느낄 수 있다.

어느 날 유치원 수업을 마치고 집에 온 아이들은 아파트 현관문 비밀번호를 잊어먹어 집에 들어갈 수가 없었다고 한다.

아들아이가 7살, 딸아이가 5살이던 때이다. 딸아이는 그냥 집밖에서 기다리자고 했지만, 아들아이는 엄마가 근무하는 학교로 찾아가자고 동생을 설득해서 두 아이가 집에서 4킬로미터나 떨어져 있는 엄마의 직장으로 손을 잡고 함께 걸어가기 시작했다.

아이들 걸음으로 족히 2시간은 걸리는 거리인데다 신호등도 여러 번 건너야 하고 대로를 따라 한참을 가야 하는 길이라 위험하기도 했지만, 아들아이는 동생을 다독이며 걸어갔다. 게다가 동생이 도중에 다리가 아파 칭얼대니 혼자 걷기도 먼 길을 7살짜리가 5살짜리를 업고 기어이 학교에 도착했다.

하지만 엄마와는 길이 엇갈리고 말았다. 아내의 동료가 전화로 연락을 주어 아내가 학교로 돌아가서 아이들을 데리고 왔지만, 그 먼 길을 아이 둘이 걸어서 찾아갔다는 사실에 아내는 놀라서 어쩔 줄 몰라 했다.

그 얘기를 전해 들었을 때, 나는 어린 동생을 업고 다독이며 조금만 가면 엄마를 만날 수 있다는 생각에 먼 길을 걸어 아내의 직장에 도착한 아들이 너무 대견하기도 하고 참으로 고마웠다. 아빠가 늘 집을 비우니, 오빠인 자신이 그 자리를 대신해야 한다고 생각했던 것일까. 도무지 7살짜리답지 않은 아들의 책임감에 가슴이 뭉클해졌다. 다시 한 번 가족의 소중함을 깨닫게 해준 사건이었다.

아들아이가 8살 되던 해에도 사건이 하나 있었다. 어느 날 밖에서 쨍그랑 소리가 나서 나가보니, 내가 아끼던 도자기 그릇이 바닥에 떨어져 산산조각 나 있었다. 나는 화가 치밀어 올랐다. 그래서 목소리를 높이려던 순간 아들의 겁먹은 모습이 눈에 들어왔다. 아이는 깜짝 놀란 토끼 눈을 하고 나를 바라보고 있었다.

나는 감정을 가라앉히고 말했다.

“아들, 안 다쳤어? 괜찮아, 집에 도자기 많은데 뭐, 안 다쳤으면 됐어. 다행이다.”

아들은 안도의 한숨을 쉬더니 밝은 표정으로 밖으로 나갔다. 그 일이 있은 후, 어떻게 하면 앞으로 아이들이 잘못했을 때 아이에게 상처 주지 않고 옳고 그름을 스스로 판단할 수 있게끔 도울 수 있을지에 관해 고민하기 시작했다. 그러다가 좋은 생각이 떠올랐다.

그것은 흔히 볼 수 있는 15cm짜리 투명 플라스틱 자였다. 그 자를 ‘일깨움의 자’라고 이름 붙였다. 그리고 아이가 실수를 하면, 먼저 왜 실수를 했는지 묻고, 잘못한 일이라면 잘못했다고 이야기를 해주었다.

그리고 만약 그게 처음 한 실수라면 자를 들고 이 자로 안 아프게 맞는 것과 아프게 맞는 것, 둘 중 하나를 택하라고 했다. 물론 아이는 안 아프게 맞는 것을 택하고, 나는 때리는 시늉만 하고 자는 살짝 손바닥 위에 내려놓았다. 그러면 아이는 웃으면서 하던 일을 했다.

그러나 다음번에도 똑같은 실수를 하면, 나는 아이를 불러 자를 들이댔지만, 그때는 선택의 여지가 없이 아프게 맞아야 했다. 물론 15cm 자로 맞아봐야 소리만 찰싹거릴 뿐 별로 아프지는 않다. 그러니 이때도 아이는 웃으면서 나갔다. 하지만 다음에는 같은 일로 호출되는 법이 없었다. 있다 하더라도, 왜 그랬는지 물어보면 분명히 합당

한 이유가 있었다.

큰아이가 초등학교 1학년 되던 해에 시작했던 작은 자의 훈계는 아이가 초등학교 3학년이 되던 해에 완전히 사라졌다. 더는 훈계할 일이 없었기 때문이다. 물론 그 뒤로는 동생과의 싸움이 잦아졌는데, 그건 앞서도 말했듯이 서로의 사정을 들어보고 잘못한 것을 사과하게 하면 자연스럽게 해결이 되었다. 늘 아이들의 눈높이에서 바라봐주는 것, 그것이 모든 문제의 해결책이기 때문이다.

큰아이를 잘 키우고 싶다보니 자연과 함께하는 김제에 있는 대안 중학교에도 보내보았고, 부모와 떨어져 불안해하기에 다시 데려와 전학을 시키는 등 시행착오를 겪기도 하였다. 그러다 보니 고등학교를 진학하는 과정에서 문제가 생겼다. 담임선생님은 성적이 낮으므로 안정적으로 멀리 떨어진 시골 고등학교로 가기를 원했고, 큰아이와 우리는 집 가까운 학교로 가기를 원했다.

이때 나는 마음속으로 결정을 내리고 강한 어조로 말했다.

> "선생님~! 선생님이 이 아이를 앞으로 책임지실 건가요? 그렇지 않다면 그냥 저희가 원하는 학교로 원서를 써주세요. 제가 책임질 겁니다."

나의 설득에 선생님은 우리가 원하는 학교로 원서를 써주었고, 돌아오는 차 안에서 큰아이는 불안해하면서 나에게 물었다.

"아빠~! 떨어지면 어떻게 해?"

나는 웃으면서 말하였다.

"아들~! 어차피 인생은 실패나 실수하면서 성장하는 거야. 떨어지면 재수하면 되는 거고, 아니면 검정고시 봐도 되고, 대학 갈 때도 다 재수, 삼수 하는데, 안되면 좀 일찍 경험하는 거지 뭐~! 괜찮아! 아들."

아빠의 편안한 표정과 긍정적인 말에서 큰아이는 안심을 하였고, 결국 우리가 원하는 고등학교로 진학을 하게 되었다. 그리고 그 고등학교에서 아들은 친구들을 잘 사귀고 리더십을 발휘하여 반장까지 하였으니 부모가 자식에게 갖는 믿음이 얼마나 중요한지를 새삼 느꼈다.

도를 닦고 마음공부를 한다는 것은 나를 비우고 버리는 과정이다. 내 관념과 입장을 버리고 우리의 입장에서 상황을 바라보면 대부분의 문제가 사라진다. 아이들을 키우면서 나는 많은 것을 배웠다. 늘 대화의 장을 열어 아내와 자녀의 말을 경청하면서 내 고정관념을 바꾸고 생각을 비워 나갔다. 상대를 바꾸는 것보다는 나를 바꾸는 것이 훨씬 쉽기 때문이다.

큰 산에 많은 동물이 살고 너른 바다에 많은 물고기가 헤엄쳐 다니듯이, 내가 가족의 편안한 쉼터가 되어주려면 우선 너그럽고 모나지 않은 마음을 닦아야 한다. 다시 한번 강조하지만, 도는 쌓는 것이 아니라 비우는 것이다. 비운 만큼 그 자리에 깨달음이 자리한다.

하지만 마음을 비우는 것이 말처럼 쉬운 일은 아니다. 아무리 도를 닦고 종교에 몰두하고 심리학을 공부해도 마음을 비우지 못해 온갖 것에 집착하고 전전긍긍하는 사람들이 사방에 널려 있지 않은가. 지식이나 수련의 정도가 마음공부에 비례하지 않음을 보여주는 것이다. 마음공부는 현재 내 상황과 마음을 있는 그대로 바라보고 표현하며 끓어오르는 감정이 자연스럽게 가라앉도록 내버려두는 것인데, 그것을 실천하기에 가장 좋은 환경이 바로 가족이고 가정이다.

나는 내가 지도하는 도반들 수련 점검 시에 기운과 빛은 내게 점검받지만 마음공부는 아내와 남편, 자녀들에게 점검받을 것을 강조한다. 가족만큼 나에 관해 잘 아는 사람이 없기 때문이다. 가족의 이야기를 경청하고 잘못을 바로 수용하며 깨달음을 행동으로 실천하는 것, 그것이 바로 가장 좋은 공부 방법이다.

나 역시 아내와 가족에게서 배우고 채우며 긍정의 기운과 빛을 나누는 가운데 행복과 조화를 느낌으로써 마음공부를 해나가고 있다. 가족들이 바로 나의 마음공부의 스승이기 때문이다.

15. 행성우주계와 본질삼광계를 거쳐 우주 근원무극계에 이르다

한당 선생님이 돌아가시고 난 이삼 년 뒤 여러 5차원 행성우주계를 경험하고 더 깊은 차원의 우주계에 이르기 위해, 무의식 정화의 공부를 위해 심리학의 세계에 빠져들었고, 내 안의 무한긍정과 사랑의 빛을 봄으로써 나는 자유로운 영혼으로 거듭나게 되었다.

그리고 심리학을 통해 우주처럼 넓고 깊은 무의식의 세계를 탐구한 후에는 아직 마음 깊은 곳에 남은 부정적인 트라우마와 무의식의 어두운 측면인 그림자를 찾아 정화하는 데 집중했다. 나는 다시금 마음을 비우고 내면으로 깊이 몰입해 들어갔다.

나의 내면을 채워 나가는 수련의 시간이 얼마나 지났을까, 눈앞에 블랙홀 같은 터널이 나타났고, 나는 그 안으로 깊숙이 빨려 들어갔다. 이 터널이 5차원과 7차원을 연결하는 6차원 '흑백광령계黑白光靈界'였다.

6차원을 빠져나가자 수많은 별이 빛나는 낯선 공간이 나타났다.

5차원의 행성우주계와는 비교가 안 될 만큼 아름답고 신비로운 풍경에 절로 입이 벌어졌다. 7차원의 세계였다.

이 7차원의 우주를 나는 '다중우주계多重宇宙界'라 이름지었다. 5차원의 행성우주계가 수없이 많이 펼쳐진 우주 차원이라 매번 블랙홀과 화이트홀을 통해 우주와 우주 사이를 이동해 다녀야 했기 때문이다.

나는 2차원에서 5차원까지 원신들과 합일해오는 동안 빛의 밀도뿐 아니라 파장도 강해져서 눈부시게 밝아진 양신을 타고 우주와 우주를 이동해 다니기를 수없이 반복했다. 각 우주공간에는 영적으로 크게 진화한 영혼의 마스터들이 존재했기에 나는 그들을 만나 가르침을 받았다.

A마스터는 나에게 이번 생이 지구에서의 내 마지막 생이기에 인류를 위한 영적 안내자 역할을 해야 한다고 조언해주었다. 지금껏 고된 수행의 길을 다양하게 걸어온 것이 바로 그 역할을 위함이니, 수련과정을 통해 경험한 모든 정보를 종합하여 사람들이 새로운 영적 진화의 길로 나아갈 수 있는 방법을 글로 써서 세상에 알리는 것으로 나의 사명을 다해야 한다는 의미였다.

B마스터는 지구의 영적 성숙을 위해 지금까지 많은 마스터를 지구로 보내왔지만, 지구인들이 너무도 감각적이고 물질적인 것에만 집착하는 까닭에 아직은 이렇다 할 변화가 나타나지 않고 있다고 이야기했다.

하지만 이제 곧 그들 속에 있는 영성의 빛이 빛나기 시작하면 새로운 정신문명의 시대가 도래할 테고, 그러면 명상과 수행을 최고의 가치로 여기는 때가 오게 되리라고 예언했다.

C마스터는 인간의 영적 성숙이 더딘 것은 내면의 죄책감 때문인데,

이는 기존의 종교에서 인간에게 너무나도 많은 두려움과 죄의식을 심어주었기 때문이라고 이야기했다. 따라서 인간이 스스로 빛을 찾아 나아가서 영혼의 마스터가 되려면 먼저 그 죄책감과 두려움을 벗어던져야 한다고 조언했다.

나는 우주에는 영적으로 뛰어난 존재들이 발전시킨 엄청난 과학문명과 의학기술이 존재한다는 사실도 알게 되었다. 또한 이따금씩 그 영적인 존재들이 지구로 환생하여 과학자, 종교인, 작가, 정치인 등이 되어 각계에서 인류 발전에 기여하고 있다는 사실도 알게 되었다. 이들은 지구뿐 아니라 다른 여러 행성에도 태어나 그 뛰어난 능력으로 탁월한 업적을 남기고 있었다.

A별의 거주민들은 자동 냉난방과 통풍이 되는 첨단의 옷을 입고 텔레파시로 서로 의견을 교환했다. 자연 환경이 지극히 아름다웠던 B별에서는 전쟁은 물론이고 다툼조차도 일어나지 않았다. 그곳에 사는 존재들이 모두 영적으로 성숙해 있기 때문이었다. 따라서 모든 이동수단도 텔레파시로 조정되었다.

지구의 문명은 바로 이러한 별에 사는 존재들이 채널링을 통해 지구에 있는 과학자나 연구자에게 영감을 주어 발전하게 되는 것이었다. 혹은 앞서 언급했듯이 그들이 직접 지구로 환생해 새로운 기술을 전달하고 떠나가기도 한다.

따라서 지구에 태어나는 사람은 별종과 인종, 두 종으로 구분할 수 있다. 별종은 7차원 다중우주계나 5차원 행성우주계에서 지구로 환생한 존재들이고, 인종은 지구에서 처음 태어나 계속 지구에서만 환생을 거듭하는 존재이다.

별종은 먼 우주에서 지구로 여행을 왔기에 영적으로는 성숙해 있을지 모르나 몸의 에너지는 약하다. 인종은 그 반대로 영적으로는 덜 성숙했으나 욕망도 강하고 신체도 건강하다.

지구에서 환생을 거듭해온 인종도 깊은 수련에 들어 양신을 이루게 되면, 영혼이 다른 차원으로 여행을 다니며 별종이 된다. 양신을 이루는 것이 중요한 이유는 대기권을 벗어나면 양신의 빛과 파동으로만 이동이 가능하기 때문이다. 양신은 일종의 우주선이자 우주를 마음대로 이동해 다닐 수 있는 승차권이기도 하다.

5차원 행성우주계나 7차원 다중우주계에 이르면 우주심이 생긴다. 지구가 하나의 먼지처럼 보이기 때문이다.

이 광활한 우주를 돌아다니며 서서히 빛을 찾아가고 있는 중이었다. 어느 날 7차원 다중우주계를 돌아다니던 나는 거대한 블랙홀을 만나 다시 빨려 들어갔다. 우주와 우주 사이가 아니라, 새로운 차원으로 향하는 터널 같았다. 아름답고 신비로운 빛의 오로라가 터널 공간을 감싸안았다. 나는 이 터널 공간을 8차원 '흑백신명계黑白神命界'라고 부른다. 터널을 통과하자 9차원 세계에 이르렀다.

우주의 시작 같은 느낌을 주는 이곳에는 3가지 빛, 즉 3수[84]의 근원 빛이 존재했다. 영혼의 근원 빛, 기운의 근원 빛, 물질의 근원 빛이

84) 예로부터 3을 음양의 조화가 완벽하게 이루어진 길한 수라 하였기에, 천·지·인, 영·기·질, 신· 기· 정, 영·혼·백, 법신불·보신불·화신불, 성부·성자·성령, 태청·상청·옥청, 상단전·중단전·하단전, 상초· 중초·하초 등 세 가지가 함께 하여 완벽함을 이루는 것을 의미한다.

그것이다.

나는 9차원 우주를 '본질삼광계本質三光界'라고 이름짓고 3가지 빛을 흡수하기 시작하였다. 삼광계의 빛을 다 흡수하자 그곳을 감싸고 있는 하나의 뚜렷한 빛이 보였다. 바로 우주 태초의 빛이었다.

나는 이를 10차원 '완성원광계完成圓光界'라고 이름지었다. 이곳은 텅 빈 가운데 빛으로 가득 찬, 말과 글로는 형용하기 어려운 환희의 세계였다. 나는 완성원광계의 빛을 흡수하기 시작했다. 한참 후 다시 터널 공간이 열리고 새로운 차원이 나타났다. 그곳에 들어서자 너무도 밝고 맑고 근엄한 신과 같은 존재가 나를 물끄러미 바라보았다. 나는 그 존재에게 질문하였다.

저자: "그대는 누구십니까? 신인가요? 하느님인가요? 아니면 조물주인가요?"

원신: "내가 너이고 네가 나이다. 우리는 하나이면서 여러 형태로 나누어져 있다. 모든 빛을 흡수하고 수많은 난관과 고비를 넘기며 이곳에까지 이르렀으니 참으로 장하다. 이곳이 마지막 단계이다."

저자: "그럼 내 존재가 하느님이라고 하는 것입니까?"

원신: "본래 우리 모두가 하느님이고 부처님이며 위대한 빛의

존재이다. 이 빛에서 탄생해 나아갔으므로 누구든 수련을 통해 다시 돌아오면 자기 본래자리를 찾는 것이니, 여전히 하느님이자 부처님이 아니겠는가. 그대가 생각하는 유일한 하느님은 존재하지 않는다. 우주에 존재하는 모든 생명체가 하나의 빛에서 나아갔으니 하나이면서 전체이고, 전체이면서 하나이다."

"자신의 본래 빛을 다 밝히지 못해 상처받은 영혼으로 계속 살아가는 한 인간은 힘들고 고통스러울 수밖에 없다. 상처는 남이 나에게 주는 것이 아니다. 내가 나에게 주는 것이다. 내 안의 빛을 찾아 자유로워지면, 어느 누구도 내게 상처 줄 수 없으니, 나는 존재 그 자체로 아름답고 존귀하다. 인간은 지구에서의 삶을 통해 바로 그 존귀함을 널리 전해야 한다."

이 말을 마친 신의 존재가 저자 몸속으로 들어와 하나가 되었다. 빛의 오로라에 싸여 황홀감에 빠져드는 순간 나와 똑같은 형상의 여신이 나타났다. 내 빛과 여신의 빛이 서로 마주 보고 회오리쳐 하나가 되어서는 위로 솟구쳐 올라가 진공의 공간에 이르렀다.

"시작도 없고 끝도 없으니 이를 무극無極이라 한다."

저자의 내면에서 울리는 소리였다. 빛도 느낌도 말도 없는 상태가 이어졌다. 이곳이 12차원의 '근원무극계根源無極界'였다. 이전에 거쳐 온 11차원, 즉 내 안에 있는 여성성인 아니마가 여신의 형태로 나타났던, 빛이 처음 생겨난 그곳을 '창조태극계創造太極界'라고 이름지었다. 여성 수도자에겐 아니무스가 남신의 모습으로 나타나 둘이 합일하여 '근원무극계'에 이르게 될 터였다.

5차원 '행성우주계'에 도달했을 때, 저자는 윤회를 벗어나 완전한 생사해탈을 이루었다. 그렇다면 12차원 '근원무극계'에 도달한 의미는 무엇일까? 그것은 바로 원시반본, 다시 말해 내가 태어난 근본 빛으로 돌아간 것이니, 이로써 저자는 다시 신이 되어 우주의 확장에 기여하게 된 것이다.

또한 모든 인간이 신이 될 수 있는 길을 열었으니, 이제 누구나 자신의 빛을 밝혀 양신을 이룬 후 수행을 통해 이 '근원무극계'에 도달하게 된다면 그 역시 신으로 돌아갈 것이다.

지구별에서 근본 우주에 가 닿기 위한, 35년에 걸친 나의 기나긴 지구별에서 우주까지 마음여행은 저자의 나이 50이 다 되어서야 끝이 났다. 한당 선생님이 돌아가신 후 10년이 걸렸다. 이제 난 생사의 이치와 원리를 넘어 모든 것에서 자유로운 영혼의 마스터로서 고요한 충만감을 얻게 되었다.

다시 현실로 돌아오니 눈에 보이는 모든 사물과 사람이 부처요, 하느님이었다. 이제 삶과 수련도 둘이 아니었다. 일마다 불공이고, 삶 자체가 선이요, 수행이었다. 9차원 '본질삼광계', 10차원 '완성원광계', 11차원 '창조태극계', 12차원 '근원무극계'에서 깨달은 빛을 삶 속에서 실천하는 것이 내게 남은 마지막 공부였다.

그리고 이제 내가 할 일은 일상에서 고요한 충만감을 유지하며 수행의 경험을 토대로 가장 쉽고 빠르게 본연의 빛을 찾을 수 있는 수행법을 만들어 가는 것이었다. 그리하여 나는 현실에서 '근원무극계'의 빛을 실천하는 것을 마지막 목표로 세우고 이를 13차원 '조화현실계'라고 이름지었다.

12차원 '근원무극계'에 도달한 나는 하루라도 빨리 함께 공부하는 도반들에게도 내가 경험한 세상을 보여주고 싶었다. 그래서 하루는 지리산 칠선계곡 올라가는 두지터 산장에서 도반들과 1박2일 수련하기로 했다. 칠선계곡을 따라 산행하는데 뭔가 불편한 기운이 느껴져서 살펴보니 6.25 당시 빨치산 토벌 당시 죽은 영혼과 산행 중에 죽은 영들이 주변에 너무 많이 떠돌고 있었다.

나는 산행을 마친 후 그 영혼들을 불러 모았다. 2천 명이 넘는 수였다. 현실계에서 세상에 보은을 하고 싶은 마음에, 나는 본질계의 빛을 내려서 이들의 한과 업장을 소멸시켜 저승으로 천도해주었다. 가슴의 응어리와 원망을 다 덜어낸 영가들이 밝은 빛을 내뿜으며 하늘로 둥둥 떠가는 모습을 보니 피곤했지만 보람이 컸다. 특히나 지리산은 내가 대학시절부터 자주 찾던 수련장이어서 그 의미도 남달랐다.

그날 저녁, 산장 주인 박 사장이 지리산에서 채취한 산삼으로 담근 술 한 병을 들고 찾아왔다. 자주 찾는 내게 숙박비를 저렴하게 받는 맘씨 좋은 형님 같은 분이었다. 그런데 새벽에 자주 소스라쳐 깨어나기도 하는 등 자주 잠을 설친다 하기에 그 방에 찾아가 보니 여자 영혼이 앉아 있었다.

나는 형님에게 보은하는 마음으로 그 영혼도 천도시켜주었다. 다음 날 아침 물어보니 처음으로 잠을 푹 잤다며 무척이나 좋아하였다. 게다가 새벽에 칠선계곡 선녀탕까지 등반하고 왔는데, 평상시와 다르게 걸음도 가볍고 무척이나 편안하더라는 말도 했다. 나는 도를 닦지 않은 일반사람도 기운의 변화를 안다고 생각하니 미소가 지어졌다.

어느 날 호주에 있는 친한 친구에게서 전화가 왔다. 자기 여동생 친구 하나가 많이 힘이 들어 자살을 생각하고 있는데, 내가 한 번 만나주면 안 되겠느냐고 묻고 있었다. 나는 좀 당황스러워서 알지도 못하는 여자 분을 내가 왜 만나느냐고 물었다. 그러자 친구가 설명을 시작했다.

"그분이 영적인 문제가 좀 있는 것 같아. 그게 문제가 된 지가 10년도 넘었대. 그동안 진안에 있는 최 보살이니, 원주 퇴마스님이니, 천도 잘하는 종교인 등등을 찾아 다녔는데, 아무 효과가 없었고, 무당들은 신내림을 받으라고 하는데, 그럴 바에야 차라리 죽겠다는 거야. 죽은 사람 살리는 셈 치고 한 번 만나봐줘."

친구의 간절한 부탁에 그 여성을 만났다. 어머니와 함께 온 그 여자 분의 얼굴은 병색이 완연했다. 정신과 약을 복용하고 있지만, 효과도 없고 잠도 제대로 못 자는 탓이었다. 어머니도 딸의 알 수 없는 병 때문에 고생이 이만저만이 아니었다. 여성을 가만히 살펴보니 집안의 영가 60여 명이 몸속과 주변에 붙어 있었다.

나는 그 자리에서 눈을 감고 본질계로 들어가 영가들에게 빛을 내려 한과 업장을 녹여주었다. 30여 분이 지나자 어둡고 탁한 영가들의 빛이 밝아지면서 저승으로 올라가는 것이 보였다. 눈을 뜨고 여인을 바라보니 얼굴에 홍조가 돌아오고 있었다. 나는 모녀에게서 거듭 고맙다는 인사를 받고 집으로 돌아왔다.

다음날 전화가 걸려왔다. 정말 오랜만에 모녀가 꿈도 꾸지 않고 밤새 편히 잤다면서 무척이나 기뻐하고 있었다. 나는 앞으로 또 그런 일이 일어날 수도 있으니 가르쳐준 대로 열심히 수련에 임하라고 일러주었다. 그 뒤 건강히 잘 지내고 있다는 소식을 들었다.

하루는 집에서 쉬다가 청천벽력 같은 뉴스에 잠에서 깨어났다. 2014년 4월 16일 오전, 인천항에서 제주도로 향하던 세월호가 진도군 병풍도 인근 해상에서 침몰하고 있다는 소식이었다. 배에는 수학여행을 가던 고등학생 324명이 함께 타고 있었다. 대한민국 국민 모두가 그랬겠지만, 나 역시 침몰하는 배를 바라보면서 안타까움에 가슴을 졸였다.

하지만 배는 무려 304명의 승객과 함께 바닷속으로 침몰해버리고 말았다. 뉴스에서는 연일 그 소식이 끊이지 않고 나왔고, 나는 아무 일도 손에 잡히지 않았다. 자식을 키우는 부모의 입장에서 희생자 부모의 아픔과 비통함이 고스란히 느껴졌다. 같은 빛에서 나온 존재들이 아픔과 고통 속에 유혼이 되는 것을 지켜보는 것도 너무나 힘들었다.

나는 눈을 감고 어린 영혼들을 만났다. 그리고 미안하다고 사과하고 빛을 내려 천도하면서 저승으로 갔다가 환생하여 못다 이룬 꿈을 이루기를 바란다고 간절히 기원해주었다. 시간이 얼마나 지났을까, 한참 후 이들은 밝고 편안한 모습으로 손을 흔들며 저승으로 떠나갔다. 기면서 부모님께 자신들은 좋은 곳으로 가니 이제 슬퍼하지 말고 잘 살아달라는 말을 전해달라고 부탁했다.

학생들을 천도하고 나니 마음이 편안했다. 오랜 세월 수행을 하여 마침내 도를 이루고 어린 학생들을 천도해줄 수 있는 능력이 있다는 사실이 너무도 다행스럽게 느껴졌다. 꽃다운 나이에 안타까운 죽음에 이른 그 아이들을 위해 내가 할 수 있는 게 있다는 사실이 너무도 감사했다.

증산교의 창시자인 강증산 선생은 도통 후 펼쳐 보인 기이한 행적과 신통한 술수로 많이 알려져 있다. 특히 죽은 원혼들이 몰려다니면 큰 사태나 전쟁 등이 발발하고 전염병이 돌기 쉬우므로 가능한 한 많은 원혼의 한을 풀어 천도를 해주어야 앞으로 좋은 세상이 찾아온다고 주장하며 많은 천도 의식을 거행했다. 원혼들을 천도해가는 동안, 나는 증산 선생의 주장이 이해가 되었다. 부디 내가 천도한 영혼들이 환생을 거듭하며 공부에 매진해 빛의 세계로 나아갈 수 있기를 간절히 기원해 본다.

16. 태극숨명상을 만들다

선도 수련을 반드시 깊은 산속에 들어가서 해야 한다면 일반인은 도통을 아예 꿈도 꾸지 못할 것이다. 한당 선생님이 기존의 생기 수련을 넘어서는 진기 수련법인 석문호흡을 내놓았지만, 이를 통해서도 양신을 이루어 우주계(도계)에 가는 것은 너무나 힘들고 오랜 시간이 걸렸다.

실제로 저자가 도통하기 전에 광주 월곡동 도장에서 나와 함께 수련하던 광주 도반들을 양신 단계까지 이끌었는데 그 과정도 오랜 시간 걸렸지만, 양신 이후 수련도 도무지 진척이 없었다. 진기 수련의 한계였던 것이다. 따라서 도반들이 생활 속 수련을 통해 도를 이룰 수 있는 보다 효과적인 수련방법을 찾아야만 했다.

2014년 어느 날, 나는 깊은 삼매에 들어 수련하는 도중 기해단전, 석문단전, 관원단전이 하나의 단전이 되어 삼태극 형태로 기운이 도는 신기한 경험을 하게 되었다. 나는 놀라서 '이것이 무엇인가?' 나의 원신과 대화를 나누었다.

원신은 내가 원하는 양신수련을 앞당기고 도통을 빨리 이끌 수 있는 방법이라고 하였다. '삼태극단전'을 발견하는 순간이었다. '삼태극단전'에서는 진기보다 훨씬 밀도가 높은 원기가 호흡과 동시에 생성되기 시작하였다.

이후 나는 도반들에게 기존 석문단전을 삼태극단전으로 교체해주고 원기 수련을 하게끔 했다. 궁금해하는 도반들에게 500CC 엔진을 고성능 5,000CC 엔진으로 업그레이드 한다고 생각하라고 하였다. 그러자 일상생활 속에서도 수련이 빠르게 진행되어 와식부터 양신단계까지 기존에 10년쯤 걸리던 기간이 빠른 경우 3년 정도로 단축되었다.

비약적인 발전이었다. 생기 수련이 오솔길이라면, 진기 수련은 국도, 원기 수련은 고속도로에 비유할 만했다. 이후에도 십삼단전, 십삼주천 비경십일맥 운기, 육장육부와 십일뇌, '천지인오행단' 성단, 전신세포 성단 등 새로운 수련법을 계속 개발했음은 물론이고, 막연했던 여의주명상과 양신명상도 체계화하여 여의주 관조명상, 여의주 입주명상으로 구분했다. 양신명상도 양신관조명상, 양신합일명상, 양신출신명상, 천지주유명상, 양신우주여행명상 등으로 세분화하여 수련 효과를 극대화했다.

특히 십삼단전은 기존 선도수행의 삼단전만 사용하던 한계를 벗어나 새로이 열 개의 단전을 추가하여 기존 삼단전의 능력을 십삼단전으로 극대화하였는데, 이는 자동차 엔진에서 보조 터보장치를 통해서 자동차 엔진출력을 극강하게 올리는 방법과 비슷하다고 생각하면 된다.

그리고 '비경십일맥'은 기존 한당 선생님이 발견한 중주대맥, 상주대맥에다가 골반맥, 슬맥, 족맥, 후맥, 견맥, 주맥, 수맥, 이맥, 두맥의 9맥을 새로 발견하여 숨겨진 맥인 비경십일맥 수련을 창안하여 큰 진전을 이루어내었다. '천지인오행단'을 개발하여 육장육부와 십일뇌를 '천지인오행단'으로 바꾸어 몸의 큰 변화를 일구어내었다.

아울러 마음공부의 원리를 정리하여 1. 알아차리고 바라보기, 2. 알아차리고 받아들이기, 3. 알아차리고 비우기, 4. 알아차리고 만나기, 5. 알아차리고 나누기 등의 5단계로 나누어 체계적이고 구체적으로 제시하였다. 그리하여 양신명상 이후 마음공부가 빠르게 진전되어 우주계 입문이 빠르게 되도록 도왔다.

이러한 수련검증을 위해 2014년 연말부터 3년 동안 네이버 웹사이트에 태극숨명상 밴드에서 실시간으로 도반들의 수련에 대한 답변과 점검을 수시로 해주었다. 결과는 대성공이었다. 모두 수련 진도와 함께 더욱 강한 기감과 확신을 가지고 일취월장하였다.

선도 수련의 큰 원리 중에 '성명쌍수'라는 것이 있다. 마음을 닦는 '성공性功'과 기운과 몸을 닦는 '명공命功'을 함께해야 함을 이르는 말이다. 정신 수련만 하고 기운과 몸의 단련이 없으면 수련이 관념과 의식의 수준에 그치게 되고, 기운과 몸만 단련하고 정신적 수련을 게을리하면 술수와 교만만 늘어 해탈과 초월의 경지에 오르지 못한다.

특히 양신 단계부터는 마음이 수련을 이끌기에 마음공부의 중요성은 아무리 강조해도 모자람이 없다. 마음이 눈에 보이지 않는다 하여 아예 없는 것은 아니다. 근본 마음은 하늘에 있고, 내 본성에 있다. 그렇기에 마음만 제대로 바라보아도 수련을 완성할 수 있다.

이렇듯 불교의 참선, 단전호흡, 요가, 명상 같은 기존 수련법의 단점을 극복하고 장점을 극대화하여 누구나 생활 속 수련을 통해 도를 이루고 본성을 찾을 수 있도록 새로이 만든 수련법이 바로 '태극숨명상'이다.

'태극숨명상'에서는 불교 수행의 핵심인 마음을 바라보는 공부와 선도수행의 핵심인 기운을 모으고 돌리는 공부와 무술 수행의 핵심인 코어 중심의 근력을 단련하는 몸 움직이는 공부를 통합하여 마음명상인 마음 바라보기Mind Watching(心觀), 기운 명상인 기운 모으고 돌리기Energy Getting and Rounding(기단氣丹과 주천周天), 몸명상인 몸 움직이기Body Moving(신행身行)의 3가지 명상을 통합하여 수행을 진행한다. 구체적인 수련법에 관해서는 저자의 또 다른 저서인『태극숨명상』에서 자세히 다루도록 하겠다.

17. 지구별에서 우주까지 마음여행의 시대가 도래하다

우리는 우주의 시작인 태초의 '근원무극계'에서 큰 팽창(빅뱅)으로 이 우주에 탄생되어 수많은 팽창으로 인해 5차원 '행성우주계'까지 그리고 다시 1차원 '지구영혼계'인 현재의 삶에 이르기까지 내면의 빛을 따라 새로운 우주여행을 거듭해왔다.

저자는 태어나서 살아가면서 '내가 어디에서 왔는지? 어디로 가야 하는지? 왜 지구에 태어났는지?' 항상 스스로 반문하며 살아왔고 자신의 본래 빛을 찾기 위한 여러 가지 수행의 삶을 살아가고 있다.

그것이 종교인의 삶이든, 구도자의 삶이든, 명상가의 삶이든, 예술가의 삶이든 우리는 아득한 나의 본래 고향 우주를 그리워하고 찾으려 노력해왔던 것이다. 이는 우리 영혼에 담긴 신성의 빛, 영성의 빛을 찾아가는 당연한 영혼의 회귀본능이다.

이제 인류는 물고기자리에서 물병자리 시대에 이르러 새로운 영적 진화의 장, 자아완성의 시대, 자기명상의 시대로 넘어가고 있다. 앞으로 인간의 영적 능력은 점차 향상되고 진화되어 고차원적인 경지에 도달할 것이다.

영혼으로 우주를 떠돌다가 마침내 지구에 태어난 사람들은 자신의 영적 진화와 발전에 힘써 근본 빛으로 돌아가야 함을 잊어서는 안 된다. 우리 모두가 근본 빛으로 돌아가 각자의 하느님과 부처님으로 거듭날 때 우리가 속한 우주와 지구는 새롭게 진화하고 확장해 나갈 것이다.

한당 선생님부터 시작된 모든 영혼들을 본래 고향으로 돌아가게 하는 수련의 새로운 패러다임의 개발은 이루어졌고 그 완성의 사명을 받은 저자는 오랜 시간에 걸쳐 그 사명을 완성하게 되었다. 그것이 바로 『지구별에서 우주까지 마음여행』과 『태극숨명상』 두 권의 출판이다.

먼저 『지구별에서 우주까지 마음여행』은 저자가 태어나서부터 도를 찾는 과정과 실제 수련의 삶을 기록하여 후학들이 참고하도록 하였고, 『태극숨명상』은 기존 수련법의 장점들을 모아서 마음명상, 기명상, 몸명상의 3박자를 잘 조화시킨 새로운 패러다임의 명상수련법을 자세하게 설명하였다.

이 수련법을 통하여 지구에 태어난 많은 영혼들이 다시 자신의 본래 자리로 돌아가기를 염원하며, 한당 선생님의 제자들 가운데 못다 이룬 공부를 이 수련법으로 결실을 맺기 바란다. 나의 인생 자체가 수련이었고, 현실의 고통스런 삶에서 벗어나 참다운 도의 세계에 이르기를 갈망하였고, 수많은 스승과 도반들의 도움으로 이 책을 내놓게 되니 감사한 마음이 든다.

부디 많은 이가 태극숨명상을 통해 자신만의 빛 양신을 찾아 고향인 근원계로 돌아가기를 간절히 기원한다. 그리하여 우주에 영혼의 마스터가 넘쳐날 때 우리는 더욱 발전하고 팽창하여 창조의 삶을 살아갈 수 있을 것이다. 태극숨명상이 자신을 믿고, 자신을 사랑하며, 자신을 찾아 진정한 자신으로 거듭나길 원하는 모든 이에게 빛으로 나아가는 길잡이가 되어줄 것이다.

V

풀리는 의문들

이제 저자가 어린 시절부터 품고 있던 '신과 우주에 관한 의문' 5가지와 '인간과 마음에 관한 의문' 9가지, 그리고 '귀신과 사후세계에 관한 의문' 12가지, '종교에 관한 의문' 5가지에 관해 이야기해보려 한다. 고교 1학년 때부터 마음공부와 선 수행을 시작하여 35년간의 수행을 통해 궁극에 도달하면서 깨달은 내용을 질의응답식으로 정리했는데, 글로 표현하는 데도 한계가 있어서 마음공부와 수행에 도움이 되는 내용 위주로 간략하게 논하였다. 부디 독자의 궁금증을 해결하는 데 도움이 되길 기대한다.

1. 신과 우주에 관한 의문편(5)

1. 우주는 어떻게 탄생했고, 그 구조는 어떠한가?

●우주의 탄생과 구조에 관한 내용은 수련을 통해 보고 경험한 것을 토대로 하는, 저자 본인의 주관적 견해이므로 과학적인 견해와 다를 수 있음을 전제한다.

우주는 아무것도 존재하지 않는 카오스 상태, 즉 무극의 상태에서 시작하였는데 이를 12차원 '근원무극계'라고 한다. 이 '근원무극계'에서 강한 한줄기 흰 빛이 처음으로 탄생하였고, 이 빛으로 11차원의 '창조태극계'가 형성되었다. 이것이 우주의 첫 번째 탄생이다.

그 후 이 한줄기 빛이 여러 줄기의 빛으로 나누어지며 각각 신의 형상을 취하게 되었고, 이 신들의 출현으로 다시 수많은 빛이 형성되었다. 그리고 11차원의 빛은 파동과 확장을 거듭하면서 검고 현묘한 큰 원광의 빛을 탄생시켰는데 이것이 바로 10차원의 '완성원광계'이다. 이것이 우주의 두 번째 탄생이다.

'완성원광계'의 검고 현묘한 빛은 다시 분화되면서 푸른 빛을 탄생시켰는데 이것이 바로 9차원의 '본질삼광계'이다. '본질삼광계'는 영靈(영혼, 영지), 기氣(기운, 에너지), 질質(질료, 물질)의 3가지 빛의 원소로 이루어져 있으며, 인간과 우주 삼라만상의 본질적 요소가 되었다. 이것이 우주의 세 번째 탄생이다.

예를 들어, 인간과 동물은 영혼 중심으로 기운과 물질을 흡수하여 탄생했고, 식물은 기운 중심으로 영혼과 물질을 흡수하여 탄생했으며, 광물과 사물은 물질이 중심이 되어 기운과 영혼을 흡수하여 탄생했다. 그 가운데 인간은 11차원 창조태극계의 빛으로 영혼이 형성되었기에 인간 내면에 신의 속성인 신성이 자리잡게 된 것이다.

따라서 낮은 차원의 영적인 빛에서 나온 동물과는 달리 인간은 영적으로 진화하고 발전해 나가 스스로 운명을 바꾸어 삶을 창조할 수 있다. 인간이 영적인 성장과 진화를 통해 자신의 본래자리인 '본질계' 이상의 차원으로 돌아오는 과정을 저자는 '영혼의 회귀' 혹은 '신의 귀향'이라고 이름 붙이고 싶다.

다른 말로는 마음공부, 신성회복, 수련, 수행, 도, 자아성찰, 명상, 참된 나 찾기라고도 할 수 있겠다. 인간이 수행을 통하여 몸과 기운과 영혼이 조화를 이루게 되면 바로 이 10차원 '완성원광계'에 이르러 큰 깨달음을 얻게 된다.

9차원의 '본질삼광계'의 푸른 빛은 다시 분화되면서 8차원의 우주 통로인 '흑백신명계(블랙홀과 화이트홀)'를 만들어 내고 다시 붉은 빛을 탄생시켰는데 이것이 바로 7차원의 '다중우주계'이다. '다중우주계'는 무수히 많은 우주가 펼쳐져 있는 행성계로 이 공간에 수많은 존재들이 자리잡게 되었다. 이것이 우주의 네 번째 탄생이다.

그 후 7차원 '다중우주계'는 오랜 세월 팽창을 거듭하다가 큰 노란 빛의 에너지를 탄생시키는데, 이것이 바로 우리가 사는 지구권 우주 5차원 '행성우주계'이다. '행성우주계'는 팽창하면서 은하계인 5광계五光界, 즉 5가지의 별들의 세계가 만들어졌는데, 이를 동광계東光界, 서광계西光界, 남광계南光界, 북광계北光界, 중앙광계中央光界라고 한다. 이것이 우주의 다섯 번째 탄생이다. 지구는 동쪽 동광계에 속한다. 이것이 지구 은하계이다. 이 은하계 가운데 태양계가 존재하는 것이다.

다섯 번에 걸친 우주의 탄생 과정은 토생금土生金, 금생수金生水, 수생목水生木, 목생화木生火, 화생토火生土의 원리와 상응한다. 먼저 황금색 무극의 빛(토, 12차원)에서 흰 빛(금, 11차원)이 탄생하였고, 그 흰 빛에서 검고 현묘한 빛(수, 10차원)이 다시 탄생하였다.

그리고 이 검고 현묘한 빛(수, 10차원)에서 3가지의 푸른 빛(목, 9차원)이 탄생하였다.

이 푸른 빛에서 8차원 '흑백신명계'의 큰 화이트홀이 열리면서 붉은 빛(화, 7차원)이 탄생하었다.

그리고 이 붉은 빛(7차원)이 팽창하면서 6차원 '흑백광령계'의 화이트홀을 통하여 다시 큰 노란 빛(토, 5차원)이 탄생하였다. 이 노란 빛은 다시 팽창하면서 지구 은하계(5광계)를 탄생시켰다. 물리학적으로 말한다면 대 폭발인 빅뱅을 다섯 번 거친 셈이다.

6차원 '흑백광령계'는 우주의 통로로서 이곳은 고도의 영적 존재인 '영혼의 마스터'가 존재하는 곳이자 7차원과 5차원을 연결하는 다리이자 통로이다. 6차원 역시 들어갈 때는 블랙홀, 나갈 때는 화이트홀이다.

다음으로 4차원 '대기권계'와 도인들이 영혼의 상태로 기거하는 3차원 '수도도인계'가 형성되었고, 그 후 전생의 영들이 기거하는 2차원 '전생신선계'가 이루어졌다. 그리고 마지막으로 1차원 '조상영계'가 형성되었는데, 이는 지구가 오랜 세월 변화를 거치며 바이칼호 주변 곤륜산에서 최초의 인간을 탄생시킨 것과 그 때를 같이한다. 인간은 뛰어난 친화력과 빠른 인지능력으로 수많은 문명을 탄생시켰다.

이제 인간은 새천년 물병자리의 시대에 이르러 영혼의 각성과 영성의 발달을 통해 본래 태어난 고향인 11차원의 '창조태극계'로 돌아가고 다시 빛의 근원인 '근원무극계'로 회귀하는 기반을 이 수련을 통하여 마련해야 할 것이다.

우리는 모두 오랜 우주여행을 끝내고 탄생의 역순으로 다시 12차원의 '근원무극계'로 돌아가야 한다. 이를 위한 수련 방법은 『김수인 기철학박사의 태극숨명상』에서 자세히 밝히기로 하겠다. 우주의 구조를 보다 독자들이 쉽게 이해하도록 **<표 9>** '13차원 우주계 구조와 내용'과 **<그림 22>** '우주 탄생과 수련의 구조'로 나타내었다.

<표 9> 13차원 우주계 구조와 내용

순서	구분	내 용
1	12차원 우주계	▶ 근원무극계 : 우주의 가장 근원적 세계
2	11차원 우주계	▶ 창조태극계 : 근원에서 빛이 파생된 세계
3	10차원 우주계	▶ 완성원광계 : 텅 비고 가득 찬 완성의 세계
4	9차원 우주계	▶ 본질삼광계 : 근원의 빛이 영, 기, 질 3가지 빛으로 나누어진 세계
5	8차원 우주계	▶ 흑백신명계 : 블랙 & 화이트홀의 우주 터널이 있는 영혼의 그랜드마스터의 세계
6	7차원 우주계	▶ 다중우주계 : 수없이 많이 행성계가 공존하는 우주 세계
7	6차원 우주계	▶ 흑백광령계 : 블랙 & 화이트홀의 우주 터널이 있는 영혼의 마스터 세계
8	5차원 우주계	▶ 행성우주계 : 지구권 우주로 동광계, 서광계, 북광계, 남광계, 중앙광계의 5광계로 구성되어 있는 세계
9	4차원 우주계	▶ 대기권계 : 지구권을 싸고 있는 공간의 세계
10	3차원 지구계	▶ 수도도인계 : 도를 닦은 도인들이 가는 세계
11	2차원 지구계	▶ 전생신선계 : 도를 닦은 신선들이 가는 세계
12	1차원 지구계	▶ 조상영계(지구영혼계) : 인간과 죽은 영혼이 공존하는 세계
13	13차원 우주계	▶ 조화현실계 : 1차원에서 12차원까지의 우주가 하나로 통합되어 현실에서 그 빛이 나타나는 세계

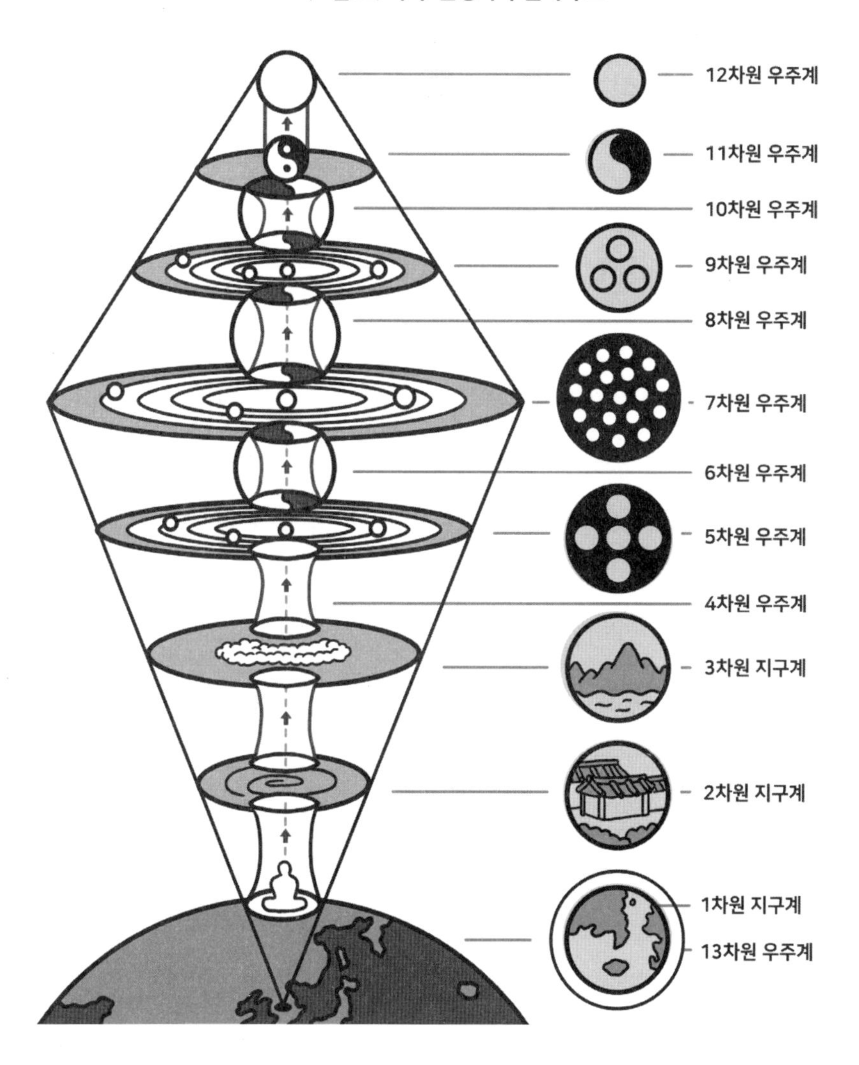

〈그림 22〉 우주 탄생과 수련의 구조

2. 우주를 창조한 이는 누구인가? &
3. 신은 어디에 어떻게 존재하는가?

●우주의 근원적 시작은 빛이다. 처음 혼돈의 카오스 세계이자 12차원 우주계인 '근원무극계'에서 한줄기 빛이 탄생되었고, 그 후 연쇄적인 빛의 파동과 팽창으로 우주가 순차적으로 확장되면서 현재의 지구 우주계인 행성계까지 창조되었다. 어떤 특정한 하나의 존재가 창조한 것이 아니라 우주 에너지의 자연스런 변화에 의해 자연스럽게 창조된 것이다. 이를 종교가에서는 신이 창조했다고 하는데 결국 신이란 빛의 존재를 말한다. 그 빛은 우리 인간의 내면에 존재하기에 인간의 내면에 신이 존재하는 것이다. 인간 내면에 존재하는 신을 신령, 신명, 성령, 불성, 양신, 본성이라고 부르기도 한다.

12차원의 '근원무극계'에서 탄생된 빛의 세계인 11차원 '창조태극계'에 존재하는 신은 한 명의 유일신이 아니라 우리 인간의 수만큼 존재한다. 이러한 창조의 신들이 바로 우리 자신들의 원초적 신이며 이를 원신이라고 부른다. 이 원신들은 9차원 '본질삼광계', 5차원의 '행성우주계', 3차원의 '수도도인계', 2차원의 '전생신선계'에도 존재한다. 이들은 우리와 동떨어진 존재가 아니라, 우리 내부의 가장 맑고 밝은 천사, 신명, 신선의 모습이다.

그러므로 원신은 외부의 형상으로는 찾을 수도, 만날 수도 없다. 단지 깊은 수련을 통해서 먼저 내면의 밝은 신인 성령이자 불성인 양신을 만나고, 그 다음에는 전생신선계, 수도도인계, 행성우주계, 본질삼광계, 창조태극계의 원신을 만나, 마지막 근원무극계의 빛으로 돌아가는 것이다.

4. 우주인은 존재하는가?

●우주인은 9차원 '본질삼광계'에서 영혼이 기운과 물질을 흡수하여 탄생한 영적인 생명체 전부를 의미한다. 단지 거주하는 곳이 7차원 다중우주계인지 5차원 행성우주계인지만 다를 뿐이다. 일반적으로 지구 이외의 행성에 거주하는 생명체를 우주인이라고 하는데, 우주인은 우주만큼이나 다양하고 많다.

간혹 깨달음을 이룬 영혼의 마스터들이 보통 형체가 없이 영혼의 상태로만 존재한다. 육신을 갖게 되면 영혼의 기운이 탁해지고 감정의 변화를 겪게 되기 때문이다. 이미 수많은 환생을 통하여 깨달음과 해탈을 이루었기에 굳이 육신의 삶을 택할 이유가 없기 때문이기도 하다.

우주인은 연구나 탐험을 위해 가끔 비행선을 타고 지구를 방문한다. 이들이 타고 다니는 비행선은 텔레파시로 움직이며 비물질로 이루어져 있다. SF영화에서처럼 지구를 침공하러 오는 것은 아니기에 겁낼 필요는 없다. 자유자재로 우주를 오갈 만큼 문명이 발달한 우주인은 마음과 영성도 지구인보다 훨씬 성숙하기 때문이다.

7차원 다중우주계에는 공룡처럼 몸이 크고 움직임이 둔한 우주인도 있고, 영적으로 뛰어난 성자 같은 우주인도 있다. 5차원 행성우주계에서는 지구인처럼 작고 영리하게 진화한 우주인을 많이 만날 수 있다.

저자가 양신을 타고 다른 우주계 행성을 여행할 때, 그곳의 우주인들이 내 양신을 보았다면, 아마 다른 차원의 우주인이라고 생각했을 것이다. 다른 차원의 우주계에는 우리가 상상도 못할 만큼 고도로 발달된 문명을 누리는 행성도 있다.

어떤 행성에는 몸을 스캔하는 즉시 치료가 되는 첨단 의학시스템도 갖춰져 있다. 지구에서도 점차 문명이 발달해 인간이 할 일을 기계와 로봇이 대신해 가는 것은 인간에게 수련을 통해 자신의 본래자리로 돌아갈 시간을 부여하기 위함이다. 따라서 영성과 신성을 꾸준히 계발해 나간다면 로봇과 인공지능이 인간을 말살하는 전쟁의 도구로 전락하게 될까봐 걱정하지 않아도 될 것이다.

5. 지구의 종말은 오는가?

●지구의 종말은 종교나 영화를 통해서 자주 거론되는 주제이다. 사실 우주에서는 창조와 파괴가 동시에 이루어진다. 즉, 이루어지고 존재하고 무너지고 사라지는 과정이 수없이 반복되는 것이다. 따라서 지구 또한 언제든 종말을 맞을 수 있다.

거대 유성과 충돌해 멸망할 수도 있고, 대규모 화산폭발과 지진, 해일에 의해 사라질 수도 있으며, 갑작스런 빙하기가 찾아와 인류가 대부분을 사라지게 될 수도 있다. 또한 핵전쟁이 종말을 초래할 수도 있다.

하지만 우리가 궁금해하는 것은 그 시기이다. 스티븐 호킹 박사는 세상을 떠나기 2년 전 옥스퍼드대학교에서 '우주의 기원'에 관해 강연할 때, "나는 인류가 이 연약한 행성을 벗어나지 못한다면, 또 다른 1,000년을 살아남을 수 있으리라 생각지 않는다."라고 주장했다.

이는 1,000년 내에 지구를 떠나야 인류가 살아남을 수 있다는 말이다. 하지만 우주과학기술의 한계와 육체의 한계 때문에 인간은 기껏해야 화성처럼 지구에서 가까운 행성만을 개척하고 있을 뿐이고, 이마저도 여러 한계에 부딪혀 있다.

저자가 양신을 타고 3차원 '수도도인계'에 올라서 산신령과 대화를 나누었을 때, 구체적인 날짜는 알 수 없었지만, 우리나라에도 지진과 해일이 심각한 피해를 입히는 모습을 보았었다. 중요한 것은 지구의 종말이 확실히 정해져 있지는 않다는 것이다.

하지만 앞서 말한 대로 인간이 발달된 인공지능과 로봇을 영적 진화와 발전의 도구가 아닌, 서로를 해치는 전쟁에 이용하게 된다면, 지구의 종말은 필연적인 것이 될 것이다.

지구는 인간의 영적인 성장과 발전을 위한 수련장이다. 따라서 지구와 인류의 운명은 우리가 신성을 회복하기 위해 얼마나 노력하고 지구 환경과 인간의 마음을 밝히는 데 얼마나 기여하느냐에 달려 있다.

구원이 있다면 이것이 진정한 구원일 것이다. 인간의 영적 능력이 발달해 언제든 지구를 떠나 우주 행성으로 나아갈 수 있게 된다면 지구에 종말이 오더라도 그 피해를 최소화할 수 있다. 따라서 저자는 지구 종말을 논하기보다는 우리 내면의 빛인 양신을 찾아 우주를 여행하면서 영적으로 진화한 존재들이 모여 사는 곳으로 옮겨가면 되는 근원적인 방법을 제시하는 바이다.

2. 인간과 마음에 관한 의문편(9)

1. 인간은 왜 지구에 태어났는가?

●인간이 지구에 태어난 것은 영적인 진화와 발전을 위해서이다. 우주에는 지구보다 더 발전하고 진화한 별들이 무수히 많다. 우리의 영혼은 지구 이전의 행성에서 발전과 진화를 거듭해왔고, 현재는 그 진화와 발전을 이어가기 위해 지구에 머물고 있는 것이다. 영혼만으로는 수행이 되지 않는다. 본질계의 3요소인 영혼, 기운, 물질이 함께 조화를 이루어야 깨달음이 가능하기 때문이다.

영혼이나 귀신 상태로는 절대 영적인 진화나 발전을 이룰 수 없다. 단지 그 상태로 머물러 있을 뿐이다. 영혼의 마스터들도 더 높은 단계로 가고자 한다면 지구나 다른 별에서 환생하여 다시 수도를 해야 한다. 하지만 영적인 진화와 발전은 하루아침에 이루어지지 않는다. 수많은 생을 반복하는 과정을 거쳐야 한다.

인간이 가장 먼저 살아가는 삶은 생존을 위한 욕망의 단계로 불교에서는 이를 욕계欲界라고 한다. 즉 먹고 자고 건강을 유지하고 이성을 사귀는 등의 원초적 욕구 충족이 전부인 삶이다. 이 단계를 넘어서면 인간은 정신적 가치와 신념, 그리고 명예를 좇는 삶을 추구하게 된다.

그리하여 학문에 심취해 연구를 하거나 종교에 귀의하여 삶의 새로운 의미를 찾거나 봉사 등에 자신을 헌신한다. 이러한 2차적 욕구의 삶을 불교에서는 색계色界라고 한다. 그리고 마지막 3차적 욕구의 삶을 무색계無色界라고 하는데, 이때는 자아를 완성하고 싶은 욕구가 강해져 깨달음을 얻고자 성직의 길이나 명상지도자, 선도수행자의 길을 걷게 된다. 이렇듯 욕계에서 시작해 색계, 무색계로 나아가 자아완성에 이르기까지 시간이 얼마나 오래 걸릴지는 본인의 각성과 노력 여부에 달려 있다.

2. 인생은 왜 이리 힘들고 아프고 고통스러운가?

●인생이 힘들고 고통스러운 것은 자아가 1차원적인 삶에 묶여 있기 때문이다. 앞서 설명했듯이 1차원적인 삶은 원초적 욕구에 얽매인 삶이기에 사랑, 우정, 배신 등의 감정에 절망하고 상처입기 쉽다. 심지어 그런 감정들 탓에 삶의 의미를 잃고 자살을 선택하는 이들도 있지

않은가. 어리석기 그지없는 일이다.

인생에서 믿을 존재는 나 자신뿐이다. 나는 나를 배신하거나 저버리지 않기 때문이다. 하지만 진정한 나의 빛을 모르니 나를 무시하고 부정하고, 함부로 하게 되는 것이다. 인생이 힘들고 고통스럽다면 먼저 자신을 사랑하고 믿는 법을 배워야 한다.

그 다음이 가족과 친구, 연인이다. 그들이 나를 배신하고 떠나더라도 용서해야 한다. 그들을 위해서가 아니라, 나를 위해서이다. 그렇게 한 번도 상처받지 않은 사람으로 살아야 한다.

상처는 내가 나에게 주는 것이다. 내가 나를 존중하고 사랑하면 상처는 바람처럼 사라진다. 상처도 고통도 내가 받지 않으면 그만이다. 그게 말처럼 쉬운 것이냐고 반문한다면, 수련과 명상을 하라고 권하고 싶다.

한 단계 더 나아가 고통을 줄이는 3가지 방법이 있다. 첫째, 정신을 강인하게 연마하고, 둘째, 육신의 건강함을 유지할 것이며, 셋째, 경제적인 기반을 다지는 것이다. 어느 정도 정신력이 강해야 모든 스트레스를 이겨내고, 육신이 건강해야 마음이 안정되며, 경제적 기반이 형성되어야 생활이 안정되고 초연히 인생을 살아갈 수 있다.

고통은 나 아닌 다른 이에게 기대는 마음에서 온다. 기대한 만큼 실망도 크기에 항상 비우고 살아야 한다. 삶은 최고가 아닌 최선으로 살아야 한다. '진인사대천명盡人事待天命'이라는 말도 있지 않은가. 할 수 있는 데까지 최선을 다했다면 결과는 하늘에 맡겨야 한다. 심리학에서도 사람이 과거에 살면 우울하고 미래에 살면 불안하다고 했다. 즉, 행복하려면 현재에 충실해야 한다는 말이다. 고통은 실제로 존재하는 것이 아니라 내가 만들어내는 것이다. 우리가 넘어져 다치게 되면 통증이 생긴다. 통증은 충격을 받은 세포와 근육, 인대들이 그 충격을 이겨내기 위한 과정이다. 시간이 지나면 사라진다. 하지만 통증은 사라져도 통증에 대한 두려움이 생긴다면 그것은 고통이라는 트라우마로 무의식에 저장되어 우리를 오랜 시간 괴롭힐 것이다. 아프면 아프다고 말하고 표현하고 치료하면 시간 속에 사라진다.

상처는 내가 나에게 주는 것이지 남이 나에게 주는 것이 아니다. 누가 뭐라고 하던지 나는 나를 보호하고 나를 사랑해야 한다. 이러한 자존감이 높은 사람은 순간적인 상처는 잠깐 있어도 곧 사라지게 되고 자신을 찾게 되는 것이다.

3. 마음이란 어디에 존재하는가?

●원래 마음의 근본 빛은 12차원의 '근원무극계'에 있어서 깊고 고요하고 맑고 투명하여 그 모양을 잡을 수 없다. 마음은 있다고 하나 어디에도 보이지 않고, 없다고 하나 우주에 가득 차 있으니, 작게는 티끌 속에도 있고 크게는 우주를 넘나든다. 이렇듯 잡으면 있고 놓으면 사라지는 것이 마음이다.

원래 마음은 분별과 집착하는 마음이 없이 고요하여 그 형체를 찾을 수 없다. 하지만 내 속에 존재할 때가 있다. 즉, 생각을 할 때면 머리에 있고, 말을 하면 혀에 있으며, 들을 때는 귀에 있다. 냄새를 맡을 때는 코에, 볼 때는 눈에, 걸을 때는 다리에, 그리고 사랑하는 사람을 볼 때는 그 사람에게 있다. 수련할 때는 단전에, 혹은 장부에, 경락에, 양신에 있기도 하다.

하지만 마음이 주변 환경과 업, 과거에 입은 상처 등에 의해 화, 분노, 슬픔, 기쁨, 욕심 등으로 굴곡져 나타날 때면, 우리는 마음을 잃어버리고 그저 감정에 따라 움직이므로 고통과 아픔이 생겨나게 된다.

이렇듯 마음은 보이지도 찾을 수도 없지만, 다른 차원의 우주계에도 있고 내 본성에도 있으니 수련을 통해 양신을 이루어 높은 차원의 우주계에 가면 그 존재를 찾을 수 있다.

4. 마음공부는 꼭 종교단체에서 해야 하는가?

●마음을 잡아서 단련하는 공부를 마음공부라고 한다. 마음공부는 물 흐르듯이 자연스럽게 해야 하기에 절대 강요하지도, 윤리나 종교, 도덕적인 잣대로 틀을 지어서도 안 된다. 그저 순간을 가만히 바라보고 알아차리면 된다.

왜냐하면 우리의 마음은 의식, 무의식으로 나누어지는데, 의식으로 마음공부를 하게 되면 인지적이고 의도적이 되어버려서 불편하고 긴장을 하게 된다. 그래서 무의식으로 해야 하는데 무의식으로 들어가기 위해서 내 감정과 마음을 가만히 바라보고 있어야 한다. 그러면 고요한 무의식 속에서 자연 복잡하고 힘든 마음이 놓아지고 사라지게 되는 것이다.

유리병에 담긴 흙탕물을 가라앉히듯이 흔들지 말고 그대로 놓아두는 것이다. 한곳에 오래 마음을 관하면 심력이 생기고, 심력이 쌓이면 영력과 영단이 쌓여 마음을 자유롭게 부려 쓸 수가 있게 되니 천지와 우주를 넘나드는 큰 힘을 얻을 수 있다. 돋보기로 햇빛을 한곳에 모으면 종이를 태우는 열을 얻을 수 있는 것과 같이 집중력이 뛰어난 사람은 우주를 감싸는 강한 정신력을 갖게 된다.

여러 종교단체에서 마음공부 프로그램을 내놓기는 했으니, 반드시 종교단체를 통해 마음공부를 해서 도움이 된다면 해도 좋지만 꼭 종교단체를 통해서 해야 한다는 원칙은 없다. 오히려 그러한 종교적인 틀이 없이 하는 것이 더 편안하고 빠를 수도 있다. 마음공부는 그저 가만히 바라보고 알아차리기만 하면 되는 것이니, 안 되면 안 되는대로 나를 있는 그대로 받아들이고 수용하면 된다. 나에 대한 기준이 있으면 안 된다. 그냥 현재의 나를 인정하고 받아들이고 그 수준에서 원하는 수준으로 나아가면 되는 것이다.

이렇게 하면 삶이 편안해진다. 내 마음을 제대로 바라보고 알아차리면 상대의 마음도 바로 보인다. 의심나거나 불편한 것은 묻고 소통하면 되는 것이다. 그래야 진정한 내가 되어 다른 사람과 혹은 사회구성원들과의 관계에서도 자유로워질 수 있다.

5. 운명은 누가 정하고, 벗어날 수 있는가?

●살면서 안 좋은 일이 생기거나 힘든 상황에 놓이면, 우리는 자신의 운명을 탓하곤 한다. "나는 왜 이렇게 태어났을까, 왜 내 삶은 이렇게 꼬이기만 하는 것일까." 그렇다면 운명이란 무엇일까? 사전적 의미는 '인간을 포함한 모든 것을 지배하는 초인간적인 힘, 또는 그것에 의해 이미 정해진 목숨이나 생사존망에 관한 처지'이다. 한자로는 '움직일 운運'과 '목숨 명命'을 써서 움직이는 명줄이라는 의미가 된다.

그렇다면 운명은 누가 정하는 것일까? 어떤 보이지 않는 절대자, 신일까? 그렇지 않다. 내 운명은 나 스스로 정하는 것이다. 인간으로 태어나기 전, 저승에 있는 영혼들은 태어나서 죽을 때까지 삶의 과정을 자신의 양심이라 할 수 있는 원신과 함께 계획한다. 이를 환생 시나리오라고 하며 진급 시나리오, 교정 시나리오, 발원 시나리오, 이렇게 3가지로 구성된다.

먼저 첫 번째 진급 시나리오는 전생에 충만한 삶을 살고 죽은 후 다음 생에 태어날 때는 전생의 삶보다 더욱 더 진보되고 발전된 삶을 살게 되는 것이고, 두 번째 교정 시나리오는 전생에 죄를 짓는 등 잘못된 삶을 산 경우 이러한 삶을 참회하고 바로잡아가기 위해 다음 생의 삶은 가혹하고 고통스런 삶을 기획하는 것인데, 이 경우 환생하면 무척 고달픈 인생을 살게 된다. 마지막으로 세 번째 발원 시나리오는 전생에 추구하던 목적을 계속 발원하여 그것이 이루어지게끔 기획하는 것이다. 그리하여 다음 생에 태어나자마자 그 분야에서는 천재적인 능력을 나타내게 되어 자신이 원하는 완성에 다가갈 수 있는 것이다.

예를 들어, 나라에 대한 충성심이 강하다면 그 나라의 지도자가 될 수 있을 것이고, 음악 쪽으로 강하게 발원한다면 태어나자마자 음악 신동이 될 수도 있다. 다시 말해, 이승이든 저승이든 무언가를 간절히 바라면 이루어지는 것이므로 열심히 살아야 한다.

하지만, 환생 시나리오에 의해서 태어난다고 하더라도 운명이란 것이 기본적으로 운기이므로 자신의 기운을 얼마나 잘 운행하느냐에 따라 인생은 얼마든지 달라질 수 있다. 자미두수, 명리학의 사주팔자, 관상, 손금, 점성술 등을 보면 어느 정도 삶의 방향이 나오기도 하지만 정확하지 않을 뿐더러 어디까지나 방향이자 가능성일 뿐이다. 이승의 삶은 전적으로 나 자신에게 달려 있기에 누구든 마음을 내어 노력하면 바뀌는 것이 운명이다.

우리의 본성에는 부처나 신, 성자, 성현이 될 수 있는 DNA 인자가 들어 있다. 또한 자기 각성과 확신 속에 지속적으로 노력해 나간다면 이루지 못할 것이 없다. 마음을 바꾸면 생각이 바뀌고, 생각이 바뀌면 행동이 바뀌고, 행동이 바뀌면 습관이 바뀌고, 습관이 바뀌면 성격이, 성격이 바뀌면 인격이, 그리고 인격이 바뀌면 운명이 바뀐다.

타고난 운명을 벗어나는 가장 빠른 방법은 명상이다. 명상을 통해 무의식을 정화하고 더 나아가 무의식에 새겨진 운명 프로그램을 새로이 정비하는 것이다. 인간의 몸과 영혼을 이어주는 것이 기운이기에 기운 수련을 통해 마음공부를 하여 본성의 빛을 찾아 하나가 되면 운명도 바꿀 수 있는 힘을 얻게 된다.

6. 마음병과 정신병은 왜 생기는가?

● 정신질환 같은 심각한 마음병은 유전적인 경우도 있지만 대부분 스트레스로 발병하여 악화된다. 초조하고 불안한 상황에 노출되거나

심한 중압감에 짓눌리게 되면 우리의 몸은 근육의 긴장과 떨림, 차가움, 열감, 식은땀, 홍조, 무기력 등의 현상으로 이에 반응하게 되는데, 이런 상황이 장기간 지속되면 결국에는 우울증, 공황장애, 불안, 공포 같은 마음의 병으로 발전하게 되는 것이다.

스트레스로 인한 우울 증세는 대개 일시적이기에 그 발생 요인이 사라지면 증세도 사라진다. 하지만 개인이 스트레스 상황을 이겨낼 만한 힘이 없을 경우 각종 신경증 장애로 발전할 위험이 크다. 마음병도 병이므로 속앓이나 울화, 중독증, 분노조절장애 등을 단순히 시간이 지나면 치유되는 병으로 쉽게 생각해서는 안 된다.

이러한 병은 본인 스스로의 의지도 중요하지만, 가족들의 적극적인 도움도 필요하다. 마음병을 치유하기 위한 가장 효과적인 방법은 참선, 요가, 마음챙김, 태극숨명상 등의 수행이다. 평소 자신의 마음을 살펴보는 것을 습관화하고 늘 긍정적으로 생각하려 애쓰는 것도 도움이 된다.

스트레스를 받으면 교감신경이 항진되고 심장에 열이 나며 피가 탁해진다. 면역기능이 떨어지고, 신경계에도 문제가 생긴다. 이럴 때 참선, 요가, 마음챙김, 태극숨명상 등을 하게 되면 부교감신경이 발달되고 신장기능이 향상되어 열과 탁해진 피를 가라앉히고 걸러주는 역할을 한다.

따라서 면역기능이 향상되고 몸 전체 순환이 잘되어 마음병이 개선되고 더 나아가 정신병을 예방할 수 있게 된다. 간혹 영적인 빙의 문제로 야기된 정신병은 영가 천도를 먼저 진행한 이후 수련을 통해 극복할 수 있다.

7. 악한 사람과 선한 사람은 미리 정해져 있는가?

●도나 우주 진리의 관점에서는 선과 악이 존재하지 않는다. 선과 악은 상황에 따라 생기는 결과일 뿐이다. 사람이 나쁘고 악한 것이 아니라, 어쩔 수 없는 상황이나 환경이 악행을 하게끔 한다.

그런 상황이나 환경에 내몰리지 않으려면, 고정관념에서 벗어나 나를 사랑하고 믿어야 한다. 그리고 남보다 먼저 나를 위해 베풀어야 한다. 내가 하고 싶은 것, 내가 먹고 싶은 것, 내가 원하는 것을 해야 한다. 그런 다음 나에 대한 확실한 자존감을 가지고 남을 위해 봉사하고 베푸는 삶을 살아야 한다. 그래야 그 봉사가 행복하다.

너무 희생적이고 일방적인 봉사는 힘들고 고통스러울 수 있다. 또한 그 봉사는 육신과 물질에만 해당되는 것이 아니라 정신적인 봉사도 있다. 가진 것이 없으면 그 사람을 위해 기도하거나 간절하게 잘되기를 마음으로 기원하는 것도 아주 큰 봉사이다.

좋은 말과 글, 혹은 SNS로 가까운 가족이나 친구, 지인들에게 희망의 댓글이나 칭찬과 격려의 답글을 쓰는 것도 좋은 봉사이다. 그리고 자신에게 여유 시간이 주어진다면 몸으로 봉사를 하면 된다. 그러니 난 조건이 안 되어서 봉사를 못한다는 말은 핑계이다.

그리고 물질적인 여유가 있어서 도움을 준다면 더 좋을 것이다. 정신, 육신, 물질의 세 가지 방면으로 틈나는 대로 나와 다른 사람에게 베푸는 사람은 현생뿐만 아니라 다음 생에서도 풍요로운 삶을 살아갈 수 있다.

또한 순수하고 정직한 마음으로 살아가야 한다. 거짓과 욕심과 이기심은 부정적인 상황과 환경을 만들어 낸다. 본래 사람의 본성은 맑고 밝으며 사랑으로 가득 차 있다. 자라는 환경에 따라 악해지는 것이다. 어린 시절 부모에게서 절대적 사랑과 지지를 얻지 못했거나 심한 학대를 당했던 사람은 부정적 트라우마가 생겨 원활한 인간관계를 맺지 못하고 자신을 방어하려는 공격적 성향을 나타내게 된다. 따라서 반사회적 장애, 감정조절 장애 등을 겪으며 폭력적으로 변하게 되는 것이다.

하지만 누군가 무한한 사랑과 믿음을 베푼다면 다시 밝고 맑은 본성으로 돌아가게 된다. 특히 어린 자녀를 키울 때는 아이의 행동이나 의도를 부모 입장에서 해석해서 오해하지 말고 팩트 체크를 해야 한다. 팩트 체크를 하려면 항상 질문을 통해서 그 행동의 의도를 파악하고 대화와 소통을 통해서 대화를 나누는 것을 습관적으로 해야 한다. 그래야 아이는 다른 아이들과 사회구성원들과 소통하고 대화를 통해 복잡한 인간관계를 풀어가는 방법을 터득하게 되는 것이다. 그러므로 먼저 부모가 마음공부를 통하여 자신이 가진 감정과 고정관념의 부정적 트라우마를 정화하고 극복하여야 한다.

8. 득도하면 윤회를 벗어나 생사해탈할 수 있다는데, 그 방법은 무엇인가?

● 지구에 태어난 인간이 자신이 떠나온 곳으로 돌아가는 과정을 '도'라고 한다. 영혼이 인간으로 태어나기 위해서는 부모의 음양기운이 조화를 이룰 때 그 기운을 따라 수정이 된다. 따라서 인간이 떠나온 곳으

로 돌아가려면 태어나는 과정의 역순인 성(몸), 기(기운), 신(영혼) 과정을 밟아야 하기에 먼저 몸을 다스리고, 그 다음 감정(기)을 다스리고, 마지막으로 영혼을 다스려야 한다. 이 과정이 바로 도이다. 다시 말해, 도는 완성이 아니고 과정이다. 도를 깨달아 자신의 근본으로 돌아가면 윤회를 벗어나 생사를 해탈하게 된다.

도를 닦기 위해서는 마음공부와 명상을 통해서 본성, 불성, 성령, 여래장인 양신을 찾아서 이루어야 한다. 그리고 양신을 통해 출신하여 2차원 '전생신선계'에만 이르러도 윤회를 벗어나 생사해탈을 하게 된다. 하지만 보다 높은 영적인 성장과 발전을 위해 자유의지에 따라 다시 인간 세상으로 내려올 수는 있다. 그래서 3차원 '수도도인계', 4차원 '대기권계'를 지나 5차원 '행성우주계', 더 나아가 12차원 '근원무극계'에 이르러야 완전히 윤회를 벗어나 생사해탈을 이루었다고 할 수 있다.

양신을 이루려면 먼저 수련을 통해 마음과 기운을 모아 영단靈丹(영적인 힘을 뭉친 에너지 형태의 구슬)을 이루어야 한다. 영단을 이루면 '전생신선계', '수도도인계', '행성우주계', '다중우주계' 어디든 갈 수 있다. 영혼 상태로 몇 천 년의 시간을 한가하게 머물 수도 있다. 이를 위하여 저자는 양신에 도달할 수 있는 가장 효과적인 수련법인 '태극숨명상'을 내놓았으니, 『태극숨명상』에서 그 구체적인 수련방법을 참고하기 바란다.

9. 깨달음을 얻으면 부처가 된다고 하는데, 신도 될 수 있는가?

●인간은 원래 우주 근원의 빛인 '근원무극계'에서 큰 빛의 탄생으로 '창조태극계'가 형성될 때 신적인 존재로 탄생했다. 따라서 인간 모두가 원래부터 신이고 부처였다. 우리가 내면의 신성을 찾아 신이 되기 위해서는 마음공부와 수행을 통해 무의식에 쌓인 욕심과 부정적 상처를 극복하고 심력과 영단을 쌓아 양신을 이루어야 한다.

양신을 통해 2차원 '전생신선계', 3차원 '수도도인계', 5차원 '행성우주계', 11차원 '창조태극계'에 이르러 원신과 합일하면 다시 신이 된다. 그리고 마지막 12차원 '근원무극계'로 나아가 근원의 빛으로 돌아가야 하는 것이다. 그런 후 다시 사명을 품고 구도자와 수도자를 이끌어 가는 안내자 역할을 수행해야 한다.

3. 귀신과 사후세계에 관한 의문편(12)

1. 영혼과 귀신은 있는가? & 2. 귀신이 이승을 떠도는 이유는 무엇인가?

● 영혼이란 육체가 없는 영적인 상태나, 사후 몸에서 분리되어 빠져나온 존재를 말한다. 귀신도 같은 개념이기는 하지만, 굳이 차이를 밝히자면 사후 저승에 가지 않고 이승을 떠돌아다니는 영혼이 귀신이다. 과학에서는 영혼과 귀신의 존재를 인정하지 않지만 심령과학에서는 영혼의 존재를 인정하고 그 실체를 증명하려고 노력한다.

영혼이 존재한다는 근거는 9차원 '본질삼광계'에서 찾을 수 있다. 우주는 영혼, 기운, 물질의 3가지 빛에 의해 창조되었으므로 그 요소를 벗어날 수가 없다. 이 빛의 요소는 분리되었다가 합해지는 과정을 수없이 반복하는데, 이것이 인간에게 적용되면 삶과 죽음이고, 식물에게는 사라짐과 피어남이며, 사물은 생성과 소멸이 된다.

식물에게도 영혼이 있음을 알려준 실험이 있는데, A화초에는 물을 주면서 사랑한다는 마음을 전하고, B화초에는 물을 주면서 미워한다는 마음을 전하고, C화초에는 무관심하게 물을 주었더니, 일주일 후에 C화초는 시들어버리고, B화초는 느리게 성장을 지속하였으며, A

화초는 빠르고 싱싱하게 잘 자라났다고 한다.

하물며 만물의 영장이라 불리는 인간에게 영혼이 없다고 하면 말이 되겠는가. 인간은 영혼을 통해 성장하고 윤회하고 진화한다. 인간이 볼 수 있는 가시광선에는 한계가 있고, 과학적으로 측정할 수 있는 빛도 한계가 있다. 하지만 수련이 높아져 제3의 눈인 영안과 도안이 열리면 영혼의 세계를 보고 영혼과 대화도 가능해진다.

사람이 죽어 영혼 상태가 되면 빛의 터널이 열리면서 저승으로 안내하는 안내자가 나타난다. 하지만 사고나 질병으로 비명횡사하거나 한과 분노, 억울함 등을 품고 죽게 되면 저승에 가지 못하고 이승에서 떠돌게 되는데, 이런 영혼을 유혼이라 한다.

유혼은 이승에 머물기에 이승의 법칙에 지배받는다. 따라서 추위, 더위, 허기, 슬픔, 고통 등을 그대로 느낀다. 따라서 도움을 청하려고 가족이나 가까운 지인을 찾아가거나 빙의가 되기도 한다. 대체로 빙의가 되면 불면증이나 환청, 환시 등을 경험하기도 하고 이런 증세가 오래 되면 정신분열증으로 악화되기도 한다.

3. (귀)신병은 왜 생기고 예방할 수 있는가? & 4. 신내림은 반드시 받아야 하는가, 거부하면 해를 입는가?

●인간에게 귀신들림 현상(빙의)인 신병이 생기는 이유는 여러 가지가 있다.

첫째, 전생에 원한을 품은 인연이 유혼이 되어 빙의되는 경우
둘째, 죽은 가족이나 친척, 친구의 영혼이 갈 곳이 없어서 자신에게 빙의되는 경우
셋째, 체질적으로 심장이 약하거나 신기가 있는 사람에게 귀신들이 들러붙는 경우
넷째, 의지나 정신력이 약해 자주 무속인을 찾는 사람이나 마음에 한과 원망을 쌓아두는 사람에게 빙의되는 경우
다섯째, 비관적인 성격으로 우울과 슬픔이 많아 자신을 학대하는 사람에게 빙의되는 경우

위의 사례 중에서도 빙의가 많이 되는 경우는 첫째와 둘째의 경우이

다. 귀신도 인연이 없는 사람에게는 잘 들어가지 않기 때문이다. 간혹 수련을 많이 한 도인의 경우에는 인연이 없더라도 밝은 빛에 이끌려 천도를 해달라고 들어가는 경우도 있다. 그런 귀신은 대체로 영혼이 맑고 착하지만 사고사를 당한 경우가 많다.

몸과 마음이 모두 건강한 사람은 빙의가 거의 일어나지 않지만, 문제는 가까운 가족에게 이런 일이 생기면 참으로 난감하고 고통스럽다는 것이다. 그래서 처음에는 정신과를 찾아가 약도 먹어보고 상담치료도 받아보지만, 아무 차도가 없을 경우 마지막에 무속인을 찾아가게 된다. 그러면 굿을 통해 귀신과 소통하여 한이나 원하는 바를 풀어주어 귀신을 떼어내기도 하지만, 완전히 천도를 해주지 않으면 다시 들어가기도 한다.

때론 집안 대대로 신기가 있어 그냥 신내림을 받기도 한다. 그것을 거부하면 집안이나 자식에게 안 좋은 영향이 간다고 하니 어쩔 수 없이 무속인의 삶을 살게 되는 것이다. 하지만 무속인의 삶은 수도인의 삶처럼 자기가 선택해야 하는 것이지 신기가 있다고 무조건 무속인의 길을 걷게 강요하는 것은 옳지 않다.

신기란 나쁜 것이 아니라, 다른 사람에 비해 영적인 교감능력이 좋고 기감이 발달되어 있는 것이다. 그러므로 이런 사람들은 수련을 통해 기운을 제대로 운용한다면 훌륭한 도인이나 뛰어난 도사가 될 수 있다.

무속인의 능력은 빙의된 영가의 힘을 빌려오는 것이고, 도인이나 수련인의 능력은 오랜 시간 단련한 자신의 기운과 능력을 이용하는 것이라는 점에서 차이가 있다. 그러니 집안 내력이 있더라도 제대로 된 수련을 통해 기운을 조절하고 심력과 영력을 쌓으면 된다.

귀신은 대부분 한과 원망을 품어 우울과 슬픔이 많다. 그리고 자기와 비슷한 기운과 파장을 가진 사람을 좋아한다. 그러니 늘 밝은 마음으로 자신있게 긍정적으로 살아야 한다. 양기가 충만한 사람은 귀신이 먼저 피해 다니므로 늘 음기를 멀리하고 양기를 잘 보존하여 빙의될 위험을 미연에 방지하는 것이 좋다.

5. 자살하면 모든 것이 끝나는가?

●보통 자살을 하면 모든 것이 끝난다고 생각하지만 사실 그렇지 않다. 자살을 통해 육신을 버린다 해도 영혼이 몸에서 빠져나와 떠돌아다니기 때문이다. 하지만 자신을 버린 존재는 구원받기 힘들다.

저승에서도 데리러 오지 않는다. 저승으로 가지 못한다는 건 환생도 할 수 없다는 의미이다. 그렇게 되면 이승에서 백년이고 천년이고 기약 없이 떠돌아다녀야 하는데, 중요한 것은 이승에 남아 있는 한은 고통과 배고픔, 추위 등을 그대로 느낀다는 것이다.

그래서 다른 사람의 몸속에 들어가 산 사람을 괴롭히기도 하는 것이다. 그러니 자살은 절대로 해서는 안 된다. 어떻게든 자신을 추스르고 눈앞의 어려움을 이겨내 운명을 극복해 나가는 것이 천년만년 귀신으로 떠도는 것보다는 훨씬 나은 선택이 아닌가.

6. 죽으면 끝인가,
윤회와 환생을 하는 이유는 무엇인가?

●사람이 죽으면 처음에는 그 사실을 인지하지 못하고 꿈이라도 꾸는 듯 여기다가 서서히 그 사실을 깨닫게 된다. 그러나 비명횡사하거나 식물인간 상태, 혹은 치매 증세를 겪다가 죽게 되면 죽었다는 사실을 인지하지 못하고 떠돌아다닌다. 원래 죽으면 저승사자의 빛을 따라 저승에 가게 되는데, 자기 죽음을 인지 못하는 경우에는 저승 가는 빛을 보지 못하여 유혼이 되는 것이다. 슬픔과 고통, 원한, 원망, 욕심과 집착 등에 사로잡힌 영혼도 마찬가지다.

죽어서 저승에 가면 충만하게 생을 잘 살아온 망자는 행복하게 지내다가 다시 좋은 인연을 따라 환생하고, 그 반대의 경우는 후회와 참회의 시간을 보낸 후 고통스럽고 힘든 환경에 환생한다. 그 삶을 통해 깨달음을 얻어 영적으로 진화하고 변화하라는 의미에서다.

이렇듯 영혼의 윤회와 환생을 통해 영적으로 거듭나고 발전한 사람은 자신의 천사이자 신인 원신을 찾아 본래 태어난 '본질삼광계', '완성원광계', '창조태극계', '근원무극계'로 돌아가는 것이다. 그 세계에 도달한 분들을 우리는 부처님, 성인, 성자, 도통자, 깨달은 자, 영혼의 마스터라고 한다.

7. 죽어 환생하기까지 얼마나 걸리는가?

●인간이 죽은 후 다시 환생하기까지 저승에서 보내는 시간은 인간 세상의 시간으로 치면 400~500년 정도 걸린다. 하지만 저승의 선계에서 느끼는 시간은 4~5년 정도이다. 이는 인간의 몸을 가지고 느끼는 시간과 몸이 없는 영혼의 상태에서 느끼는 시간의 개념이 다르기 때문이다.

400~500년 정도 걸리는 이는 착하게 잘 산 경우이고, 죄를 지어서 심판을 받고 참회와 정화의 시간을 보내야 한다면 환생까지 족히 1,000년도 더 걸릴 것이다.

하지만 정해진 시간 같은 것은 없다. 지구에서의 시간과 저승에서의 시간 개념이 다르다. 또한 편히 잘 지내다 환생하는 영혼의 시간과 심판을 받아 고통 속에 지내다가 환생하는 영혼의 시간 개념도 다를 것이다.

8. 죽으면 저승사자가 데리러 온다고 하는데, 저승사자는 누구인가?

●사람이 죽으면 몸에서 영혼이 분리되는데, 저승사자는 그 영혼을 저승으로 안내하기 위해 내려오는 존재다. 저승사자는 보통 자기 집안 조상계에서 환생을 앞둔 조상 가운데 서열이 가장 높은 두 분이다. 간혹 살아서 너무 악한 죄를 지은 영혼은 5차원 '행성우주계'에 있는 염라국에서 잡으러 오기도 하지만, 조상이 안내하러 오는 것이 일반적이다.

도를 깊이 닦아 도력이 높은 분들은 호위신명과 보좌신선이 모시러 오기도 하고, 성자들은 천사들이 모시러 오기도 한다. 그런데 죄를 짓고 악하게 산 사람, 자살한 사람, 원망과 분노를 품은 사람, 자신을 비하하고 폄하하는 사람, 인성이 없는 짐승 같은 사람은 저승사자가 와도 그 빛을 보지 못해 이승에서 떠돌거나 염라국으로 압송되어 죄값을 치르게 된다.

간혹 죽음을 목전에 둔 사람이 돌아가신 부모님이나 그리던 분이 찾아왔다고 말하는 경우가 있는데, 그때는 조상신인 저승사자가 친근한 모습으로 변해서 오는 것이다. 도력이 높은 분은 저승보다 높은 세계인 '전생신선계'나 '행성우주계', '창조태극계'로 부모나 직계 가족을 바로 천도하여 모시고 가기도 한다.

그것이 도력과 법력이다. 사람이 죽어보면 살아서 닦은 도력과 법력이 얼마나 중요한지 뼈저리게 느끼게 된다. 설사 도력과 법력이 없다 해도 정신력이 강하면 큰 힘이 된다. 그러니 살아생전 틈틈이 정신력을 기르는 공부를 하라고 권하고 싶다.

9. 죽으면 염라대왕의 심판을 받는다고 하는데, 염라대왕은 누구인가?

●평범하게 열심히 착하게 살다가 죽어 저승에 가면 누구의 간섭도 받지 않는 '환생계'에 가게 된다. 이 '환생계'를 사람들은 극락이나 천국이라고 하는 것이다. '환생계'로의 안내자는 저승사자라고 부르는데 보통 자신이 속한 집안의 가장 높은 조상신이 그 역할을 한다. '환생계'로 안내한 조상신인 저승사자는 그동안 고생했으니 푹 쉬라는 말만 하고 사라진다. 그렇게 '환생계'에서 자기가 좋아하는 장소에서 편안하게 휴

식을 취하며 수양을 하면서 쉬는 동안 영혼은 살아온 삶을 바둑을 복기하듯이 다시 돌아보게 된다.

그리고 그 과정에서 영혼의 양심이 되살아나서 살아온 삶을 반성하고 다음에 태어날 삶을 고생스럽게 계획하게 되는데, 이것이 일차적인 심판이다. 희생과 봉사의 삶을 살도록 계획하는 것은 대체로 한 단계 높은 심판이다.

그러나 정말 과하게 업을 지은 경우에는 영혼을 교정하는 '교정계'로 가게 되는데, 이곳을 사람들은 지옥이나 연옥이라고 말한다. 이 '교정계'에서는 자신의 원신이 주는 가혹한 벌을 감수해야 한다. 이때 원신은 무서운 염라대왕의 모습으로 보이지만, 사실 자신을 심판하는 염라대왕은 결국 자신의 원신이다.

살아생전 사람을 찔러 죽였다면, 그 영혼은 다른 무서운 존재에게 거듭 찔려서 죽게 된다. 찔려서 죽으면 다시 깨어나고, 다시 찔려 죽기를 수천, 수만 번 반복하다가 다시는 사람을 죽이지 말아야 한다는 교훈이 영혼의 무의식[85]에 각인되는 것이다.

인성이 말살된 짐승 같은 영혼에게는 가장 무서운 심판이 내려져 지옥에서 수천 년 동안 고통 받게 하는데, 그럼에도 인성과 신성이 살아

85) 불교유식학에서는 인간내면에 저장되는 무의식을 8식 아뢰야식 혹은 함장식含藏識이라고 부른다. 이 8식 아뢰야식을 넘어선 순수한 무의식을 9식 아마라식 혹은 백정식白淨識이라고 부른다.

나지 않으면 영혼은 멸부가 내려져 자연 소멸된다. 이 우주에서 존재 자체가 사라지는 것이다.

염라대왕은 5차원 행성우주계에 속한 '교정계'인 염라국을 관장하는 존재인데, 염라국은 각 행성별로 등급이 존재한다. 우리의 사법체계와 비교해보면, 지방법원, 고등법원, 대법원 순으로 판결을 하는 것처럼 일반 영혼은 원신들이 심판하고 그 죄의 중함에 따라 위로 이관된다.

대법관에 해당되는 염라국에서는 인간과 영혼의 생사를 판단하는 살생부와 멸부를 관장한다. 염라국에 속한 염라부 판관신명이 염라대왕의 재가를 얻어 살부殺符를 붙이면 그 영혼은 저승으로 소환되고, 생부를 붙이면 수명이 연장된다. 저승으로 소환된 영혼이 지옥에서 신의 벌을 통한 교육을 받고도 뉘우침이 없으면 영혼을 소멸하는 멸부滅符가 발부되는 것이다. 그러나 멸부가 발부되는 경우는 매우 드물다. 5차원 행성우주계에서는 영혼을 매우 귀하게 여겨 소중히 다루기 때문이다.

10. 잘 죽으려면 어떻게 준비해야 하는가?

●잘 죽으려면 잘 살아야 한다. 그리고 죽음을 대하는 새로운 마음가짐이 필요하다. 죽음은 끝이 아니라 새로운 시작이다. 원불교 창시자 소태산 대종사는 나이 40이 넘으면 죽음의 보따리를 챙겨야 한다고 했다.

이는 나이 40부터는 죽음을 준비해야 한다는 말로 가까운 가족과 화해하고 내가 좀 손해 본다는 심정으로 얽힌 인연관계를 풀어 상생으로 좋게 다시 맺어야 한다. 죽으면 돈과 재물, 명예, 인기, 어느 것 하나 가져가지 못한다. 가장 많이 비운 사람이 가장 좋은 곳으로 가는 것이다.

저자는 도를 이루고 영혼들의 세계를 탐구하면서 알게 된 영가의 세계를 유계幽界, 또는 중음中陰이라고 부른다. 인간이 사는 이승과 죽어서 가는 저승 가운데 존재하는 음의 세계란 뜻이다. 유계에 머무는 영혼은 살아생전 애착과 분노, 원망이 많아서 죽은 후에도 편안히 저승에 가지 못하고 이승 언저리를 떠도는 것이다.

그런데 중요한 것은 죽는다고 다 끝나는 것이 아니다. 중음에 머물면 이승의 법칙에 영향을 받아 춥고 배고프고 괴롭고 슬픈 감정을 그대로 다 느끼게 된다. 자살한 영혼이 구제 받기가 제일 힘든 법인데, 자기 자신에 대한 학대가 죄 중에서도 가장 큰 죄이기 때문이다. 죽어서 저승으로, 극락으로 가려면 죽기 전에 모든 집착이나 원망, 슬픔, 불안 등을 다 내려놓고 편안한 마음으로 기쁘게 죽음을 맞이할 준비를 해야 한다.

유계에 가보면 기운이 밝지 않고 칙칙하다. 인간이 사는 곳과 별반 다르지도 않다. 깡패귀신도 있고, 착한 귀신도 있고, 아기귀신도 있고, 별의별 귀신이 다 존재한다. 다들 힘들어하면서 자기와 인연이 있는 사람들 몸에 빙의되거나 꿈속에 들어가 도와달라고 애원한다. 신기가 있거나 예민한 사람들은 이런 전달에 고통 받아서 심지어는 원치 않는 신내림까지 받는 사례가 있으니 참으로 딱한 노릇이다.

영계에 관해 깊이 알게 되고, 여러 영적인 일들을 겪어가는 동안, 나는 가슴 아픈 인간사를 많이 목도하게 되었다. 눈에 보이지는 않아도 영적인 문제로 고민하고 고통 받는 사람이 참으로 많다는 사실을 깨닫게 된 것이다.

우리가 잘 죽기 위해선 살아생전에 몸과 마음과 정신을 닦는 수행을 통해 영력을 모아 영단을 차곡차곡 쌓아야 한다. 그렇게 하면 천지를 주유하고 우주를 주유할 수 있는 큰 힘을 얻게 된다. 살면서 아침, 저녁 한 시간 정도만 투자하면 되는 일이다.

죽은 후 자신 스스로 자신의 영혼을 천도할 힘을 길러야 하지 않겠는가. 잘 죽는 것이 잘 사는 것이고, 잘 사는 것은 나 자신이 되고 나 자신을 사랑하고 나 자신을 믿는 것이다.

11. 천국과 지옥은 어디에 왜 존재하는가?

●천국과 지옥은 내 마음에 있다. 마음이 행복하고 편안하면 천국이고, 마음이 불편하고 괴로우면 지옥이다. 우주 차원에서 천국은 2차원 '전생신선계', 3차원 '수도도인계', 5차원 '행성우주계', 7차원 '다중우주계'라고 보면 된다. 9차원부터는 본질계에 속하므로 천국의 개념을 넘어선다.

지옥은 영혼이 저승으로 천도되지 못하고 떠도는 1차원 유혼계(중음계, 무당계)와 5차원 행성우주계 관할에 있는 염라부가 있는데, 이중 유혼계가 훨씬 고통스럽다. 5차원 행성계의 지옥은 고통 속에서 참회하고 깨달음을 얻으면 환생할 수 있지만, 유혼계는 환생할 수 있는 기회를 얻을 수 없기 때문이다. 가족이나 후손이 특별 천도재를 지내줄 수도 있지만, 특별 천도재를 지내는 도인의 공력이 높지 않으면 천도가 이루어지지 않는다.

천국은 인간이 영적인 성장과 발전을 이루며 한 단계 한 단계 나아가기 위해 존재하며, 지옥은 벌을 주기 위함이 아니라, 잘못된 삶을 바로잡아 영혼에 깃든 신성을 깨우기 위해 존재하는 것이다.

천국에 가려면 내면의 빛을 찾아야 하는데 수십, 수백억을 들여 고아원, 양로원을 짓고, 제아무리 선행을 베풀어도 본래 빛을 찾아 본래 마음을 깨닫지 못한다면 아무 소용이 없다. 따라서 수련을 통해 내면의 영성과 신성을 밝혀야 천국도 갈 수 있고, 영원한 근원무극계에 도달할 수 있다.

12. 제사나 천도재는 왜 지내야 하나?

●제사는 삼강오륜 정신을 바탕으로 해서 조상을 추모하고 근본을 기리는 의식이다. 하지만 불교와 도교의 천도재식은 죽은 조상과 가족의 해탈천도를 발원하는 것으로 죽은 자를 위한 것이다. 하지만 망자가 완전히 천도되어서 선계나 더 높은 천국, 극락에 갔다면 재식은 의미가 없다.

우상숭배라는 이유로 제사를 지내지 않는 가정에서도 진심으로 간절히 기도한다면 죽은 조상과 가족을 천도할 수 있다. 종교마다 다른 방법으로 죽은 자를 위로하고 도와주니 굳이 특정 종교만이 옳다고 다툴 일이 아니다. 방법이야 어떠하든 정성과 노력으로 영혼의 업과 원한을 녹여주면 될 일이다.

제사나 천도재를 지내는 궁극적인 이유는 천도가 안 된 영가가 후손에게 도움을 청할 때, 결과적으로 그 방법이 후손들에겐 질병이나 고난, 불편함으로 나타나기 때문이다. 물론 후손에게 해를 입히려는 의도가 아니라, 못 알아듣고 못 느끼니 강한 방법을 동원할 뿐이다.

4. 종교에 관한 의문편(5)

1. 천사와 악마는 존재하는가?

●우리가 보통 생각하는 천사는 맑고 밝으며 남을 위해 헌신하는 사랑이 넘치는 존재이고, 악마는 사악하고 욕심 많고 생명을 가볍게 여기며 사리사욕을 위해 남을 해치는 존재이다. 한편 도의 세계에서 천사란 2차원 '전생신선계' 이상 되는 신명을 의미한다.

인간의 욕망을 벗어나 맑은 기운으로 '전생신선계'에 입문하면 신선, 천사, 신명 등의 칭호가 붙게 된다. 저자는 독일 강연 당시 림부르크에 있는 성당 미사에 참여하여 실제로 희고 밝은 빛을 내는 아름다운 천사를 본 적이 있다.

한편 악마는 2차원 '전생신선계' 이상에는 존재하지 않는다. 오직 유혼계에만 악령이 있는데, 저자는 제령의식을 통해 그런 악령을 혼내준 적이 있다. 욕망이나 분노에 사로잡혀 오로지 자신만을 생각하고 극악한 행위를 일삼던 인간이 죽은 후 유혼계에서 떠돌게 되면 악령이나 악귀가 되는 것이다.

2. 죄를 많이 지으면 죽어서 동물로 태어나는가?

●사람이 사는 동안 죄를 많이 지어서 영혼이 탁하고 어둡고 무거워지면 죽어서 만물을 있는 그대로 보지 못한다. 그래서 소나 개가 사람처럼 보여 그 몸을 받아 태어나기도 한다. 그것을 한자 숙어로 '전도몽상顚倒夢想'이라고 한다. 전도는 모든 사물을 바르게 보지 못하고 거꾸로 보는 것, 몽상은 헛된 꿈을 꾸고 있으면서도 그것이 꿈인 줄을 모르는 것이다.

하지만 일반 사람은 죽어서 저승인 선계로 가고 소나 개의 몸에 들어가는 경우는 흔하지 않다. 소는 죽어서 소의 별로, 개는 죽어서 개의 별로 가기에 사람과 동물이 서로 몸을 바꾸며 윤회를 하지는 않는다.

불교에는 죄를 많이 지으면 죽어서 구렁이 몸에 들어가 오랜 시간을 갇혀 지내는 '금사망보金絲網報'를 받는다고 하는데, 그 또한 아주 드문 경우이다. 구렁이 몸에 들어갈 만큼 큰 죄를 짓기도 쉽지 않을 테니 말이다.

3. 부자는 천국이나 극락 가기 힘들다고 하는데 이유가 무엇인가?

●사실 재물의 많고 적음이 천국이나 극락에 가는 기준이 될 수는 없다. 하지만 부자의 경우 풍족한 환경 탓에 가난한 사람의 처지와 어려움을 이해하지 못해 인색하고 독선적인 성향이 되기 쉬우므로 천국이나 극락에 가기 어려워지는 것이다.

한편 가진 것 없이 어렵게 살면서도 큰 욕심 내지 않고 남의 어려움에 공감해 나누려는 사람들은 그만큼 쉽게 영적인 성장과 발전을 이루어 천국이나 극락에 가기가 쉬워진다.

그러니 역으로 생각해보면 부자는 나누고 베풀 것이 많으니 오히려 천국에 가기 쉬울 수도 있다. 베풀어야 언젠가 다시 돌아올 것이 아닌가. 사람에게 베푼 것은 사람으로 돌아온다. 하지만 베풀고 못 받았다고 해도 아쉬울 것은 없다.

내가 못 받으면 내 자식, 내 손자, 아니면 내가 다시 환생해서 받을 수 있기 때문이다. 그러니 어느 정도 재산이 있어 경제적으로 여유롭다면 본인에게는 마음수행을 통해 공력을 모아서 자신의 천도를 준비하고 정신, 육신, 물질로 세상에 어려운 사람들을 위한 봉사와 보시의 공덕을 널리 쌓아야 한다.

4. 종교란 무엇이고 인간에게 꼭 필요한가?

● 종교의 사전적인 의미는 최상의 진리, 즉 으뜸이 되는 가르침이나 그 믿음의 체계이다. 최상의 진리가 무엇인지는 각 종교단체의 교리에 따라 다를 테지만, 저자의 수행 경험으로 최상의 진리는 '인간이 우주이자 신'이라는 것이다. 이것이 우리 인간이 가져야 하는 자존감이다.

그렇다면 종교가 인간에게 반드시 필요한 것일까? 현대에 이르러 종교 교단의 수는 갈수록 늘어나고 있지만, 세상은 더 힘들어지고 삶은 더 팍팍해지기만 한다. 범죄도 갈수록 늘어나고 더욱 흉악해진다.

이유가 무엇인지는 종교인 스스로가 자문해볼 필요가 있다. 종교는 인간 내면의 빛을 밝히고 자존감을 높여 인간을 보다 높은 영적인 성장과 각성으로 이끌어야 한다. 이것이 종교 본연의 역할이자 의무이다.

세상의 만물은 모두 그 존재 목적과 이유가 있다. 종교 또한 마찬가지다. 위대한 종교는 사랑과 평화, 자비, 베풂의 가르침을 설파하고 실천해야 한다. 종교가 인간에게 꼭 필요하다고는 할 수 없으나, 종교의 가르침을 제대로 배우고 실천한다면 영적인 진화와 발전에 도움이 될 것이다. 결국 종교가 스스로 창시한 분의 가르침을 돌아보고 정화하여 그 가르침을 제대로 전파하여 인간들에게 어떠한 역할을 하느냐에 달려 있다고 하겠다.

5. 특정 종교만이 구원받을 수 있는가?

● 일반적으로 종교에서 말하는 구원은 죽어서 천국이나 극락에 가는 것이다. 즉, 살아서는 힘들어도 죽어서 좋은 곳으로 가고 싶은 마음에 모두 구원에 목매고 매달린다. 특정 종교에서는 이들의 종교를 믿어야지만 구원을 받을 수 있다고 주장하며 다른 종교를 배척하나, 이는 경전에 대한 오해, 사후세계에 대한 무지와 종교지도자의 독선에서 비롯된 것일 뿐 아무 근거도 없다. 종교가 구원을 도울 수는 있지만 구원 자체가 될 수는 없다.

그렇다면 구원은 어디서 오는 것일까? 일반적으로 종교에서는 절대자, 신이 구원을 해준다고 하지만 실상은 그렇지 않다. 절대자, 유일신은 존재하지 않는다. 사람마다 원신이 있고, 그 원신, 즉 나 자신이 나를 구원의 길로 이끄는 것이다.

결국 구원은 내 마음속에 있다. 어느 종교를 믿든 상관없이 그 믿음의 방향을 외부의 절대자가 아니라 자신의 내면으로 돌리고 자존감을 가지고 이웃을 돕고 베풀며 사랑의 가르침을 실천하면 그것이 바로 구원의 길이다.

저자는 양신과 합일 후 2차원 '전생신선계'부터 12차원 '근원무극계'까지 전 우주계를 다 경험해 봤지만, 그곳 어디에도 종교는 존재하지 않았다. 종교를 믿지 않아도 선하게 베풀며 산 사람은 모두 선계나 천국에 가 있었다. 단순히 종교를 믿고 안 믿고의 여부가 사후 행적에 영향을 미치지는 않는다는 것이다.

■ 참고 문헌

■ 표·그림 차례

1. 원전

『난경』(『정통도장』 제36책)
『대동신경』(『정통도장』 제11책)
도홍경, 『진고』(『도장집요』 제18책)
윤진인의 제자, 『성명규지』(『중국양생문헌전서』 권2)
오수양, 『천선정리직론』
오수양, 『오류선종전집』
왕구사, 『난경집주』
이도순, 『중화집』(『정통도장』본)
이시진, 『기경팔맥고』(『침정사고전서』 권42)
장백단, 『오진편』(『정통도장』 제7책)
정렴, 『용호결』(『해동전도록』본)
정사초, 『태극제련내법』(『정통도장』 제17책)
종리권, 『종려전도집』(『정통도장』 제7책)
『주역참동계』(『정통도장』 제34책)
진박, 『진선생내단결』(『정통도장』 제743책)
진월인, 『난경본의, 이십칠난』(『침정사고전서』권1)
『황정경』(『정통도장』 제9책)
『황제내경』(『중화도장』 제27책)

2. 단행본

게오르그 포이에르슈타인, 김재민 옮김, 『요가사전 : 요가와 탄트라에 대한 백과사전』 (원제 : The Encyclopedia of Yoga and Tantra), 여래, 2017
김낙필, 『조선 시대의 내단 사상』1·2, 대원출판사, 2005
김만권, 『U&I 성격유형검사 전문해석보고서』, 연우심리개발원
김선애, 『두개천골요법』, 갑을패, 2010
김선호, 『자미두수입문』, 대유학당, 2006
김완희, 『한의학원론』, 성보사, 1995
데보라 캐플란, 최현묵·백희숙·박세관 옮김, 『알렉산더 테크닉 척추건강 회복법』, 무지개다리너머, 2016
데이비드 호킨스, 이종수 옮김, 『의식혁명』, 한문화, 1997
도로시 로 놀테, 레이첼 해리스리, 윤미연 옮김, 『아이를 키우는 마법의 문장』, 친구미디어, 2006
레너드 서스킨드, 이종필 옮김, 『블랙홀 전쟁』, 사이언스 북스, 2011

루이스 슐츠, 로즈마리 페이티스, 이정우·최광석 옮김, 『엔들리스 웹』, 군자출판사, 2015
리즈코치, 최광석 옮김, 『코어인지』, 군자출판사, 2013
린다 굿맨, 이순영 옮김, 『당신의 별자리』, 2012
Master Red, 『홍성파 자미두수 써머리』, 영강미디어출판, 2012
미국정신의학회, 권준수 외 옮김, 『정신질환의 진단 및 통계 편람』, 학지사, 2015
미치오 카쿠, 박병철 옮김, 『평행우주』, 김영사, 2005
미치오 카쿠, 박병철 옮김, 『마음의 미래』, 김영사, 2015
B. 밧따짜리야, 장익 옮김, 『밀교학 입문』, 불광출판부, 1995
박용식, 『북파자미두수』, 학고방, 2014
박종원, 『자미두수총론』, 동학사, 2012
박희선, 『박희선의 생활참선』, 정신세계사, 2000
배성욱·김원수 엮음, 『마음을 어디로 향하고 있는가』, 김영사, 1990
백희숙·백현숙, 『알렉산더 테크닉』, 네츄로 메디카, 2004
불법연구회, 『불교정전』, 불교시보사, 1943
빅 맨스필드, 이중표 옮김, 『불교와 양자역학』, 전남대학교출판부, 2008
브라이언 그린, 박병철 옮김, 『엘러건트 유니버스』, 승산, 2002
브라이언 그린, 박병철 옮김, 『우주의 구조』, 승산, 2004
브라이언 그린, 박병철 옮김, 『멀티 유니버스』, 김영사, 2012
서상법 편, 『생화정경』, 삼덕교 교무부, 1955
사이토 마사시, 이진후 옮김, 『체온 1도가 내 몸을 살린다(體溫を上げると健康になる)』, 나라원, 2010
성백효, 『주역전의』 下, 『동양고전국역총서』 9, 전통문화연구회, 2009
성락기, 『현대침구학』, 행림출판, 1987
소태산, 『수양연구요론』, 불법연구회, 1927
송규, 『수심정경』, 『원불교교고총간』 제4권, 원불교정화사, 1973
송영규, 『피트니스가 내 몸을 망친다』, 위즈덤하우스, 2010
수 피, 『헬스의 정석』, 한문화, 2016
신천호 옮김, 『한의학 개론』, 성보사, 1990
에릭 번, 송희자·이성구 옮김, 『각본분석』, 한국교류분석상담연구원,
여동빈, 이윤희·고성훈 옮김, 『태을금화종지』, 여강출판사, 1992
오쇼, 반근대 옮김, 『깨달음으로 가는 일곱 단계』, 황금꽃, 2000
오쇼, 손민규 옮김, 『심우도』, 태일출판사, 2011
오수양, 이봉호 옮김, 『도원천설』, 한국학술정보, 2010
오수양, 이봉호 옮김, 『천선정리직론』, 한국학술정보, 2010
유화양, 이윤희 옮김, 『혜명경』, 여강출판사, 1991
유화양, 이윤희 옮김, 『금선증론』, 여강출판사, 1993
윤운성, 『에니어그램 이해』, 한국에니어그램교육연구소, 2011
윤운성, 『한국형에니어그램검사의 해석과 활동』, 한국에니어그램교육연구소, 2003

우지인, 김성민, 『속근육을 풀어라』, (주)이퍼블릭, 2016
원불교정화사 편, 『원불교전서』, 원불교출판사, 2008
유명종, 『송명철학』, 형설출판사, 1976
윤진인의 제자, 이윤희 옮김, 『성명규지』, 한울, 2005
이능화, 이종은 옮김, 『조선도교사』, 보성문화사, 1986
이병국, 『경혈도』 상·하, 현대침구원, 1998
이부영, 『분석심리학』, 일조각, 1978
이부영, 『아니마와 아니무스』, 한길사, 2001
이승웅, 오경모, 김기원, 김현태, 박종흥, 『한눈으로 보는 근육학 교실(개정판)』, 인투출판사, 2014
이원국, 김낙필 외 옮김, 『내단』 1·2, 성균관대출판부, 2006
이영돈, 『마음』, 예담, 2006
이차크 벤토프, 류시화·이상무 옮김, 『우주심과 정신물리학』, 정신세계사, 2009
W. Larry Kenney, Jack H. Wilmore, David L. Costil, 김기진 외 6명 옮김, 『운동과 스포츠 생리학(5판)』, 2014
장정림, 『자미두수 이론과 실제』, 백산출판사, 2009
정인석, 『트랜스퍼스널 심리학』, 대왕사, 1998
지두 크리슈나무르티, 정채현 옮김, 『삶과 죽음에 대하여』, 고요아침, 2007
지두 크리슈나무르티, 정채현 옮김, 『내면 혁명』, 고요아침, 2017
토마스 마이어스, Cyriax 정형의학연구회 외 옮김, 『근막경선 해부학3판』, 엘스비어코리아, 2014
토마스 한나, 최광석 옮김, 『소마틱스』, 행복에너지, 2012
프레더릭 알렉산더, 이문영 옮김, 『알렉산더 테크닉, 내 몸의 사용법』, 판미동, 2017
한국교류분석상담학회, 『TA상담이론과 실제』, Ⅰ~Ⅴ, 아카데미아, 2012
한당, 『천서』, 세명문화사, 1991
허준, 『동의보감』, 남산당, 1966
최용태 외, 『침구학』 상편, 집문당, 1988
켄 윌버, 조옥경 옮김, 『통합심리학』, 학지사, 2008

3. 연구논문

김낙필, 「내단 사상과 원불교 단전주선법」, 『종교문화와 원불교』 제30집, 원광대 원불교사상연구원, 2005.
김낙필, 「단전주선에 대한 새로운 조명」, 『원불교 선의 정체성 확립과 세계화 방안 모색』, 영산선학대학 소태산사상연구원, 2009
김선미, 이거룡, 「전인치유로서의 요가」, 『남아시아연구』 제23권 1호, 2017
김수인, 『소남 정사초의 '태극제련내법' 수행론 연구』, 원광대 박사논문, 2010

김수인, 『단전호흡이 심신건강에 미치는 영향』, 원광대 석사논문, 2000
김수인, 「송정산의 수심정경에 나타난 내단적 수행이론」, 『원불교사상과 종교문화』 제42집, 원광대 원불교사상연구원, 2009
김수인, 「한국 신종교의 선가적 요소」, 『종교연구』 제57집, 한국종교학회, 2009
김수인, 「소남 정사초의 죽음관과 수화연도 수행론」, 『종교연구』 제64집, 한국종교학회, 2011
김수인, 「단전주선에 나타난 심신수행론」, 『경락경혈학회지』 제28권, Korean Journal of Acupuncture, 2011
김무성, 「십이경맥의 구성요소에 관한 연구」, 경기대 석사논문, 2004
박병수, 「원불교 단전주선에 있어서 수승화강의 원리」, 『한국종교』 제19집, 원광대 종교문제연구소, 1994
박병수, 「원불교 단전에 관한 연구」, 『원불교학』 창간호, 한국원불교학회, 1996
박응렬, 「주렴계의 '태극론'에 관한 연구」, 성균관대 박사논문, 1996
박기진, 「황제내경의 정기신 연구」, 원광대 석사논문, 2001
선재광, 「천인상응에 따른 기혈, 신의 운행체계와 침구학적인 운행에 관한 연구」, 동국대 박사논문, 2002
신진식, 「내단학의 '성명쌍수'사상의 현대적 의의」, 한국도교문화학회 편, 『도교문화연구』 제27집, 동과서, 2007」
송윤경, 임형호, 「'코어(core)' 근육에 대한 한의학적 소고」, 『한방비만학회지』 제7권 제2호, Journal of Korean Medicine for Obesity Research, 2007
송홍선, 「코어 근육을 바르게 알자」, 『스포츠과학』 Vol. 109, 체육과학연구원, 2009
이종보, 「단전에 관한 연구」, 원광대 석사논문, 2003
이용식 ,「心腎의 상호관계에 대한 동서의학적 연구」, 대전대 박사논문, 2004
정문, 「십이경맥의 명명과 구성형식에 관한 고찰」, 동의대 석사논문, 2001
정병희, 「수화승강에 관한 연구」, 원광대 박사논문, 2008
최수빈, 「도교 상청파의 대동진경 연구」, 서강대 박사논문, 2002
최상용, 『진박의 내단 사상 연구』, 원광대 박사논문, 2006
최준식, 「이능화의 '조선도교사'」, 한국도교사상연구회 편, 『한국도교문화의 위상』, 아세아문화사, 1993
황준식, 「단전의 위치에 대한 고찰」, 『제2회 한국 정신과학 학술대회 논문집』, 한국정신과학학회, 1995

4. 온라인자료

중앙선데이신문, 2018. 8. 11, 596호 2면 인터넷 기사
한겨레신문, 2006. 7. 11, 사회종교면 인터넷 기사

표 차례

그림 차례